双寺记

赤马人 ◎ 著

厦门大学出版社
XIAMEN UNIVERSITY PRESS
国家一级出版社
全国百佳图书出版单位

导 读

《双寺记》是一部才子书，海派味，民国腔，汉风吴韵。作者赤马人是江南水乡人，旅居厦门，《双寺记》是他对家乡的苦恋之作。

小说以三吴水乡一个名门望族的真实历史为脉络，衍写而成。小说把太湖边的两座寺庙当做引子，记录了三则婉约动人的人生故事，勾沉了江南水乡和上海滩鲜为人知的记忆，显示了对爱与生命的悲悯情怀。作者以明代僧帝朱允炆在浮泽寺题写的缺匾"大圆满觉"为线索，回顾了靖难之变的历史，试图追寻大明皇族流播江南水乡的蛛丝马迹，破解朱允炆之谜和"无见为觉"的禅家意蕴。小天竺寺则是皇族后裔朱仲禄亲手所建，他原是上海滩的巨商，因中了"放白鸽"的美人计而倾颓，逃禅后建立了小天竺寺，成了三吴地区的名僧与情僧。作品充满哲理意趣，透析了苏商从草商、儒商到哲商的嬗变。从侧面反映了中国最优秀的"吴域商道"的成因，礼赞不争、随缘、散福的商道精神。

"吴女天下白"，江南美女是大泽魂魄，花的魂，水的肌肤，怨而不怒的柔性。作者用富有音节性的语言文字刻划了水乡的稀世美女，渲染了春和景明，楼台烟雨的水乡之美。

这是一部水乡的史诗，让人吟味，发人遐思。

（导读者系原厦门文联主席）

目 录

001/楔　子

017/第一部

075/第二部

165/第三部

231/第四部

291/尾　声

299/后　记

楔　子

1

鸿雁传书，飞越重洋。一封书札飘然降临，落在朱牧声的案头。具名人是吴郡市副市长汤冕，寄来一张烫金的请帖，请他回吴郡参加君嶂森林公园的开园典礼。汤冕是朱牧声的乡中学友，随信特地附一纸短书："学兄，回来吧，家乡的青山还留着你埋骨的土地……"牧声用手掩住脸，泪水从指缝中沁出。

牧声是吴郡市开花乡人，平常的农家子弟，早年负笈远学，流离了一生。叶落知秋之期，思乡之情日炽，他计划在永归寂寞之时，让魂魄归宁在妈妈的土地——故乡。开花乡地处吴郡南端，是一个卧伏在太湖中的半岛，西部沿着湖缘是层峦叠嶂的君嶂山，东部是碧玉似的田畴，交织着银光闪烁的水网。在牧声的心中，君嶂山是神山圣土，山中有东晋古刹浮泽寺，是其先祖留踪之地，半山腰的墓地安息着他的祖父和父母……

几年前，一个"富可敌国"的商人看中这块宝地，提出一个雄心万丈的营造计划，要把它变成中国的碧遥，世界级的度假胜地。他不仅要建一个大型的高尔夫球场，还要在起伏的山脊上建造联袂的摩天大楼，在大泽边竖起人造的"扇贝"。浮泽寺面临拆迁，寺僧们惶惶不安。这位巨商组织了挖坟队，要削平君嶂山所有坟墓的金顶。牧声和兄弟们商议,想为先人拾骨,然而,墓木成拱,先人的骨殖早已尘归尘,土归土,化作绿树浓荫。女儿从温哥华打来电话,建议父母出国定居,百年后在那里买一方永恒的墓地,让女儿侍奉晨昏。女儿轻松地说:"哪里爱我们,那里就是我们的家乡。"牧声夫妇掬着泪走上离乡背井的路,他明白,故乡与他,将双向失忆。

接到汤冕的来信,牧声夫妇就开始整理行装。女儿下班回来,默默然,不说一句话。她看到那部竖版《石头记》已装入箱中,就知父亲归意已决。良久,女儿惴惴不安问道:"再熬些日子,你和妈妈就可以拿到枫叶卡……"牧声笑笑:"生活方式也是一种财富,离开故园,我就是一贫如洗的乞丐。"女儿转过脸去,不让父母见到眼角的泪花。

移居温哥华之后,牧声变得沉默寡言。女儿是加拿大一家大公司的副理,她的别墅掩映在古木参天的森林之中,林中有一个水草丰美的天鹅湖,天鹅、环嘴海鸥、绿头鸭是这里的住客。每天清晨,它们都会见到一个异国的老人在这里踯躅徘徊,听到他回荡在林梢上的啸吟。好心的森林"公民"善解人意,牧声在湖畔的林丛里枯坐,天鹅、野鸭就团团围在他的膝边,宽慰他客里光荫的寂寞。野餐时,松鼠成了不请自来的食客,大咧咧地爬上木桌,翘着毛茸茸的尾巴,陪他共进午餐……牧声心存感激,却不免苦笑:假如,它们能听他说说《红楼梦》,那该多好!似乎,只有杜鹃才是诤友,悲声地发出忠告:"不如归去……"

牧声罹了忧郁症。为了排解父亲心头的郁结,女儿开着越野车钻进洛基山脉,去追寻那多变的白云。然而,她万万没想到,一次随机的游程让父亲的病情雪上加霜。七月,是鲑鱼洄游的季节,三百多万条大腹便便的鲑鱼涌进了温哥华的母亲河——菲沙河,不吃不喝,日夜兼程,奔向上游的产卵场。产卵场在离市区一百几十公里的崇山峻岭之中,河道逼仄,水流湍急,两岸怪石嶙峋。这是一个尸横遍处、血流成河的惨烈场面:鲑鱼们冲刺、挣扎、扑腾、跳跃,为的是新生命的降临。拥挤造成窒息,许多鲑鱼漂尸水面;有的是长途跋涉,筋疲力尽，产完卵就奄奄待毙；更有不少鲑鱼被石棱划破肚子，鲜血淋漓……成千上万的游客站在岸边，神情肃穆，为逝者与生者默默祈福。

牧声脸色苍白，虚汗直冒，脑海里浮现那幅惨不忍睹的画面——故乡蜿蜒的长虹溪上，木船载着难产的孕妇，向吴郡市区进发。孕妇躺在藤榻上，全身泡在血水当中。六名粗壮的农友轮着班，奋力摇船。船经陶朱湖时，孕妇的呻吟变成撕心裂肺的惨叫；终于，在她的眼里，湛蓝的天空渐趋灰暗……她，就是牧声的母亲，临死前还拽着牧声的小手；那年，牧声才六岁……

妻子和女儿把濒临虚脱的牧声扶上车，灌些水……车回市区的路上，牧声幽幽问道："女儿，祖国是什么？"女儿回答："Motherland，意思是妈妈的土地。"牧声说："更确切地说，祖国是妈妈受难的地方。"女儿意欲转移沉重的话题，打开音响，车里响起越剧天后优美的《红楼梦》唱段："我一生与诗书结为闺中伴，与笔墨结了骨肉亲……"

2

游子，回到故乡。汤冕去机场接机，第二天，亲自陪同牧声夫妇参观新版的君嶂山。绿荫更浓，古刹辉煌，牧声的心里阳光明媚。

市府的手笔之大，让牧声叹为观止。中心花园设在浮泽寺畔的山坳里，占地千亩，格调宛似皇家花园，亭台楼阁错落有致，奇花异木各具情态。一个农家池塘开挖拓宽，成了波光潋滟的小湖泊，岸边塔松亭亭，绿柳成行；舞榭歌台上，民间艺人和舞嬢正在彩排节目，传来"三六"、"三阳开泰"、"五瓣梅"的丝竹之音。雕栏玉砌的回廊九曲百折，廊柱鲜红夺目，穹顶上用仕女游春、飞天等古画点缀增色……浮泽寺在中心花园的西北角，掩映在山谷密林之中，微微露出金顶飞檐。寺畔的深谷里，涧水潺潺，周边是成片的竹海。这竹子，小拇指般粗细，四五尺高，因为与明代逊帝朱允炆有关，乡民们称之为"龙竹"。牧声记得，小时候常来偷折竹子，拿回家去作成筷子……

浮泽寺是声名远震的华夏名刹，大雄宝殿的金匾上写着"大圆满觉"四个金字，是明代僧帝朱允炆的御笔；据说，这是他逃禅后在人间的唯一留墨。靖难之变，他隐遁吴郡，驻跸浮泽寺，应方丈所请，留下这幅墨宝。令人惊奇的是，这位逊帝只写了三个半字，"觉"字下方的"见"字留了白。庙方在挂匾时请吴郡著名书法家补缺续书，模仿虽近乱真，笔意却大相径庭。鎏金时，不知何故，那个"见"字怎么也鎏不上色，最终，方丈看出蹊跷：金黄是九五之尊的专属，天子与庶人字不相配，色不相融。就这样，金色与黑色字体相间的匾额高悬在浮泽寺的大雄宝殿上。十方丛林之中，这块金匾独一无二，其神秘玄妙让世人称奇。为什么建文帝只写三个半字，为什么讲究"圆"和"满"的佛门竟会留存缺憾，这里究竟蕴藏着什么禅机？这，似乎成了千古之谜！浮泽寺因为这一镇寺之宝而名驰遐迩，无数禅师、信众络绎而至，匍匐在金匾之下，冀望顿悟匾中的禅机……

浮泽寺命运多蹇，自东晋年间开光以来，多次遭遇大劫。唐末，天下大乱，烽火四起，浮泽寺毁于兵焚；宋朝建立后，名相李纲主持重修，恢复旧貌。至今，寺庙中还树着李纲撰文落款的碑记，人们俗称"李纲碑"。最惨的劫难是在"大跃进"时期，几百头毛猪浩浩荡荡开进浮泽寺，安营扎寨，"李纲碑"和"建文御匾"成了猪栏。其时，浮泽寺已形同废墟，寺众星散，只有两三个无亲可依的老和尚栖身寺内，每天默默地清洗"李纲碑"和"建文御匾"上的污秽……

牧声家的祖坟在半山坡上，正对群峦环抱的花园，那山势，活像一张太师椅。墓穴的主人是牧声的祖父澄心法师——吴郡小天竺寺的创始人，饮誉三吴的丛林高僧。当年，他与浮泽寺的方丈澄性是师兄弟，经常联袂主持盛大法会，同转法轮。澄心是在浮泽寺涅槃的，在佛陀生日的法会上，心力交瘁，昏倒在讲坛上……师兄澄性遵照澄心的遗愿，将其埋骨于此并在墓前书写一方禅碑"缘起无我"。

欣逢盛世，佛日重光，浮泽寺巍然屹立，君嶂山苍翠欲滴，牧声家的祖坟也透现坟祥,蒸腾着紫气。多年悬着的心,终于落到地上……是天道有恒?还是机缘巧合?俯瞰着面前的新景,牧声如坠五里云中……

3

谁人知晓,君嶂山开发案的逆转、浮泽寺的存废竟然发端于汤冕的一个梦境。

三年前的夏日,盂兰盛会,开花乡发生一件旷古未见的奇事:那天,艳阳高照,乡民们抬着几顶神轿,巡边绕境,鼓角齐鸣,神幡飘扬,巡境的队伍沿着湖堤,逶迤而行。此刻,一场令人悚怖的暴风骤雨突袭而至。起先,太湖的际涯,涌出万千乌云,奔腾而来;继之,蒸腾翻滚的云层中飞出五条"乌龙",伸出长长的尾巴到湖中汲水,形成传说中"五龙戽水"的天象奇观。闪电和着雷鸣,发出桀桀声;金蛇狂舞,撕裂了铅色的天空。游行队伍被雨水打得七零八落,乩童、巫婆和乡民吓得落荒而逃。更令人恐惧的事发生了,成千上万的鱼虾随着雨鞭,飞镖般砸向人群……几条白鲢嵌在树桠里,打着挺,挣扎着,腮角渗出鲜血。族长被一条几斤重的青鱼砸昏了头,倒在水洼边……屋顶的瓦片呼然作响,裂成碎片……雨霁之后,人们发现,一尾数十斤重的金鳞鲤鱼,僵卧在团月亭前的草地上。团月亭坐落在席山之巅,席山是君嶂山的子山,是一座伸展入湖的小山。"雷公劈死鲤鱼精"的谣传不胫而走,传遍四邻八乡。目击者活灵活现地说,那金鲤额头上长着金角,一看就知道是修炼千年的"鱼精"。

人们又想起那古老的传说:很久以前,如今的太湖是沃野千里,名叫结子乡,与开花乡相毗连。后来,皇母娘娘的瑶池里,一只乌龟修炼成精,偷偷下凡,发了七七四十九天的洪水,淹没结子乡。好在观音菩萨及时赶到,在湖中打了锚,用铁链锁住乌龟精,才让开花乡免受祸殃。湖中的龟山与锚山就是乌龟精和锚地演化而成。相传,当地农民在湖中罱河泥时,常常夹到结子乡村庄屋顶的瓦片和檐角……如今,天象有异,无稽的谣传四处弥漫……

应急机制启动了,电视台滚筒式播出专家们的谈话,以历史上发生的"米雨"为例,来说明龙卷风是太湖多发的气候形态,鱼类额头骨质的瘤化也是屡见不鲜的现象……大酒家"醉涵乡关"的老板是潮汕人,头脑儿尖,开了冷藏车,去收购天空落鱼,准备让天下饕客来吴郡一尝"天鱼宴"。他的酒家烹龙煮凤,出售天下珍稀,一桌酒宴动辄数万,多则几十万。他出了价码,愿以百万巨款收购"鲤鱼精"……

汤冕副市长临危受命,飞车赶赴席山,安抚惶惶不安的乡民。席山香烟缭绕,人们正在上香,烧纸钱,求告观音大士显灵,保佑一方平安。汤冕会同镇长王涛赶走了"醉涵乡关"的老板;王涛建议说,这尾鲤鱼是太湖水族中的巨无霸,可以制成标本,陈列在水族馆中。汤冕苦笑说"眼下,重要的是安抚乡民的人心。"他俩商议一番,抬着鲤鱼下山,准备将其遗尸湖心。然而,渔民们怕沾上妖气,谁也不肯出船。汤冕站在湖畔犯难之际,一个须发皆白的老艄公驾着一叶扁舟,靠近汤冕。小船载着汤冕、王涛和"鲤鱼精",在人们的目送下,隐没在湖面的雾山之中……

晚上,身心俱疲的汤冕步入浮泽寺,仰望着那块金光闪闪的匾额,陷入沉思……他眼前浮现老艄公的影子,他来无踪去无影,面生得让人犯疑……小船快如飞箭,老艄公的长须在飘飞……穿过重重雾团,却是豁然开朗,一座光华四射的宝刹赫然呈现。一位风度翩翩的青年和尚迎了上来,寒暄之后,引着他拾级而上,登上一座九层高塔。乱云在塔下飞渡,宝塔在云中飘摇。凭轩远眺,吴郡大地莽莽苍苍。身为吴郡牧狩,汤冕第一次看到吴郡柔美的女性风韵,见到令人惊艳的稀世之美。和尚凝视着远方,木然良久,启口道:"贫僧慧觉今日与郡牧相叙于太虚,自有一事相求,事关天道,未知施主允否?"汤冕肃然:"法师但说无妨,小可当勉力而为。"慧觉沉思有顷,徐徐说道:

"吴郡境内有一宝刹,庙号浮泽,是贫僧当年驻锡之地,也是贫僧西方云路的发端之处。近闻贵郡有人拟拆寺毁林,大兴土木,贫僧深以为不然。君嶂神山,层峦叠嶂,是吴郡的盘龙之地、重宝之穴,一旦断了龙脉,伤了天和……"汤冕沉吟良久,惴惴道:"汤冕人微言轻,法师所托,恐力有所不逮,大师缘何托付重任于汤某?"慧觉微微一笑:"这是因缘,施主乃孤臣之后,一门忠烈,府上尚存一面御赐金牌,上书'板荡孤臣'四个金字。"汤冕大惊失色,靖难之变,建文帝秘密托孤于先祖汤瑛,赐了金牌,以示嘉勉。此一情事,外人无从知晓……汤冕肃然起立,长揖道:"法师莫不是大明僧帝朱……"慧觉广袖轻拂说:"浮云多变,万般皆空,前尘只是影事,肉身只是色相,前朝往事,权当虚应故事罢了。"汤冕慌得汗流浃背,良久方道:"今日有缘,皇……咳……法师教我,汤某为政吴郡,当以何为先?""身为郡牧,当以守土为先。吴郡地处神州东域,主生发,自古以来挟天下重宝,怀人间至物,水草丰美,物庶民阜,人称天堂之地,祥瑞之乡……""何谓重宝?""春秋之时,晋公子重耳出亡,乞食于田舍,村中父老敬捧抔土以赠,即为重宝。""何谓祥瑞?""战国之时,秦将王翦兵发吴郡,尽得沃野千里。一日,士卒埋锅造饭,获天石,上书'无锡兵、天下宁'。自此,六合一统,天下归宁。王翦令士卒解甲,当了田舍翁,疏浚长虹溪,尽享渔樵之乐。千百年来,吴郡成了太平之乡,鲜有兵戎血光之灾……"汤冕闻教,合十作礼:"多谢法师指点迷津。"清风徐来,吴郡大地的芬芳沁人肺腑……

晨钟响了,汤冕从蒲团上惊醒,揉了揉惺忪的眼睛,才发现,神奇的遇仙经历竟是南柯一梦。他久久地在大殿里踯躅徘徊,凝望着正中的金匾,若有所思,良久,终于下了决心,让秘书伊伊通知相关人员到浮泽寺开现场会,建议推翻开发君嶂山的成案,把君嶂山建成城市森林公园。他阐述的理由简明扼要:"君嶂山是城市之肺,涵水量充沛,是硕大的绿色水库。我们要建设后现代主义的城市,不能让吴郡大地穿上坚硬的甲壳,不能让太湖水干涸见底。我们要留存水乡文化的记忆，毕竟，城市是靠记忆而存在……"

会开一半，开发商赶来，发起了脾气，汤冕礼貌地道歉，表示要顾及他的损失；开发商傲然问道："你决定了？"汤冕笑道："不，老朋友，咱俩可以来玩个游戏，一决项目的生死。我在加拿大考察时，见到一个这样的场景：开发商为了工程，要砍掉几棵树龄百年的'祖母树'，一头长发的嬉皮士们爬上树，结绳为床……开发商调来直升飞机，想用螺旋桨的气流把他们扇落到地面的气垫上，嬉皮士们的长发飘飞，猎猎作响，煞是好看……浮泽寺旁的银杏树参天入云，我爬上去，看你有没有能耐把我扇下来……"大家都笑了。

正在这时，夏文竹市长走进会场，笑着说："汤冕兄想爬树？上了岁数了，当不了孙猴子了。"他坐下来，环视四周说："在树下现场办公，很有诗意嘛。周初，召伯巡狩南方，经常在野外的甘棠树下就地办公，广施德政，后来，百姓用'泽被甘棠'作歌，赞颂他的德政，我来吴郡履新才几个月，想说说自己的心愿：古人云，为官一任，造福一方；弱水三千，只取一瓢饮。当个好官，就必须有'士'的风骨。政声人去后，我梦想的是，在我离任的那一天，升斗小民为我设拦轿石，立去思碑……当然，我更看重的是口碑与心碑……

4

一面托孤金牌，一直牵动着汤冕的历史情缘。从口口相传的历史获知，先祖汤和是朱元璋的同村穷兄弟，也是朱元璋参加反元义军的引路人。汤瑛是汤和的义子，也与明太祖有深厚的袍泽之谊，因战功卓著，在朱元璋驾崩之后，位在三公之列，成了皇孙朱允炆的顾命大臣。靖难之变后，他隐居吴郡，却被燕王朱棣下密诏猎杀，首级被锦衣卫匣封，送燕京呈验。汤瑛下葬时，后人搞了几个疑冢。吴郡人只知道他的无头尸体埋葬在凤山，鉴于他一门忠烈，尊称他为凤山阁老。

"大跃进"时,凤山挖水库,民工发现一个明代墓葬,死者的肩头上是一个纯金打制的头颅。汤冕与牧声相契,因为他俩的先人都因"靖难之变"流播吴郡,厚重的历史渊源让他俩情同手足。吴郡赤马庄的朱家祠堂的石匾上,刻着"盱眙流脉"四个字,隐藏着一个鲜为人知的故事,暗示了大明皇族一支的迁移历史。朱元璋祖籍盱眙,大明开基后归宗,回原籍为父母建了皇陵。汤冕熟知这段历史,也知道朱牧声是大明皇族的破落子弟。中学时代,他给牧声起了"托钵王子"的绰号,用来揶揄皇族裔孙的落拓相;同学们知道牧声的祖父是和尚,却全然不知"王子"的尊称来自何方。

今次,他俩漫步在浮泽寺边的山间小道,一起勾沉这段鲜为人知的历史,心情格外亢奋;他俩的脚下,先人们曾留下脚印。牧声从心底里感激这位学弟,感激他力挽狂澜,保护了一方净土,留存了弥足珍贵的历史陈迹,让隽永的历史记忆不至于湮没于滚滚红尘。

牧声用"处义不回,义薄云天"来高评汤冕的侠行,汤冕笑了:"其实,学弟位卑人微,顶不了真,最终决定君嶂山、浮泽寺存废的,还凭了夏市长掉书袋、夜说'红楼'。""什么,说'红楼'?""是的,他是个奇人,说了'红楼',也谈了女人……"

对于君嶂山的开发案,夏文竹多日不置一词,那位开发商自有叫板的实力,调动各种人脉逼迫吴郡就范。正在此时,京津地区一批"红学"大家访问吴郡,夏文竹是红学迷,整日价陪着几位红学家,盘桓在太湖烟水之间。

一天傍晚,夏文竹为红学家们饯行,邀约汤冕作陪,那位开发商也列为嘉宾。晚宴在一艘仿古画舫上举行,哗哗的桨声中,船顺着古运河顺流而下,两旁是现代都会光怪陆离的夜景。

红学家们恭维主人,曲意说,临别想请夏市长"不吝赐教"。夏文竹饮了一杯葡萄酒,凝望着杯底的残红,缓缓开口道:"仗着三分酒胆,我也来附庸一番风雅,以免让人讥刺:'开口不说《红楼梦》,此公缺典真糊涂。'当年,有人指责,《红楼梦》是一部吊膀子书,为此,历代红学家十分愤怒，称其为屁话。《红楼梦》洋洋洒洒，谈的都是女人，不是吊膀子书又是什么？吊膀子，吴郡人称为和调，和调是琴瑟在和鸣，贾宝玉在女儿国里和调，又有什么过错？文学就是人性学，女人，是天下男人心爱的话题，吊膀子也永远是人性主题。当代最伟大的科学家霍金说，清醒时思考最多的还是女人，女人完全就是一个神秘的物种。他穿透了宇宙密码，却穿透不了女人。"

"经离叛道"的开场白语惊四座，红学家们没有听到惯常的八股腔，觉得别开生面。夏文竹旁若无人，站起来踱着方步，似乎在梳理自己的思绪："诸位是天下鸿儒，屈尊来到吴郡，应该可以得出一个结论，天下最美的女子就在水乡，就在吴郡。沉鱼、落雁、闭月、羞花，是天下共仰的四大美女，然而与吴地美女相比，却是等而下之，因为，在我们美丽的水乡，出了一个'世外仙姝'林黛玉，是一个花魂、诗魂、鸟魂式的美人，是地道的太湖女儿。曹雪芹阅尽人间春色，最终用一部旷世奇著告诉世人，天下之美在三吴。造化垂爱吴地，创造了精巧的水系、丰美的大地，也创造了花容月貌的三吴美女。文化是天造地设的，是大自然的慢工细活；人的创造，只是文化附丽。美女是水乡文化的物化，是太湖的灵山秀水造就了林黛玉这般的人间尤物。因此，我敢断言，《红楼梦》追求至美的情感基础和文学基础就是水乡文化。这就是说，没有水乡文化，就没有林黛玉，也就没有《红楼梦》。红学界应该惊醒，无视水乡文化的研究，所谓的红学不过是无根之木。这，才是真正的此公缺典真糊涂！"

红学家们忐忑不安，因为他们中的不少人是第一次到这个美人之乡，粉黛之地，却不期受到东道主的责备。夏文竹依然言之滔滔："《红楼梦》中有句千古名言——'女儿是水做的骨肉'，这句话典出何方——来之于瑰丽的水乡文化。吴中女子艳压群芳，靠的就是那灵动的水韵。林黛玉的冰肌雪肤来自故乡的水，林黛玉怨而不怒的柔美性格来自故乡的水。水，作了她的魂。这水，是太湖之水，太湖之美美在水，是普天下最美的水。上善若水，吴郡的水是最善的水。这水，酿出最醇的酒。《红楼梦》中,被曹雪芹誉为酒中珍品的就是'惠泉酒',这酒就产于吴郡,也是我今天款待各位的佳酿琼浆。'日出江花红胜火,春来江水绿如蓝'……多少诗人词家迷恋于水乡的水!'吴女天下白'、'吴女歌舞醉西施'……又有多少骚人墨客迷醉于水乡的色!久而久之,'吴女'两字相拼,成了一个'娱'字,这就是说,没有吴女在场,就算不了文化娱乐。"

此刻,画舫里暗香浮动,身着轻罗薄绸的吴郡美女如仙子凌波,托着茶盘,款款而来,给客人们奉上香茗。目迷五色,红学家们情不自禁地鼓掌喝彩。

欢笑声中,夏文竹的脸色却转为凝重:"昨晚,夏某夜读红楼,突然想起一位学者的话:'如果失去乡土文化,农村也将失去美女',以此而论,湮没水乡文化,丢了水魂,吴郡大地也就失去了林黛玉。试问,生活中没有美女,为爱而生的人们,活着还有什么意义?夏某领政吴郡以来,念兹在兹的就是这件事,保护好吴郡的每一滴纯美的水。有人说,地球上最后一滴纯净的水是人类的眼泪。一个文化的消失意味着一个族群的消解,是人类的悲剧。我不希望悲剧出现,也决不让太湖纯美的水化为吴郡人最后的泪水。"

会后,开发商颓唐地对夏市长说:"我听懂你的弦外之音了……相信我,因为我也是吴郡人。"

5

鼓乐喧天,夏文竹市长在闪烁的镁光灯下为"森林公园"剪彩。他脸泛红潮,手指微颤,难掩他涌动的心潮。谁都知道,他的父亲夏润生是吴郡市的第一任市长,就殒身儿子剪彩的地方,尸骨草葬在山坡上的半幅黄土之中。

那是创造"神话"的年代:水稻的谷粒长成"乒乓球",胖娃娃们

"躺在"密植的稻穗上，猪能"长"得比牛还大……令人振奋的是君嶂山发现铁矿，这成为天字第一号的喜讯。牧声的堂叔在苏联列宁格勒大学专攻地质学，目的是找铀矿，为共和国制造原子弹。刚巧那年，他回乡省亲，夏润生找他请教。堂叔看了矿石标本说，这是贫矿，含量不超过 10%，建议夏润生去马鞍山采购矿石，他介绍说，马鞍山的铁矿含量达 70%以上。同时，堂叔还建议，炼钢炼铁，要用焦炭，木炭的温度不够，用煮饭用的风箱加温无济于事。他还说，发展要讲究科学，光有良好的愿望是不够的，欧洲有一句谚语说："通往地狱的道路常常是良好的愿望铺成的。"有人说堂叔"只专不红"，告到有关部门，堂叔写了几份检查，才余悸犹存地回到列宁格勒大学的课桌边。千军万马拥进君嶂山，人们举着"一两黄金一两铁"、"寸木不留"的标语，迈出挖山取矿、砍树烧炭的跃进步伐。不识时务的夏润生挡在山前，怒吼着："你们要砍树，就从我的身上踩过去！"人们推倒他……第二天早上，层峦叠嶂的君嶂山已是遍地狼藉。

夏润生咯了血……他是被人用担架抬到君嶂山浮泽寺前接受批斗的。两个十几岁的小护士提着输液吊瓶，护在担架边，哭着恳求大家，不要对她们的病人动粗。批斗会的主席台上，放着一块君嶂山出产的铁疙瘩，系了红绸布，主席台的两侧是对联，写着"沉舟侧畔千帆过，病树前头万木春"。只是，批判会开了一半就草草收场，随着两个小护士的失声哭喊，人们看到，夏润生伸出颤巍巍的手，紧紧攥住担架边的泥土，昏了过去……几天后，他病死了，四个老农民帮着孤儿寡母，把夏润生抬上山麓。

一头小白猪的感情牵扯，让牧声无意中邂逅夏润生零落的送葬队伍。牧声家养了一头荷兰猪，是当年畜牧站推广的新品种，42 斤时，被共了产，牧声亲自牵着它，送进浮泽寺，让它去过时尚的集体生活。神佛让了位，浮泽寺成为公社的养猪场。原本，农民的牲畜吃的是米泔水、菜帮子、草藤瓜皮，食堂化后，猪的粮草发生问题，整天过着有一餐没一餐的日子。牧声很喜欢荷兰小白猪，觉得它傻得可爱，便经常偷空去养猪场瞭望它。浮泽寺里养了三百多头猪，大殿做了猪圈，佛像都被砸了，"大圆满觉"的金匾成了围栏，北宋的李纲碑成了填石。饿慌了的猪把匾额啃破了边框，露出木心。小白猪认得小主人，望着牧声嗷嗷直叫，牧声心疼，去山坡上打了些猪草，让小白猪充饥。从此，只要有空，牧声都会去那里打猪草。因此，他初识幼时的夏文竹。

时过境迁，人事沧桑，直让人唏嘘。牧声听汤冕说，夏文竹主政吴郡以来，也曾去寻觅父亲的墓地，却因当事人大多凋零，更兼林相更迭，一直无法确定墓地的位置。

正当牧声沉浸在回忆之中时，一双结实的手从背后紧紧攥住牧声，爽朗的笑声随风飘起："大秀才，欣会，欣会。"牧声转身一看，正是市长夏文竹，心头一阵激动说："汉子，就像你父亲一样！"夏文竹诧异道："牧声兄，莫非你见过家父？""见过，见过。记得第一次见面，是他到我的村子主持'鞭春'仪式，当时我还穿着开裆裤呢；最后一次相见，他已人在隔世，我在当'猪倌'。那天，几个老农抬了一口薄皮棺材从我身边经过，我刚好在浮泽寺旁的山坡上打猪草……你好不可怜，腰里束着一条白布，手上捧着牌位，跪在一旁，簌簌发抖。你妈妈头上插着白纸花，呆滞地望着山下的田畴。四个老农民累饿得没有了力气，在一旁茫然看着天，啃食着山芋。棺木吊进墓穴时，一个姓王的'吹打'赶来，拿出唢呐，吹了一曲中国式的安魂曲。那声音，太凄凉，直让人揪心……"夏文竹听着，缓缓背过脸去。牧声赶紧煞住："老夏，我说了多余的话……"

夏文竹回过头，挥了挥手："不，不。父亲的遗骨为吴郡大地添了新绿，也可以说遂了他老人家的心愿……"他随即缓解了凝重的脸色，问道："听汤冕兄说，你的那头小白猪粗通人性，很可爱……"牧声应道："在寺里住了一年，反'平调风'时，还给了我家，我与哥哥借了杆大秤磅了一下，不多不少，四十斤，少了两斤……"说完，心底发酸，眼眶微微发红。夏文竹说："牧声兄，我问了多余的话……噢，对了，听说你的祖父澄心法师的墓就在附近，你可否带我去看看那方禅碑，听人说，澄心法师是吴郡的一代名僧……"牧声感谢道："夏市长，要不是你，祖父早就成了夜旅无店的孤魂……"夏文竹说："当年，我劝那位老板说，给吴郡人留点记忆吧；失忆是可悲的，像莎士比亚的剧中人哈姆雷特那样，茫然四顾地问道：'我是谁，我从哪里来？'……"

两人边说边走，爬上半坡，来到澄心法师的墓前，透过掩映的树林，中心园区的景象尽收眼底。夏文竹伫立在"缘起无我"的禅碑前，望着山下川流不息的游客，陷入沉思。突然他问道："牧声兄，你相信宿命吗？""宿命？""是的，用时兴的话来说，就是生命密码，家族密码。比如说'逃禅'，似乎成为你们朱氏家族的常态；几天前，我站在僧帝题写的金匾前犯疑，'觉'字下面少了一个'见'字，究竟蕴含什么样的禅机？"牧声迷惘地望着浮泽寺的金顶说："'逃禅'即是'悟禅'，祖父临终前说了一句话——无见是觉。"

一段口口相传的历史，风云弥漫，飘过牧声的心头……

第一部

1

这是一个黄昏的故事,是大明皇族一段愁云惨淡的历史。故事发生在建文四年……

五月的一天下午,庆成郡主轻车简从,来到皇宫的西楼。西楼是枢密之地,太祖朱元璋立国之后,就在这里批阅奏章,处理军政要务。洪武三十一年闰五月,太祖驾崩,皇太孙朱允炆承继大统,也在这里日理万机。建文元年七月,朱允炆的龙椅尚未坐热,叔叔朱棣就打着"尊祖训、靖国难、索奸臣、清君侧"的旗号起兵造反,犬牙交错,仗打了三年。于今,燕兵飞渡淮河,直薄应天,渐成黑云压城之势,帝国王师非降即败,呈土崩瓦解之势,钟山风雨飘摇,建文帝势单力薄,已无法抵御饿虎扑羊的虎狼之师。无奈之下,这位少不更事的皇帝只能求助于骨肉亲情,礼请庆成郡主渡江,赴燕营议和,愿以划江而治为条件,恳请叔王息兵罢战。

庆成郡主是太祖的侄女,朱元璋二哥的女儿,是一个敦厚质朴的村姑,与燕王相交甚契。大明皇朝开基后,朱元璋派人到凤阳太平乡孤村寻找二哥的遗孤,找到这位正在喂猪的侄女。朱元璋把她接到应天,抱着她痛哭了一场。此后,隔三差五,朱元璋都会带着太子朱标、孙子朱允炆、庆成郡主和诸位皇子回太平乡祭祖,一家人在孤村的茅草房小住几天。朱元璋穿着粗布缕衣，戴着蓑衣斗笠，教孩子们插秧、割草、喂猪。庆成郡主干农活是个好把式，常常得到朱元璋的夸奖。朱标、朱棣、朱允炆很羡慕，纷纷拜庆成郡主为师。郡主采摘荠菜、马兰等野菜做米团，很好吃。孩子们很开心，因为在农村比锁在深宫里读书有趣得多。朱元璋也常常带子孙们去汤和家请安，汤和是朱元璋小时候的赤屁股兄弟，也是他参加义军的引路人。汤和身经百役，战功卓著，被封了侯爵，明朝建立后，他急流勇退，致仕回乡。汤和家的瓜果园很大，他每天采摘时新瓜果让皇子们尝鲜。庆成郡主和朱棣经常一起去帮汤和种菜浇园，到了晚上，朱棣在灯下教庆成识字，俩人形影不离。因此之故，庆成郡主成了媾和的最佳人选。

中军帐里，燕王盛宴款待这位仁厚爱人的堂姐。郡主不动筷子，嚎啕大哭，历数百般苦情：一场瘟疫肆虐，凤阳成了纸钱飘飞的鬼域坟场，祖父母死了，用草席裹尸，草草埋了；五个兄弟中，就元璋与二哥逃过一劫。饥寒交迫，元璋决定投军吃兵饷，临行时与二哥抱头痛哭，说是"好歹搏命去换几锭银子，几年后回凤阳置几亩薄地，也好给父母修个阴宅……"如今是帝皇之家，沃野千里，富有海内，却为了争地盘骨肉相残，这让地下的列祖列宗如何安息！燕王见状，也是泪流满脸，握住年长老姐姐的手，哽咽说："好姐姐，弟弟此举也是逼于无奈，侄皇允炆年少无知，听信黄子澄、齐泰、方孝孺一干奸臣谗言，致使我们骨肉相残。弟弟兵临南京，目的是诛杀奸臣，整肃朝纲，奠安社稷，保全骨肉；事成之后，我仍然回到父皇给我的封地，安养天年，绝无他求。允炆侄皇仍可安心当他的皇帝。"郡主见听，放宽了心。送别之时，燕王殷殷说："给诸位弟妹带个讯，很久没有见面，叙叙天伦之乐，不知此番能否如愿以偿；切望众弟妹保重，自爱。"

行至江渡，道衍和尚气喘吁吁赶来送行。他是朱元璋为燕王物色的佛门师父，专事诵经荐福，深得燕王信赖。他合十施礼说："不知郡主驾临，怠慢，怠慢，还望郡主见谅。"他殷勤地扶郡主上船说："郡主驾回京都，贫僧有一不情之请，拜托你寄语吾弟溥洽法师，望他好自为之。"言毕，似在不经意之间，将掌心的一个小纸团塞进庆成郡主的掌心。

庆成郡主回复王命，一脸喜气说，燕王无意大宝，侄皇性命无虞，大统得以延续。只是黄子澄帝师和齐泰将军得受些委屈……

建文帝听毕，神情木然地望着窗外，一轮橘色的夕阳正缓缓西沉。

淑妃莲姑托着一盘水果，风摆杨柳一般，款款进了上书房。郡主一见，喜上眉梢："啊呀呀，快放下，快放下，这些粗活让宫女去做就是了，千万别动了胎气。"莲姑给郡主道了万福，笑盈盈地坐到郡主的身边，郡主拉着她莲藕般的玉手，端详她掌心的纹理，乐得合不上嘴："好闺女，这等的身胚子，这般的肌理，还愁生不出金童玉女、龙子凤孙。日前，姑姑接内庭喜报，说你珠胎暗结，让姑姑快活得一宿未睡。"莲姑甜甜一笑："托姑姑的福分。"郡主见莲姑如此乖巧，更是乐得心花怒放。

说起来，莲姑能承欢天颜，博得皇上的百般宠爱，确实是纳福于这位朴实的农村老妪。建文二年，建文帝敕谕苏、松、嘉、湖地区选秀女入宫，特请安庆郡主回盱眙，物色一两个家乡女子，以作嫔嫱，备职事，侍巾栉。莲姑的母亲姓陈，与朱元璋的母亲同族；父亲是宋末名将张世杰的亲兵，广东崖山之战，陆秀夫背幼帝蹈海，这位亲兵也被元兵打落入海，传奇般逃生，回盱眙津里镇当了术士，以卖卜看风水教书为生。莲姑就是这个老妪枝蔓上的嫩芽。安庆郡主初见莲姑，是在她父亲的塾馆里，初见之下，安庆倒吸一口冷气，怔了许久，天哪，人间竟有这等的美人胚子！莲姑正在给父亲磨墨，兰花指微翘，一点红唇微微努动。她轻轻喘息，室内弥漫着如兰的气息……郡主入迷地凝视着她浑圆微翘的丰臀，那是凡间女子人人倾羡的润美香巢……

按照《皇明祖训》中勋旧联姻、以礼聘娶的规定，安庆郡主致赠了重金，礼请莲姑的父母亲自送亲。那天，津里镇鞭炮轰鸣，旌旗飘扬，送亲的队伍绵延数里。知府、县宰披红扶轿，老秀才夫妇也坐上八抬大轿。老秀才膝下无子，请来表侄陆钧帮忙，他披了红绶，背着"官箱"，骑上高头大马，作为前导，好不威风……

建文帝获此人间尤物，大喜过望，当晚就命莲姑香汤沐浴，入寝房陪侍。建文帝封莲姑为淑妃，命她在御书房伴读。他痴迷于莲姑磨墨时的凤仪之姿，更销魂于莲姑龙榻上的千娇百媚，由此，除了皇后，建文帝冷落了贵妃、才人、婕妤、昭仪、美人、昭容……年余，淑妃身怀六甲，对建文帝来说，这无疑是天大的喜事。马皇后带了两个幼小的皇子，前来道贺。也算是巧合，朱元璋的结发妻子是马氏，朱允炆的皇后也姓马，是当朝光禄少卿马全的女儿。当初，淑妃入宫时，马皇后见莲姑楚楚动人，脱口而出："我见了尚且怜爱，何况是君王乎！"她本性贤淑，握着淑妃的手，讲了许多养胎的经验，临走时，还让淑妃抱了抱七岁的大皇子朱文奎和三岁的小皇子朱文圭，说是让她沾沾老虎气，也好再为圣上添一个龙子。一时，驿道之上，骏马奔驰，喜报飞传，合朝文武纷纷上表庆贺，共祝国祚绵长。

庆成郡主与莲姑聊了一些家常话，便要道别告退，允炆依然是魂不守舍，木然地凝望着天际的流霞，莲姑上前，拉了一下允炆的衣袖，示意他起身送行。庆成走出门，又踅了回来说："唉，老了，爱忘事。对了，燕王的那个和尚师父偷偷给我一张纸条，托我带给皇上的主录僧傅洽法师。"庆成郡主从袖中摸出纸团，莲姑贴着桌面，展平纸条，见上赫然写着四个草体字"隐遁鹤飞"。

送别了安庆郡主，道衍法师回到居处，合十打坐。佛门有好生之德，这是他送出那张纸条的唯一动因，他佯称给师弟傅洽捎个讯，实则是为建文帝指条路。他深知，燕王兵洗应天，弑君篡位，已无悬念。燕王如若不杀亲侄，则无缘九五之尊，即便是强行废黜，也只能如汉代的王莽，招致天下汹汹的骂声，招致一个奸臣逆贼的千古骂名。因此，燕王兵渡淮河，虽然"兴义师以勤王，索奸臣而靖难"的旗号不变，却阴招心腹死士，组成猎杀朱允炆的敢死队。燕王密令，破城之后，紫金城禁门之内，不留活口，诛建文帝者，封侯，杀淑妃者，赏赐千金。事已至此，道衍懊悔莫及……

2

建文元年二月，即位的皇孙朱允炆一改洪武帝的严刑酷法，诏告天下："行宽政，赦有罪，蠲田赋。"同时，听从帝师黄子澄的建言，削除宗藩。朱元璋立国后，相继将二十六个儿子分封各地为王，本意是在国家遭遇外族入侵时，让诸王作为藩篱屏障，拱卫京师。藩王平时没有军权，战时却有节制封疆大吏的统率权。黄子澄以汉景帝平七国之乱为例，告诫建文帝："宗藩不除，国无宁日。"他自信地说："诸王手无军权，只有少量的家丁、护卫，如若谋反，一待王师征伐，敢不束手就擒！"不知天高地厚、不知审时度势的青年皇帝听信这番迂阔之言，冒然躁进，由心腹之臣齐泰统率全国军队，展开翦除诸王的行动。不多时，周王肃、湘王柏、齐王榑、代王桂、岷王楩等几位飞扬跋扈的王叔相继入罪，被废为庶人。

建文元年六月，燕王手下的百户长倪谅叛变，密告燕王养鹅乱声，阴造兵器；蓄养壮士，图谋不轨。齐泰、黄子澄急令锦衣卫潜入北平，抓捕燕王的护军指挥于谅、周铎，乱刀戮杀。建文帝下诏，严词指责叔王，燕王见事已败露，十分惶恐。第二天，他头发披散，衣衫零乱，出现在闹市，他大呼小叫，冲进酒肆夺酒抢食……当天，他失踪了。几天后，王府家丁在郊外的草丛里找到燕王，他昏睡了几天，枯瘦得不成人样。王后哭求于道衍法师，请他诵经荐福。道衍拈着佛珠，久久不发一语，末了，悲凉地说："燕王没有疯病，只有心疾。"他踌躇良久，伏案修书一封，命人快马加鞭，前往河南嵩山，礼请奇士袁珙出山。

袁珙是一个奇人，是道衍行脚嵩山时结识的朋友。那天晚上，道衍踏着月色蹓跶，路经一家道观，听到寺中人声鼎沸，一见，却是四方乡民前来占卦问卜。道衍称奇，也就伫立一旁，探个究竟。一个头戴方巾、身穿鹤袍的道士翩翩然站立中庭，指挥乡民仰视天上的皎月，纹丝不动。不一会儿，乡民们个个头昏目眩。此时，道士导引乡民进入一间伸手不见五指的厅房说："案几之上有一个钵子，里面的黑豆白豆掺杂在一起，每人依次在钵中取豆七粒，必须是四白三黑。"乡民们摸黑选豆，个个觉得目光如炬，钵中的颜色黑白分明。不一会儿，厅房中燃起两柱巨烛，检视乡民们手中的豆粒，无一不是四白三黑。道士开始为乡民们看相，他参以生辰八字，视人形状气色，把每个人的命理运势说得丝丝入扣。道衍惊为神人，与他漏夜长谈，引为知交。曙色初露，道衍与他握别，殷殷嘱咐说："道兄奇才，必然有一番作为，诚望自爱。"

袁珙进入北平，已是入夜时分；来到燕王府，正想投帖求见，却见府门前乱成一团，人进人出，行色匆匆；大呼小叫，神情惊惶。袁珙伫立一旁观察，方知王爷又因疯癫病发走失了一天。大约过了两个时辰，一个校尉飞跑而来，大呼："找到了，王爷回家了！"立时，王后带着女眷、子弟蜂拥而出，雁立门第两侧。不多久，燕王一颠一跛地走来，两个宫女提着花灯为他照明引路。几十个彪悍的护卫手按剑柄侍卫在旁。正在这时，袁珙箭步上前，跪伏在地，朗声说："陛下何故轻身至此？如此这般，岂不让天下黎民椎心裂肺！"言毕，放声大哭。燕王闻声，先是一愣，继则佯狂大怒："何处狂徒，胡言乱语，竟敢陷孤王于不忠不义！刀斧手……""刷"的一声，校尉们拔出明晃晃的钢刀。这时，道衍飞奔而来，大喊："刀下留人……"

烛光溶溶，密室中，燕王锦袍玉带，离座对袁珙长揖道："适才相遇，先生尊我为陛下，是何缘故？"袁珙淡然一笑说："敢问王爷，刚才两位宫女为王爷照明引路，手中所持花灯是何形状？"燕王答道："日灯与月灯，此乃小儿们上元灯节的玩物，事后放置库房，今旦，奴才们情急慌神，随手取用。"袁珙又问："昔日太祖逐鹿天下，一个'天命所归'的传说你知道么？" 燕王说："愿闻其详。"

这故事蕴含天机——元朝末年，同为左右丞相的脱脱与罕帖木儿争权，爆发了一场激烈的廷争。脱脱以丞相之职督军，领导了一支骄蛮嗜血的虎狼之师，横扫天下群雄。他一举歼灭起义军"芝麻李"，如拾草芥，继后以摧枯拉朽之势打下高邮，力克张士诚，再次，兵薄濠州，重创郭子兴……眼见荡平天下已在弹指之间，然而，这位骄横跋扈、我行我素的枭雄，罔顾功高震主的人臣忌惮，让元帝日渐寝食难安。那日，元帝召群臣商讨平乱之策，脱脱依然是一副雄心万丈、天下独尊的模样。罕帖木儿见状，冷笑说："芝麻李、张士诚等鼠辈，芥癣之疾，不足以论。帝国的心腹之患，未见阁下动其一毛！"脱脱大怒，连日来的浴血征战之功竟然被罕帖木儿说得一分不值！他吼道："请问，何人是帝国心腹之患？"罕帖木儿正色说："吾闻吴王朱元璋，奇骨贯顶，相貌威武，有帝王之相。此人不除，社稷危在旦夕！""哈哈哈……"脱脱仰天大笑："我道是谁！一个四乡行乞的丐儿，一个八方行脚的臭头和尚！哈哈……"他突然将手中的茶杯摔在案几上，狠声说："诸位同僚作证，今儿个我撂下一句话：此人若能称帝，除非日月同行！"说完，负气离席而去。回到家中，他似觉身心倦怠，便裹衣而卧。他做了一个蹊跷的梦：元宵灯节，火树银花，朱元璋好整以暇地踱着方步，赏花观灯，迎面向脱脱走来，面露微笑。身旁两个童子举灯引路，那对花灯，一盏是日灯，一盏是月灯……梦醒，脱脱仰天长啸："天灭大元。"第二天，元帝以欺君罔上之罪撤了脱脱的督军职务。脱脱自知末日将至，便征选美女，广纳歌姬，沉醉于"天魔之舞"之中。所谓"天魔之舞"，便是与一大群脱光衣服的女子群舞、群交的胡舞。一代枭雄，最终沼死在"祸水"之中。

袁珙言毕，伏跪在地："适才袁某亲见'日月同行'，足见天意如此。高某初到之时，眼见王府上空，紫气东来，云幻龙象，又见王爷龙行虎步，日角插天，自忖大明朝太平天子行将横空出世。王爷年方四十，正值英年，又兼长须过脐，实是大贵之相。高某断言，不出三年，王爷即登大宝。"一席话，说得燕王心花怒放。正在此刻，道衍推门而进，带来一阵寒风。燕王望着门外屋檐上的冰凌，随口吟道："天寒地冻，水无一点不成冰。"道衍听了，接口道："国乱民怨，王不出头谁作主。"燕王听了，发出一阵狂笑……

袁珙当了军师后，略施小计，助燕王设"鸿门宴"，斩杀县令、郡守；当日又攻夺九门，杀都指挥使彭二。癸酉，燕王誓师，公然打起"靖难"的旗幡，华夏大地，一场血腥的杀戮自此发端——道衍，即是这场灾难的始作俑者。

道衍心如油煎，难以静心。"拥兵自重"是他的倡议，目的是分庭抗礼，为燕王保住太祖赏封的燕赵之地；至于谋逆，决非道衍的初衷。然而，他荐举了袁珙，却又违背高蹈红尘的佛门清规。有史以来，天下纷纷，乱也是道，治亦是道。乱天下者，陈胜、吴广、张角、黄巢、韩山童、刘福通……皆为道中翘楚；治天下者，姜子牙、张良、诸葛亮、刘伯温……更是道中菁英。道衍本意是借袁珙的经纬之才，辅佐恩主燕王，求个太平之道，却不料酿成一场生灵涂炭的灾变。道衍追悔莫及，弥补之计，也只能向燕王求告：切勿滥杀无辜。

燕兵渡淮后的一天，道衍求见燕王，从袖中取出一张街头的招贴问："方孝孺先生撰写的讨逆檄文，王爷是否已经过目？"燕王见问，脸色忽红忽白，自觉羞愧难当。方孝孺在诏檄中历数燕王种种罪状，刻画了一个奸臣逆贼的无赖形象，号召举国军民，拱卫京师，共诛国贼。他的文笔犀利泼辣、入木三分，更兼文字酣畅淋漓，气势如虹，大有骆宾王《讨武曌檄》的流风。那日，燕王阅毕，羞得捂住脸颊，深觉无地自容。燕王见道衍相问，勃然大怒："破城之后，我定要将他肉剐，以泄心头之恨。"道衍双手急摇说："王爷，方孝孺是太祖钦定的帝师，被誉为治世良臣，又是当今天下士子的意见领袖。城下之日，他一定不会归降于你，即便如此，老衲还得求王爷为社稷考量，万勿杀之。杀孝孺，天下读书种子绝矣！"燕王沉吟良久，点头说诺。

3

允炆送走安庆郡主，与淑妃相拥而泣，想起淑妃腹中的娇儿，更是悲从中来。淑妃温言抚慰说："也许王叔念及骨肉亲情，不忍加害。"允炆长叹一声："要豺狼之人放下屠刀，无异与虎谋皮。"他早就接到密报，知道燕王已下密令，袭杀他、马后、两皇子与淑妃，斩草除根，以绝后患。

对这位青年皇帝来说，燕王一直是芒刺在背的忌惮。诸多王叔不足为虑，大多是温文尔雅、风流倜傥的风雅之士，对皇权、国事漫不经心。唯独燕王，镇抚北平，多次掌帅印，深入草原、沙漠、实施父亲拟订的"清理沙漠"的靖边行动，手上沾满夷敌的鲜血。铁血生涯养成嗜血的性格，形成他"屠刀之下，必有顺民"的统治理念。他的王府是当年的元宫，曾经金帛盈库、美女充栋。历史的旧迹和风华常常让这位新的领主心生遐想，充满对"山呼万岁"威仪的憧憬。自此，他密蓄策士，热衷研习帝王术，盼望有朝一日龙驭天下。

毋庸讳言，所谓削藩，无非是建文帝针对燕王量身定制的政策。明太祖出身寒微，幼年时，家贫如洗，"生者为衣食之苦，死者急无阴宅之难"，因此之故，他一生只读过两年私塾。大明立国后，朱元璋最大的心愿是，儿孙不要像乃父一样草莽和冷血，希望儿孙们个个是温文儒雅、仁厚爱人的哲贤，盼望他们勤政爱民，缔造一个政治清明、轻徭薄赋、百姓击壤而歌的大明盛世。为此，他修建大本堂，聘任宿儒、名僧、高人来教育皇子，因材施教，亲自拟定"仁、明、勤、断"四字教育方针。皇天不负有心人，诸皇子经过一番砥砺，大多成为学有专长、术有专攻的饱学之士。显达者如十七子，是一个文史大家，撰写了《通鉴博论》、《史断》、《诗谱》、《文谱》等数十部著述；又如第五子，是音律行家，著有《元宫词》百章，兼精通本草，撰写《救荒本草》一书；再如十二子，博览群书，醉心道学，自号紫虚子，终日流连佳境，情寄山水……

太子朱标，在儒学大师宋濂的谆谆教诲下，成为稳健持重、仁厚爱人的翩翩公子，兼具不怒自威的帝王资质，这让明太祖喜不自胜。朱元璋是一个典型的农民，理想是拥有一块聊以糊口的土地。当年，托钵化缘、云游四方之时，常常是天作被、地为床。他望着星空，幻想着地连阡陌，戏诌一诗："天为罗帐地为毡，日月星辰伴我眠；夜间不敢长伸脚，恐踏山河社稷穿。"苍天垂爱，他果然日月相伴，建立起国号为"明"的王朝。他深知，胸中不平，酒可浇心中块垒；天下不平，非剑不能消之，因而，他杀人无度，用白骨垒筑理想；然而，他更明白，长治久安在于天下归仁，因此，他期盼承继大统的儿孙是宽厚仁慈的圣君。

为了天下太平，他不仅残酷地杀戮敌人，也对同一战壕的战友下毒手。为明心迹，朱元璋把太子与皇孙叫到金殿上，要朱标把地上的一根尖刺荆棘拿起来，朱标不敢，朱元璋慈祥地说："你们应该理解为父的一番苦心了吧？我是为你们去刺！"他说："反元时，难免会有绿林中人、流痞、强梁流入起义队伍，哪一个是省油的灯？一旦大权在握，贪赃枉法，鱼肉乡民，无所不为！假如尾大不掉，让他们篡了位，天下百姓又要受倒悬之苦。为父杀贪官污吏，锄天下土豪劣绅，为的就是天下众生。你们看看，对胼手胝足的农人，为父敬之、爱之、护之。访视民间时，我带你们下乡，要你们懂得稼穑之苦，知道一粥一饭、一线一缕都来之不易。"

朱元璋的暴戾与乖张，让满朝文武惶惶不可终日。每每临朝，廷臣们都要忧心忡忡地与妻儿诀别，深恐一去不回。日渐，廷臣们发现，朱元璋的玉带是他喜怒的表记，如果玉带挂在脐上，便是"风和日丽"；一旦玉带坠到脐下，众臣人人头皮发麻，就知又有"倒霉鬼"要人头落地。

那天，工部尚书钱宰上朝，偷瞄了皇上的玉带，见是不上不下，挂在正中，猜不透皇上今天的心境，心中忐忑。这些时日，他正在督造太祖神庙，所用的楠木料子都要从云南、四川砍伐。楠木沉重，道路崎岖，钱宰想了个法子，叫人在寒冻天气灌水结筑成冰道，把楠木溜滑到江边，装船运到金陵。这事儿费工耗时，难免工期延宕，钱宰忧心如焚，一直担心皇上怪罪。正当他战战兢兢之时，忽听朱元璋叫道："钱爱卿出班。"钱宰慌忙出列，俯伏于丹陛之下，朗声道："臣恭聆圣旨。"朱元璋微微一笑："爱卿今晨几时抵达朝房？""四鼓时分。""很早嘛，我几时嫌你迟了？"钱宰一听，冷汗直冒："臣信口雌黄，罪该万死。"几天前，他在家中发愁，信手写了一首小诗："四鼓咚咚起着衣，午门朝见尚嫌迟；何时遂得田园乐，睡到人间饭熟时。"却不知朱元璋如何得知此事？朱元璋发怒了："你好大的胆子，怠忽政事，还敢腹诽朕躬，来人，给我打！"廷尉们当即上前，扒了钱宰的裤子，一五一十地挥着廷杖，在哀叫声中，钱宰的屁股开了花。朝臣们个个两股战战，面如土色；太监和侍女们在一旁掩口窃笑。末了，朱元璋罚钱宰戴上脚镣手铐，令他即刻回衙办公，将功赎罪。

钱宰不敢回家，官轿径直去了钟山，着人敷了金创伤药，立即升座办公。他大声吼叫，把两个怠惰误事的领班各杖脊二十，戴枷示众……太子朱标在东宫接获消息，思索了一会，带着允炆骑马赶到神庙工地。钱宰伏案流泪，枷号示众的工头也饮泣不止，见太子驾临，更是悲声大作。太子素重钱宰的才情，柔声抚慰，钱宰大哭说："太子陛下，我这等模样，晚上叫我怎么去见妻儿。"朱标脸色凝重，踌躇半晌，对儿子说："炆儿，这事你看怎么办？"言毕，他信步离去，浏览着紫金山的山势与风物。允炆还是个孩子，待了一会，对守卫在一边的锦衣卫说："去了这三人的枷镣，快！"

晚上，朱标与朱允炆被召至内廷，允炆一见皇太祖，就扑进他的怀中，拉着朱元璋的胡须，戳自己的脸说："皇太祖，那座庙好漂亮，听说是爷爷今后要住的，我想，等爷爷住那房子的时候，我的胡子也有这么长了……"他夸张地比了比"胡子"的长度，把朱元璋乐得哈哈大笑,紧紧搂住这位恃宠撒娇的皇孙:"小孙子,听说你今天当了一回代皇帝,好不威风!"言罢,亲了亲允炆的小脸,允炆痒得咯咯直笑。元璋见太子恭恭敬敬侍立在一旁,慈祥地说:"坐下吧。皇儿,我也知道,赦了钱宰是你的主意,唆使小皇孙,自己逃了抗上的罪名,还以为我不察⋯⋯"朱标欠身为礼,朗声道:"孔子主张刑不上大夫,主旨是让士大夫知耻,人知耻,内心的煎熬比刑责更有震慑作用。"朱元璋听罢,冷笑说:"迂腐,我让宋濂师傅教你儒学,不是让你做烂好人。钱宰,只是恃才傲物,吊儿郎当,所以我饶了他的命,至于那些贪官污吏,猪油蒙了心,还懂得什么廉耻?勒索受贿,奸淫民女时,用酒盖了脸,连羞色都遮了,不剥他们的皮,算是法外施恩了。我知道,宋濂师傅对我颇有微词,也罢,他也老了,我不跟他计较,让他致仕回乡吧;你呢,还得学一点龙驭天下的权术,切记,文武之道,一张一弛,社稷才会长治久安⋯⋯"朱标吃惊:"宋师傅他忠心耿耿⋯⋯""别说了,我心中有数得很。"

几年后,宰相胡惟庸谋逆案发,宋濂的长孙宋慎也在党羽之列,朱元璋震怒,把71岁的宋濂抓回京都,关入天牢。第二天傍晚,朱标背着父亲,提着酒食进了牢房,见到衰朽如槁木的老师,放声痛哭。喝了几杯酒,宋濂取出了一部《御文集》和一套"百岁衣"说:"这是老臣回乡时,皇上钦赐的物品,老臣每日恭读,韦线断了数处。老臣将赴黄泉,拜托太子将圣物奉还皇上。胡惟庸广纳党羽,勾结日本海盗,罪在不赦,只是皇上株连太多,深恐伤了天下元气,太子还要向皇上多进谏言。"朱标伤心说:"师傅宽心,学生好歹要救了老师的性命。"宋濂叹口气说:"老臣年届古稀,生死已不足惜⋯⋯"

宫廷中,马皇后陪着朱元璋用餐,默然无语。前些日子,朱标在母亲膝前跪求,要马皇后想个法子,赦免宋师傅;然而,朱元璋充耳不闻,坚持要显戮宋濂;胡惟庸曾私下对党羽说:"一个四处乞讨的小和尚都可以当皇帝,我为什么不可以?"这大大地伤了他的自尊心,因而大开杀戒,割了二三万人的头颅;于今,心腹之患已除,他志得意满，开怀畅饮，灌了不少黄汤。醉眼朦胧中，他突然发现什么，说道："皇后，半月来不见你动筷吃肉，身体日渐消瘦，却是为何？"马皇后垂下泪来："妾身想省下酒肉，祭拜神灵，保佑宋先生日后冥福，以便太子稍尽敬师之心。"说毕，呈阅宋濂送还的《御文集》和"百岁衣"，朱元璋看着略微有破损的封面，酒醒了一半，怔然不作一声……

几天后，朱元璋赦了宋濂的死罪，流放茂州。宋濂戴着木枷，坐着轿子，在解差的押送下出了京城。朱标和允炆在郊外设酒送行，扶着轿杠，随行了一程。数月后，茂州的城廓已经在望，县令率县吏伫立在城门前迎候，却见几匹快马疾驶而至，马上的天官手捧圣旨，大声宣道："皇上有旨。"朱元璋送来那件"百岁衣"和一条白绫，下旨说："爱卿抵达茂州，也该是穿百岁衣的时候了。"宋濂涕泪横流，伏地谢恩，用白绫自裁于城外的树桠上……

一个是顾盼自雄的父亲，一个是壮志难酬的儿子，政治上注定是一场悲剧。太子内心郁结，怏怏成病，终于撒手人寰；天塌地陷，65岁的朱元璋独坐愁城，嚎啕大哭，几天之内须发皆白。他失去了一个承继大统的最佳人选，失去了一个构建升平盛世的皇帝，他内心苍凉，第一次感到力有不逮。马皇后也身罹重病，病死前拒绝延医诊治，对朱元璋说："假如药石无效，陛下一定会杀那些御医，我能安心吗！"她含泪劝勉朱元璋："以尧舜为法，行仁厚之路，求贤纳谏，愿得贤人共理天下。"

根据"有嫡立嫡，无嫡立长"的原则，仁厚柔弱的皇太孙朱允炆顺位继承，成了储君。为了让这个不更世事的小儿"皇帝"继位顺畅，明太祖重拾屠刀，展开"去刺"行动，引发震惊全国的蓝玉案。

蓝玉是开国功臣常遇春的妻弟，是一个能征惯战的骁将，然而，在北征纳哈的战争中，他与燕王结了梁子，为此，他曾向太子朱标告发燕王蓄谋夺嫡的"不臣之心"。蓝玉告诉朱标，燕王在府第里养了许多白鹅，发出嘈杂的声音，用来掩盖私造兵器的打铁声。据目击者说，工匠有五十多人，日夜赶工。在与纳哈的战争中，燕王还私下与敌酋的使者会面，谈媾和的条件。朱标将信将疑，一笑了之，自信自己有能力消弭这位野心勃勃的堂弟的非分之想，因此他隐匿不报，以免父皇朱元璋动了杀机，伤了骨肉亲情。太子死后，燕王以省亲的名义晋京，向朱元璋进谗言，说蓝玉有"反叛之心"，如不及早处理，恐成尾大不掉之势。这番谗言，正好契合朱元璋的"去刺"心理，于是，一场株连九族的大屠杀血腥展开，罪名仅仅是"恃功骄纵，飞扬跋扈"。燕王阴谋得逞，喜不自胜，老皇帝做梦也没想到，本意是为皇太孙去刺，却为燕王夺嫡铺平道路。燕王深知，蓝玉是朱标、朱允炆父子忠贞不贰的心腹大将，是燕王的悬顶之剑。

剿灭了"蓝党"，老皇帝的失子之痛平复不少，燕王也准备回北平封地。那天，朱元璋举行家宴，为燕王饯行，特地命朱允炆作陪，以增进骨肉情谊，期盼燕王成为皇太孙的辅佐之臣。席间，老皇帝谈及蓝玉案，自鸣得意，教诲儿孙说："帝王之术，宜应专断杀伐，以免养虎遗患。"他兴致勃勃地出上联"风吹马尾千条线"，令儿孙对续下联，寓意十分明显——国事如麻，处理政务要像秋风梳理马尾一样，条理清楚。朱允炆沉吟片刻，对道："雨打羊毛一片膻。"其意是未雨绸缪，等乱丝结成团才去梳理，就迟了。燕王朱棣则是脱口而出："日照龙麟万点金"，意思是，只要位极人臣，大权在握，自然河清海晏，天下承平。朱元璋听罢，手微微一抖，酒杯"咣"的一声，掉在桌面上，随即，呵呵大笑："好，好，王儿对得好，文武全才！"朱棣喜形于色，朱允炆则怔住了，不明白太祖何以失态……

朱元璋举杯狂饮，已是醉意朦胧，席散之时，面露哀色说："今日一别，不知几时能与棣儿相聚。北国风寒，棣儿自应保重，一应事宜，好自为之。父王老了，日渐倦政，真想过一段含饴弄孙的清闲日子……这么吧，你回北平后，把高炽、高煦、高燧三个孙子送到京师来，就说爷爷想煞他们了……"燕王听罢，煞白了脸，呐呐语结。允炆大惊失色："皇太祖……"朱元璋面无表情："别说了，遵旨吧！"燕王流泪跪叩："遵旨。"燕王形单影只，踽踽出了金殿。允炆心有不忍，问道：

"皇太祖何苦如此,让叔王少了天伦之乐?"朱元璋面露慈祥之色说:"孙儿,天家无私事,皇家事就是国事。我担心的是祸起萧墙,骨肉相残……"

4

皇座业已摇动,社稷行将变色,至此,朱允炆才幡然醒悟,平叛失败的根源在于自己的妇人之仁。燕王装疯卖傻,是路人皆知的诈术,朱允炆却深信不疑。他潸然泣下,为了抚慰亲叔叔,他下旨礼送燕王的三个儿子回转北平。群臣反对说,皇太祖将燕王的儿子作为人质,留置京师,就是要制衡燕王的不轨;如若放归,燕王则无后顾之忧,起兵造反即在旦夕之间。允炆回答说:"君王行事,宜应正大光明,如若伤及至亲骨肉,岂不令天下人耻笑。"朱高炽、朱高煦、朱高燧三子安然回到北平,燕王拈须冷笑道:"哼,小儿皇帝……天助我也!"

烽火连天,各路王师奋起勤王。六十五岁的宿将耿炳文立马横刀,以血肉之躯挡住滚滚铁骑;部将盛庸是一个拔山举鼎的英雄汉子,镇守山东历城。建文二年十二月乙卯丙辰,燕王亲率大军,兵犯历城,盛庸率兵迎击,与燕军的第一号勇将张玉在城下单挑,足足斗了八十个回合,眼见张玉的战马力乏趔趄,盛庸大喝一声,手起刀落,将张玉斩于马下。此刻,城头一声炮响,千军万马涌出历城,直杀得燕军丢盔弃甲,鬼哭神嚎。

燕王领着二十多名亲兵落荒而逃,盛庸紧追在后。日暮之时,燕王兵疲马乏,途经三面是岭的驿马古道,正当要稍事休息的时候,只闻一声锣响,数百名衣甲鲜明的弓弩手突然壁立两边,一个个箭指燕王首级,燕王喟叹一声:"我命休矣!"便闭上眼睛,等待受死。战场静谧如坟场,听得见针叶落地的声音。俄顷,马蹄声响,盛庸率领几个部将缓缓走来,一副好整以暇的模样。盛庸威风凛凛,立马于道中,取下弓弩，弯弓似满月，箭指燕王咽喉……一行英雄泪缓缓流淌在盛庸的面颊，他明白，弦响箭发，这场让生灵涂炭的"靖难之乱"便划上句号，这个几天前水淹济南的魔头便成了刺猬……正值千钧一发之际，一骑快马绝尘而来，马上人手挥令旗，大呼："刀下留人！"来的是一个宫廷锦衣卫，喘着气大喊："皇上有旨，勿杀叔王，切勿让皇上担杀叔之恶名。"燕王闻声，赶忙翻身上马，冲出重围，绝尘而去。弓弩手面面相觑，无人敢发一矢……

燕王逃回老巢，一面向建文帝求和，一面却加紧重整军旅；建文帝也作出和解的姿态，表面上罢黜齐泰、黄子澄。不多久，燕王卷土重来，重创耿炳文部，形成对峙局面，迂腐的黄子澄建议临阵换将，让"官二代"李景隆取代耿炳文。李景隆是纨绔子弟，擅长纸上谈兵，常常是敌骑未至，弃土先遁……至此，建文帝大势已去，江山易帜已成定局。一位大臣建议，学汉景帝杀老师晁错缓解七藩之乱，诛杀黄子澄与齐泰，以平燕王怨怒，赢取喘息时机，建文帝正色说："杀师辱亲，无异于禽兽；我宁可丢掉江山，也不丢做人的品格。"

齐泰与黄子澄星夜入宫，禀告皇上，战局已危如累卵，建议建文帝弃守南逃。朱允炆思索良久说："金陵是太祖开基之地，我弃守潜逃，岂不让天下人耻笑。这样吧，你俩想个法子，先为文奎、文圭两皇子找个安全的去处，藏匿几个月再说吧。"君臣三人商议到黎明，紧急密召九门同知吴溥，要吴溥乔装成行脚商人，把两位皇子带去淮西，让汤和找个穷乡僻壤藏一阵子。吴溥与两位皇子化了妆，带几位化装成挑夫的锦衣卫混在难民群中，出了城。走了数日，却不觉迷了路，好不容易找了一家客栈，住了下来。一个锦衣卫忙着给皇子俩洗脚，不意说漏了嘴："小皇子，把脚抬高点。"岂知隔墙有耳，被隔壁房间的住客听到；那房客不是别人，正是燕王派出的斥侯。当天晚上，燕军的小股游击包围客栈，吴溥等拼死抵抗不敌战死，混乱中，朱文奎跳窗逃到江边，被燕兵用哨棒打中后脑，血流如注落入江中，被滚滚江水吞噬；燕兵们带着俘获的朱文圭，偷偷驾船过了长江。

一名锦衣卫因闹肚子,到野外出恭,侥幸躲过一劫,连夜赶回京都,向黄子澄报了讯。朱允炆接报,顿时昏了过去……几天来,他躺在龙床上一言不发,皇后前来问讯,他闭口不言。庆成郡主听了允炆的哭求,急急赶往江北,求见燕王,哭闹着要燕王放回小皇子。燕王挤出了几滴泪水,让庆成见了朱文圭,朱文圭才两岁,扑进庆成郡主的怀中,惊悸地大哭,郡主紧紧搂住小皇子,泣不成声说:"圭儿别怕,姑婆在这里,看谁敢欺侮你!"燕王安慰说:"杀小文奎的凶手我已法办了,皇姐不放心的话,不妨在这里住一阵子,小文圭离不开你。"庆成郡主怀着必死的决心,紧紧搂住文圭,死守在他的身旁。

两个皇子的下落,允炆一直瞒着马皇后,他隐约感到,事有蹊跷,宫廷中一定有人走漏了消息。黄子澄、方孝孺、齐泰梳理了一下脉络,发现吴溥临行前曾与几位"年兄"在文渊阁大学士胡广的家中相聚,也许,症结就在那个晚上……

胡广、王敬止、解缙、胡濙、吴溥同是建文二年庚辰科的进士;胡广与王敬止都是江西吉水人,殿试时,王敬止的才学超过胡广,却因其貌不扬而被建文帝降为榜眼;胡广的文章中有"亲藩陆梁,人心动摇"的文字,正好符合朱允炆当时的心理,因而被钦点为状元。他们是建文帝的第一批"天子门生",个个被授予高官,付以重任,王敬止、胡广协理内廷、九门防务,胡濙则官授兵部给事中,参赞军机。

受命离京的前一天,吴溥带着儿子吴宇进了胡广的家,见几位年兄都在座,便一一请安说:"家父沉疴在身,命悬一线,昨日,万岁已准了学弟的告假,令小臣即日归乡,以尽天道孝义……"胡广闻言,幽幽道:"唉,令尊大人病得正是时候……大难到时各自飞……只是,愚兄身受皇恩,只有忠君殉国了。"胡濙拍案而起:"志节华山陡,主辱臣死,国破家亡之日,就是大丈夫血染黄沙之时!"解缙也慷慨陈词:"朱棣老贼,一个蒙古女人的杂碎,竟敢反叛朝廷……解某虽一介书生,也要学一学古贤,血溅五步,名彪丹青!绝不做缩头乌龟。"王敬止不发一言,掩面痛哭;吴溥脸色尴尬,又不敢直言真相,讷讷不知所云。正在此时，宫廷太监进门，宣胡广入宫议事。穿了袍服，胡广匆匆离去，临出门叮咛下人说："外面很乱，厨下的那头猪要看好，小心走失了。"王敬止闻言，戛然停止哭泣……

回家路上，十岁的吴宇哈哈大笑说："爸，这种时候了，还惦记家里的猪……我敢说，到时候殉主的直臣只有王敬止伯伯一人……"吴溥愕然……

胡濙回到家里，心乱如麻，信步踅进厨房，见一头几天前买来的白猪正在啃食菜皮，方放下了心。伫立一会，正要离去，却闻桀桀笑声响起，一个身穿羽袍的道士走到他的面前："胡大人，未雨绸缪，真个是识时务的俊杰。"此人正是袁珙，住在胡濙家中已经三天。胡濙不知道他的真名实姓，只知他是燕王朱棣的心腹幕宾，奉命来给谷王请安，兄弟之间互通款曲。谷王朱橞是朱元璋的第十九子，带兵勤王，得到建文帝的倚重，统率了应天府的军权，见袁珙潜入京师，心知肚明，知道他是说客，无非是要他反水易帜。谷王装糊涂，宴请袁珙，说了兄弟情谊，又谈君臣大义，末了让胡濙将袁珙带回家中，藏匿在密室之中。胡濙参赞军机以来，攀附权贵，早就投靠谷王，深知袁珙决非等闲之辈，处处陪着小心……两人品茗闲聊，胡濙说起吴溥获准回乡"丁忧"之事，道："吴年兄义肝侠胆之人，不想竟如此滑头，既保了性命，又全了名节……"袁珙眉梢轻轻闪动，哈哈大笑："你与胡广都懂得积粮养猪，却又非议吴溥隐遁归耕，是何说法？"胡濙神色尴尬，一会儿青，一会儿白……

几天后，胡濙从谷王处议事回来，神色慌张说："糟了，吴溥被燕兵杀了，皇上的两个皇子也不知死活……"袁珙哈哈大笑说："恭喜胡大人，为新皇登基立了首功。"胡濙大惊失色，袁珙面色狰狞："要不是给事中大人给下通了讯息，吴溥与文奎、文圭两位皇子恐早已隐遁在远处的群峰之中……"胡濙手脚冰冷："你，你……""实话告诉你，我是袁珙，燕王国师。"胡濙双脚一软，跪倒在地："国师救我……"袁珙笑道："我料定，建文帝正在追查走漏风声之人，如果你不想被诛九族，我劝你老老实实为新君办几件事，表表忠心，将来，前程不可限量。""是，是……""明天，我要回江北行营，燕王喜欢谷王的小儿子，嘱我把他带去江北。明早，你去谷王府，设法把谷王的小儿子诓到你家中，余下的事，你就不必操心了……"胡濙哭丧着脸："……可我还得操心我的脑袋，谷王丢了儿子，能饶得了我吗？"袁珙不言语，走到桌边，信手画了一道符，说："这是平安符，事成之后，你举家潜到城郊，赁屋居住，将此符贴在门上，可保你阖家性命无虞。"胡濙狐疑地瞪视着"神符"，见符中暗隐着袁珙两字的合书，只是不知其中玄妙。袁珙冷笑道："合朝文武，多少人打通关节，为的不就是向袁某人讨此救命一符；燕军破城之时，凡见此符，不得擅入，严禁擅杀……"他从怀中取出两封拜帖说："胡广、解缙都是你的年兄，月前就托人潜入江北，乞了这纸'神符'……燕兵挥戈应天之日，他们尽可在家中杀猪设宴，左拥右抱……"胡濙看了胡广、解缙给燕王的"拜帖"，脸色煞白，深恨这些寡情薄义的年兄，临难谋生，竟连招呼都不打一下……

隔日后，黄子澄、齐泰接到密报，胡濙家中有一个可疑人物藏匿，立即派人抓捕，却见人去楼空，杳然不知所向。

至此，朱允炆已心如槁木，深知，帝国的黄昏已徐徐降临……

屈指可数的日子里，朱允炆格外淡定，整日与主录僧傅洽在一起，谈经说禅。傅洽是道衍的师弟，同样身披明太祖御赐的金襕袈裟，地位相当于帝师。建文帝把道衍的纸条转交给傅洽，叮咛他早日鹤飞，以免殒身于兵焚，傅洽淡然说："方外之人，无生无死，谈什么鹤飞蝉脱。当今态势，已是大厦将倾，独木难支，道衍此举，无非要陛下早定龙潜之策。"朱允炆沉吟良久问："敢问法师，有何良策？"傅洽说："朝中诸臣中，汤瑛是义肝侠肠的直臣，更兼足智多谋，陛下不妨宣他入宫密商，托以重任。"汤瑛是开国老元戎汤和的义子，建国后，汤和为明心迹解甲归田，朱元璋感动之余，拔擢汤瑛，封了爵位。建文帝长叹一声："乱世思良将，板荡识孤臣。"

第二天傍晚，汤瑛乔扮进宫，与建文帝相会密室，直至鼓交五更。

5

正是应了"屋漏又逢连夜雨"这句老话，令建文帝烦心的事情接连发生。九宫之内，乱作一团，一些太监开始偷盗宫中的珍宝和古董字画，也有一些宫人趁外出办差之机溜之大吉……为此，建文帝诏令汤瑛督统九门，严加整肃。汤瑛雷厉风行，祭出铁腕手段，显戮了几个作奸犯科者，稍稍制止了宫中乱象。

朝会时，朱允炆默默地听完汤瑛整肃宫闱的计划，泫然说："大限到时各自飞，该走的就让他们走吧。他指示有司，先行资遣一部分年老力衰的宫人，也允许嫔妃、才人等暂时归宁省亲。"

第二天，汤瑛忙碌了一天，正待入眠，却见九门提督神色慌张地撞进门来。傍晚时分，一个身穿青衣小帽的盗贼从内宫逸出，被守军逮个正着。从盗贼身上搜出了两柄价值连城的玉如意和一封书信，盗贼被打得皮开肉绽，方才吐了实情：他是淑妃的表哥陆钧，奉淑妃的密诏潜入宫中，淑妃嘱他将一封信和两柄玉如意送往江北，面交燕王的世子朱高炽。汤瑛拆开信函一看，唬得面如土色，冷汗直冒。信纸是粉色的薛涛笺，行文是娟秀的蝇头小楷，信中，淑妃表达了殷殷问候之意，泣求他在叔王面前求情，格外开恩，保住她腹中的胎儿，以求留存族中的一缕血脉，信尾暧昧地写道："如蒙再造之恩，妾身敢不以涌泉相报。"

事关皇家颜面，汤瑛与九门提督大眼瞪小眼，不知如何是好。宫中早就风传，朱高炽心仪淑妃，相思成疾，差一点送了小命。朱允炆迎娶淑妃时，朱高炽三兄弟进宫庆贺，淑妃依民间习俗，为三位堂兄弟奉茶。见到淑妃弱柳扶风的模样，朱高炽全身颤抖，接茶盅时，竟色胆包天地摸了一下淑妃白嫩如软玉的手臂，淑妃微微一笑，依然保持着仪态万方的模样……此事，淑妃一直隐匿不提，深恐自己成为红颜祸水，让他们兄弟有隙不睦。汤瑛也曾接到细作密报，在杀不杀淑妃的问题上，燕王父子意见相悖，咆哮发狂的朱高炽甚至以拔剑自刎来要挟父亲……

兹事体大，汤瑛叮嘱九门提督严密封锁消息，漏夜入宫，奏请建文帝圣裁。

晨光曦微，金銮殿上净鞭三响，文武大臣鱼贯而入，山呼万岁。朱允炆一脸憔悴，簌簌如风中残叶。他呆若木鸡，怔怔地望着金殿的藻井，良久不发一语。殿堂里，群臣鼻息相熏之声，隐隐可闻，执事太监惴惴不安地喊了一声："皇上……"朱允炆茫然回眸，似在梦境……终于，建文帝回过神来，毫无表情地说："宣读太祖遗训——《女诫》。"

执事太监的雌鸡声格外刺耳："太祖皇帝肃清宫壶，特命朱升等臣属编纂《女诫》。敕令曰：后妃虽母仪天下，然不可俾预政事。至于嫔嫱之属，不过备职事、侍巾栉。恩宠或过，则骄恣犯分，上下失序……太祖敕令，妃嫔宫女，不得交通外臣，凡私写文帖于文，写者接者皆斩，知情者同罪。"

群臣凝神屏息，个个惊疑，似乎觉得有惊天动地的大事即将发生。执事太监宣读完《女诫》，建文帝神色漠然地说道："今日凌晨，朕已下旨废黜淑妃，打入冷宫，听候发落。淑妃无德，竟敢私通外臣，罪无可恕，按律当斩！"群臣大惊，纷纷伏地，恸哭之声震天。汤瑛磕头如捣蒜，额角沁出鲜血，力谏皇上收回成命，以防奸佞小人从中作祟。他说："淑妃贤德，臣民皆知。当此国难之际，诛杀贤妃，天下惊心，实属不祥之兆，更何况，淑妃身怀天家骨肉，事关天家宗祧绵长，陛下万勿孟浪行事。"汤瑛话音刚落，建文帝蓦然腾身，猛击龙案，"失心疯"似的喝道："打出去，打出去！"锦衣卫一陈乱棍，将汤瑛逐出金殿。建文帝余怒未消，喝道："何人再敢为淑妃请命，立斩！"他突然失声痛哭："人心不古，人心不古。呵！苍天，苍天，杀心如杀人，你让寡人存何颜面置身人间？倾长江之水也难洗我今日之耻呵……"

6

皇帝气疯了，已是心智不清，数日后，下了严诏，令汤瑛和九门提督监刑，将淑妃沉江溺杀，以雪奇耻。汤瑛接旨后，吓得魂飞魄散，连夜与黄子澄、方孝孺、齐泰等一干重臣商讨施救办法，他说，事有蹊跷：淑妃确实密会了表兄陆钧，只是拜托表兄将国丈大人秘密送出京城，虽然犯下"交通外臣"的重罪，也属其情可悯。至于那封书信和两柄玉如意，却是淑妃的贴身宫女菱子在御花园里转交的。事发当天，菱子以"知情者同罪"的律条，被赐死而投缳自尽。方孝孺等重臣听了案由，觉得云遮雾罩，怀疑有人设局，陷淑妃于不义。当晚，黄子澄与方孝孺以帝师的身份夜扣宫门，希冀力挽危局，劝谏皇上收回成命，然而，值班太监一脸秋霜，冷冷地说："皇上政躬欠安，不能视事。"

"沉江"同于民间的私刑"种荷"。在民间，女子红杏出墙，违背纲常，族长有权将她处死；惯用的方法是将该女子放置缸罇内，填土夯实，沉入池塘。据说，时过一年，池中会长出荷花，花儿衬着田田荷叶，格外地亮丽妖娆，因此，"种荷"成为香艳的刑名。明太祖时，也有宫中女子为情所困，冒死潜逃的案例，朱元璋盛怒之下，采用"沉江"的酷刑，将她们扔进长江。只是，事关皇家颜面，明太祖只是偶一为之；大多"作奸犯科"的宫中女子，只是白绫绞杀，骨灰撒入静乐堂的两口砖井中。静乐堂在南京阜成门外，是明代宫中女子的坟场。

汤瑛原本想凭借他老辣的官场历练，让事态水过无痕，消弭于无形，让狂风暴雨幻化为春和景明。为了严防消息走漏，他禀告建文帝说：陆钧死于酷刑，他亲自将其尸身运至东郊，埋于乱葬岗，自杀的宫女菱子，也秘送静乐堂，焚成灰烬。他还建言，焚毁淑妃的信函，胡乱罗织一个罪名，将淑妃暂寄冷宫。然而，他全然没想到，皇上竟不惜自辱，公开淑妃罪状，决定将她"沉江"示众。一次酒后，汤瑛把自己惶惶不安的心情表露无遗，九门提督冷笑说："男子汉大丈夫，谁愿意让自己爱如明珠的枕边人成为他人的玩物。皇上此举，快意恩仇，血性汉子都难免这样行事。""只是，淑妃腹中有着皇上的骨血？""要让燕王不杀淑妃，哼，缘木求鱼，与其受辱而死，不如长眠江中，落一个清白之身……"

自淑妃打入冷宫之后，愁雾弥漫着皇宫，似乎是，人人面露悲悯之色，个个默默无语。淑妃的人望来之于她玲珑剔透的美丽，也来之于她白璧无瑕的纯净，对宫中的下人来说，她灿若春花的笑容如同春阳融解了他们心田里的冰碛，让他们忘却了宫中的寒冷；在后宫的嫔妃眼中，她是一个真正的女人。她的率真与风姿让她们自愧弗如……在她的身上，嫔妃们感受到一种无与伦比的力量，一种让君王俯首称臣的女性威权。

在朱允炆的眼中，她是天生的尤物，在她的面前，朱允炆内心的卑微感与英雄感不断交替。朱允炆酷爱书法，每当他笔走龙蛇之时，淑妃常常入神地盯着笔尖与纸面，忘记了磨墨；此刻，朱允炆志得意满，充满征服的快感。他最爱写的字是明太祖常写的《菊花诗》："百花发时我不发，我若发时都吓杀！要与西风战一场，遍身穿就黄金甲。"淑妃心知肚明，柔仁的夫君少了几分英雄气概，常常缅念祖先的威武，用来充填自己的个性欠缺。那天，他再次书写《菊花诗》，自觉长虹挂日，豪气干云……待至他觉得笔涩，正欲伸笔沾墨之时，却觉得淑妃的纤指轻轻挡了一下他的手，他抬头一望，淑妃对他嫣然一笑……他搁下笔，猛然醒悟到：写英雄诗帖，贵在焦涩相宜，讲究的是"疏可走马，密不透风"的雄奇笔法……

闺阁女子，对男子的雄风最为敏感，评审也最为精准。淑妃痴迷于床第之欢，每当褪去亵衣时，幽兰之香就从她股间微微沁出，芬芳袭人，直让允炆心旌荡漾。云锁巫山之时，她轻轻呻吟，一如黄莺出谷，玉指轻抚允炆的后背和腿股，吐气如兰地赞美着男人的雄奇与伟岸。云雨之后，她侧身而卧，双眸潮红，红唇微吮，脸颊上流淌着回味的蜜意。看着她软乏的模样，允炆豪气顿生，心头充满征服一切的英雄感。然而，当他安憩梦回时，却见淑妃一身素缟，斜坐灯下，正捧着一本《汉书》，凝神细读……床笫上淫声浪语的女子悠然成为静如处子、神韵雅致的皇妃。确实，淑妃是常见常新的女人，是让人百看不厌的女人，是难以征服的女人。允炆顿时性起，再度将她抱上龙床，轻抚着她。淑妃全身酥软，搂着他的项颈，露出再起风云的渴望，仿佛在鼓励允炆："有了让女人颤怵的雄风，才会有君临天下的霸气。"

朱允炆知道，诛杀淑妃，无异于毁弃人间最精美的珍宝，扑灭天上最皎洁的星辰……

7

失魂落魄的青年皇帝把自己紧闭在禁宫之中，一应文书懒得批阅，反正，军情吃紧，败局已定，回天已经乏术，军政大事，任由方孝孺、黄子澄、齐泰去折腾，作困兽之斗。

明日就是淑妃的大限，允炆心猿意马，焦躁地在西楼的书房里来回踱步。为了沉淀一下心境，他拿起毛笔，在纸上胡抹乱涂，涂毕一看，写的却是"睡觉东窗日已红"，"闲来高唱大江诗"。他心烦意乱，将纸揉成一团，铺了纸随心再写，却冒出太祖时钱宰的诗句"何时得遂田园乐，睡到人间饭熟时"。朱允炆记得，为这首诗，钱宰差一点被太祖皇割了脑袋。唉，没想到今日，位极人臣的皇帝也羡慕起田园之乐。他把纸撕了，吟起皇太祖的雄奇诗章"杀尽江南百万兵，腰间宝剑血犹腥"，"马渡沙头苜蓿香，片云片雨过潇湘。东风吹醒英雄梦，不是咸阳是洛阳"。他的胸中涌上一股豪气，再度操起笔管，一濡墨，却见砚台中墨汁已干，心急火燎地大喊："莲姑爱妃，快来磨墨……"

值勤太监先是一愣，继则狂喜，赶忙扬声大喊："皇上有旨，淑妃伴驾磨墨。"声音一浪接过一浪,一直传至冷宫。沉寂无声的皇宫顿时沸腾,淑妃有救了。

待朱允炆清醒过来,淑妃已经凤立桌边,翘着兰花指,正默默地磨墨。凝望她丰盈的体态,允炆似梦似幻,不觉心旌摇动。他静了静心神喝道:"你来干什么?"莲姑嫣然一笑:"奉旨磨墨。"她的笑,倾了国,毁了城,也吹脱了朱允炆的君王面具。他疯也似的抱住莲姑,泪水潸潸而下,莲姑紧紧依偎着他,泪似断线珍珠。允炆喃喃:"爱妃,委屈你了,允炆不是男人,无能,无能……你恨我吗?"一长串的呜咽,莲姑紧紧将允炆拥在胸前,用手轻轻抚摸着允炆的头发:"妾身并无怨恨,身在冷宫,我思索了几天,明白了一切。一切,只是为了爱我,妾身死了,也该含笑。"泪水跌落在允炆的脸颊上,良久,允炆长吁一声:"事情既已如此,夫君也只得如此。"莲姑拭干泪,眼含深情:"皇上,妾身明日远行,别无牵挂,只有一事,让妾身转辗难眠:夫君,如若人有来生,你还会找我当妻子吗?"允炆泪如泉涌,再次紧紧抱住莲姑:"缘定三生……要不了几日,为夫就会来看你,你在奈何桥边歇歇脚,等一等你的夫君……"莲姑倒吸一口冷气,用手捂住允炆的嘴,允炆拉开她的手:"不,让我说,一切,一切,我都想通了,到了来世,我会搭几间茅屋,置几亩薄田,躬耕在青山绿水之间。我和你鹣鲽情深,尽情享受于飞之乐。你要为我养育一群儿女,孩子们个个像你一样漂漂亮亮……我会告诉皇太祖,孙子找到了幸福……"

烛泪干了,烛火灭了,黑漆漆的御书房里,一对有情人相拥在一起,憧憬着未来,交织着幸福的泪水……

8

日衔半规,笳号声声。

一行行金甲武士肃立江边,阵容整齐,刀枪林立。

码头上，停泊着一艘金碧辉煌的御舟，送行的文武百官和嫔妃雁立两侧。

薄暮时分，淑妃的銮驾浩浩荡荡，徐徐来到江畔。淑妃依然凤冠霞帔，格外光彩照人。昨天，皇上下意识的一声"爱妃"，恢复了她的尊贵，让她有幸在临刑前保持皇妃的尊严。在宫女的搀扶下，她缓缓下了鸾轿，环视人群，露出慑人的微笑，女人们开始呜咽，男人们别转了脸。活祭的场面，让人揪心，淑妃只是慢启樱唇，微微呡了一小口酒，继则，转过身怔怔地凝望着石头城黑黢黢的轮廓，良久，转过身来，端庄地向人群道了一个万福，便徐徐走向趸桥，没说一句话，没掉一滴泪。

御舟在一片哭声与呼叫中起锚，驶向薄雾封江的黑暗之中。

不远处，燕子矶飞峙江汉。入夜时分，朱允炆青衣小帽，带了几个心腹之臣，暗暗上了矶顶；汤瑛早就在那里作了准备，迎候圣驾。允炆落座之后，一语不发，眼睛紧盯着夜幕中那艘灯火闪烁的楼船。终于，御舟驶入江心，停滞不动，船上有人燃起一扎火把，向燕子矶方向舞动了三下。汤瑛手持火把跪倒在地朗声说："监刑官恭请圣裁，皇上可有后命？"允炆沉吟片刻，乏力地摆了摆手。汤瑛转身，举起火把，舞动三匝，向楼船发出行刑信号。建文帝脸色苍白，合上双眼……过了一会，允炆示意摆驾回朝，辅臣扶他起座时，汤瑛突然将火把甩向天空，立时，炮声大作，震耳欲聋，燕子矶两侧的十二门红衣大炮喷出道道火舌，炮弹直飞楼船。楼船中弹着火，熊熊燃烧……建文帝大惊失色："汤瑛，你好大的胆……"话未脱口，只觉一股腥味涌上喉头，一张嘴，一口鲜血飞溅在草地上……

汤瑛被打入天牢，待时显戮，罪名是炮击御舟，滥杀无辜，犯了"犯上之罪"；然而，才过了几天，建文帝念及他是功臣之后，颁发恩旨，将他削职为民，放归林泉。

临行前，汤瑛潜身进了御书房，磕谢皇恩浩荡。建文帝将他扶起问："爱卿，你私调神机营大炮，在御舟上垫了炸药，炸了御舟，杀了无辜，却是为何？"汤瑛饮泣说："微臣唯恐消息走漏，不得已而为之。即便是将知情人放逐百越的丛山荒林之中，也难堵悠悠之口。微臣深知皇上宅心仁厚，微臣不得已，擅作主张，炸毁了御舟。"建文帝面露悲戚之色："如此这般，却不是伤了寡人与淑妃的阴德。"汤瑛大哭，磕头如捣蒜："臣罪该万死。"

允炆静了一会，问道："淑妃安否？"汤瑛答道："吴郡长吏朱常贵传讯，母子平安。""尔今安在？""人在太湖一渚，草深林密之处。"建文帝一声长吁，面露喜色，他挥了一下手，两个太监抬着一只沉甸甸的木箱进了书房。建文帝取出一面镌刻"板荡孤臣"四个字的金牌，授给了汤瑛："爱卿忠心可嘉，朕无为报，故而赠上金牌一面，以志君臣情谊。箱中尚有黄金千两，聊补爱卿养老之需。另者，寡人还有所求，诚望爱卿此去可否归隐吴郡？莲姑母子如有困厄，也好有个照应。"说完，建文帝单膝屈地，跪倒在汤瑛面前，汤瑛吓得面如土色，扑倒在地："皇上休得如此，折煞老臣！皇上知遇之恩，微臣肝脑涂地、粉身碎骨，也要报隆恩于万一！"言毕，放声大哭……

先期，建文帝听从法师傅洽的建言，选定汤瑛为托孤重臣，密商了一条瞒天过海的计策。建文帝流着泪对汤瑛说："寡人愚鲁，至有今日，生死已不足惜。惟是淑妃腹中尚有天家的一滴骨血，还望叔臣想个万全之策，救她一命。"

汤瑛思虑再三，想起吴郡长吏朱常贵。他是盱眙朱氏家族的族人，是父亲汤和提督水师时的亲随，大明立国后，汤和荐他去吴郡，当了长吏。此人武功诡奇，为人却是古道热肠，是一个靠得住的人物。为此，汤瑛特意去吴郡拜访，朱常贵见是恩公的儿子求助，慨然应允说："事涉天道大义，朱某小吏，当勉力而为。"他胡乱编个理由，向郡守告了假，身负宝剑星夜进了南京。

9

陆钧和菱子是被"鸩杀"的,为了保密,汤瑛亲自带了心腹,趁着夜色,把两具"尸体"送到郊外的乱葬岗。抛"尸"后,他对天长啸一声,似乎在抒发内心的郁结……几名黑衣人无声无息地从林中逸出,负了"尸体",疾速离去……蒙汗药的药性退了,陆钧与菱子悠悠醒来,发现身处郊外孤村的农舍里,烛光溶溶,一个黑衣人面色冷凝,正在烛光下轻弹宝剑。他,就是朱常贵,见两人醒来,微微一笑说:"好了,醒来了,静静疗伤。"他唤来"佣人"、"使女"为他两人疗伤,喂食绿豆稀饭。两人如在梦中,搞不清发生什么事情……

整个计划把淑妃蒙在鼓里。淑妃是一个柔中寓刚的女人,满脑子是生死同命的节烈意念,决不愿意独自一人苟活人间,允炆担心她不肯就范,故而制造连串假象……陆钧与淑妃的心腹宫女是汤瑛"棋局"里的"卒子",莲姑做梦也想不到,在她身陷冷宫时,陆钧与菱子正在阜成门外的一间农舍里将息疗伤,相悯相怜。汤瑛在这折戏码中长袖善舞,耍尽心机……

那天晚上,御舟在江心泊定。只因受刑人贵为皇妃,监刑官不敢造次,命人用火炬与汤瑛联络,询问皇上可有后命,在获得确切消息后,他跪伏在淑妃的面前说:"娘娘,时辰不早,该上路了。"淑妃站了起来,整理着衣襟。正在这时,一叶风帆靠上了御舟,船头上站着一位身穿蟒衣、腰缠玉带的官员,手持一面金牌;身边是一名宫女,手持尚方宝剑;官员的另一侧,是一个举止斯文的武士,出鞘的宝剑寒光闪闪。

三人上了楼船,那官员高举金牌,金牌上赫然刻着四个金字:"如朕亲临"。监刑官一见,慌忙匍匐在地:"臣接旨。"那官员朗声宣旨:"皇上有旨,着将钦犯淑皇妃交付钦差处置,不得有误。"监刑官喊道:

"臣领旨，吾皇万岁万万岁。"事出突然，峰回路转，监刑官只觉得云山雾海，犯了糊涂。莲姑更是迷糊了心智，观形辩声，眼前的钦差大臣与宫女分明是陆钧和菱子……是冤鬼重生，还是自己已经进了阴曹地府？她一阵昏眩，凄叫一声："表哥……"监刑官正在狐疑，面前的天官似曾相识……听到淑妃的惊呼，他脑海里轰然一声："有诈！"见菱子正在搀扶淑妃，他手一扬喝道："且慢！"陆钧双目炯炯，冷笑一声："哼，你想抗旨么？皇上的尚方宝剑是吃素的吗？"话音未落，只见弧光一闪，一颗人头飞了起来，滚落进滔滔江水之中。杀手正是怪杰朱常贵，但见他旁若无人，凝视着剑锋闪烁的毫光，轻轻吹了一口冷气，露出一副"醉里挑灯看剑"的风雅。飞花摘叶般的武功震慑了全场，冷寒袭人，禁卫们个个两股战战，无人敢发一声。

昏胡了的淑妃上了帆船，朱常贵下令紧急起帆。船行不足百丈，便见空中金蛇狂舞，落雹似的炮弹飞向楼船，燃起了熊熊大火……夜空归于平静，雾霭轻轻荡漾，江水淹没了血腥……

帆船顺着长江的东逝之水，如箭而去，淑妃饱噙泪水，回眸相望，石头城已不见踪影。江风习习，吹散了皇妃的鬓发……

长江呵，长江，千百年来你承载了悲欢，淘尽了风流，洗尽了王朝的铅华！昔日，你雄风万里，飘起英雄的袍角；今天，你却惠风和畅，抚吻着千古佳人的衣袂……

10

建文四年六月，朝廷的舟师反水投降，燕兵从容渡江。十三日，谷王被燕王挟逼，背叛建文帝，说动守城门的曹国公李景隆，打开金川门，燕兵潮水似的涌进应天城。燕王下令，纵兵三日，烧杀抢掠，应天府血光冲天，成了人间炼狱。

燕王亲率精锐，团团围住紫金城。

呐喊声与轰鸣声隐隐传来，朱允炆却置若罔闻，从金柜取出一只描金檀香木盒，放在龙案上。明太祖弥留时，把这个皇太孙唤到榻前，屏退闲人，郑重其事地把这只宝盒交给他，皇太祖叮咛说，如遇绝处，可打开此盒，盒中自有解除困厄之法。命悬一线，危如累卵，朱允炆紧急请出宝盒，祷求皇太祖的神助。他心急火燎地打开盒子，一看，却呆住了：盒子里，一袭破旧的袈裟百衲衣，一只陶土瓦钵，冥冥中，似乎听到祖父的召唤："孙儿，苦海无边，走吧，前头是光明世界！"

他叫了一声："来人，请傅洽法师来一趟。"一个青年太监领了旨，飞也似的去了，允炆感激地凝望着他的背影。几天来，宫中人役逃散过半，只有这位名叫上官羽的太监，不离不弃，一直侍候在身边。

傅洽和尚来了，望着盒中之物连称："善哉，善哉。"傅洽说道："皇太祖睿智过人，眼下，要想金蝉脱壳，只此一法了。"允炆跪倒在地："师父，允炆今日脱胎换骨，虔诚皈依佛门，敬请师父为弟子剃度，了却徒儿的心愿。"上官羽端来一盆水，找来一把剃刀。傅洽双手合十，念了一段经文，接着，拿起剃刀，削除允炆的三千愁丝，一腔愤怨。

朱允炆换上袈裟，狠狠地将龙袍甩向屋角，"咣"的一声，一枚玉玺印从衣袖中滑出。允炆怔住了，拾起皇印，轻轻拂去它上面的灰烬，傅洽口呼佛号："阿弥陀佛，方外之人四大皆空。"允炆一惊，徐徐将玉玺印放在龙案之上："从今之后，叔王朱棣就是玉玺印的主人，也罢，遂了他的心愿，也可让天下众生少流一些鲜血。"傅洽呵呵大笑说："我观大明气数，建文帝之后还有一位异姓皇帝即位，待他驾崩之后，才轮得到燕王南面称帝！"允炆吃了一惊说："师父说笑了。"傅洽正色道："出家人不作诳语，这位新君就在你的眼前，只是他无有天命，因此只是一个一日皇帝。"他扬手一指，只见太监上官羽跪伏地上，泪流满脸。允炆惊得冷汗直流，不知法师何故言出无状。

窗外，金角声响，鼙鼓动天，傅洽推开窗门，指着熊熊四起的火光，气促声短说："适才上官羽自动请缨，愿意假扮皇上，引开燕兵，以便你从容逃出京师。只是，我担心凡夫俗子福薄，无法消受帝王之尊而惨遭横祸。为今之计，只有一法，贫僧请求皇上正式禅让，快，快……"傅洽不由分说，扶起上官羽，南面端坐，允炆见状，便将金冠戴在他的头上，将龙袍披在他的身上，恭敬地将玉玺印捧到上官羽面前。事毕，傅洽重重喘了一口气，对允炆说："事不宜迟，我们该分手了。"允炆心中一阵酸楚，双手合十，对上官羽说："陛下，恕贫僧不能远送，不世之恩，来生相报。"上官羽掩面大哭，允炆也是垂泪，对傅洽说："师父，刀剑无情，你可否与徒儿携手同行，远走高飞？"傅洽一笑："圣君新立，不妨让贫僧伴一日之驾。"言毕，与上官羽匆匆离去。

大火熊熊，烟雾弥漫，上官羽与傅洽骑上御马，冲出层层障碍，向宫门飞去。燕兵一见，一阵鼓噪："皇帝，皇帝！"燕王闻声大喝："放箭！"弓弩手在禁门前一字排开，箭如飞蝗，飞向御马。一支箭不偏不倚，射中了傅洽的额头，傅洽一声惨叫，血流如注，滚下马来。上官羽勒马转身，沉思有顷，突然扬鞭一挥，纵马向火场飞驶而去，白色的御马一声长嘶，扑进火场，溅起无数星火……

此刻，朱允炆闪进御花园的假山之中，按照地图所示，找到秘道入口。当年明太祖修建大明宫，秘建了一条通往钟山的地道。地道只有皇帝一人知道，修建的工匠在完工后全部神秘失踪。巨大的地道建成后，一直搁置不用，朱允炆成了使用地道的第一人，也是最后一人。朱允炆燃起火把，摸索前行，最终，吃力地推开一块石板，见到缀满"宝石"的星空。两只麋鹿在出口之处的草甸上休憩，用怜悯的眼神安抚着这位不速之客。数天后，他买舟西行，出现在崎岖的蜀道之上……

11

应天府里，盗贼在狂欢。盗贼的亢奋在于摧残花枝，聆听"残红"

的哀鸣，欣赏京华粉黛宛转蛾眉而死的娇态。燕王下令，士兵们以二十人为一组，分配宫中的彩娥、贵妇以及犯宫的女眷一名，将她们轮奸至死。纵兵三日，应天府的小家碧玉和秦淮歌女也惨遭池鱼之殃，小姐、少奶奶的牙床成了士官们的"营地"。

黄子澄、齐泰被诛了九族，至于方孝孺，则被打入天牢。

方孝孺是天下士子的领袖，博学多才，文字洒脱飘逸。明太祖十分器重方孝孺，赞誉他为"庄士"，却一直不为他加官晋爵，反而将他派往边陲小镇，当个芝麻小官。有人问疑，朱元璋说，我要"先老其文"，改掉他的书生意气，让他多读读社会这本活书。至于为什么不委以重任，明太祖说："现在不是用方孝孺的时候，我要把他留给皇孙。如果我给了他高官厚禄，到时候孙儿就无恩可赏。"太祖弥留之时，把方孝孺交给了朱允炆，大有托孤的意味，然而，让史家扼腕的是，方孝孺毕竟是书生，缺少老臣谋国的持重，无有戒急用忍的权术，一味躁进，以致激发靖难之变，让明太祖文人治国的政治理想幻灭成镜中花、水中月。

只是，方孝孺的《讨逆檄文》似刀如剑，入骨三分，让燕王感到奇寒彻骨，方孝孺被时人誉为骆宾王再世。骆宾王愤恨武则天窃国，在《讨武曌檄》中写下名句"且看今日之域中，竟是谁家之天下"，成了千古绝唱。武则天本人也折服于他磅礴的气势、飞扬的文采，连连击节叫好，因此赦免骆宾王的死罪。燕王承诺道衍，不杀方孝孺，意在重复当年的故事，再造一段千古佳话。朱允炆浴火自焚，消除了燕王弑君弑侄的恶名，让他大喜过望，方孝孺是士子领袖，假如由他为自己的篡位来圆场饰非，草拟即位诏书，可就万事大吉了。他满怀希望，从天牢里请出方孝孺。

方孝孺悔恨辜负明太祖的知遇之恩，早就抱定主辱臣死、不为贰臣的决心。他披麻戴孝上了金殿，掩面大哭，悲号之声，响彻屋宇。燕王离开御榻，步下台阶，走到方孝孺面前，恭敬地施礼说："先生不必伤心，千万别折磨自己。皇侄福薄，自蹈火海，也让我心如刀割。"

方孝孺大喝："如无逆臣相逼，皇上怎么会自蹈死地？""先生误会了，小王只是效法周公辅佐成王，晋京听差，消除皇侄的心腹之患。""请问，你要辅佐的人，如今在哪里？""死了，这却怪不得小王。""也罢，太祖皇立下规矩：'有嫡立嫡，无嫡立长。'顺位承继大统，宜应是皇帝之子，如若没有儿子，也是皇上的弟弟继位。哪里轮得到你！""古人说得好，国赖长君。国家执掌在年长的人手中，是天下黎民之福。先生，请看今日之域中，还是朱家的天下。先生不必拘泥大明成法，小王顺天应人，统御宇内，也是天命所归。"方孝孺冷笑："燕王何不先问问泉下的太祖皇帝，你是否姓朱？"燕王怒气顿生，喝道："这是朱家的家务事，用不得异姓旁人置喙！""家务事？天家事就是国事，哪里有什么家务私事？"燕王咆哮："好一张利嘴，巧言令色！我只问一句，即位诏书，你写还是不写？"方孝孺投笔大哭："无非一死而已！"燕王阴冷一笑："无非一死？那么容易！我要先剜了你的舌头，把你剐成肉酱，还要诛你的九族！"方孝孺哈哈大笑："就是杀了我十族，你又能把我怎样？"

燕王疯狂了，下了诛杀方家十族的命令。消息传来，方孝孺的妻子与两个儿子先行上吊而死，女儿跳进秦淮河。为了凑足十族，燕王在浙江、江西、福建、四川、广东等省大肆搜捕方孝孺的门生故旧。那一天，方孝孺夫妻的族人和门生、故旧、书友一千三百多人被斩杀于应天菜市口，其中有不少牙牙学语的婴儿。

朱棣下令，用刀将方孝孺的嘴一直剐到耳朵，方孝孺厉斥朱棣夺位恶行，骂声不绝于耳……小弟方孝友被杀时，孝孺大恸，孝友吟诗道："阿兄何必泪潸潸，取义成仁在此间。华表柱头千载后，旅魂依旧到家山。"

山河变色。这是一个黑煞日，是秦始皇焚书坑儒之后的又一个历史拐点，也成了士大夫侏儒化的历史端口！

"顾末视文艺，恒以明王道，致天下太平为己任"，是社会对方孝孺的高评。行刑那天，道衍和尚正在普照寺主持法会，宣达爱的福音，安抚惶惶不安的人心。方孝孺遇难的消息传来时,他口吐鲜血,从莲台上跌了下来,喃喃呓语:"终于,天下的读书种子灭绝了……"

12

一声凄叫,燕王朱棣从梦中惊醒。这是一个让他颤怵的梦:明太祖脸上暴起青筋、圆睁双眼,手中的皮鞭狠狠向他劈来。更可怖的是,他分明看到,朱元璋把玉带压到脐下……

朱棣面白如纸,口吐白沫,喃喃呓语却不知所云。嫔妃们召来御医,给他灌了安魂汤。大臣们议论纷纷,怀疑有刺客潜入宫闱,因为,让他们惊疑的是,朱棣的脸颊上有两道青红的鞭痕。

袁珙道冠鹤氅,翩翩然入宫而来,朱棣一见,如遇救星,便把蹊跷"故事"和盘托出,请袁珙一占祸福。袁珙拈须沉吟半晌说:"金陵虎踞龙盘,是太祖的开基之地,王气威猛,难免互相冲犯,陛下宜应避让,迁都北平,重开帝王基业。臣观华夏地理,北京位居龙首,高屋建瓴,自有统驭天下的霸气;南京王气虽炽,却是软腹之地,易盛易衰。陛下不妨细数历代兴衰,建都南京者,大多是黯然收场的短命王朝。"朱棣赶忙起身行礼:"多谢道长指教,寡人茅塞顿开。"

袁珙得意非凡地笑了,不一会儿,却又露出凝重的神色:"只是,天朝的心腹之患尚未铲除,皇上的宝座根基未稳……"朱棣又是一惊,额角渗出汗珠:"法师请道其详。"袁珙脸色神神秘秘:"贫道夜观天象,发现帝星虽然黯淡,却未殒落,徘徊在星河之南。贫道断言,朱允炆还活在人间!"一语中的,点到朱棣的心病,他瘫坐在龙椅上,牙关紧咬,久久不发一语。

攻城那天,朱棣发现朱允炆留在西楼的头发,为此,提审了中箭受伤的主录僧傅洽和尚,追查朱允炆的下落,傅洽只说了一句:"皇上早已西去了。"言毕,双目紧闭,如同泥塑木雕。火场中,找到缺了角的玉玺印和一具焦尸，皇子朱高炽看后，说是齿序与朱允炆似乎有异。种种迹象，让朱允炆的生死成为谜团。

多日来，令人烦心的消息纷纷传来，不少地方官员封印挂冠而去，表达了不为贰臣、不食周粟的气节，朱棣百般无奈，上演了丘八管秀才的戏码。更让他寒心的是，登基那天，见不到"万国来朝"的天朝威仪。周边的宗藩国重兵集结于边境地区，似乎有不臣之心。朱棣记得，父亲朱元璋六十寿辰的赫赫威仪，高丽、安南、暹罗、真腊、占城、琉球、爪哇、浡亨、三弗齐等国的君王与使节云集南京，犀角、象牙、珊瑚、参茸等珍稀贡品堆积成山……朱标、朱允炆父子与使团谈笑甚欢，翩翩然的王者风范让蛮国小君心悦诚服，惊为上仙。朱标还下令苏州织造定制一批天朝国服，分送给各国使节。从此，这种俗称"吴服"的国服也就成为许多宗藩国的国服……朱棣十分担心，如果朱允炆潜逃出境，凭着嫡传正统的旗号，借兵复辟，很容易让民心归附而导致天下汹汹，只要朱允炆活着，"散亡可以收合，蛮夷可以煽动"，朱棣谋逆篡位的事实便昭然若揭。这让朱棣芒刺在背，忧心忡忡地面临着名不正、言不顺的巨大压力，承受着皇太祖遗诏的威慑。

心腹股肱之臣纷纷献策，但都难以解除令朱棣寝食难安的心疾。几经秘议，朱棣决定"舟师入海"，密令心腹太监郑和督造大型海舰，建立一支称雄全球的海军，牵星过洋，巡视海外诸国，以扬威西洋诸国，警告他们不许轻举妄动，更重要的任务是，寻访和铲除那个幽灵似的逊帝，消除他的心腹之患。朱棣还组建了一个猎杀小组，秘密追捕朱允炆，几经遴选，他把这一重任交给户科给事中胡濙。

当年，胡濙协助袁珙绑架谷王的小儿子，勒逼谷王反水，让城中二十万军队放下武器，以至燕王的八百"壮士"长驱直入，围困紫金城。胡濙居功厥伟，幻想着拜相封侯，然而，论功行赏时，永乐帝只为他迁官户科给事中；袁珙询问原委，永乐帝说："胡濙生就一个鹰爪鼻，性格阴冷，只能当鹰犬使用，做不得近臣。"永乐五年，朱棣向天下寺院颁发《僧道度牒疏》，命将所有僧人的名录重新整理造册，送户科查验，胡濙主持了这项工作，依稀觉得，明成祖正在"大海捞针"，追查一个让皇上难以安宁的"幽灵"……

他的直觉没有错，朱棣在书房单独召见他，和颜悦色地说："爱卿梳理释门，辛苦了。朕躬颁发此诏，无非是预防奸邪之人，混迹于佛门净地，作乱天下……""微臣知晓。""查验之下，可有疑人？""尚无端倪。""爱卿可知朕躬令三保太监蹈海西洋，所事何为？""扬威诸国，宣示我泱泱上国风范。""水师出巡，朕为何派出三百锦衣卫士？""微臣愚钝。"胡濙何尝不知皇帝在想什么！只是天子之心，深不可测，人臣无端揣度，招致杀身之祸也是常事。朱棣见胡濙不入正题，叹口气道："朕躬近日常常梦见太祖，心宇浩茫，忆及靖难之役，懊悔莫及，因此，着人在北平修建行在，不日将北归，军政大事，暂付太子监国。久闻允炆贤侄未遭焚难，传已削发为僧，朕躬心中甚喜，想礼请他还俗复位，以续其享国之福，也好让太祖安心于泉台……不知爱卿愿否为朕分忧？"胡濙听了，战战兢兢，叩道："皇上差遣，如此看重微臣，敢不从命！"朱棣拉着胡濙的手说："爱卿可微服私访，走遍州郡乡邑，穷尽天涯海角，也要找到我的贤侄……"胡濙惴惴问道："如果先上不肯回归，为之奈何？"朱棣脸色阴沉："便宜行事！反正，着落要有交待……""微臣此去，难免遇见亲朋、同僚，如若相问，该以何事做托？"朱棣沉吟片刻说："仙人张三丰，现年已一百六十多岁，父皇两度礼请其出山入朝，请益长生之术，张仙人均隐遁拒召。去年，朕躬亲临武当山求见，却无缘仙踪，仅得其《大道论》、《玄要篇》两卷。爱卿此去，可明寻张三丰，暗访皇贤侄，宫廷内侍郭祥原在允炆侄身边当差，你可带他同往，以辨身份……事成之后，封侯拜相可期。"

胡濙在锦衣卫中挑选了三十名彪悍的校尉，扮成行脚、游医，潜入茫茫人海……

数日之后，永乐帝命太子朱高炽监国，銮驾北归。北平，正大兴土木，建造规模宏大的大明宫殿，一待竣工，朱棣将迁都北京；他原是朱元璋最宠爱的"碽妃"所生，身上流淌着母亲的蒙古血脉，满脸的络腮胡子显现外祖父的遗风；他觉得，只有置身于长风嘶马的北国才通体舒泰……临行前，永乐帝下令扩建明孝陵，规模之大令人咋舌，目的是正名，标榜自己是洪武马皇后的嫡出。只是他觉得对不起生母，遂命人悄悄建了一座享庙，正殿上只供奉了朱元璋、马皇后、碽妃三人的宝像。此庙经年累月关门闭户，紧锁着永乐皇帝的思母之情。

13

顾盼自雄的胡濙，自恃其鹰犬本色，期盼在旬日之间，将逊帝朱允炆手到擒来。他奢望用逊帝的尸身作为进身之阶，封侯拜相，封妻荫子，成为扬名立万的千古名臣。他浑然不知，贪欲和野心让他置身人神交战的危险游戏之中。

面对着猿猴惊心的蜀道和瘴气弥漫的云贵大地，胡濙的锐气逐日消磨。朱允炆如同密林中的萤火虫一样，忽明忽暗，若隐若现，让胡濙如坠五里云雾。他在给朱棣的密报中无奈地说，朱允炆"朝于楚而夕于黔"，"或见其采药于峻岭，或见其乞食于荒村"，"待臣趋之，却是杳然不知所在"。几年过去了，疲于奔命的胡濙深知，要找到这位逊帝，难于大海捞针。胡濙渐萌退意，却惮惧朱棣的严词苛责，不得已，只能日夜奔波，过着三分是人，七分是鬼的流离生活。

一日，胡濙接到确切线报，一首御诗在三江口流传，据说是朱允炆在当地的梵天寺挂单时，有感而发的即兴之作。胡濙闻讯，日夜兼程，从大理赶往四川。见到寺僧，胡濙出示了御制金牌，亮出天官身份。寺僧笑呵呵地告诉他，确实有一个游方僧在这里盘桓数日，在与知客茶叙时即兴吟了一首诗。寺僧坦然出示诗的抄件。至于那位知客的根底，寺僧也不知所以然，只是从片言只语中得知，知客曾经是行伍中人。

一张黄裱纸上，写着一首七言绝句："劝君莫话封侯事，一将成功万骨枯；朗朗孰胜汉唐景，祥和天道似可期"。胡濙端详了半天，不知何意！只得嘱咐随从，六百里快马加急，将诗笺送往京师。

朱棣接报，当即摆下车驾，进了庆孝寺，请道衍和尚释疑。靖难之役结束，道衍和尚就称病不朝，幽居在庆寿寺中，与青灯黄卷朝夕做伴。见皇上驾临，他只是欠身为礼，露出病魔缠身的痛苦之状，读了朱允炆的诗章，长叹说："贫僧断言，梵天寺的寺僧不是佛门中人，而是朱允炆的信使；这首诗也不是诗，是朱允炆上达天庭的谏书。"朱棣惊疑："这是何意？""意思是：成功不必在我，他早就无意大宝，更不愿让芸芸众生经受干戈血海之灾，希望你以苍生为念，开创当代的开元盛世与文景之治。既然如此，陛下何妨念一份骨肉之情，显示包容万物的天子雅量，让他退耕于野，任他头陀乞食……朗朗乾坤，又何妨留他一分立锥之地？"一席话说得朱棣心花怒放，命令随从，搬来一只金唾壶，恭敬地赠送给道衍。道衍淡然说："如此珍贵的东西，用来吐痰，岂不暴殄天物。也罢，让我贮清水，插上一枝荷花……"

朱棣兴冲冲回宫，却被国师袁珙浇了一瓢冷水，冷笑着说："陛下龙潜时，也曾伴狂，也曾上表请罪求恕……朱允炆能俯首称臣，除非日出于西山。陛下切莫学妇人之仁，中了他的养晦之计。"朱棣怔住了，沉思良久，拿起硃笔写下"活要见人，死要见尸"八个字。皇上的圣旨与袁珙的密函同时送到胡濙手中，袁珙嘱咐胡濙，去武当山拜访仙人张邋遢，求他指点迷津，信中说，张邋遢就是张三丰，本是袁珙的师祖，能知前事三百年，可卜后世三百年。

胡濙披星戴月，赶到武当山，跪在遇仙宫的蒲团上祈祷，求见张仙人。遇仙宫是永乐皇帝调集三十万工匠为张三丰修建的宫殿，表达人间帝子的敬畏之心。胡濙跪了三天三夜，感动了道童，他偷偷告诉胡濙，张仙人昨日飞入仙界，与张果老斗酒，醉了一宿，此刻正在后山晒太阳……

一帘瀑布挂在危崖之下，喷珠扬玉，近旁有一方巨岩，岩壁上的摩崖石刻写着"漱石枕流"四个大字。张邋遢百无聊赖，正在岩台上晒太阳，抓虱子，他把虱子放进嘴中，啪啪作响地咬死，再吐进溪流之中。见胡濙趋身而来，张邋遢头也不抬说："天官前来，莫不是为了天家之事？"胡濙是走方郎中的衣着打扮，见他以"天官"的称谓相问，吓了一跳，深信遇见旷世高人，赶忙施礼："正是，正是，还望大仙不吝赐教，指点迷津。"张大仙突然嘻嘻哈哈，骂起人来："你呵，你呵，狗性不改！""大仙，此话怎讲？""你原本是托塔李天王养的恶犬，在蟠桃会上撒野，咬破了赤脚大仙的襟摆，才被贬谪到人间。不想，多日不见，你还在当狗。"胡濙脸红耳赤："圣命难违。"张大仙哈哈大笑："当狗也罢，只是缺了灵性，不懂得狗不嫌家贫的道理，要打野食，却舍近而求诸远，四处乱窜。""何地为远，何处为近？""上穷碧落，下达黄泉，远了；楼台烟雨，春和景明，却是近了，你是武进人，地处三吴，守着家门当狗，也就算尽责了。""大仙明示，小可何时得遇此公？""难有一见。""大仙，皇上求贤若渴，盼你入朝辅佐朝政，敢问大仙，仙踪何时飘临京都面君？""皇上看重贫道，无非是求个长生不老的仙丹，贫道哪有辅佐朝政的本事？你且回京城，上达天听，说我不日就前往面君，谢那赐我遇仙宫之恩。并告诉皇上说，张邋遢数次阳寿出游，死而复生，但终归是会死的。"张三丰说完，立起身，振了振破衣烂衫，飘然去了。

14

满腹狐疑的胡濙刚下山，就接到噩耗，母亲已经西去，他望云思亲，大哭了一场，匆忙赶往北京，向皇上告假要求回乡守孝三年，以尽人子之道。朱棣好言劝慰，赏赐千两黄金，却只准了一个月的丧假。他心明眼亮，已知胡濙有金蝉脱壳的心意，话中有话："朕近日心宇浩茫，不免神困体虚。太医进言，宜用地羊进补……"胡濙一听，额角渗出冷汗。北方人称狗为地羊，他明白，如若抗命，身首异处便是他的下场。张大仙的一席话,解析了他的命盘:寻访朱允炆,难有一见;命属天狗,八字太轻,"封侯拜相"自然成了虚话。他原本打定主意,以守庐为借口,逃离官场宦海,却不料皇上竟以死相胁。罢罢罢,应天命,尽人事,管他是人命还是狗命,胡天还是胡地!胡濙用衣袖擦干额角的冷汗,正色道:"皇上,微臣蒙张大仙指点迷津,已知逊帝朱允炆踪迹。从今之后,微臣不入川、黔、滇,守株待兔于江南三吴,务必将废君献于圣前,以报皇上厚恩于万一。"朱棣惊问:"却是为何?"胡濙答道:"佛门中人,六根清净,四大皆空,然而,纵观朱允炆来踪去影,臣敢断定,他尚有一宗尘缘未了,蹊跷之地,却是在江南三吴……" 胡濙谈完公务,禀报皇上说:"张大仙不日将来京面君,以解皇上求贤之渴。"朱棣面色惆怅说:"大仙早已来了,留下诗歌一首,就走了,走时,把国师袁珙给带走了。"朱棣出示了张三丰的诗句:

天地交泰化成功,朝野咸安治道享。
皇极殿中龙虎静,武当山外钟鼓清。
臣居草莽原无用,帝问刍荛苦有情。
敢把微言劳圣听,澄心寡欲是长生。

朱棣仿佛在自言自语:"人不能长生不老,自然,天下也没有万年皇帝……"

赴京途中,胡濙苦思冥想:"'舍近而求诸远'究竟是何意思?""楼台烟雨,春和景明"究竟指向何地?十多年来,他疲于奔命,深入不毛之地,遍访名刹古寺,发现许多传闻不是假托,就是捕风捉影。朱允炆似乎在布疑阵,和他玩捉迷藏、躲猫猫的游戏。那天傍晚,他在客栈中借酒浇愁,半酣时分,突然腾身跃起,将酒杯摔在地上,发出一阵狂笑。他分明看到,蛛丝马迹构成一个圆,圆心却是江南三吴,朱允炆多次重复的行为轨迹勾勒了一幅燕绕旧梁的图画。他蓦然想起了一件往事:嫩寒锁春,烟雨霏霏,他寄寓在君嶂山的浮泽寺。夜阑人静之时，洞箫声隐隐传来，乐曲凄婉悲凉，泣诉着人间的哀怨。紧接着，木鱼声隐隐响起，扣人心扉，诠释了离人的悲愁……不一会，箫声渐渐低沉，木鱼声也一路远去……天地昏冥，只留下沙沙的雨声……

第二天，胡濙与老渔翁攀谈，老渔翁说，吴中人爱丝竹，吹笛弄箫的樵夫和牧童多如繁星，至于在晚上敲着木鱼游方行脚的和尚，他见过一次——几年前，一个衣衫褴褛的和尚唱着经文，敲着木鱼，从他的船边飘忽而过，来时，细雨朦胧；去时，紫雾罩身……胡濙正想探个究竟，却又接到线人的密报，言之凿凿，说朱允炆在南普陀山的一座孤庙里面壁。不由分说，胡濙骑上快马，绝尘而去……

抚着双股的粗皮老茧，胡濙流下苍凉的眼泪，十几年来的马背生涯让他明白，"猎狗"与"猎物"都是萍踪无定的离人，是夜旅无店的孤魂。岁月消磨了万丈雄心，他力乏了，余下的事只是顺天应人，走向宿命式的结局。按照张大仙的神示，他决定盘桓在太湖烟水之中，守株待兔，心存奢望，期盼见一见这位来无踪、去无影的落难皇帝。

浮泽寺，绿树掩映下的楼台亭角又一次浮现在他的心海。

15

几间瓦房依山偎湖，坐落在太湖畔的渚角上，周边是参天的古木和修长的竹篁，正对大门，是一眼望不到边际的芦荡。山道崎岖，游人罕至。

柳丝长了，爆出毛茸茸的嫩芽，一个壮硕的农夫踏着一犁春水，莳下油绿绿的秧苗。桃花红了，梨花白了，一位少年牧童赶着羊群，踩着满地落英。落山风绕过屋角，与纺麻绩布的机杼声交织和鸣……生活如不生涟漪的春水，日复一日，年复一年。十多年来，莲姑与陆钧两家人就龟缩在这个角落里，淡忘了千里红尘。

莲姑褪尽皇妃风采，衣沾絮花，活脱脱成了乡野村姑。陆钧蓑衣笠帽，皮肤黝黑，成了庄稼里手。莲姑的龙儿起名朱炆水，英慧天纵，眉宇间洋溢着脱俗的帝子风韵。陆钧与菱子生了一个女儿，比朱炆水小三岁，每天的功课是捉蜻蜓、捕蝴蝶，也常常帮妈妈摘豆荚、采桃子。莲姑还是喜欢磨墨。儿子写字时，从容、淡定、儒雅之风宛若他的父亲，莲姑看得入神，耳畔回荡着允炆磁性的声音："我和你鹣鲽情深，尽情享受于飞之乐。你要为我养育一群儿女，孩子们个个像你一样漂漂亮亮……"莲姑热泪盈眶，心里在呼喊："允炆，瓦房盖了，田地也有了，你也该回来了。"朱炆水神色黯然："妈妈，你又哭了？"莲姑赶忙擦干眼泪："孩子，妈妈是喜欢，你爸爸盼的就是这一天……来来，妈妈教你写字。"她提起笔，写下两行点画秀美、行气流畅的王体书字："地瘦栽松柏，家贫子读书。"

　　一声悠长的唿哨声，一条小船绕过七弯八转的汊道，从芦荡中漂出来。一个须发皆白的老人持着拐杖站在船头，他是汤瑛，一副乡村员外的装束。对莲姑与孩子来说，他是最受欢迎的客人，每次光顾，他都会带来不少礼品。孩子们称他叔公，经常数着指头，盼望他早日来临。他们身上的虎头帽、虎头鞋和新衣服是叔公从城里买来的，除此之外，叔公还不忘捎来给孩子们解馋的茴香豆、云片糕和桂圆，最让孩子们高兴的是，叔公还会讲很多很多离奇古怪的故事。

　　靖难之变，他受朱允炆的嘱托，潜入吴郡，隐姓埋名，过着离群索居的生活。他的家离莲姑的家有七八里水路，高堂明瓦，算是当地的殷实人家。乡中人不知他的底细，只是粗略地知道，他是来自安徽的难民。他对乡民说，一场蝗灾让他的家乡成了千里赤地，蝗虫飞来时，天昏地暗，啃食树叶、庄稼，吃光窗纸……为此，他带了家底迁移到这里。

　　莲姑的儿子满月时，在朱常贵的引领下，汤瑛首度叩见昔日的主子。他跪伏在莲姑的面前，放声痛哭说，皇上已经驾崩，死于火焚。马皇后为了不拖累建文帝，在后宫举火自焚；原本，朱允炆为马皇后设计了逃亡路线，着内廷平章王敬止护卫，从地道潜逃。燕兵攻入九门，王敬止带人在坤宁宫门前跪请马后束装起行，马皇后紧闭大门不应，不多时，宫殿起火……火舌舔着王大人的脸，他纹丝不动，终至成了"焦臣"；八月壬申，国贼朱棣命令学士王景言将皇上与皇后的尸身埋葬于钟山，只因朱棣废除了建文年号，所以，朱允炆只能以王孙的礼制入土。下葬之处，无人知晓，旧臣多方打探，王景言讳莫如深，吓得嘴唇发颤。不多日，王景言弃官潜逃……莲姑听了，一时昏了过去……

数年来，莲姑一直着汤瑛打探文奎、文圭两皇子的下落。汤瑛回报说：文奎不知所终，庆成郡主每天抱着文圭，唯恐燕王加害。朱棣北归燕京前，在中都凤阳筑了一座房子，四周垒了二丈高的围墙，把文圭和庆成郡主关了进去，终生圈养……

其后，汤瑛定期来访，消息却一天好似一天。宫中传出消息，朱允炆临难时落发为僧，逃到大理；又有人说，皇上途经马六甲，到缅甸学佛。十多年过去了，一个更为惊人的消息传来：朱允炆在江浙云游，已潜入三吴地区。

坐实这个消息的人是朱常贵。那天，他办差回家，正在喝酒，一个黑衣人闪身进门，大咧咧地坐到朱常贵的酒桌前说："长吏好兴致！"朱常贵头也不抬，滋的一声，喝干了杯中的酒："客官从何而来？"黑衣人从怀中摸出御赐金牌说："在下姓胡，来自天庭。"朱常贵起身作揖："天官驾到，不知有何见教？""捉拿钦犯。长吏久居吴郡，眼观四处，耳听八方，捉拿钦犯之事，还望阁下鼎力相助。"说完，胡濙掏出朱允炆的海捕图像和一锭黄金，放在桌上说："事成之后，千金致谢。"朱常贵露出贪婪的神色，伸手攥住金锭："钦犯是何人？""一个头陀。"朱常贵松开手，狐疑半晌说："佛陀、佛法与和尚，贵为佛门三宝，害死了和尚，轮回成猪狗，阁下难道不怕因果报应吗？"胡濙一愣，继则讪讪说道："无稽之谈……别信那乡下老妪的胡说八道。皇命难违呵，长吏兄好自为之……岂不闻，放下屠刀，强盗也可立地成佛，干完这一票，花钱结个善缘，也还来得及……"胡濙自我安慰一番，心事重重地走了。望着他离去的背影，朱常贵面色冷凝，抽出佩剑，就着烛光，端详着闪烁的毫光，吹拂一口冷气。

　　晒谷坪上，摆上竹椅木桌，莲姑、陆钧两家准备了素果瓜品、粗茶淡饭，陪汤瑛吃晚饭。汤瑛谨慎地环视周围，压低嗓门，把朱常贵传来的消息，一五一十地告诉莲姑。她听了，就如风中的树叶，簌簌发抖。允炆就在咫尺之近，她多么希望他突然从近旁的树丛中闪身而出，把她拥在怀中……然而，一想到刀光剑影的凶险，又盼望他赶紧离开，走得越远越好……炆水默默离开饭桌，似乎觉得，即将有大事发生……他坐在一块巨岩上，吹响洞箫。箫声袅袅娜娜，游走林梢，似乎在倾诉人间的悲欢。木鱼声响起来了，不徐不疾，仿佛在诠释人生的玄秘。"是他！就是他！"莲姑哽咽了，她心里透亮，因为，在这个世界上，只有她能破译这个节律的密码，感悟父子连心的千千情结……

　　多少次的失之交臂是在这不徐不疾的木鱼声中，胡濙对这个木鱼声太熟悉了，"是他，就是他！"胡濙从床上跳起来，推开窗门听着木鱼与洞箫的和鸣。几天来，他蛰伏在君嶂山的一座道观里，坐等"飞鸟"入林。旬日之间，胡濙似乎觉得，朱允炆的行为有些反常：往昔，他每到一地，只是蜻蜓点水；然而，近日来的动向，却无异飞蛾扑火。汇总了影影绰绰的线报，胡濙发现，朱允炆一直在三吴地区踯躅、徘徊，渐渐趋近君嶂山，因此，胡濙一改方略，以逸待劳，在君嶂山的峰峦之中，布下天罗地网。他向吴郡守备借了三哨军禁，布防在山隘要道……如今，木鱼声响起来了，"飞鸟"入网了，胡濙志得意满，准备收网了。他仰起脖子，灌了一盅酒，长叹一声说："天堂有路你不走，地狱无门偏来投。朱允炆呵，怪不得胡某心狠，是老天要杀人呵！"

汤瑛从水路回到家中,已是子夜时分,一进门,他就吃了一惊,大厅里,红烛高烧,一个头陀端坐椅中,正在闭目养神。那和尚不是别人,正是浮泽寺的老方丈智能法师。汤瑛是浮泽寺的大施主,与智能过从甚密,然而,智能从未进过汤瑛的家门,今晚,老和尚漏夜来访,汤瑛本能地意识到,事关紧要。

智能脸色平和,呵呵一笑说:"贫僧孟浪,打扰施主的清幽,罪过,罪过。"汤瑛奉上香茶,单刀直入地说:"老法师半夜光临寒舍,该不是来品茶的吧?""呵呵呵,心有慧根,施主不愧是明白人。日前,须弥山来了一位高僧,在小寺挂单三日,这位释友来到吴郡,为的是了却一段尘缘,续结一段佛缘。明天上午他要亲临莲台,为一位女施主操持祈福法会。""女施主?""俗名莲姑,明天是她的生日,也是她的缘尽之期。""莲姑?她在哪里?""这却要问施主,施主前世今生,缘结不二,生性耿介,古语说得好,'板荡识孤臣……'"汤瑛一听,唬得面如土色,"扑"的一声,南面而跪,继则嚎啕大哭:"皇上,你想煞老臣了。"智能将他扶起,谆谆言道:"这几日,吴郡霾气太重,出门上路,万事求个小心。那位释友明日就要西行,寄语有缘人,明日务必临会,同沐法雨甘露。"

车尘马足,行旅匆匆,十六个年头如白驹过隙。漫长的佛门苦旅是为了遗忘,是为了抛却千丝万缕的人生累赘;青灯作伴,黄卷为友,淡泊了人间的功利,法雨甘露的滋润化为极乐世界的光明。朱允炆道行日深,终于醒悟,自己的肉身也是人生的累赘……只是,他不断忏悔自责,缘何忘不了淑妃的姣美与浅笑?他迷惘,难道说佛门也赞美灵与肉的相融与交会?为了遗忘,他拖着病躯走进浮泽寺,这是他最后的人生回眸,了却尘世的最后一宗心愿,他将矢志西行,去寻找佛光普照的光明世界,那里,没有烦恼……

前天,他背着走方用的黄布袋,首次走进浮泽寺,对正在打坐的老方丈合十施礼,连称"善哉,善哉。"老方丈惊惶地从榻上滑落下来,就势倒伏在地,惊呼说:"皇上驾到,未克远迎,怠慢,怠慢!"朱允炆恭敬地捧上自己的度牒说:"这里只有头陀,没有皇帝,法师心镜有尘,目迷五色,看走眼了。"老方丈不由分说:"罪过,罪过,老衲并不眼拙,一见阁下的器宇,便知是大贵之人。""前尘影事,不提也罢。""皇上光临寒寺,敢问所为何来?""借重师父的三宝之地,了却尘世的业缘一段。""贫僧敢不从命。"朱允炆迟疑有顷,娓娓道了原委,最后露出无限惆怅,说道:"只是仙凡殊途,深恐难有一见,还望法师开启大悲、大智、大慧之心,周全小僧则个……"智能诚惶诚恐,稽首合十,连称"善哉……"

17

钟鼓齐鸣,磬钹声响,深邃幽远的梵音徐徐响起,飘荡在浮泽寺的上空。盛大的祈福法会在浮泽寺的三宝殿隆重举行。大殿正中,是一座花香四溢的莲台,金色的莲瓣熠熠生光。莲台的背后是佛陀的金身,慈眉善目,悲悯地俯视芸芸众生;佛陀身边,站着文殊和普贤,慈祥的眼光穿透前世、今生和来世。巍峨的殿宇一片光明,千支红烛金花开放。一切,彰显无边的神力——庙刹坐落在人间,恰如风帆浮行在苦海,救溺、普度、慈航。

二十四名僧侣雁立莲台两侧,他们是代天发言的使者,唱响悦耳动人的梵音,向人间传递慈善、至爱与和平的福音。今天,他们换上全新的僧袍,显得格外光鲜。七十二名小沙弥组成迎宾队伍,伫立在红地毯的两侧;地毯从高高的台阶上方往下延伸,越过放生池的拱桥,直至山门。山风回旋,扬起沙弥们明黄的衣袂。

钟楼传出洪亮的钟声,鼓楼回应着沉沉鼓声,厚重的山门徐徐开启,一乘八抬凤轿徐徐而来,稳稳地停在山门前,莲姑在儿子的搀扶下落轿,在四名侍女的簇拥下,进了寺院,随之,山门徐徐紧闭。

今旦,莲姑经过精心打扮,凸显她翩若惊鸿的身姿,再现她绝代皇妃的风韵。昨晚，她从箱底取出那套凤裙，在铜镜前反复比试；诀别金陵，她穿的就是这套衣服，十六年过去了，它依然光鲜亮丽，泛着迷人的丝光。她要让夫君觉得，离别只是在昨日，淑妃，依然是兰心蕙质、芬芳依旧。

莲步跚跚，登上放生池的拱拚，仰望着高耸的圣殿，她突然感到情怯，心跳如同脱兔，扶着儿子的肩头，轻声喘气……小沙弥们不知女人心思，率真地扯直喉咙，唱着玄妙深奥的经文偈诗。

金襕袈裟配上了帝王资质，让书卷气十足的朱允炆平添道骨仙风般的飘逸。智能法师主持这个别开生面的法会，心中明白，法会的刻意铺陈，只是为了让一对有情人鹊桥相会，他战战兢兢，深恐差池。

时交子午，智能法师手执木锤，"托、托"两声，敲响面前褐红的木鱼，接着，一扬手，重重地敲了一下木鱼边的铜磬。清越的磬音袅袅娜娜，悠扬回荡……庄严、静寂，寺僧们凝神屏息，智能法师朗朗的开经偈语响彻殿宇："无上甚深微妙法，百千万劫难遭遇。我今见闻得受持，愿解如来真实义。"念毕，智能一扬手，敲了一下铜磬，立时，抑扬顿挫的唱经声雀跃而起，寺僧们念的是《大乘妙法莲花经》，礼赞佛陀的光明伟大，敬仰观音的神力无边……

唱经声中，允炆整了整衣冠，缓缓登上莲台，一宽僧袍，盘膝坐下。蓦然间，他心气上浮，头脑一阵眩晕；恍惚，面前出现丹陛鹿鼎，群臣们舞动广袖，山呼万岁之声地动山摇……他一阵慌乱，连称"罪过"，默默地祷念了一段《法华经》偈："六万余言七轴装，无边妙义广含藏。白玉齿边流舍利，红莲舌上放毫光。喉中甘露滑滑润，口内醍醐滴滴凉……"然而，他仍然心内躁动，无法凝神，眼前浮现淑妃裸佛一般光洁的体态……慑于神谴的恐惧感漫上心头，他赶忙双手合十，闭上双眼。

佩环声响，莲姑母子和侍女们凝神屏息，款款步入大殿。她伫立殿前，木然地仰望着天神，天神露出微笑，蕴含着悲悯与垂爱。她仰望着朝思夜想的夫君，然而，他却纹丝不动，恰如泥塑木雕。当年新婚面君，也是金殿之上，他神采奕奕，风情无限，说的是温言软语，逗得她心乱意迷。十六年了，漫漫长夜，她盼望着相倚相偎的一天……

允炆紧闭着眼，一行清泪从眼角沁出。一阵锥心之痛，莲姑突然扑倒在蒲团上，撕心裂肺地呼叫："皇……"四个侍女也扑的一声，齐刷刷地跪倒在地上。智能一惊，电光石火般敲了一声铜磬，唱经声聚起，如浪如涛，淹没莲姑悠长的悲号……梵音弥平心灵的伤口，允炆睁开眼，慈爱的目光抚吻着莲台下的母子，朗声问候："施主从何来？从何去？"莲姑略为思索："来自天上，去却人间。""华居何地？""在水一方，结草庐三间。""居处是何称谓？""无名。""施主生性敦厚，乐善好施，必然福寿绵长，子息昌隆。若能如此，贫僧以为，以'赤马'两字作为村名最是得宜，不知施主意下如何？"莲姑闻言，热泪盈眶，明白允炆的用意，赤马就是朱马，朱元璋与马皇后，是创建不世之功的祖先，况且，朱允炆的皇后也姓马……她连连顿首："敬谢法师起名。"停了片刻，允炆又开言问道："施主居家，以何营生？""绩布纺麻。""千丝万缕，编织经纬，端的是个好营生，只是施主要多加保重，千万别经纬了自己。"允炆的目光转向朱炫水："小施主行年几何？"朱炫水答道："一十六岁。""业已成人。不知作何营生，为至亲分忧？""牧羊放牛。""出门须看天，谨防'雨打羊毛一片膻。'""谨记父……法师教训。"允炆转过脸问莲姑："请问小施主名讳？""朱炫水。""为何用炫字？""谨遵太祖遗训。太祖在世，为长子一支拟定了二十代行辈字，依次为：允炆遵祖训、钦武大君胜、顺道宜逢古、师良善用晟。"莲姑还记得，朱元璋太宠爱朱允炆这个皇孙，因此，将炆字作了第三辈的行辈字，并将前五个字凑成诗句，用以褒扬他心爱的皇孙。允炆见莲姑流畅地背出二十个行辈字，心花怒放，露出微笑。

望着允炆清癯的面庞，莲姑一阵冲动：十六年了，凄风苦雨的日子，你究竟怎样熬过来的？她静了静神启齿道："法师，民妇有事求教。""不妨道来。""法师从何来，从何去？""来自人间，去却天上。""关山迢递，一路可好？"允炆黯然："施主，想必你也读过这等文字：'云水飘扬,我何所为……仰天茫茫……突朝烟而急进,暮投古寺以趋跄,仰穷崖巍峨而倚碧,听猿啼夜月而凄凉。魂悠悠而觅父母无有,志落魄而侠伴。西风鹤唳,俄渐沥以飞霜,身如蓬逐风而不止,心滚滚乎沸汤……'"两行泪水挂在允炆的脸颊上,莲姑失声,她分明记得这是《明太祖实录》里的章句,记录了朱元璋落魄为僧的苦行生活。谁人得知,祖孙同命,她的夫君竟也落到这种地步,她泪飞如雨,惨然叫了起来:"夫君……"

智能一声威严的吆喝:"佛门净地,施主自重。"一扬手,敲响铜磬,波涛般的唱经声腾越而起,淹没莲姑的长号。一会儿,经声渐低,智能朗声道:"请法师开示。"他看到,三炷檀香即将燃尽,法会已近尾声。朱允炆正襟危坐念了一段《摩诃般若波罗蜜经》,谆谆嘱咐莲姑母子诸恶莫作,百善奉行;闲暇无事,多喝茶,涮尘虑;多生欢喜,切莫贪嗔;坐看风起风落,起观云舒云卷;子子孙孙,宁穿百衲衣,不戴乌纱帽……

分别的时候到了,允炆步下莲台,缓缓向后殿走去,蓦然,莲姑一声凄叫:"法师留步!"允炆回过头来,脸色苍白,莲姑嘴唇发抖:"法师,民妇有一不情之请,可否一牵法师袍角,一沾法雨甘露。"允炆一怔,泪如泉涌,快步上前抚住莲姑的肩头,将炆水的头拥在怀中,莲姑紧紧牵住他的袍角……动人的梵音袅袅娜娜,伴随着帝子家的饮恨之声……

18

允炆与淑妃相会之时,智能法师与朱常贵摆下的"疑兵计"也拉开序幕。

仙袂飘扬,一个中年和尚伫立在船头,从芦荡中逸出,驶向水霭冉冉的湖面。船影渐渐淡化,终至消失在水雾之中。

胡濙接到急报，朱允炆从水路逃逸，急忙去知会守备，要他寻几条快船，却见守备宿酒未醒，醉卧在帐篷里。一问守夜的军士，方知长吏朱常贵昨夜来过这里，带来了几坛上好的乡醪，犒劳在风寒中放哨的士兵，把他们灌得烂醉如泥。胡濙恨得咬碎了钢牙，却无可奈何，只得自行带了一干亲随，胡乱抢了几条渔船，向湖心追驶而去。

　　终于，他见到"朱允炆"的小船，孤零零地飘摇在一个孤岛边；岛上有几座茅房，住着几家渔民。上了岸，只见一个中年和尚正在送米送面，施舍行善，那和尚的模样形似朱允炆，靠近细看，却大相径庭。"不好，中计了。"胡濙头皮一麻，怔了半晌，发狂似的吆喝："快，快，杀回浮泽寺！"当他们气急败坏地赶到浮泽寺时，却见山门紧锁……

　　朱允炆还在寺中，法会结束，送走莲姑母子，背上黄布香袋，正欲离去，却见方丈匍匐一侧，奏请皇上赐留墨宝，说："前年寒刹重修，宝殿上尚缺金匾一方，留请位高德厚之人撰写。今日圣上驻跸小寺，实属机缘难得，贫僧斗胆，恭请圣上留赐墨宝，以壮山威。"允炆为谢智能厚恩，慨然允应。智能大喜过望，赶忙将允炆带至庭院中的去丝台边。去丝台是寺僧剃发的地方，横躺着一块平展的青花璧石，不知何故，石边却长着一株上了年份的柳树。大凡寺门，不植杨柳，只因繁丝即烦思，杨柳树有太多的凡思与尘虑。允炆凝视柳丝片刻，意会到智能法师植柳的深意，会心一笑。去丝台上铺了四张宣纸，放了一支巨笔，所用的墨汁却是朱砂。朱允炆不愧是书法圣手，只见他凝神屏息，缓缓行笔，用碑体写下一个"大"字，字体刚劲有力，却蕴含着清秀与禅静。智能乐得如同弥勒，心中明白，皇上钦赐的匾额将是"大圆满觉"，表征着佛门修炼的最高境界。他更高兴的是，有了圣明天子的加持，浮泽寺将成为人们景仰的千古名刹……

　　风云聚起，允炆才写三个半字，"觉"字下部的"见"字还未下笔，就听得喊杀之声震天。寺僧们张皇失措，抱头逃窜。智能带着允炆，想从寺后出走，却听得后山上一片剑啸鸣镝之声。智能法师后悔莫及，为了求一幅皇帝的御书，却不意耽误时辰，罪不可恕的是误了帝子的性命。他手足无措，把允炆带到庭院边的峡谷边，这里，成了离开寺庙的唯一通道。浮泽寺位在半岭，左倚岩壁，右临峡谷。允炆站在谷边俯视，只见谷中是成片的竹海；只是竹子细矮，高不及腿腰，藏不了人。正在犹豫，却听得轰然一声，巨大的山门被撞木推倒。朱允炆一时情急，纵身一跳，顺着崖壁滚落下去，好在冥冥之中有神明托扶，只跌伤脚踝。允炆暗暗叫苦，态势十分险峻，矮竹藏不了人，追兵如若放箭，将成竹海中的刺猬。允炆一时不能动弹，他忽发奇想，假如这些矮竹能长高三尺，便可掩映藏身，正想着，嘴里却不由自主地喝了一声："长三尺！"皇帝开了金口，果然是地动山摇，青帝闻声，急忙下令绿衣使者奉行……说来也奇，朱允炆话音刚落，只听得竹海飒飒作响，那竹子伸枝、拔节、展叶、倏然之间，长高三尺，将一个人间帝子严严实实遮蔽在茫茫竹海之中。

胡濙疯也似的冲进寺中，剑指智能法师，喝道："秃驴，快把钦犯交出来。"智能好整以暇，正入神地欣赏着允炆的书法笔意，揣摩了半晌，沉吟了一句："却是无见。"胡濙冷笑一声："墨迹未干，罪证确凿，还敢狡赖。"智能一笑："施主请看此字，觉字下方留白，不是无见又是什么？"胡濙细细一看，狐疑道："这是何意？""不见是见，无见是觉，还望施主细细揣摩沙门禅意。"胡濙喝道："死到临头，还敢胡言乱语，快快，交出钦犯！"智能拽住胡濙袖角来到前殿，扬手一指："请看！"顺着方丈的指向看去，坦腹露乳的布袋和尚正在呵呵大笑，边墙上是一首诗："大千世界活茫茫，收拾都将一袋藏；毕竟有收还有散，放宽些子也无妨。"胡濙哈哈大笑："和尚，我可以放宽那个逊帝，却是谁人放宽我？""残杀天家骨肉，有干天和，你不怕因果报应进阿鼻地狱？""哼哼，十六年来，胡某惶惶如丧家之犬，不是地狱，又是什么？"

正说着，一个随从赶来，呈上朱允炆走方用的黄布香袋，说是在崖角边找到的，想必是朱允炆已潜入竹海。胡濙仔细翻看布袋，阴冷一笑，大喝一声："军士们，点上火把，浇油烧山。"智能脑海中轰然一响，无明怒火从心头升起，猛喝一声："你敢！告诉你，佛门扬善也惩恶，出家人也不怕血溅五步！"说时迟，那时快，只听得一声齐刷刷的蹬地声轰然响起，只见四大金刚个个怒目圆睁，原本盘坐的双脚蹬到地面，作出腾身而起的姿势。胡濙一看，吓得心胆俱裂。他早就听说，四大金刚盘膝而坐是明太祖下的诏书；朱元璋登基后，去皇觉寺怀旧，见了四大金刚，笑着对群臣说："当年朕在皇觉寺扫地，被金刚的脚绊倒了几次，也被朕鞭打了数回。这样吧，从今之后，各路金刚都把腿脚收起，别绊磕了天下善男信女，护法惩恶时再放下腿脚不迟。"忆及此事，胡濙只觉得天旋地转，似乎，金刚的琵琶声震耳欲聋，手中的灵蛇、金箍飞跃而出……他双腿颤抖，失魂落魄逃出前殿，却见朱常贵站在柳树前手持利剑，挡在擎着火把的四名军士的面前，寒气逼人，凝视着霜冷的剑锋。两条柳丝拂在剑锋之上，朱常贵微微吹了一口冷气，柳丝随即断落地面，悄无声息。胡濙伸了伸头，摇了摇脖子，脖项却成了瘫软的柳条……"哇"的一声大叫，胡濙口吐鲜血，仆倒在地……

子夜时分，朱允炆潜出竹海，在一块岩背后，骑上汤瑛藏在那里的白马，顺着弯弯山道，投东而去。守夜的士兵听到得得的马蹄声响，见到一团白光，渐渐远去。

胡濙在浮泽寺的客房里将息了几天，吃了老方丈熬制的还魂汤，渐渐缓过神来。他遣散几十名亲随，踽踽独行，裹着凄风苦雨，向京城进发。他背着一个木盒子，里面垫了石灰，塞着汤瑛的首级。那天，在围捕朱允炆时，无意中发现了一个牵着马的老人，在寺庙边躲躲闪闪，让他识破了"庐山真容"……汤瑛把马藏匿后，正待离去，突然听到有人在身后冷笑："汤阁老，别来无恙？"汤瑛刚转身，一把长剑已飞向了他的项颈……胡濙揹着木匣，整整走了几个月，半途，听说永乐帝北征，人在宣城，便又趱了方向；待等他遥见宣城黑黝黝的城廓时，已清瘦得不成人样。

19

　　二更时分，明成祖被公公从睡梦中叫醒。听说胡濙漏夜求见，他从龙床上一跃而起，披头散发进了书房，见到形销骨立的胡濙，他的眼眶也微微潮润，赶忙唤来了一碗参汤。胡濙跪在地上放声大哭说："皇上，臣已找到朱允炆尸身，自此之后，皇上可以安枕了。"他捧上了朱允炆的黄布香袋，明成祖翻看了半天，终于在袋角边见到朱元璋的名讳，确信是父皇落难时的用物。胡濙编造了一套说辞，讲述自己如何历尽艰险，斩杀了前来救驾的旧勋汤瑛，逼迫朱允炆跳崖自尽、尸骨无存等种种情事……最后，他以九族人的性命担保，朱允炆已永别人寰。朱棣验明汤瑛的首级，对胡濙的话深信不疑，多年悬着的心终于落到地面。君臣俩人，节节哝哝，一直谈到东方既白。说到封侯拜相一事，胡濙却百般推托，只求归田桑梓，以终天年。面对成祖的狐疑，他发誓说，逊帝之事，他会烂在肚肠里，埋在地底下。明成祖权衡利弊，终于同意胡濙归田的请求。

　　北征归来，明成祖就去看望道衍。道衍已是风中残烛，恳请成祖放了囹圄中的傅洽，说："关押傅洽，坐实了建文帝逃逸的事实，实属不智；放了傅洽，确证了建文帝死于火焚，是明智之举。事实上，金川门一开，允炆的生死早已成了虚应故事……"听了道衍的规劝，明成祖当天就将傅洽放出天牢。不几日，道衍与傅洽在北京庆寿寺双双坐化，含笑天庭。

　　浮泽寺"大圆满觉"的金匾是在明成祖死后，才挂牌开光的，智能法师延请当时的一位书法名家为"觉"字补缺，模仿朱允炆的字体笔意，续写了一个"见"字。鎏金时，那个"见"字却怎么样都鎏不上金色，老方丈无奈，只得将这金黑两色的匾额挂上。匾额没有落款，原因是朱允炆临难逃逸，没有留下落款，浮泽寺也不敢堂而皇之地公布书者的名讳；再次是，匾额由两人合书，天子与凡夫合署名字有违体例。多年后，英宗夺门之变，南门复辟，将心比心，放了圈养的文圭。其时，文圭已五十七岁，出门时都分不清牛马，识不得鸡鸭，第二年就郁郁而死；终生未婚，无有子嗣。文圭获释的消息传来，浮泽寺才请人补写"建文御书"的落款。就这样，一方旷古未见的佛门金匾诞生了，高悬在吴郡浮泽寺的三宝殿上。金匾伴随着一个凄美的故事，成了吴郡人的口传历史。

20

离开浮泽寺，朱允炆成了黄鹤之飞。然而，太湖之滨却多了一个域名——赤马渚，也多了一个村名——赤马庄。渐渐，赤马渚也被人称为赤马朱，以区隔吴郡的其他朱氏宗姓。

这里的村民世世代代过着一成不变的渔樵农耕生活，几百年过去了，翻开他们的族谱，竟找不到一个官场显贵，出家当和尚和尼姑的倒是屡见不鲜。赤马渚的皇家子孙们固守祖训，自然是远离官场，渐渐，赤马人的淳朴、厚道也就成了乡愚的别称。

道光年间，一位族长的儿子成了方圆百里出名的孝子，被清王朝简拔为官，督造太湖河工，改写了世代白衣的历史。然而，就在族长大办宴席庆祝的时候，有兄弟三人悄然无声离开赤马渚，来到开花乡古镇畔的湖滨，背靠一条小河，置地建房。风水先生说，开门见湖，恐有冲犯，为此，三兄弟在村前筑了一条形似青龙的土岗。多年后，土岗上长满榉树、槿树、枣树、蟠桃树和翠竹，岗坡上生出何首乌和野生草莓……渐渐的，开花乡人就称之为小龙村。

小龙村的裔孙与赤马渚的裔孙相叙，固定是每年两次，祭祖吃祠堂和三月三庙会。每年的庙会，浮泽寺是集结地，朱家的子孙都会去转一转，缅念祖先的不世之功，遥望昔日的门第辉煌。因为有了那方金匾和那个故事,吴郡人已忘却浮泽寺的庙号,称之为龙寺。朱允炆喝过的泉称为龙泉,山谷称为龙寺凹,竹子称为龙竹,汤瑛藏马的巨岩也命名为隐马石。每年庙会,朱门子孙都会折几株龙竹,回家后按节截断,就成了现成的筷子……

第二部

1

朱牧声出生在小龙村，幼年时，父亲经常带他去浮泽寺玩耍，去祖父的坟前磕头烧香。

浮泽寺的老方丈澄性法师已经须髯斑白，佝偻着身子，看见牧声和父亲来访，欢喜得哈哈直笑，拿出寺庙里种植的茶，请他们喝，骄傲地宣称："这是天茶，是你家的先人惠帝喝过的。建文帝是一代仁君，连满清皇帝都尊重他，上谥为恭闵惠皇帝。"他从藏经阁里搬出一只描金檀香盒，从中取出一片舌状的火红宝石，说："外人都不知道，浮泽寺的镇寺之宝就是这片龙舌石，是当年建文帝落难时，赠送给浮泽寺的佛礼。沏茶时，将龙舌石放置壶中，这水也就成了龙水，也就是释门中人常说的'佛门心水'，喝起来格外甘甜。不过要小心，凡人的舌头和它相舔，会渗出血来，不信，你试一试……"澄性把龙舌石伸到牧声的唇边，牧声吓得藏到父亲的背后……

每次造访，澄性都会陪父子俩去澄心法师的墓前转转，抚着那方禅碑流下浊泪……每次造访，他都要唠叨那悠远的故事："追兵来了，建文帝写'大圆满觉'，来不及写那个'见'字……"牧声惴惴地望着大殿上的金匾，产生莫名的惶恐：这块金匾，似乎记录着一个皇族的生命密码，预示着朱家子孙的宿命……

小学四年级时，牧声的堂姑姑在雪浪山玉笏庵出家为尼，她从小素净，不沾荤腥，十五岁就当了菜姑，做厂赚来的钱大多花费在菩萨的金身上……牧声对她十分敬畏，每每见到她就显得战战兢兢。有一次，牧声和村上的小伙伴们抓了一篓青蛙，正用刀子剥皮清肠。那青蛙也怪，当刀架上脖子时，双手就紧紧抱住头，逗得小伙伴们哈哈地笑。牧声正在嘻嘻哈哈，脸上却挨了一记重重的耳光，姑姑脸色煞白，双眼喷火，扬起手中的佛珠喝道："放掉！"谁都不敢吭声，听从指令，乖乖地把篓中的青蛙放归稻田。那晚，姑姑念了一宵的经文……

终于，二十四岁那年，姑姑踏入空门，那天，牧声与几位亲人都去了玉笏庵，眼见堂姑乌黑的头发徐徐飘落地上。这，无异于生离死别，牧声鼻子一酸，赶忙往殿外跑去……殿外的墙壁上，一首禅诗映入牧声的眼帘："谁言群生性命微，一段骨肉一段皮；劝君莫打枝边鸟，子在巢边望母归。"禅诗触动牧声的向善之心，他心头颤动，忍不住流下沛沛热泪……

从玉笏庵赶回学校，已是下午自习课的时分。教室里的气氛有些异样，同学们一副忍俊不禁的样子，牧声在门口闪现时，他们一个个双手合十，齐声唱道："阿弥陀佛！"接着，炸了营似的尖叫、嬉笑。牧声臊红了脸，知道同学们串通了，借机嘲笑他是"花和尚的孙子"。辅导员闻声而来，制止了喧哗，当他了解了原委后，勃然作色，严厉批评牧声旷课去搞宗教活动，说："菩萨是什么？泥塑木雕，是愚民心造的影子。总有一天，它会从神坛上跌落，摔得粉碎。"

辅导员慷慨激昂的语言生了效，孩子头阿昌听了，决定干一番石破天惊的"革命"壮举，率领同学们去浮泽寺砸佛像。他邀了汤冕、席萍、陆照仪等同学，同时指名要牧声参加行动，为的是督促他幡然悔悟。星期天，十几个孩子扛着木棍，进了浮泽寺。庙宇里，冷冷清清，和尚大多还俗了，只有澄性法师带着几个无家可归的和尚守着庙产。澄性见到了牧声，眼神像待宰的羔羊，牧声耷下了头。四大金刚见孩子们扛着木棍进了大殿，圆睁了眼睛。孩子们一见，顿时馁了气，贴着墙壁吓得大气不敢出，总觉得神灵就在身后。好在阿昌主意多，教大家先跪下磕头，告诉菩萨说是老师叫他们来砸佛像的；接着定了规矩——给菩萨磕三个响头，就可以打菩萨三记耳光。牧声见金刚罗汉相貌凶，不敢造次，挑了个心广体盘的弥勒佛，磕了三个响头，爬上他的身子，打了三记耳光。好几个同学只是象征性地用木棒轻轻地敲一下菩萨的大腿，也算是完成"革命壮举"。临走时，阿昌还检查一遍，是否碰落金漆……佛陀慈祥地笑着，目送孩子们凯旋。由于受了惊吓，孩子们回到家，大多病倒了。家长们个个面如土色，大呼小叫，去找"孩子头"的父母论理。阿昌与牧声没生病，第二天，被叫到办公室训话，辅导员气急败坏："是我叫你们砸的么？告状也得有个证据！这是闹着玩的么！"

孩子们的"壮举"惊动了夏润生市长，他穿着草鞋，戴着斗笠，风尘仆仆地进了浮泽寺，随行的还有宗教部门的领导和几个文化学人。他们竖了一块石碑，把浮泽寺列为二级文物保护单位，理由是，浮泽寺是东晋历史文化的遗迹，北宋的李纲碑也是珍贵文物。路经小龙村，他去看望了牧声和阿昌，搂着孩子们的头笑着说："佛祖主张做善事，救苦救难也是对的嘛……"他转过脸，对围在身边的乡镇干部说："佛教文化是优秀的传统文化，充满哲理意趣，传统文化是民族的命根子……搞新文化没有错，但新文化只是民族文化枝头上的新叶嫩芽。"孩子们听不懂，只是明白了一点：革命也是做善事，救苦救难。

让牧声露脸的事情终于发生了，喝过洋墨水的小叔公朱仲寿从上海迁回乡下。朱仲寿年轻时留学法国，回国后做过生意，算得上是上海滩有头有脸的人物；解放后，他进了翻译局，当了校对……回乡的第二天，他请亲朋戚友吃饭，拿出铮亮的西式餐具，把长条面包切成片，涂上果子酱，分给大家。乡下人第一次吃西餐，感到很新鲜。然而，当他把西红柿片分给大家吃时，人人都皱了眉；一位老长辈闻到那怪味，差一点呕吐。小叔公冷笑说："这是西洋果，是极品，我为了让你们尝个新鲜，才从上海带了几斤，不想……乡下人无福消受……

嘿嘿……"席间，小叔公吹起"西洋经"，说他跑了几十个国家，风光了，够本了，年岁大了，想回乡下过一过日出而作、日入而息的农家生活。他说："这叫做倦鸟归林，叶落归根。"小叔公显摆地拿出两张在巴黎的照片，让大家看新鲜。照片上朱仲寿头发油光鲜亮，穿着白色的西装，打着领花，跷着二郎腿坐在法式的靠背椅上，一个金发碧眼的女郎紧挨着他。小叔公兴高采烈地说，法国女郎是全世界最标致的女人，原本想把她带回上海，只是她听说当小妾的每天清晨要到上房给大老婆捧茶，硬是不肯来。再说，法国女郎腿太直，弯膝也有困难。朱仲寿的得意神色惹恼了一位老长辈，他不屑地说："外国女人有什么好看的！头发像金丝猫，眼睛是羊白眼，鼻子高得可以挂个酱油瓶……晚上见了，哪个男人不吓掉半条命！"另一位老长辈连连点头："是，是……就说仲寿的头发，也不像话，抹了那么厚的菜子油，苍蝇叮上去都会滑断腿……"仲寿的老婆是村姑出身，见有人伸张正义，不禁转嗔为喜。

小叔公的回归给古旧的农村带来新意，居然让牧声成了开风气之先的"英雄"。第二天，牧声进了学校，在同学的围观下，显摆小叔公送给他的两粒草莓和一颗西红柿，还鹦鹉学舌地重复小叔公说的话："西红柿原名狼柿，产地在非洲，英国人侵略非洲，把西红柿移栽到女王的御花园，从此后成了欧洲的美食。"牧声讨好地把一粒草莓放到女同学席萍的手中说："这是草莓，小叔公说，欧洲的白雪公主最爱吃的就是这种水果……"席萍很开心，正要把草莓往嘴里塞，汤冕忽然喝了一声："慢，这是蛇果！"席萍手一抖，草莓掉落在课桌上。确实，开花乡的山坡上到处都是这种果实，农民们说，这是蛇吃的水果，有毒。孩子们不知道，那也是草莓，只是个头小，与洋草莓不成比例。牧声火了，说："蛇果，有毒？好，我吃给你们看！"他把一颗草莓塞进嘴中，夸张地咀嚼着，席萍怔怔地盯着牧声的嘴，好一会儿，不见七窍流血……席萍心一横，抱着赴死就难的决心，紧闭着眼把另一粒草莓塞进嘴中……席萍是班上的小美人，自然，一举一动都有典范意义,同学们立刻跟进,用铅笔刀割开西红柿,切成片,分而食之;吞咽时,有人皱眉,有人捏鼻……

牧声和席萍吃狼柿和蛇果的故事,轰动开花古镇,也惊动夏润生市长。他交代农科所,赶紧去外地弄一批西红柿苗,先行在开花乡推广种植。他笑着对农友们说:"革命嘛,也包括味觉的演化……"

西红柿的推广让人们对朱仲寿刮目相看,称赞他是见过大世面的人。然而,开花小学的老师也有学问,不客气地揭穿朱仲寿的牛皮:"朱仲寿拢共只去过法国。他说去过几十个国家,只是搭轮船去法国时路经,傍了傍人家的码头。过红海、苏伊士运河时,两边都是鼻屎大的小国,那能算去过?"朱仲寿"主动回乡"的说法也穿了棚,上海客回乡说:"法语有什么屁用?老大哥的俄语才吃香呢。朱仲寿在翻译局坐冷板凳,局长对他说:'你当年为法国人当买办,法语用得上。现在嘛,法国鬼子的船也不进黄浦江了,你这法语也没用场。这样吧,先到乡下去改造改造……'"就这样,"周游列国"、"洋翻译"的神话相继破灭……

不到一年,小叔公脱胎换骨,变了一个人。他戴上旧毡帽,穿上老人穿的典衣,在街上摆了一个小摊,卖水果、大栗、菱角和棒糖,逼他改造的是实实在在的生计问题。那天,他与一位村上兄弟挑谷子去碾米厂,在西大桥上闪了腰,很伤感,对老兄弟说:"种田也没我的份了,只能去街角摆小摊了。"

小叔公成了蜷曲在街头的"偎灶猫",成了孩子们取乐的对象。小学生们中午上街游玩,见他在读法国的羊皮小说《茶花女》、《羊脂球》和《阿里巴巴与四十大盗》……便要他翻译故事,条件是讲一段故事给二分钱的酬劳。一个孩子装成阔爷,脸朝天一仰,把二分钱摔在他的摊位上喝道:"给,快给大爷读来!"牧声刚巧路过,一时火气,一脚把那孩子踢翻在地上……

晚上,牧声与一位族叔说起打架的事儿,族叔哈哈大笑说:"别看你小叔公今天成了偎灶猫,年轻时崇拜克伦威尔,思想激进,为了'革命'，还狠狠揍了他的父亲、你的曾祖父……"听了故事的始末，牧声着实吃了一惊，全然没有想到，小叔公竟然是一个家庭革命家！正因为有了他，朱氏家族才成为上海滩风云一时的名门豪族，而这折"革命"的戏码，竟然是儿子打老子……

2

朱仲寿的父亲名叫朱楠，是庄稼活的老把式，遇事活络，是村上的智慧型人物。当年，吴郡的丝绸业和纺织业向机械化发展，他进城学了一手冷作技术，跟着师父为一些工厂、作坊打造锅炉和铁皮烟囱，赚了不少外快。农闲时，他也倒腾些小买卖，收购特产，运进城里叫卖，赚些日常开销的费用。他节衣缩食、开源节流，置了七八亩水田，成了小龙村的殷实农家。

一个离奇的遭遇，让朱楠离乡背井，成为上海滩的"旧毡帽"朋友。

那天，朱楠摇了一船芦席，来到市郊的梁家湾，卖给当地的缫丝作坊，用以搭盖临时工棚。卸完货，已是暮色苍茫，湖面上罩了一层白雾，朱楠把船泊在码头边的一株柳树旁，从衣兜里摸出几个铜板，去镇上沽了绍兴老酒，盘坐在船上小酌解乏。他计划着明天一早装一船蚕屎回乡，用以肥田，梁家湾养蚕人多，一船蚕屎花不了多少钱。

临近水边，是一个大户人家的房子，高堂明瓦，七开间，四进深，十分气派。正门上方还挂了金字匾额，上书"进士第"。朱楠看了眼热，幻想有朝一日，也为子孙建上一幢这般大的楼房，让乡中父老赞扬他是创业的里手……

几杯下肚，他已醉茫茫了。正当他想入非非的当儿，却朦朦胧胧地看到，进士第的屋脊上，一团火红的雾在晃动……他拭了拭眼，分明看到，一个身穿红衣、须发赤红的人，正手执一把火红的尺子，在丈量进士第的屋脊。朱楠吓得头皮发麻,惊呼:"屋顶有人,屋顶有人!"凄厉的叫声惊动梁家湾,顷刻间,锣声、呼喊声震动夜空。屋顶上的赤脸红发人站起来,满脸怒容,铜铃大的眼睛盯着朱楠,一扬手,将手中的尺子掷向船头,立时,船头的桅灯破裂,引燃席片芦梗,熊熊燃烧起来。与此同时,进士第的屋顶也冒出浓烟烈火。梁家湾村民倾巢而出,提着水桶、脸盆前来救火……忙乱了一阵,终于将火扑灭了。说来万幸,进士第只烧了一个屋角,朱楠的船烧了一个船头。

惊魂初定,村民们围着朱楠,打探起火原因,听了朱楠的描述,村民们个个吓得面如土色。一位乩童嘴唇发抖,说:"那是火神爷祝融,手上持的是火尺,丈量三尺烧三尺,丈量一丈烧一丈,要不是朱楠报了警,进士第也许会烧得只剩断砖残瓦;朱楠叫喊,得罪火神爷,也被烧了船头。"乩童刚说完,村民们惊悚地看到,那条木船进了水,正缓缓下沉。朱楠捧住脸,嚎啕大哭……这船,原本是他租来的,要赔的话,少说也要卖掉几亩地。

第二天,进士第的主人梁溪仁性急火燎地赶了回来,见祖屋损失轻微,放下了心。他的先祖是明代的进士,官居苏州织造,因此,祖祖辈辈与纺纱织布结下不解之缘。他在城里办了两家工厂,算是吴郡有头有脸的人物。梁溪仁找到朱楠,设宴为他压惊,席间,他叹气说:"近年来,运交华盖,生意日见清淡;祖房无端火起,也可说是苍天示警。"说到底,他以前的织布厂,只能算是一个土布集散中心,从散落的农家织户收购土布,稍事加工、印染,再运销各地。这几年,洋鬼子的机织布打进市场,梁家的生意也就越做越小。他不甘坐以待毙,冒险去上海闯荡,搞洋布机厂,来个"以夷治夷"……

梁溪仁对朱楠心存歉疚,思索了半天说:"这船,从理上讲,该是我来赔,只因上海的新厂在建,头寸紧张,四处告贷……这么吧,我立个字据,就算我欠你的,日后一定奉还。你呢,生计问题也要从长计议,如果想去上海混世界,你那手冷作的手艺倒是派得上用场,我的工厂里,冷作活也够你做的了。种田是没出息的,洋米一船船运来,就是芦席也顶不上洋人搞的牛毛毡片……"饭后，俩人去了一趟火神庙，烧了香，告了罪……

回家后，朱楠卖掉了几亩地，赔了那条船。

三个月后，他决定去上海打工。上海滩什么模样？他心中压根儿没个谱，只是听说那儿住着许多妖怪般的洋鬼子，动不动就用手中的文明棍打人，要不是生性海派的梁溪仁在那里接引，即便是借几个胆他也不敢去那鬼地方。临走时，他把仲福、仲禄、仲寿三个儿子叫到跟前，叮咛说："我去上海，少则一年，多则三年，好歹挣些钱，把卖掉的地赎回来。记住老辈人说的话，'生意眼前花，庄稼万年青'。庄稼人是离不开土地的。"

3

肩上搭着青布包袱，手上提着一柄大铁锤，朱楠在入夜时分进了上海。他蜷曲在一家洋行的门狮边，用烧饼卷了油条，填饱辘辘饥肠。

华灯初上，街道上人来人往，熙熙攘攘。他坐在包袱上，打着盹。一个身穿西装，长发披肩的男子从台阶上走下来，发现朱楠，举起手中的"司的克"轻轻敲了一下他的脑袋，朱楠惊醒了，见到传说中的"假洋鬼子"，惶恐地盯着那根舞动的文明棍，头皮发麻，准备着"吃生活"（被打）。假洋鬼子倒也和善："乡巴佬，此地是禁止睏觉的！"话语中混染着吴地口音。朱楠见是老乡，也就放下心，告了罪，恭敬地向他问路，抬出梁溪仁的名号。假洋鬼子肃然起敬说："梁溪仁？我们家乡的大好佬！只是此地离他厂子少说有十里地，黑灯瞎火的，你怎么找？我看么，你还是花几角洋钱，找个栈房睏一觉，天亮了再作区处！"朱楠连声诺诺。假洋鬼子一片好心，叮咛说："到上海混日子，头脑一定要灵光。马路上都是黄金，就看你会不会扫！梁溪仁精，做生意抓住了一个'吃'，一个'穿'，在上海滩搞了面粉厂，现在又建洋布厂。你投靠他，不要光卖死力气，要学学生意经……"

正说着，一辆黄包车飞奔而来，停在台阶边，车上，一个身穿旗袍，S型头发的时髦女郎向假洋鬼子招手："大令，回家吃饭！嗨嗨，交上发财朋友了？讲话格能热络！"女郎用鄙夷、讥笑的眼光瞥了一下朱楠，假洋鬼子满脸堆笑："甜心，就来，就来。"黄包车抬起的当儿，女郎露出白生生的大腿和粉色的底裤。

朱楠坐在青布包袱上发怔……这个上海滩，妖魔鬼怪，算个什么世界？他看看马路，地面上见不到黄金；看看木头杆上的电灯，也弄不清一个晚上要熬掉多少菜子油？花几角洋钱去栈房睏觉，瘟生才干这赔本的买卖！他屁股紧贴着青布包袱，头靠着门狮的台基，昏昏欲睡。一个头戴鸭舌帽的少年走到朱楠的身边，拍了拍他的肩膀，热情而惊喜地大呼小叫："哎哟，这不是大叔吗？梁大爷叫我们去车站接你，见不到你的人影，不想你跑到这个地方来了！"朱楠赶忙站起来，揉着眼睛，打量着来人，只觉得眼生得很，惴惴问道："哪个梁大爷？"鸭舌帽少年打量着他的脸，失望地说："大叔，对不住，搞错了！"说完，一转身，消失在人群里。朱楠茫然了一会，坐了下去，却发现屁股下空无一物，青布包袱不翼而飞，他猝不及防，一个仰天翻，跌倒在地，后脑勺撞在石基上，起了一个大疙瘩。青布包袱不见了，身边只剩下那柄做冷作的大锤，顿时，天昏地暗，朱楠心中发毛、发凉……上海滩的"贼骨头"果然了得，确比乡下的小毛贼神通广大。他下意识地摸了摸毡帽，"硬硬的"还在；毡帽里藏着一枚银元，已他唯一的家当。朱楠匆忙起身，急于想离开这个危机四伏的地方。横穿马路时过于心急，被斜刺里穿出的一个行人撞了一下，他一个趔趄，差一点跌倒，待等站稳，却发现毡帽掉在地上，那枚银元已不见了踪影……

上海滩，果然是个魔幻世界，在顷刻之间完成一个农民"无产者"的蜕变。

4

光阴似箭，三年匆匆过去了，朱楠并未回乡下，反倒是把大儿子朱仲福一家召到上海。

原先，朱楠在梁家的洋布厂做些冷作活计，待等工厂成型投产，也就无事可做了。他向梁溪仁辞行，准备卷铺盖回乡种田，却被盛情挽留。梁溪仁请他到聚丰园吃饭，烫了两壶黄酒。微醺之后，溪仁说："人再贵气，也离不开穷朋友帮衬。信陵君窃符救赵，靠的是屠狗卖履之流。几年前，我请命理师算过流年，说是命中有贵人相助。如果没有你护住我祖上的吉宅，也就没有梁某人的今天，你是我命中的贵人！日前，我叫人在淮海路盘了一爿碗店，预付了一年的房租，送给你去经营。店面的格局是小了点，但只要在生意上把紧一点，生息也是不少的。进货用的头寸你尽管放心，我已交代账房，供你不时之需……"朱楠听罢，犹豫了半晌："我祖祖辈辈与泥巴打交道，怕不是做生意的料子。"梁溪仁笑了："谁人的本事是从娘胎里带出来的？反正，乡下是去不得的，你刚才吃了三碗饭，米是暹罗产的洋米，糯性不输吴郡的大米，又便宜又好吃。眼下，你回去种田，收成能卖几个钱？留在上海打工，'工'字不出头，出头了还是'土'，要发迹，还得做点生意。"朱楠听罢，心头一热，泪水扑扑直流。

碗店开张三个月，生意清淡，连两个帮工的工钱都难凑齐，朱楠急得像热锅上的蚂蚁。那天，梁溪仁路经碗店，踅进来喝茶叙旧，见朱楠瘦了一圈，直是笑。他漫不经心地在货架边巡了一圈，说了一些不咸不淡的陈年旧话，临别前，突然想起什么，对朱楠说："快过年了，年终时照例要办几桌酒水，请请客户和故旧，到时候，你也来凑凑热闹。对了，最近我在朋友家见到一种金边青花瓷碗和瓷盘，漂亮得很，说是从江西买来的。这么吧，你去找我的账房，支点钱，帮我去江西弄一船来,就说我要换换家中的杯盘。"一船货?府上要换盘盏?年终设宴?朱楠听了,丈二金刚摸不着头脑。只是,这是恩人交代的,也就不作多想,立马去了江西……

梁府家的鸡尾酒会是在花园里举行的,西装革履的客人来了不少,其中有十几个金发碧眼的洋人。朱楠定做了一套府绸的长袍马褂,也来凑趣。园中的客人,他一个也不认识,只得孤独地缩在不显眼的花棚边,默默地喝着红茶。一个衣冠楚楚的男人走到他面前,惊喜地喊了一声:"哈啰!这不是我的那个老乡吗?"朱楠一怔,紧盯着他手中的文明棍,脑海里映现了洋行门口的石狮子……这不就是那个假洋鬼子吗?他赶忙站起来,紧紧攥住了假洋鬼子的手:"难得,难得,遇到贵人。"假洋鬼子的夫人扭着腰肢,笑盈盈地走到朱楠面前,伸出了右手:"喔唷,哪里来的发财朋友,眼生得很?"假洋鬼子介绍:"这是内人,爱蜜儿小姐。这位是梁老板的同乡好友,姓……"朱楠赶忙自报家门:"小姓朱,贱名楠。"爱蜜儿问"朱先生哪里高就?""做小生意,开了爿碗店。""呵哈,卖饭碗,可是好营生!"那女人弯了弯腰,道声失陪,扭着屁股向洋人喝咖啡的角落走去。假洋鬼子掏出名片,捧给朱楠:"来,认识一下,小姓宋,洋行的襄理。说起来,梁老板洋布厂的机台,还是阿拉帮他到英国采办的;乡里乡亲,大家有个照应。"朱楠看了看名片,连称久仰。

爱蜜儿还是那种妖娆的作派,上身披了洋红的绒衣,旗袍的开襟很高,露出肉色的长筒丝袜,匀称的美腿让洋人们情绪亢奋。他们原本在欣赏那些镶了金边的碗盘杯碟,一个个爱不释手。见爱蜜儿过来,一个洋人把一只观音瓷碟举在爱蜜儿白嫩的腮边说:"看,真的观音来了,爱蜜儿小姐,东方的维纳斯!"洋人们发出欢呼与尖叫。爱蜜儿透过阳光,审视着瓷盘的成色,叽哩呱拉地说了一大堆英语,样子像个瓷器的行家。

梁溪仁正在客厅里与上海市的头面人物寒暄、说话,听到花园里一阵喧哗,便走了出来。洋人们围住他,七嘴八舌,问他从哪里弄来这些"宝贝"？梁溪仁给大家敬酒："如果大家喜欢，等会就把这些粗劣的东西打包，顺手带走。"他招了招手，让朱楠过来，介绍说："这是朱老板，货品是他提供的，市面上还不见卖，就他店里有这货品，独此一家。来来，朱老板，给大家发发名片，也好让他们有空祝成祝成你的生意。"宋襄理来了劲，从朱楠哆嗦的手中夺过半叠名片，帮着大家分发，名片是梁老板帮着印的，昨天才送到朱楠手中。礼品也不必打包，梁溪仁早就用纸盒装了碗碟，当做伴手礼，宾客一人一份，人人高兴，自不必多说。同胞们更是兴高采烈：送饭碗，这是多么大吉大利的彩头……

5

　　第二天，碗店来了不少人，大多是吴郡的老乡，说是准备回吴郡过年，来采办年礼。梁老板交代朱楠，这批货色赚个零头就可以了，所以，上门的顾客都觉得货色好，价格也厚道。

　　打烊时，一辆黄包车奔来，宋襄理与爱蜜儿成了不速之客。朱楠很开心，给他们泡了上好的碧螺春。宋襄理要买一打碗、一打盘，说是要回吴郡孝敬高堂，朱楠在竹篓里填了废纸，放进碗盘，捆绑停当，大方地说："这些粗货就算我孝敬老人家的，钱么，我不敢收，今后让你们照应的地方多着呢！"爱蜜儿很感动，临别时伸出右手，要朱楠吻一下……朱楠手足无措，红了脸。

　　忙乎了一阵子，一船货全卖光，利润虽薄，做做加法，却够了一年的开销，这时，他才明白恩公的用心良苦，敬佩他出神入化的生意眼光。他去了梁家，想调些头寸，再进一船货，梁老板笑着说："朱楠兄不妨去走走市面，看一看上海几百家碗店，看谁家货柜上没有这种货色？斟酌后再找我也不迟。"他拉着朱楠的手，走到窗前，推开窗门，一股凛冽的寒风迎面扑来，直刺肌骨。窗外，一片银白的世界，厚厚的积雪覆盖整个城市。花园里，塔松不堪重负，折断了好几枝手臂粗的枝干，一只养金鱼的大缸也被寒冰胀裂了缝……梁溪仁忧心忡忡地说"今天早上，我去社会局开会，研究赈灾方案。昨天晚上，上海街头的冻殍有一百多具……今天，我正叫人去搭施粥棚，叫工厂的女工赶制一批棉衣……"朱楠听了，面呈羞愧之色，告退说："该死，这个时间打扰你，实在惭愧了！"梁溪仁若有所思地说："不，你来得正好，我的鱼缸结冰胀破了，棚户区居民的贮水缸肯定破了不少。早上，社会局长说，上海遭了几十年未见的奇寒，有人家里夜壶都裂成了两半。人再穷，水总是要喝的，尿总是要撒的，这么吧，你马上去陶乡，运一大批水缸到上海。记住，赚个行脚钱就行，千万不要趁火打劫，做生意要考虑行善积德，昧心钱富不了人。"

一周后，天气回暖，朱楠订购的水缸也从水陆两路源源进了上海。他遵照梁溪仁的意见，只赚个零头，然而，聚沙成塔，对一个白手起家的人来说，无疑又是一笔不小的财富。这时，他对恩公的崇拜已达到无以复加的地步。

回家过年时，他与宋襄理夫妇结伴同行，挤进火车的雅座间。宋襄理一直钦佩梁溪仁的商业才华，把他尊为同乡会的意见领袖，敬仰地说："梁公是上海滩风从云、云从龙的商业奇才，道行很深。古语说，'振衣千仞上，濯足万里流'，梁公处事接物，已达到好整以暇的地步。你看，他与最大的官儿说话，不徐不疾，一副淡定的样子。不信，咱们打个赌，要不了几多年，他的洋布厂就会独霸上海滩。"朱楠听着，一知半解，心中只觉得自己鸿运当头，命中有了贵人加持。宋襄理似有所感说："你老兄八字好，运势旺，攀上了高枝。可是要记住，路还得靠自己走，鱼有鱼路，蛇有蛇路，梁公的本事，你三辈子都学不来。开春后，你不妨把格局搞大一点，开个南北地货行，做批发生意，实质上，这阵子，梁公教你的生意门道就是这个。"朱楠心中一动，频频点头称是，宋襄理见状，似乎想起什么，说："明年三吴商会改选，我想谋个副会长当当，你与梁公是至交，不知能否在梁公面前美言几句，帮衬一下小弟？""那是当然的，怕的是我分量轻，说不上话。""尽心就好，尽心就好！"火车到了站，分手时，爱蜜儿小姐笑盈盈地伸出右手道别，朱楠机械地吻了她的手。

6

开花乡村民奔走相告，小龙村的一个农民在上海滩"拾到了金子"，发达了，当上了老板。亲朋故旧、七大姨、八大姑纷纷上门贺岁，七里八乡见面熟的农友也前来套近乎。朱楠家门前，爆竹声响，烟花飞舞，那架势一如状元及第。从上海带回来的福建桂圆和笋干，用黄裱纸分装成小包，贴上红纸，分送到小龙村的各家各户。这是吴郡人走门串亲时最体面的伴手礼。老族长和几位老长辈还分到两个福橘，因为带了一个福字，也就特别珍贵，通常是祭祀灶王爷的珍品。小龙村里，人人欢喜。

黄山桥村的儿女亲家带着十四岁的女儿亚秀上门拜年，带来几块白糖年糕和一坛自家酿制的糯米酒。黄家女儿八岁时，就与仲禄有了婚约，现在，朱家显发了，黄家却每况愈下，亲家公担心朱家悔婚，便借个由头来探个虚实。朱楠夫妇很开心，办了丰盛的酒水请客，仲禄害羞，借故跑到同学家躲起来。席间，亲家公期期艾艾，说了自己的要求："亚秀年龄也大了，可以做点事了，我想，亲家公不如就把亚秀带到上海去，帮你煮煮饭、刷刷碗、洗洗衣裳。我知道，亲家母要在乡下看田水，你一个人在上海不甚方便……"朱楠呷了一口酒，用眼瞟了一下老婆，见她笑呵呵地点了点头，便答应说："说来，这也是在理为当的事情，只是亚秀年纪还小，不知她是否吃得了这份苦？"亲家公赶忙说："亚秀这孩子勤着呢！再说，仲禄读完书，也是要去上海的，今后就让这对小夫妻做城里人吧，这也是她前世修福。"朱楠豪爽地说："亲家公放心，这次我回上海，原本就想把大儿子、大媳妇带去做帮手的,让大媳妇照顾亚秀,不会有什么闪失。"他拿了几块大洋,塞到亲家公的手里,要给亚秀添置新衣裳;在十里洋场走动,体面是要讲的。亲家公与亚秀欢天喜地,回家去了。

亲家公前脚走,老族长后脚就到,拜托朱楠为他的孙子作铺保,去上海学生意。这下,朱楠苦了脸,在上海滩,他几斤几两,心里清楚得很,告饶说:"老族长,你今儿见我穿着缎子的瓜皮帽,府绸的长袍马褂,那只是表面光鲜,没见我在上海做生活时,一副瘪三样。在上海滩,我说话像放屁,不像梁家湾的梁老板,吐口痰,地上三根钉……"老族长见他推托,唬了脸,仲福见状,忙陪笑说:"老族长别急,这事得从长计议……"仲禄接口说:"爹,你不是说,梁老板的面粉厂和洋布厂还在招工吗?""话虽那么说,也得梁老板放个话,我能做得了主吗?""你可以写封信讨个话音。""哎,唷唷……再过七八天我就走了,这信,来回一转,也得十天八天……""爹,你不妨试试,也好让老族长少了芥蒂。"朱楠哭丧着脸,铺排了纸砚,叫仲禄用古文写了一封信……消息传开,朱楠家门庭若市,沾亲带故的来了不少,都是要求他铺保引荐,让孩子去上海谋个前程。朱楠终于发了火:"这是闹着玩的么!做厂?六进六出,终年不见天日,是人过的日子么!学生意,稍不小心,就被师父打得断了筋骨,你们忍心把子女往火炕里推?"乡亲们脸上赔笑,心里却想:"你朱楠打过工,不是当老板了么?吃得苦中苦,方为人上人,庄稼人什么苦不能吃!"正在百般无奈的当儿,一名绿衣邮差帮朱楠从吴郡电报局捎来一封电报:"请朱楠兄代为招收男女工各十名。梁溪仁。"朱楠开心了,摇着电报纸喊道:"好了,好了,想去的都去吧!"老族长赶来,问道:"这么快就回信了?""嗨,这是电报。""啥叫电报?""洋人的玩意儿,从空中千里传音。"朱楠一脸得意,乡亲们仔细察看那张小纸片,却找不到会飞的翅膀。

7

"楠记南北地货行"正式挂牌开张,朱楠和仲福一脸喜气。当年的虹口一带是上海市的边沿,聚集了大批的苏北人。他们的生存能力很强,住的都是自己搭盖的草棚,毛竹做柱梁,稻草披屋顶,房间里的地面还是泥巴地。那里有不少抛荒的农地,价格十分便宜,朱楠在那里买了地,用牛毛毡搭了棚,当做仓库。他经营的东西五花八门,碗碟、笔筒、花盆、脱胎、提盒、铁锅、菜刀、砧、水缸、痰盂、蟋蟀盒、麻绳、锒头、洋钉……什么东西赚钱,就进什么货。福州、金华、蚌埠、景德镇、宜兴、济南都可见到他的踪影。淮海路的店面扩大了几倍,摆放着各色样品,接待本市的小商小贩和江浙的跑单帮客人。他坚持薄利多销,也讲诚信,没几年就买了几间像样的砖房。

二儿子仲禄高等中学还未毕业,就被父亲叫到上海,与阿秀圆了房,留在上海。朱楠嫌大儿子仲福太厚道,脑袋少根筋,做事经常出纰漏,因此,早就有了"废黜"长子的念头,把二儿子当做自己的衣钵传人。他相信,这是家族的宿命,祖上几代,都是旺二房,排行第二的儿子最有出息。

三儿子仲寿初中没毕业,也被逼中途辍学,来上海学生意。父亲开导他说:"眼下已没有举人、状元可考,书读多了也没用。常言说,艺不压身,只要一艺在身,就可吃遍天下。学手艺是至关要紧的事体。"他托梁溪仁举荐,让仲寿在南京路的一家珠宝行当学徒。仲寿的师父姓范,是独步上海的手艺人,拿手的绝活是把珍珠、玛瑙、翡翠、绿玉等首饰磨雕成各种形状,再钻细孔,穿进丝线金钩。其中最难做的技术活是钻孔,钻头很细,要在高倍放大镜下操作,洞孔的走向要把握得十分精细,稍有偏差,悬挂的玉佩、坠子就不会显得熨帖、顺畅。上海滩的名媛仕女都喜欢请他加工首饰。范师父很保守,每天小心翼翼地潜心于他的慢工细活。仲寿每天的工作就是给他添茶水,送点心,收拾工具。俗话说,师父引进门,修行在自身,然而,仲寿拜师已经三月了,却连门槛也没碰到。他从小好高骛远,向往到京师的大学堂读书,当个满腹经纶的名士,至于为什么爱那所大学堂,只因为他听说那里与皇城只有一墙之隔。他深恨这个半文盲的父亲毁了他的远大理想。他曾经问父亲为什么要他学这种手艺,回答是:"补碗比卖碗赚钱快。"上海有许多穷困人家,打破了碗常常请补碗匠补碗,用金刚钻在瓷碗和碎片上打洞,搭上铜钉,用瓷粉填了缝,又是一只完整的碗。朱楠说,卖一只碗赚头才两分,补一只碗可以赚三分。仲寿见父亲混说混话,气得要抓狂。

仲寿实在忍受不了这种生活,经常编了谎言,告了假,在街头上闲逛乱窜。一天,他在街角捡到一枚铜板,说来也奇,铜板的边缘磨得锋利无比,用来一划指甲,指甲立马断成两截。他觉得好玩,便用牛皮纸小心包了,藏在皮包的夹层里。没想到第二天晚归时,在大光明电影院附近的人流里,钱包被小偷摸走了,钱虽不多,却让他懊丧了整个晚上。翌日,他上了半天班,就谎称头痛脑热,告了半天假,去先施公司转悠了半日。傍晚,回家路经大光明电影院时,却被一个穿旧西装的男青年挡住去路,他的身后跟着一个戴鸭舌帽的孩子。来人一脸和气:"老大,借个地方说话。"仲寿莫名其妙,不由自主地跟着他到了一个屋角落处。"跪下,磕头!"那男子大喝一声,仲寿吓了一跳,却见那小孩子扑通一声跪在自己的面前,捣蒜般地磕头。仲寿吃惊非小:"这……这算啥子事体……"那男子伸出手,狠狠地对那孩子抽了几个耳光,咬牙切齿地叫骂道:"不教训教训,侬就不晓得马王爷三只眼,敢在太岁头上动土,勿要命嘞!不打笨的,不打灵的,老子今天就打你这个不长眼的!"他转过身来,从口袋里掏出那只钱包,赔笑说:"小乌龟头刚出道,眼生,触犯了老大,你老人家大肚大量,饶了小的们这一遭,求求侬在爷叔面前多说说好话,放小的们一条生路。"仲寿赶忙说:"还了就好,还了就好!"接过钱包,拔腿就走。

天黑了，仲寿刚进家门，就听到一声吆喝霹雳震响："跪下！"仲寿一看，吓得魂飞魄散，腿一软，跪了下去。父亲怒气冲冲居中坐着，桌上放着"家法"，全家人站在两侧，一个个低眉顺眼，大气不敢吭一声。"家法"是一条竹板，朱楠很少使用，今天请出家法，足见他真正动了肝火。下午，范师父来了家中，说是来看看仲寿的病情，让事情穿了棚。范师父说："梁老板的保荐，我是要给面子的，只是朱老板的儿子娇贵，打不得，骂不得，阿拉实在没法教。"朱楠脸上一阵红、一阵青，冷冷地说了一句："师父不敢打，父亲打儿子总不犯天条吧？"范师父叹口气："玉不琢，不成器呵。"范师父一走，朱楠召集所有男女老少，摔杯子、拍桌子，撒了一阵子气，等到仲寿进门，几位兄嫂已站得两腿发麻。

朱楠双眼冒火，盯着面前的逆子，冷峻地说："你先说说，今天去哪里撒野去了？"仲寿的声音像蚊子："逛先施公司。""了不得呵，是去看勾魂蓝了吧？我还得称赞你呢，没去四马路逛窑子！你光宗耀祖了，朱门终于出了个二流子！""我只是想去买件夹克。""是啊，当洋少爷了，是得换换装。再过一阵子，我这个乡巴佬也不配当你的爹了……把钱包交出来，要风光，自己赚钱去！"仲寿乖乖地掏出了钱包，朱楠撕开钱包，向桌子一抖，厚厚一叠钱币和着那枚铜板掉落在桌上。"啊"的一声，全场惊呆了，朱楠煞白了脸，嘴唇哆嗦，脚底一软，跌倒在地上。"爸，爸，你醒醒……"大家七手八脚扶起朱楠，给他灌了几口凉水。他缓过气来，推开了众人，一把抓住仲寿的头发往房间里拖："你们今天谁也别来劝，我好歹要结果了这个贼爷爷，以命换命……"仲寿嚎叫："爸，我冤枉，你听我讲……""冤枉？去阎罗殿喊吧！"仲福去拉父亲的手，被刮了两记耳光；仲禄刚要上前，被蹬了一脚，怔了一会，趁乱溜出了门。朱楠关了房门，把三儿子绑得像粽子，操起家法……杀猪般的嚎叫传了出来，仲福狂乱地踢门："爸，要出人命的！"大媳妇与亚秀抱头大哭……正在这千钧一发之际，汽车喇叭鸣响，梁溪仁在仲禄的搀扶下进了门，背后是两个虎背熊腰的保镖。仲禄是骑脚踏车去讨"救兵"的，全身浸透了汗。

梁溪仁脸色铁青，扬起手中的司的克往八仙桌上抽了一下，喝道："姓朱的'猪头三'，给我出来！"全场静了，只听到仲寿的喘息与哀叫。房门开了，脸色煞白的朱楠趋跄出来，扑一声跪在地上："恩公，我没法活了。我家出了娄阿鼠了……"双手蒙脸嚎啕痛哭。梁溪仁吆喝："起来，像什么样子！你吃了豹子胆，敢在上海滩动私刑？"大媳妇与亚秀把满脸血污的仲寿扶了出来，仲寿一见"救星"，大哭说："梁伯父，我冤枉。"梁溪仁柔声说："别急，大家坐下来，有话慢慢说。"仲寿呜咽着，把经过和盘托出，梁溪仁拿起桌面上的铜板，就着灯火细看一会，扑哧一声笑了起来："上海人常说，强盗碰上贼爷爷。没想到，今个儿仲寿也当了贼爷爷了。那两个贼骨头看到了这枚铜板，把仲寿当成老大，以为自己冲撞了龙王庙，失了风……"朱楠疑惑："那些钱？"梁溪仁大笑："仲寿当了'贼爷爷'，小流氓、小瘪三敢不孝敬、孝敬！"他招手叫仲福、仲禄聚到灯下，指着铜板说："光绪通宝通常是用紫铜，变法那年铸钱局用铜陵的纯铜与雪兰峨的锡浇制了一批钱币，就是我手上的这种货色。青铜硬水，磨出来的锋刃锐利。再看，这里的'光绪'两字磨光了，只剩'通宝'两个字，讨个好彩头，这是帮会头子混江龙的做派。南京路一带是混江龙的地盘，混江龙心狠手辣，不是他帮会的小混混一律不准在那里'做生意'……一般的毛贼练习扒窃功夫，是用食指与中指在开水里挟肥皂片，等到能用这家伙去割袋子'做生意'，道行就深了，辈分也高了，没有十年八载的功夫是做不到的。你们的爸爸太浑，是猪头三，高看了仲寿。"说毕，又是大笑。大家跟着笑了，只有仲寿在一旁唉唉直叫，亚秀天真地问："梁伯父，你怎么知道得那么多？"梁溪仁叹口气："说起来，我也算是帮会中人，上海滩上的老板哪个不是那些'大好佬'的磕头弟子！每年都得交保护费，得罪黑道大哥，鸡都养不活呵！"

8

"阿拉早就看出来，侬勿是这种料子，做这种事体，最要紧的是心要细，心浮气躁是做勿好的！上海女人门槛精，稍不称心就吵，要赔。前一通时光，阿拉不理侬，是要收收侬的性子……"范师父对着跪在地上的仲寿，滔滔不绝地训话，朱楠垂着手恭敬地站在一旁。梁家是珠宝行的大主顾，面子是不能驳的，仲寿养了几个月的伤，备了一份厚礼，重行了拜师礼。从此，他学艺上了心，范师父也精心施教，终于有了长进。

爱蜜儿是熟客，喜欢绿玉和红宝石，来挑选首饰时，一眼就认出"楠记地货行"的三少爷。她是一个不拘形迹的女人，喜欢标新立异，看好范师父的功夫，却嫌弃他做的首饰缺乏新意。那年，去南海礼佛，她弄到不少成色上好的珍珠，大小不一，大的形如弹珠，小的却细小如粟子。那天，她忽发奇想，想做一个金丝发兜把珍珠缀上去，打造一个"青丝如云，星光闪烁"的时尚发型，引领仕女界的新潮。她担心范师父古板，便提议由仲寿操办，范师父心中没底，乐得顺水推舟；仲寿更没底，战战兢兢地登门拜访，去理解爱蜜儿的构思与意图。

客厅洋溢着法兰西风情，金碧辉煌。爱蜜儿穿着白色透明的落地长袍，斜靠在镶着金边的白色沙发里，呷着咖啡，正与一位客人高谈阔论。客人坐在她对面，是一位英俊的男子，穿着白色的西装，跷着二郎腿，轻轻抖动着他油光发亮的白皮鞋。见仲寿来访，爱蜜儿笑吟吟地延揽入座，捧上一杯咖啡，介绍说："这位是楠记地货行的三公子，密司脱朱。这位是密司脱姚，大名霄汉，辅仁教会学校的先生，是吴江学派的名人。"说完，特别加了一句："密司脱姚是我的干哥哥！"仲寿鞠躬施礼："久仰，久仰。"姚先生站起身，拥抱了仲寿，贴了贴脸："欣会，欣会。"爱蜜儿笑着说："姚先生有宏大的志向，想当救世主，朱公子来得巧,也来听听他的救世箴言。""岂敢,岂敢。"姚先生拍了拍脑门:"我们刚才讲到啥地方了?对,对,人本主义……一个博爱自由的社会,每个人都是独立的个体,女人有性爱的自由,不像中国女人一样物化了,是男人的附属品。法国女人与丈夫吃完了晚饭,妻子的情人来了,邀请女人去看歌剧,情人挽着女人的手,上了马车。丈夫有风度地送他们上车,为妻子整理好裙摆……当下,中国的新女性用逃婚、出走来反抗宗法社会,然而,当她们逃出一张罗网,却进入另一张罗网,究其原因,是旧体制的基石没有撼动,像爱蜜儿小姐一样的新女性凤毛麟角,形不成山呼海啸的呐喊……"爱蜜儿听到恭维,乐滋滋的。仲寿不安地转过脸去,却见到屋角边竖着一尊雕塑:一个全裸的女人——维纳斯。仲寿不明白,为什么这样美丽的女人却断了手臂,成了残废。

　　姚先生吻了爱蜜儿的桃腮,告辞了。爱蜜儿坐在卧房的梳妆台前,试戴仲寿带来的发罩。网状的发罩上穿了金丝线,临时缀上细小的珍珠和俄罗斯碎钻,爱蜜儿斜扭着粉颈,审视着珠钻的布局和疏密,摆出各种姿势,变换着浅笑、娇嗔、媚态、微愠、低吟等表情……仲寿站在一旁,听取她的修改意见。卧房里的法国香水味儿让仲寿喘不过气来,他第一次见到厚厚的席梦思床和天鹅绒的暗红色床罩,厌恶地想到家中亚麻布被面和夜壶里发出的臭味……离开爱蜜儿的家,他在外滩的江畔徘徊很久很久,让清凉的江风吹拂着他发烫的额头。一艘艘江洋巨轮灯火辉煌,顺着黄浦江滔滔的江水,缓缓东去……

9

　　梁家老太太七十五寿诞那天,也是"渡夫大桥"落成之日。渡夫大桥建在古运河与陶朱湖的端口,桥的东端边上有一座古亭,亭楣上书"古渡口"三个字。梁溪仁斥巨资建这座大桥,一则是为母亲庆寿纳福；二则是了却母亲的一宗心愿。当年，吴郡较大的纺织厂和缫丝厂都自办学校，培训工人。女工们的工装与校服设计得别致、漂亮，各厂之间相互攀比，终至成为吴郡绚烂的风景线。每天，渡夫邵伯接了来自四邻八乡的女孩儿，把她们送到彼岸，船飘在水面上，形同簇簇睡莲，邵伯很疼爱这些叽叽喳喳的女孩……岂知天有不测风云，在风高浪急的一天，邵伯经不住孩子们的恳求，冒险摆渡，沉了船。周边的船只赶忙前来救人，邵伯冒着严寒，跳进水中，抢救落水女孩，却因失温溺毙在江底……梁老太太闻讯，痛不欲生，跪在菩萨前许了愿，一定要建座大桥，用来为三个莲花般清纯的女孩子安魂，也纪念那位舍己救人的渡夫邵伯……

剪彩那天，车水马龙，冠盖云集，南京的政要、上海的巨贾、吴郡的名仕纷纷与会，极尽一时之盛。剪彩后，吴郡市长还率领浩浩荡荡的彩车队伍穿行大桥，举行"履桥"仪式，各厂的女工们穿着五颜六色的工装，列成方阵，缓缓经过大桥……湖中桅樯林立，载着四面八方的乡民前来观盛。吴郡的文人墨客、名伶歌姬也坐着画舫，游弋在烟波之上，吹拉弹唱，吟诗作赋。湖中的红鲤、草鲢也来凑趣，泼剌剌地跃出水面……

二儿子仲禄与梁家大少爷梁震泽先期回到吴郡，筹备庆典。见了梁老太太，仲禄奉上一笔礼金，老太太念他是小本生意人家，死活不肯收，仲禄说这不是礼金，是为渡夫大桥的建造凑个份子，结个善缘；梁老太太见他乖巧，心里喜欢，也就收下礼金。仲禄写得一手好字，酷爱金石篆刻，又兼遇事沉稳，为人老成，深得梁溪仁的垂青，因此，写喜帖、喜幛和应酬书信的繁杂事务就落在他的身上。梁震泽与他有诗词赋章的同好，心情也契合，也就成了知交。亚秀是跟着公公、仲寿，带着两个幼儿来梁家湾祝寿的，她生就旺夫益子相，为人憨厚，梁老太太一见就欢喜，说与她有眼缘，塞给她一个偌大的红包，为了添福，还让孙子梁震泽与亚秀谊兄妹相称。亚秀回家拆开红包一看，里面的钱比仲禄送的礼金整整多了一倍。闺友小玫跟着亚秀来到乡下，帮她照料两个孩子。她是亚秀娘家黄山轿人，是朱楠当年回乡招工时带回上海的，在梁家的洋布厂做了挡车工。平日，遇到节假日，她无处可去，就待在朱楠家中，与亚秀说说闲话，帮她做做家务。久了，朱楠也就喜欢上这个乖巧的小姑娘。

庆典结束后，梁震泽租了一艘画舫来到开花乡散心，领略当地的湖光山色。仲禄陪着他参观浮泽寺，两人在李纲碑和苏轼、赵孟頫的摩崖石刻前盘桓很久，揣摩古人的书道笔意，中午，坐船去席山的团月亭，在那里野餐。

梁震泽仰起脸，端详着"团月流风"的题匾说："听说当年苏东坡、佛印与县令焦千之在这里夜游，这题字应该是即景抒怀，有《赤壁赋》的意蕴——'月出于东山之上，徘徊于斗牛之间'，'清风徐来，水波不兴'。据说，苏轼游历吴郡，正是他谪贬潮阳、仕途坎坷之际，因而发出'我生儒冠误终生'的怨叹，萌发隐遁逃禅的思想。'团月流风'正是他情寄山水、去凡绝尘的心理写照……"仲禄见听，掩口笑道："兄台说得风雅，却是信口开河。据我所知，那天，他们三人来此，实实在在是为了喝茶，叫童子用槐火煮了君嶂山的小团月茶。'团月流风'应该是团月茗茶香飘四方的颂词。"梁震泽脸色羞赧，连称"受教，受教"。仲禄指了指山边绿油油的茶圃说："我刚才向浮泽寺僧讨了些团月茶，难得浮生半日闲，我们也来学学古人风雅。"随从们向农家讨来槐木，用陶罐煮了茶，梁震泽喝了三盅，连称："好茶，好茶。"仲禄笑道："连喝三盅，即是饮驴的蠢物，还懂什么品味！"说完，他献宝似的打开一只檀木匣，露出两只造型别致的宜兴茶壶说："要说品茗，梁伯父才算得上茶仙。为此，我昨天去逛旧货摊，淘了两件宝，想讨讨梁伯父的欢心。"梁震泽一看，确实是"周盘"、"逸光"两款名壶，满心眼地喜欢。仲禄望着太湖碧波说："吴郡家乡，茶、水、湖什么都好，等我赚够了钱，还是得回来，过一过'煮茶鹤避烟，洗砚鱼吞墨'的消停日子。""好，好，愚弟跟你结伴。"说毕，相视哈哈大笑。

仲寿、亚秀和两个孩子都来了，他们第一次坐画舫泛湖，个个兴高采烈。梁少爷的跟随送上了食盒,在石桌上铺排好各色点心和卤菜,大家便依次入席。酒过三巡,梁少爷突然问道:"来了半日,怎么没见到令尊和令堂大人?"见听,亚秀微微一笑,仲禄却露出惆怅的神情,踌躇再三,终于开了口:"今天一早,两位老人去黄山桥小玫家为我三弟提亲去了。这事儿,两位老人嘱咐我给仲寿说说,只是因为梁兄不期而来,也就误了……"仲寿一听,额头沁出汗来,呆住了。仲禄见状,心中忐忑:"我劝过二老说,三弟想自己做主,找个上海女人,怎奈是二老听不进去,说是找了上海摩登女人,十个有九个要戴绿帽子。说干了嘴,拦不住父亲这头犟牛……不过么,二老也有他们的道理,找老婆原本就是居家过日子的,不是当摆设的,小玫人才不差,模样儿不输上海女人,再说人品也好……"仲寿突然发作,咆哮说:"哥,别说了,用不着你操心!"说完,泪水一洒,拔腿就走。梁震泽愤愤不平:"啥年代了?这些老古板还是那么专横!"话中充满对父母的怨恨和不屑。多年前,梁溪仁也是这般专横,强迫儿子与乡下的表妹结了婚,弄得梁震泽大病一场,后来,父亲让了步,让与梁震泽相恋的女同学进门当了小妾,才让他的身体复了原。好在那位女同学喝过洋墨水,豁达大度,不计名分,对大房姐姐也十分礼让,总算让他有了一个琴瑟和鸣的家庭。仲禄放眼茫茫湖水,长叹一声道:"姻缘前世定,一切都是命。"

　　下了聘金,回了茶礼,婚事就这样定了,仲寿百般抗婚,却挡不住朱楠一锤定音。几个月后,梁震泽的座车装扮成花车,进了洋布厂,停在女工宿舍门口,把花枝招展的小玫接进仲寿的新房。女工友们聚在门口,为朱家的少奶奶送行,半是惜别伤感,半是羡慕自卑,一个个热泪盈眶……

　　三年满师后,仲寿想自立门户,从事珠宝首饰的加工,对此,范师父冷冷一笑:"贵人难留,去吧。俗话说,'教徒弟,杀师父',等侬生意兴隆格辰光,希望侬手下留情,留口饭给师父吃吃。"仲寿赶忙说:"一日为师,终身作父,徒弟岂敢造次……"仲寿在愚园路的热闹地段租了几平方米的小铺子,竖了招牌,开头,还有人来问问价,拿些首饰来让仲寿修修补补,几个月后,已是门可罗雀。最让他烦恼的是,几个衣衫褴褛、全身恶臭的乞丐整天窝在店门口,对着路人求告:"行行好,行行好……"仲寿给了他们几角钱,打发他们到别处求乞,他们离开了,不到一顿饭的工夫,却带着一大群凤阳乞丐,聚集在店门前,称呼仲寿是大善人,要他施舍。上海人称这些叫化子叫"强横头",不敢招惹。仲寿不知深浅,一时火起,口出恶言,把一个恶形恶状的叫花子推了一下,这下可好,只见那丐儿跌坐在地上,从怀里取出一块砖,往自己的额头上砸去,顿时血流满脸……接着,抢天呼地:"没得命了,没得命了!"叫花子们凶神恶煞般揪住仲寿的胸襟,要拉他去见官。看热闹的人里三层、外三层,堵了半条马路。"包打听"来了,把仲寿带到巡捕房,以不讲人道、当众行凶、伤害"苦难同胞"的罪名将他绳之以法。

梁震泽与仲禄开着汽车进了巡捕房,塞了些茶水钱,把衣衫零乱的仲寿接回家。梁溪仁来楠记小坐,对仲寿说:"世侄,把那小铺子关掉算了,说句不客气的闲话,就算没叫花子闹场,凭你那三脚猫的功夫,生意也是做不起来的。范师父的绝活,其实你根本没沾上边。猫是老虎的师父,老虎学会腾挪扑跃的功夫,想吃掉师父,却发现猫会爬树,留了一手独门功夫。上海的师父,手艺传子不传媳。有出息的徒儿,大多靠的是偷学……"朱楠听了,很是沮丧,干脆叫仲寿去碗店站柜台,顺带做些补碗的活计,这,也该算是上海滩早期的"售后服务"。

10

那年秋天,上海滩爆发学潮,学生们举着红红绿绿的纸旗,上街游行,高呼"打倒列强"、"打倒买办"、"抵制洋货"的口号。教授们穿着长衫，走在队伍的前头。游行队伍冲进洋行，砸碎了玻璃和办公桌椅。梁少爷的座车是德国货，也遭了池鱼之殃，被掀翻在马路边。当局出动消防车和马队，进行弹压。朱楠关了店门，在神龛前烧香问卜，兄弟三人时不时溜出去看看热闹，留下女人在家看顾小孩。

在外滩，仲寿见到姚霄汉，正在万头攒动的群众大会上演说，号召同胞们勇敢地站出来，拯救母亲——祖国。他的模样，潇洒极了……

仲寿很亢奋，盼望着时局变动，改变这活棺材般沉闷的生活。自与小玫结婚后，他变得沉默寡言。他经常去爱蜜儿家中，听宋襄理、姚霄汉高谈阔论，姚霄汉尖锐地批评他，缺乏自我，缺乏人格独立，屈从家庭和社会压力，为此，他惶惑、消沉，不知道路在何方？他钦佩爱蜜儿，仰慕她的美丽，也喜欢她无所顾忌的性格，对他来说，爱蜜儿的秋波流转是活泼的阳光。从香水馥郁的小楼回到充满酸味的家中，他就烦躁得要抓狂，无端地找小玫的碴子，为此，小玫常常暗中流泪，不知道丈夫中了什么邪？

《申报》上登了消息，当局正在通缉乱党分子姚霄汉，仲寿担心姚老师的安危，便去爱蜜儿家打探，走进客厅，却见姚老师若无其事地坐在沙发里，喝着咖啡。宋襄理正慷慨陈词："革命，我也拥护！我把洋机器运到中国来，就是为国家强身健体。我是三吴商会的副会长，致力实业救国。当然，如果革命需要枪炮，我也可以为革命党买枪炮……"爱蜜儿给仲寿送了咖啡，接口说："革命是好事儿，学生游行时，我参加了红十字会的活动，去救护被马队踩伤的学生。学生很勇敢，我感动得直掉泪……"确实，革命是时髦的事，喜欢时髦是爱蜜儿的本性。仲寿把《申报》上的通缉令指给姚老师看，他笑了："称我是乱党，高看我了。"宋襄理牛气冲天地说："这里是租界，我看他们谁敢到我宋某人的家中撒野！姚先生淡淡说："我在这里避几天风头，书是无法教了，过一阵子想去法国、英国游学，学学人家的经验，为中国找到"德先生"、"赛先生"……"仲寿听了，心中一动。

辞别时，爱蜜儿送他出门，他把爱蜜儿拉到一边，轻声说："你能否给姚老师说说,我也想去留学。"爱蜜儿哈哈笑:"什么,你也想出国?人家姚先生可是个有钱的主儿,家里金山银海,富得很呢!"仲寿红了脸,讷讷说:"我可以一边打工,一边读书。""哈哈,你不怕家中的老古板打断你的腿?再说,你舍得那位标致的小玫姑娘?"仲寿急了:"漂亮姐姐,我是顶真的,说真话,我想偷偷出走,不让家里人知道。""什么?这不是玩的!让人知道了,说我拐带人口,朱老板还不找我和老宋头拼命!"仲寿流泪了:"漂亮姐姐,你总得救我一命,眼下,我活着比死还难受。"爱蜜儿最喜欢仲寿称她漂亮姐姐,觉得这称呼比什么都受用,心里舒坦,嘴巴就软了:"我抽空说说看。"她心里想:女人不仅要漂亮,还要有义肝侠胆,像当年的小凤仙一样,才称得上风流。

11

仲禄从浙江串货回沪,带回一些火腿和藕粉,送到弟弟的家中。仲寿不在家,小玫沏了茶,叹了口气说:"整天往假洋鬼子家里跑,回家后就看书,查地图,问他找什么?也不理睬,丢了魂似的。"仲禄一看,桌上摊着一张世界地图和法国地图,还有一册《法语速成指南》。他心头一惊,却不动声色。小玫怀了孕,身子日渐重了。仲禄在家中的地位显赫,也掌了部分财权,便对小玫说:"吃用的钱是省不得的,千万别为了省钱糟蹋了身子,缺钱的话,给我吱一声。老爷子整天想的是攒钱,想的是要回乡下造一间'进士第'一样的房子,也不知今后谁去住?"正说着,仲寿回来,说是在家憋得闷气,去跑马厅一带散散心。不着边际地说了一番闲话,仲禄就起身辞行,俩人走到人行道边的法国梧桐树下,仲禄握住弟弟的手说:"二哥知道你心里苦,也不知怎么为你排解。你今后有什么想法,老爷子那里可以不吭声,二哥面前一定要透个风。"仲寿双眼湿润说:"二哥疼我,我是知道的……"

一辆黄包车停在家门口，仲寿穿着黑呢大衣，压低帽沿，提着一只大皮箱上了车，向海港码头飞奔而去。小玫站在门边，神色慌张，目送着黄包车消失在远处。适才仲寿对她说，要去给朋友选点细货，去去就回。小玫不相信，直感到有大事要发生。仲禄正在店堂里忙活，听了小玫的诉说，额头冒出细汗，把长衫的衣摆掖到腰里，骑上脚踏车追了过去……

　　仲寿提着皮箱刚走进候船室，却见仲禄满脸是汗挡在他面前，你看我，我看你，相对无言。仲禄打破僵局："三弟，信不过二哥？"仲寿不吭声。过了好一会，仲禄缓缓说："要出远门，丢三落四的，怎么能让二哥放心？"他从怀中取出一个信封，塞到弟弟的手中，随即转身离去，边走边拭着眼眶……仲寿待了一会抽出信纸，只见里面夹着两张里昂银行的银票，信纸上只有两行字："雪泥鸿爪期尽时，勿忘倦鸟归林日。"仲寿蹲在地板上，泪水滂沱。

　　在"太乙号"远洋轮船的舷梯边，姚先生接了仲寿的行李，七拐八弯把他送到船底的房间。吃过晚饭，仲寿去姚先生的房间回访。那是顶层的贵宾房，里面的陈设一应俱全，一张铺着丝绒床罩的大床格外显眼。一个长发披肩的女人正坐在梳妆台前化妆，听到进门的脚步声，回头莞尔一笑，仲寿大惊："爱蜜儿小姐！你……"爱蜜儿穿着半透明的丝袍，轻盈地站起身来，开心地笑着："朱公子，没想到吧？为了寻找'德先生'和'赛先生'，一个上海的新潮女子毅然出走，远渡重洋……多么浪漫，多么有趣……"她格格大笑，幻想着老宋头发现丢了老婆后的慌乱模样……更劲爆的是，明日上海滩的报纸将用大号字体，报导她石破天惊的壮举："上海滩的舞会皇后，白云清风，成了黄鹤之飞……"

　　海关的钟声响了，汽笛一声长鸣，轮船缓缓地离开锚地。姚先生请仲寿一起进舞厅，点了香槟与红酒。乐队奏响了题为"香槟酒"的快节奏舞曲，宾客们一陈欢呼，"呼呼"作响地打开了香槟。姚先生搂住了爱蜜儿的腰，旋进舞池，优雅的舞姿引爆一阵掌声。星云似的万家灯火缓缓后移,仲寿转过身捂住脸,不忍回首,他,顺着潮汐洋流,追逐着不可知的命运……

船过印度洋时,遇到热带风暴,姚霄汉与爱蜜儿晕了船,呕吐得连苦胆水都咯了出来。仲寿丝毫没有感觉,昼夜不息地服侍着瘫倒在床上的两位同行。用餐时间到了,餐厅里依然空无一人。迷迷糊糊的厨师用手指指食柜,示意仲寿自行取食。他饥肠辘辘,狼吞虎咽地吃了半条面包和六根香肠;厨师瞪大眼,惊奇他的好胃口。两天来,全船的旅客大多没进餐厅,靠喝盐水维持生理机能。

终于,"太乙号"爬出暴风圈,迎来蓝天白云、北斗星辰。爱蜜儿眼圈黑了,依在姚先生的怀里,有气无力地说:"亲爱的,飘洋一点也不浪漫……"晚餐时,英国船长在凯旋曲的乐声中登台致辞慰问,宣布一个重大的决定,授予朱仲寿"荣誉旅客"的光荣称号,享受终生免费乘坐"太乙号"的权利,获奖的理由是,朱仲寿在惊涛骇浪之中一口气吞了六条香肠,是了不起的人类壮举。船长赠送一艘"太乙号"的模型小船以作留念,仲寿很开心,出国不多天,"倦鸟归林"的回程船票已有了下落。

就在此刻,朱楠家的风波也趋于平静,起先,朱楠执意要在申报上发表声明,与这个不孝逆子断绝父子关系,仲禄绞尽脑汁,劝导父亲说:"出国留学是时下的风潮,镀了金,回国后身价百倍。如果仲寿弄个博士当当,不亚于翰林大学士的顶戴……"朱楠想想在理,也就气消了。亚秀把小玫送回小龙村,在乡下养胎待产。几个月后,宋襄理在三吴商会的午餐会上与朱楠觥筹交错,高兴地说:"贱内来了家书,说是游学欧陆,还得耗费一些时日,但绝不会超过三年,生活么,她的谊兄为人四海,会照顾得很好;爱蜜儿还说,法国是上帝的后花园,漂亮得很。"话说得高兴,心中却遗恨未消,暗中骂娘:"这个姚少爷,公子哥儿,太不仗义!革命未见苗头,却先革走了我的老婆!"

12

法国人把皇帝送上了断头台，俄国人把皇帝放逐出国，英国人把女王当做民族精神的象征……这些社会变革的方法是姚霄汉和他的朋友们的沙龙话题。仲寿偶然去听听，从没有自己的主见。爱蜜儿考察的是女人风情，关心的是衣着首饰。姚霄汉陪着她去了英伦、奥地利、荷兰、挪威……壮游回来，爱蜜儿都会眉飞色舞描述仙境般的异域风光：阿尔卑斯山多变的白云，那不勒斯海湾的落日，荷兰田园里的风车，爱琴海的渔歌唱晚……对社会问题，她也有独到的发现，计划在回国后发动"高跟鞋"运动，发表宏论说：高跟鞋是英国人的伟大发明，让女人腰板挺直，双峰高耸。高跟鞋在中国普及之日，也是束胸等陋习荡平之时。晚上，她搂着姚霄汉的头，咕咕哝哝："我总觉得英国男子有恋母情结，喜欢女人的温柔统治……女人执了权杖，民族就和顺……"此刻，姚霄汉把头埋进她的峰峦，喃喃说："是的，你是我的女皇……"头发搔得乳头发痒，爱蜜儿扭动着身子，格格直笑。

补习了一年的法语，仲寿进了一所大学，攻读理工，却因数学基础差而中途辍学，让他沮丧了好一阵子。离开上海时，他就下了决心，不混出个人模人样，决不见乡中父老。梁溪仁是高岸的偶像，他期盼的是当梁溪仁第二，然而今天，学技术、做实业的美梦成了镜中花。对姚霄汉、爱蜜儿的浪漫革命，他毫无兴趣，原因是付不起那奢侈的成本。带来的盘缠即将告罄，三餐不继的危机已迫在眉睫，不得已，他租了一个小店面，重操旧业，做起珠宝工艺生意。爱蜜儿买了不少首饰，珍稀的有三色金项链和蓝钻戒指，常常来请仲寿鉴赏。他发现，西方的工艺水平远逊于中国，首饰的式样也相对单一，因此，他的三脚猫功夫在巴黎也就显得游刃有余。毕竟，中国人玩珍珠玉佩玩了几千年，历史悠远，文化积淀也深厚得多。

饭有得吃了，博士帽还得去争取，毕竟这是家父望眼欲穿的殷殷期盼。朱楠在信中说，待他当了博士，他就在开花乡盖座"翰林"宅第，让儿子们回乡风光一番。仲寿看了直是苦笑。终于，他打探了一番，在H大学就读了社会学，避开自己数理化知识浅薄的短缺……

在H大学，最让学生喜欢的老师是讲授社会心理学的波纳尔教授，课上得活泼、生动、风趣。波纳尔毫无架子，喜欢在课堂上与学生们平等地争论。一次，仲寿在课堂上谈到中国的公序良俗，赞扬中国女子的淑女风范，对欧洲女人的暴露心理提出质疑，波纳尔笑了，问道："为什么中国的女孩喜欢旗袍，露出美丽的腿？为什么植物袒露了鲜艳的花朵？为什么孔雀要开屏？其实，露美本来就是生物界与动物界的本性和潜在意识。"他直白地说，社会心理学的根基是民族学与性学，纵观全球，不少民族是信奉生殖器拜物教的，因此男性生殖器成了不少民族的图腾；民族的追求十分单纯，就是生存、繁衍、发展，女人的露美，体现的是民族追求；女人追求生育强壮的儿子，拥有生存和繁衍的安全环境，因此，她们推崇英雄，希望有孔武有力、雄风长存的男人守卫在她们身旁；也因此英雄美人成了亘古不变的文化主题。

用姚霄汉的话来说，仲寿的学问大有长进，说话也越来越有内涵。他读了法国历史，特别崇拜拿破仑和克伦威尔，希望积弱的中国也能英雄辈出。他特别喜爱林肯总统的名言"自由之花是人民和暴君的鲜血共同浇灌的"。他鹦鹉学舌，搬弄波纳尔的观点："群狮有狮王，群猴有猴王，群蜂有蜂王……推崇英雄是自然界的普遍规律。"爱蜜儿听了，洋洋得意说："说得对，我就崇拜血性男儿。那天，我见到姚霄汉在马路上演说，振臂一呼，应者云集，帅极了。"在座的留学生们都笑了，有人打趣说："爱蜜儿，可以自己当英雄，但是只能当蜂王。"仲寿说："波纳尔先生对蜜蜂王国的生态特别动容，为了避免种群消亡，蜜蜂们倾尽全族的力量来保证蜂王的安全与繁殖。"姚霄汉沉吟半晌说："我总觉得，时下的中国是文化出现病态，成了剪不断、理还乱的乱麻。比如，甲说，反对暴虐应该急公好义；乙却说，能忍自安；丙跟进说，吃亏是福；丁安慰说，抬头三尺有神明，正义往往迟到，但一定会来到……"莫衷一是、模棱两可……"思想者"们议论了半天，依然弄不清子丑寅卯。

仲寿回到家中，已是半夜时分，却见女同学布丽姬正守在他家的门前。

13

布丽姬是一个活泼好动的金发姑娘，她请仲寿做过两个项链的坠子，一个是圣子受难的十字架，另一个是爱神丘比特的箭穿过红心。付费的时候，她说，如果愿意的话，能否把神箭穿心的坠子免费送给她，仲寿心甘情愿，把项链挂上了她的脖子……

这天晚上，布丽姬背着行囊进了仲寿的陋室，要与他同饮甘泉，理由是他已经向她示了爱。仲寿神情慌乱，紧张得喉头发燥……布丽姬很主动，仲寿却呆若木鸡……两人都搞得筋疲力尽……

布丽姬成了仲寿客里光阴的心灵慰藉，塞纳河畔经常出现他俩相依相偎的身影。仲寿每每想起小玫，心中就油然产生负罪感。布丽姬笑容灿烂地说："两个女人和一个男人，是一个二加一的游戏，如果你选择了我，我们就是二，小玫就是一，少数就必须服从多数……"仲寿听了，满脸苦笑。

布丽姬的家在郊外，是一个风光秀美的庄园，养了许多乳牛。在那里，仲寿学会了骑马。晨光熹微，他俩披着雾纱，骑着马，在散满露珠的草地上奔驰。布丽姬生活得随性，策马扬鞭的当儿，便无所顾忌地尖叫，惊得牛群散了形。他拥着布丽姬骑着一匹白色的骏马，冲过一条小溪，乳白色的水片向两翼翅展，那场景，就如天马在空中飞行……布丽姬快活极了，伸出大拇指由衷地称赞仲寿说："你是一个英俊的骑士。"

她家的客厅里，摆设了不少中国的瓷器和古董，布丽姬是从这些工艺品中认识了一个神秘的国度，因此对中国的男儿产生浓厚的情趣。

仲寿带着布丽姬，成了爱蜜儿沙龙里的常客。爱蜜儿与布丽姬成了好朋友，常常窃窃私语，讨论的主题是，女人心仪的男子汉，应该是什么样子？爱蜜儿笑嘻嘻地恭维仲寿，说他成了一个大男人，是留学法国的最大收获，爱蜜儿鼓励仲寿把布丽姬带回上海。仲寿笑着说："布丽姬是一匹笼不住的小母马，是率性的精灵。"

三年过去了，姚先生与爱蜜儿考察结束，回了上海。仲寿留下来，读完五年书，好不容易获得博士头衔。博士论文的题目是"东西方文化心理解析"。文中说，民族生存的手段决定了性心理与审美心理的差异。中国是农耕文明，水稻传粉靠的是风，"风"也就成了性交的代名字，中文"风马牛不相及"里的"风"字就是这个意思，长期的耳濡目染，让中国女孩的传情与示爱方式显得十分含蓄。西方人的祖先大多是游牧民族，见惯牛羊交配的场景，性的神秘感也就渐渐淡化，西方女孩的示爱方式直白，也以坦裸自己美丽的胴体为傲。欧洲大多是成块的草原和成片的森林，不像中国、日本那样，田野里充满"町线"（田埂）和线状的庄稼，生活环境的差异造成不同的艺术分野和兵棋文化。油画是块面艺术，中国画是线条艺术；油画中的美女是胴体写真，中国画中的美女却是弱柳之姿的写意。国际象棋走"块"，中国象棋走"线"……波纳尔见了，大为赞赏，推荐仲寿为年度的荣誉学生。

终于，在父亲和兄弟的百般催促下，仲寿确定了归期。布丽姬拒绝同行，她说："爱的占有欲是原发性的，五六岁的幼童都会为了占有父母的爱而斗气、吵架。爱是自私的，我无法让一个心爱的男人让另一个女人分享。"她更厌恶小妾的角色，说："法国女人是不弯膝的，只有男人才跪在女人的裙裾边……"

14

　　爱蜜儿开着一辆天蓝色的汽车，载了宋襄理与姚先生到码头迎接"楠记"的三少爷。

　　几年前，爱蜜儿归国时，宋襄理就是开着这辆车来接船的。当时，来了不少小报记者，想来一睹两个男人"争夺"一个女人的"战争"。甫一下船，小报记者就团团围住姚霄汉和爱蜜儿，试图打探一些桃色花边新闻，姚霄汉挡住记者们，笑了笑说："诸位应该问的是，我与谊妹壮行欧陆，是否找到真理……"爱蜜儿穿着长裙，戴着一顶白色的凉帽，像蝴蝶一样快活地扑进宋襄理的怀中，嚷嚷道："大令，想我吗？"宋襄理紧紧拥住了妻子："亲爱的，你更可爱了！"他殷勤地打开车门，姚霄汉扶她上了车，细心地为她整理好裙摆，爱蜜儿嚷道："大令，你该谢谢姚家少爷，他可为你支付了三年的饭钱……"宋襄理与姚先生紧紧拥抱说："晚上七点，畅春苑，我为你俩的壮行归来接风。"第二天，上海滩大大小小的报纸，都登载了爱蜜儿"粉蝶飞舞"的大幅照片……

　　朱楠一家早就在候船室等候，仲禄手上拿着一张《申报》，报缝里登了仲寿学成归国的消息，还附上一张戴着博士帽的照片。太乙号缓缓靠上码头，仲寿戴着墨镜，手持文明棍，大步走下了舷梯，快活地笑着，与亲人戚友一一拥抱。记者们纷纷拍照，镁光条的爆燃声啪啪作响。一位女记者问，学成归国，将施展什么宏愿？仲寿早有准备说："愿以平生所学，为改造国民性奉献菲薄之力。"姚霄汉不让他即刻回家，一定要他先去畅春苑喝一杯接风酒，叙叙旧……

　　博士帽的魅力真是了得！当年《申报》在上海的埠外订户不少，茕众也多，所以仲寿双脚还未沾上国土，消息却已经传到家乡。吴郡出了一个洋博士的消息不胫而走，传遍吴郡，轰动了开花乡。按规矩，家中出了像样醒目的人物，烧香祭祖，告慰列祖列宗是免不了的例行公事，仲寿自然不能免俗。所以，在上海休整三天后，便在父亲和兄嫂的陪同下，回开花乡探亲、祭祖，仲寿也急于想见见小玫和还未见面的女儿。他一直心存愧疚之心，生怕旅法期间的孟浪情事传到母亲与小玫的耳中，好在姚霄汉与爱蜜儿口风紧，对朱家人讳莫如深。

当年，从行政区划来说，吴郡市统辖吴郡县，开花乡则由县府管辖。吴郡市到开花镇没有公路，只有一条用泥土、石灰、碎石夯实的古道，勉强可以走走马车和牛车，连接市区的交通只有班船。朱楠一行坐火车到了吴郡，在水运码头上了班船，航行四个小时，于下午三点的时候抵达开花镇。让仲寿大吃一惊的是码头边鞭炮齐鸣，黑压压地挤满人。乡长急匆匆的上了船，对朱楠说："老乡亲，快叫三少爷换上博士服，县太爷亲自来了呢！"朱楠哪里见过这等阵仗，额角渗出汗珠。仲寿手忙脚乱地翻开箱子，取出那套服饰，换了衣装。新鲜的是，县长也穿着博士服，衣袂飘飘，临水而立。人们早就听说，县长是留英博士，今天他重戴博士帽，自然有其深意：一是表示了与仲寿是同道中人，有别于眼下的官场俗类；二是宣达兴学重教的施政理念。在铜管军乐队和百子爆竹的喧天声中，县长亲自为仲寿披上红绶带，他俩叽叽咕咕说了几句洋文，让在场的人个个面露敬畏之色。接着是跨马游街，县长特地从吴郡的军营借来两匹军马和两名驭手，马背披了红，仲寿与县长双双上了马，打头前行，为了表示礼让，县长谦恭地后退半个马头。因为是县太爷亲临，乡长曲意逢迎，特地从神庙里借来两顶万民伞，高举在两位博士的身后。开花乡的中小学生都参加了游行，高举着县长亲自题颁的匾额"乐育英才"，校长披红戴花，领着几位老师，走在学生队伍的前头，他们很露脸，因为曾经是"博士"的师执。队伍逶迤前行，爆竹震响，开花镇万人空巷。压轴戏是县太爷为朱家门第挂上"光耀桑梓"的匾额……

第二天，朱楠备办了香烛三牲，去赤马庄祖祠祭祀，意欲在族谱上为仲寿记胜，为祖宗添彩。老族长是清朝孝廉的孙子，当过秀才，对朱楠十分客气，只是话中夹了骨头："博士抵得上翰林？说说笑话而已。再说，学了洋人的淫巧技术，人容易走邪，四书五经是不可不读的……仲寿这孩子聪明，有官相，但要勤于修身养性，万万不要辱没了先祖。"听他们说话，仲寿禁不住想笑，突然醒悟到，谱牒原来是官场文化的温床，只要是当了官的，即便是八竿子打不到边际，也会堂而皇之地登上族谱的正册，而他，一介寒士而已！他恍然醒悟，一些人的热捧，只是像上海人"抢帽子"买优质股一样，看好他日后的飞黄腾达……

回到上海，经姚霄汉的介绍，仲寿与东林大学的校长见了面，想谋个教职，找个饭碗。校长穿着一条洗得颜色泛白的长衫会见了他，陪客的有哲学系主任。话说了半天，仲寿有意无意地卖弄了一些新潮理论，校长频频点头，用"满腹经纶"四个字作了点评。姚霄汉回国后，父亲让他当了锦苑大饭店的董事长，顺理成章地成了东林大学的校董，所以，校长对校董的旅法学弟刮目相看，添茶也添得勤。系主任头发斑白，面色淡然，偶尔作出礼貌的微笑。校长介绍了哲学系的学术成就后开玩笑说："主任年在不惑，却已两鬓经霜，朱兄不妨一猜，是何原因？"仲寿笑着回答："多情。""此话怎讲？""苏东坡诗云：多情应笑我，早生华发。"三人都笑了。片刻，校长叹口气说："其实，主任是伍员子胥，头发是愁白的。朱兄，你不妨再猜，主任刚才愁容满脸，却又是为何？""敬请赐教。""主任如果还有风花雪月的闲情，我这个校长也就放心了。他犯难的是，朱兄驾临敝校，占了一席讲坛，他不知该去砸哪位仁兄的饭碗……学校财政吃紧，已发了两个月的半薪，朱兄如若见到姚董，拜托多多美言。"仲寿听到"砸碗"两字，本能地想到了"卖碗"与"补碗"两字，一时头皮发麻，竟说不出话来。主任凄然一笑："教授教授，越教越瘦。系里的一位教授，读《易经》通了灵，赚的工资还不如街头的算命先生。说起来，算命先生的心理学造诣也是很深的，一看来人的精气神，就知道休咎。"仲寿听了，起身告辞，三人紧紧握手，打了几个哈哈。望着仲寿远去的背影，系主任叹口气说:"这老兄也是的,天下苦寒,竟猜不出当下的人在想什么……"

博士的光环在消褪,连小玫也开始为丈夫操上心,怀疑那顶帽子中看不中吃。仲寿也去报馆找活路,总编辑风趣地说:"当记者就是当侦探,上海人戏称'包打听'。仁兄如果屈就了记者一职,哪一天到四马路去打探某位名人的风流情事,我敢打赌,第二天报纸上的桃色新闻是:'朱博士四马路"打玻璃杯"'。"上海人戏称泡舞女为"打玻璃杯"。坐馆当编辑,仲寿不是那块料,做骈文标题不是他的长项,总编辑客气地说:"天下谁人不识君,你是上版面的人物,不是抬轿的走卒。"

从报馆出来,他跑到锦苑大饭店找姚霄汉,喝得酩酊大醉,醒来时,已是华灯初上。小玫带着小女儿守在他身旁,姚霄汉与爱蜜儿正喝着咖啡聊天。仲寿在法国寻欢作乐时,小玫一直在乡下,带孩子,帮婆婆看田水,料理蚕桑,仲寿心中戚戚,此番就把母女俩带来上海,让妻子过几年省心日子。小女儿敬兰听堂兄、堂姐海吹"大世界"的西洋镜,吵着要去玩,仲寿却一直抽不出空档。今天下午,爱蜜儿自告奋勇,带小玫母女逛了半天的"大世界",还看了杂耍、魔术。仲寿醉眠时,姚霄汉、爱蜜儿陪母女俩吃了晚饭。席间,姚霄汉说:"当下民生凋零,仲寿谋个合适的职业,实在困难,我看不如先在'楠记'帮衬一段时间,再作区处。"小玫发愁说:"他爷俩的脾气都是犟牛,针锋对麦芒,勺子放不进同一口锅里。就说我二伯仲禄,办事妥帖,脾气也好,也免不了与老爷子斗斗心思。前些日子,为了装台电话,就闹得不可开交……"

装电话是仲寿的主意,合了仲禄的心思,为的是拓展业务,朱楠硬是不肯,说是他核计过,买酱罐、水缸的人没有电话,有电话的人不用酱罐、水缸,话费贵得很,白白扔掉洋钱铜板。仲禄见老爷子发急,就不吭声了,仲寿则气得蒙头睡了一天。姚霄汉听了,说:"楠记一直没有起色,就是你家老爷子放不开,跟不上时代。"旅法回国后,姚霄汉沉稳了许多,嘴上留了八字胡子,也少了慷慨激昂的语言,他对爱蜜儿说，只有实业与教育才是当前的要务。中国人爱随地吐痰，如果家中的泥巴地铺上'水门汀'和地毯，他们会乱吐痰么？"

仲寿醒来，还是醉茫茫的，爱蜜儿开车送他一家人回家，临别时从车厢里拎下一辆小三轮车，送给仲寿的小女儿；另外塞给小玫一只纸盒，里面是一双半高跟的鞋子。

15

小三轮车满地转悠，敬兰快活的笑声如银铃叮当，堂兄、堂姐们正在店堂里干活，不时地用羡慕的眼光偷瞟那辆天蓝色的车子。

仲福的儿子叫敬贤，女儿叫敬梅，都上了初中；仲禄的儿子叫敬文、敬章，还在读小学。放学回家，祖父就命令他们干活，把货架上的样品擦拭干净。朱楠说，货品干净，卖相就好。孩子们打破器皿，朱楠就操起鸡毛掸帚，抽打他们的手。他对仲福、仲禄说："孩子从小就要管束，棍棒底下出孝子……溺爱了，杀父弑君……昆曲《十五贯》你们去看看，那个娄阿鼠也是吴郡人，杀头前咬了妈妈的奶头，恨她把他宠坏了。"

看着那辆玩具车，朱楠的脸色阴沉了半天，听说是爱蜜儿送的，脸上才由阴转晴。小玫的高跟鞋才穿了一次，就尘封进了柜子。那天，小玫想去看望洋布厂的工友，穿了旗袍和高跟鞋，为的是与博士夫人的身份般配。见她坐上黄包车，朱楠阴冷地哼了一声，吓得她走路时闪了脚踝。仲寿知情后也冷冷哼了一声："这老东西，你今后别理他，只当没看见。"

侄子们都喜欢这个小叔叔，喜欢听他讲希腊的神话故事和遥远的土地上的稀奇事；对孩子们来说，他是新鲜的阳光和空气。朱楠亲眼见到吴郡县长礼贤下士的谦卑神态，对这个桀骜不驯的儿子也有点忌惮；侄儿们则盼望这位小叔叔能与"暴君"爷爷抗衡，争取他们的"人权"。当年，上海的孩子流行的"飞机头"，中间开叉，头发披向两侧，再涂一些光亮的发油，十分潇洒，然而朱楠为了省几个理发钱，强逼孙子们理光头，因而招致同学们的讪笑。仲寿为此与父亲谈了多次，告诉他，孩子有天生的爱美心理，如果长期压抑孩子的本性，会让孩子行为猥琐，性格畸零。他还说，玩具是孩子们的天使，爱玩是孩子的本性，要允许孩子们买玩具，也不要强迫他们工作，孩子没有快乐的童年，容易产生孤僻的性格。朱楠听了说："你在法国学的是这些东西？难怪你找工作四处碰钉子！"仲寿气得攥紧了拳头。

父子俩开始斗气，星期天，仲寿把孩子们领到外滩公园去玩，让他们痛痛快快吃棒糖与冰砖。孩子们见到路边有个金鱼摊，围着观赏，入迷了，久久不肯离去。"暴君"在店堂里咆哮，气得七窍生烟。傍晚，见孩子们兴高采烈地回来，他愤怒地摔破了一个茶杯，孩子们乖乖地各就其位，战战兢兢地扫地除尘、擦拭器皿……父子俩瞪着眼，相互对峙，谁也不说话。仲福、仲禄对父亲赔笑，服侍父亲吃晚饭；"暴君"不吱一声，孩子们你看我，我看你，谁也不敢上饭桌……

第二天傍晚，朱楠吃过晚饭，正在店堂后的厢房里小憩，听到孩子们一阵欢呼，出来一看，见仲寿正把一只圆形的玻璃鱼缸放置在厅堂正中的工艺架上，两条泡泡眼的红色金鱼正舞动着它们柔软的尾巴；几条色彩斑斓的热带鱼在水草边穿梭……朱楠唬起脸，仲寿赶忙解释说，鱼缸是姚老板买的，送给侄儿、侄女们赏玩。朱楠读私塾时，听八股文先生讲解过"玩物丧志"四个字的意思，很担心孙子们走了邪道，辱没了朱氏的家风。仲寿陪了小心说："这鱼缸放在这里，也可讨个年年有余的吉利。"朱楠不阴不阳地哼了一声说："哪里有鱼？中看不中吃的东西！"仲寿一怔，气得七荤八素。

孩子们很开心，也操上了心，生怕金鱼肚子饿，也担心半夜风寒金鱼着凉感冒……不几天，敬兰就干了件坏事，换水时，她把金鱼用手捞起来，顺手装进口袋，鱼缸注满清水后，敬贤发现少了一尾金鱼，孩子们慌了神，在地板上四处寻找，敬兰也跟着寻找，不一会儿，似乎想起了什么，用手一摸口袋，发现那尾金鱼正在睡觉，便开心地格格直笑……敬文、敬章急得脸色发白，慌忙叫她赶紧把金鱼放进水中，却发现它已奄奄一息。"还笑？"敬章一急，狠狠地推了她一把，敬兰跌倒在地，放声大哭……垂死的金鱼浮在水面上，腮巴吃力地翕动，过了好一阵子才回过神来。那晚，敬兰做了个噩梦，梦见家中的小花猫把爪子伸进鱼缸捞起一尾金鱼，塞进嘴巴，敬兰吓得大哭……梦醒时，见到爸爸、妈妈搂着她，轻轻地拍着她的背："宝贝，别哭，爸爸在你身边……"

为了弥补自己的过失，敬兰添食、换水，小心翼翼地照看那尾泡泡眼金鱼。那天，敬兰脚下垫着一张矮板凳，举着一只青瓷海碗，往鱼缸里注清水，却不慎滑了手，青瓷碗掉到地上……犹如晴天霹雳，在场的伙计和堂兄堂姐们个个呆若木鸡；朱楠在厢房里吸水烟，听到瓷碗的破碎声，气冲冲地出来，抄起鸡毛掸子往敬兰的屁股上抽去，斥骂道："败家子，一群败家子，不长进的东西……"堂兄、堂姐也不能幸免，个个被打得鬼哭神嚎。朱楠打累了，坐在柜台骂着"山门"，呼哧、呼哧喘气："养金鱼，当阔少，你们的八字里没有那个命……"他狠狠地瞟了一眼鱼缸，金鱼们正翩翩起舞……他突然刹住话尾，脸色忽红忽青，终于露出狰狞："好，我教你们养……"店堂里鸦雀无声，弥漫着恐惧的气氛，孩子们颤栗……只见朱楠抄起煤炉上的铜吊壶，把滋滋作响的滚开水注入搪瓷牙杯，端着牙杯走到鱼缸边，把热气腾腾的沸水往鱼缸里倾注……孩子们齐声惊叫，捂住脸；店里的伙计们也别转了身子……不一会儿，金鱼肚皮朝天，一条条浮上水面……

一个伙计趁乱骑上脚踏车，一溜烟地飞驰而去，急着去找出门进货的仲福与仲禄，来稳定地动山摇的危局。然而，谁也没料到，先期回来的竟然是仲寿，他心中块垒郁结，在外面灌了不少黄汤。店堂里的气氛不同寻常，孩子们低着头，泪痕未干；一个伙计打扫着地板上的碗片，不敢抬起头来……仲寿心头一紧，问道："什么事？什么事？"敬兰扑到爸爸的怀里，大哭起来，用手指着鱼缸："金鱼……爷爷用开水……"仲寿头脑里"嗡"了一声，身子晃了一下……

朱楠见仲寿回来，心中也有三分怯意，藏在厢房里呼呼地抽着水烟，拉长了耳朵偷听外面的动静……正在这时，"呼"的一声，板门被踢开，一脸酒气的仲寿冲进来，反闩了门，夺下他手中的水烟筒，狠狠地摔在地上："老畜生，今天的事你不说清楚，我跟你没完！"朱楠跳了起来，光火了："怎么样？老子做了，你又能怎么样？"说着，一记耳光重重落在仲寿的脸上。仲寿血往上冲，昏糊了头，噗噗几拳往朱楠脸上、胸口砸去："老畜生，今天不是你死，就是我死，这日子我也不想过了……"朱楠气疯了："畜生，你敢打老子！"扬起一脚，踢向仲寿的小腹。仲寿疯了，把父亲摔倒在地板上，出拳如雨点，打得朱楠杀猪般叫喊……

"呼"的一声，门被撞开了，仲福与仲禄气急败坏地冲了进来，劈头盖脸地摔了仲寿几个耳光，手忙脚乱地把父亲抬到床上，亚秀与小玫慌忙给奄奄一息的老爷子灌凉水；仲寿抱着头两眼发直，蹲在屋角里一动不动。梁溪仁、梁震泽赶来了，接踵而至的是辅仁医院的救护车，大家七手八脚地把朱楠抬上车子……仲寿也想赶去医院，梁溪仁铁青着脸用司的克挡住去路，大喝一声"跪下！"扬起手杖狠狠朝他身上抽去："畜生，书白读了，竟敢犯上……"小玫紧紧抱住受惊的敬兰在一旁呜咽。

16

报端的大标题赫然入目——"洋博士酒后撒野，老父亲饱尝老拳"，楠记的大新闻成了上海家谈巷议的话题。后续新闻接连不断，几天后，报载："父子反目成仇，至亲形同陌路"，副题注释："楠记老板拟登报声明断绝父子关系"。紧接着又有新闻"洋博士探病遭斥退，梁老板温语泯恩仇"。半月后，一条劲爆的新闻见诸报端——"老族长振纲纪来埠执家法，女豪杰展侠风拦路救危难"，文章大事渲染，记述爱蜜儿率领一干人马到火车站抢夺仲寿的故事。

朱楠住院后，发现被儿子的西洋拳砸断一根肋骨，一腔愤懑难以言表，原本想登报声明，与逆子恩断义绝，却禁不住梁溪仁温言抚慰，勉力劝阻。最后，他想了一条下策，修书回乡，请仲寿的母亲和舅舅来上海，把仲寿带回乡下种田，落个眼不见为净。乡下的老族长听说这事，义愤填膺，自告奋勇，说要当面训斥这个不孝的朱氏子孙。舅爷听说外孙的西洋拳甚是了得，怕有闪失，会同了两个年轻的族弟，赶来上海。朱太太去医院看了遍体鳞伤的丈夫，痛哭了一场，第二天，劝说仲寿回开花乡避避风头，顺带做做田里的活计，过一阵子再说，仲寿已是走投无路，也觉心灰意懒，便点头答应。朱太太要留下来照料朱楠，嘱咐弟弟一路照顾仲寿一家。偏是小玫多了个心眼，担心丈夫中了"设计"。从小，她就在乡下看过祠堂私刑的惨烈，犯上的逆子被麻绳吊在梁上，打得惨不忍睹。看到老族长亲临上海，她心里直发毛，却全然不知老族长只是借个由头，想来上海开开洋荤，看看花花世界是甚个模样。小玫害怕，便把消息通给爱蜜儿。

火车正在鸣笛，爱蜜儿开着车，带了一干人急匆匆赶到车站，找到老族长和仲寿一行。两名碧眼金发的巡捕挥着警棍，叽哩咕噜地说了一通洋文，爱蜜儿故作紧张地说："老族长，绑架公民在上海是犯法条的，他们要带你去租界巡捕房问话。"老族长刚要辩解，爱蜜儿笑着说："老族长，快走吧，进巡捕房不是闹着玩的，有理无理，先'通柜'再说……""通柜？""通柜嘛，就是用手指捅进你的肛门，肛门就是屎眼，一捅，肛门就裂开了……"老族长与舅爷面色苍白，眼巴巴看着爱蜜儿领着一干人把仲寿一家人塞进轿车里……爱蜜儿把两盒饼干塞到老族长手中，挽着他的胳膊，直送上月台："好在我来得及时，要不……"火车开动时，爱蜜儿娇滴滴地打了个飞吻。老族长半晌回过神来，对舅爷三人叹了口气："世风日颓，人心不古……"他突然忿忿不平："这鬼地方，拉屎也得花钱，还有王法吗？"他记起昨天上公厕，方便完后正要离去，一个人凶神恶煞地伸出手："钞票！"老族长吓了一跳，以为遇到劫匪，待着不敢动弹，那人火了："乡下阿屈西，你懂勿懂，阿拉上海地头，拉屎是要钞票格！"族长拉屎还得付费？岂有此理！

　　仲寿一家住进锦苑大饭店，姚霄汉设宴为之压惊，请宋襄理、爱蜜儿夫妇作陪。他举起酒杯，久久不发一语，临末叹了口气说："仲寿兄，你太孟浪了。"仲寿脸红了，一仰脖子，灌了一盅酒。爱蜜儿缓颊说："朱伯伯也是的，全然不顾姚大哥的面子，再说，金鱼也是一条生命呵！"姚霄汉叹道："让中国人明了'生命诚可贵'的道理，为时尚早。一切要从自身做起，对轻视生命的人要用行动告诉他，我们尊重他的生命。旅欧期间，让我悟出一个道理，暴力只有在体现民族意志时才是神圣的。民族的历史铭记抵御外侮的英雄，轻蔑内斗的强梁。美国南北战争时，林肯听从一个小女孩的求告，释放了她的父亲——一个位高权重的叛军将领，目的是尽快弥合民族伤痕。家是袖珍型的国，热衷于窝里斗的家庭是可悲的。"宋襄理连连点头说："姚兄说得在理，以暴易暴实在是下下策。"爱蜜儿笑道："姚大哥在出主意，仲寿小弟该明白下一步怎么走了。"宋襄理接口说："是了，我就佩服我的老婆，唬了老族长，却又送上两盒饼干……"

　　一周后，仲寿与小玫熬了猪心排骨汤，去向老爷子请罪，朱楠正眼不看，把汤罐摔在地上，对小玫说："你们的猪心我哪里受用得起。"说完，把头蒙进被窝，再不说话。朱太太心疼儿子，埋怨老头太倔："寿儿总归是你的骨血，亲父子还有隔宿仇么！也不想想自己的德性……"回到家中，仲寿一脸沮丧，小玫暗暗垂泪。

17

　　电话局派了两个工人，忙乎了半天，给"楠记"拉了电话，号码是 30189。父亲住院后，仲禄统揽全局，拍了这个板，理由很堂皇，父亲重病在医院，讯息要及时掌握。仲禄交代大家，暂且瞒着老爷子，以免他伤神。仲福过于厚道，忧心忡忡，担心话费太贵，父亲出院后家中会否再起波澜？仲禄安慰说："电话早装晚装总得装，船到桥头总会直的。"然而他自己也觉得底气不足，坐在话机前，拭着新配的眼镜片，沉思了半天。

晚上，仲禄去三弟家小坐，喝了点小酒，劝慰说，事情过去了就不要用过失来惩罚自己，日子还得过，振作起来。他说："父亲住院后，我才知道持家不容易；其实，父执没有错，他们犯错只是因为世道变了，当儿孙的不能用今天去否定父执的昨天。"仲寿不以为然说："父亲出院后，你总不能再背着磨盘讨生活！""唉，骑驴看唱本，走着瞧吧……"

姚霄汉打来电话，约见仲禄、仲寿兄弟，拜托他俩以最快的速度去订制一批青瓷痰盂，外加一个长手柄的盖子，漆上蓝色的油漆。昨天，教长由姚霄汉陪同，视察了东林大学，发动学生们大搞爱国卫生。教长说："英国教育考察团不日莅临上海，指名要拜访东林大学。"视察中，教长看到教室门前摆放的粗陶痰盂，皱了眉头，批评说，这些东西表面粗砺，高低不平，太不雅观，建议痰盂国粹化、艺术化，采用青花瓷盆；外国人钟情中国瓷器，要让国际友人感受到新生活运动的精神。仲禄千恩万谢，感激姚少爷祝成楠记的生意。当晚，仲禄要去医院，请老爷子在银行的汇票上盖印，仲寿忽有所悟说："多支点钱，赌它一把。中国人喜欢跟风，新生活运动搞得火热，说不准中小学也会跟进。""老爷子那边……""放心，当年梁老板就教了他这一招。"

英国人伸起大拇指，对着青瓷痰盂连称"OK、OK"。他们住宿在锦苑大饭店，临别时向姚霄汉讨了几只，说要摆设在客厅的工艺架上……此事成了美谈，姚霄汉让中国人出了风头，也让楠记占了便宜。新闻遍传，江浙一带客商也来楠记进货，电话铃声从早到晚，响个不停。钱赚了一大把，仲禄兴冲冲地到医院报功，老爷子听了，顿时来了精神。仲禄一高兴,却说漏了嘴:"看来,生意还会火一阵子,家中的电话接不完呢……"他赶紧煞住话尾,忐忑不安。"咳,咳……"老爷子的脸色由晴转阴,又由阴转晴,露出笑容:"好儿子,像你爸爸……"

人发了财,便有人作义务广告,帮闲也就多。仲禄一出医院,就坐上黄包车,到了"春吟诗社"。社长寒山风和气地上了一杯龙井,郑重宣布,仲禄已被同好们推举为理事。闲暇时,仲禄爱练练书法,读读辞章,来上海后经人介绍认识了寒山风,经常偷空参加诗社的活动,日渐成了诗社的"票友"。此番,寒山风不仅解决了他的会籍,还晋升了理事,让他受宠若惊、大喜过望;毕竟,寒山风不是等闲人物,麾下人才济济,个个怀荆山之玉,人人握灵蛇之珠。

可叹的是,文人落拓清寒,大多是苦吟人生。仲禄为人瓷实,也善解人意,明白寒社长对自己有所寄望,便说:"今后诗社有用得到小弟之处,社长尽管昐咐。"寒山风点点头:"今天找你茶叙,也确实有事相托,近日,上海滩熙阳高照,虽已深秋,却暖如三春,诗友们诗兴大发,建议开个诗会,名称是'嫩寒春吟',为此,我想请朱兄花点小钱,遂了诗友们的雅意……""行,行。"仲禄豪爽地允诺。亲政"楠记"之后,他藏了一笔私房,以备不时之需,也可避免与悭吝的父亲发生龃龉,因此,今日说话,底气足了许多。寒山风说完了正题,从内室取了两只三指宽的长条锦盒说:"仁兄今日驾临,小弟无以为礼。日前,瘦石先生送来几个小玩意,借花献佛,转送给你赏玩。说起来,实在不成敬意,只能说原物归主。"仲禄狐疑,打开盒子,只见盒中躺着一双丽水出产的竹筷,用红丝线打了花结;这筷子是圆形的,添了棕黄色的花纹,顶端套了金光闪闪的铜帽,很是雅致,与上海流行的上方下圆的福州漆筷大相异趣。日前,楠记从丽水进了一批,仲禄见筷子雅致,分送给诗友们每人一副,一副是一打,没有包装,只是用细麻线绑成方形。仲禄正在生疑,寒山风笑道:"仁兄,你且细看铜帽下端,品味一下瘦石先生的微雕功夫,他的这手绝活,我敢说,上海滩无出其右……"仲禄拭了眼镜细细端详,只见一根筷子上镂了一条金龙，下面是一句阴刻诗句——"画得一枝清瘦竹"；另一支竹筷镂了一只金凤，下端的诗句是"清风江上作鱼竿"；另一对筷也刻了龙凤，诗句分别是"千里莺啼绿映红"、"山村水廓酒旗风"……那精细的刻工、飘逸的行草让仲禄叹为观止……

18

诗会在郊外的枫园里举行。一座哥特式的建筑临湖而立，周边栽种了几十棵枫树；红叶正艳，映照着千顷碧波，端的是一个世外桃源。花园里，错落有致地放置了数十张孔雀开屏式的高背藤椅，椅前的茶几上陈设着黄菊、白菊和紫菊……不锈钢制的临时灶台前，几个戴着白色峨冠的西餐大厨一字排开，烤蛋糕、焗蜗牛、煎牛排、切生鱼片、调制沙拉……忙得不亦乐乎。几个服务生来回穿梭，为客人送上红酒与橘汁。

"枫园"是梁家的私人别墅，常年空置不用，梁老爷只有遇上烦心事时，才会到这里住上几天，澄澄心境。仲禄商借场地时，梁震泽硬是要插上一脚，执意要当半天东道主，愿意为诗会提供上好的法国佳酿和西式大餐。他听说过这些文坛的腕儿，想借此机会一睹名人的风采。

客人来了四十多人，男诗人大多衣冠不整，呈现了放荡不羁的文人无行相；十几个娟秀的女孩子，衣着还算靓丽得体，据说是在校的大中学生，面露青涩相。最为抢眼的是三个风行上海滩的美女诗人，衣着新潮，夸张地露出罩着玻璃丝袜的大腿。美女诗人作的是白话诗，前卫，对穿着长袍马褂的寒山风撒着娇说"嫩寒春吟"的题意有味，以往的诗会是古韵诗词占了上风，今个儿嫩寒锁春，要让她们唱唱主角，听听现代派的春吟。寒山风笑道："春花秋兰，各占一时之胜；新诗旧词，难分伯仲。就说柳岚小姐吧，早期崇拜秦淮女子柳如是，如今写的新诗仍有柳风古韵，树了诗坛一帜……"柳岚听了，面露傲色。

诗人们错错落落，在草坪上吟唱新诗新词，不停地鼓掌、啸叫。爱蜜儿是仲禄请来当帮手招待客人的，笑容灿若春花，让诗友们误认为她就是别墅的女主人。见诗人们吟诗作赋，爱蜜儿心头发痒，也想登台露一手。仲禄高兴，向诗友们介绍爱蜜儿遨游欧陆的经历和舞会皇后的衔头，诗友们惊为谪仙，发出一阵欢呼。爱蜜儿身背红枫，用英语吟颂了英国著名诗人的诗《心碎》，叙述一位多情公子站在海边，凝望着海浪拍岸、思念他逝去的情人的故事。英文的"心碎"的"碎"字与海浪拍打巉岩的"啪啦克"声响谐音，烘托了有情人回肠百结、心碎欲绝的伤感与哀愁。在反复吟咏的浪涛声"啪啦克"中，爱蜜儿一脸怨艾，遥望着茫茫的湖水，音阶渐低，最终声似游丝……空气似乎凝固了……过了好一阵子，欢呼声轰然而起。一个白面书生端着高脚酒杯，恳请爱蜜儿呷一口酒，立即，酒杯上留下胭脂唇印，那书生端详了唇印，仰起脖子，一饮而尽，激狂地把酒杯抛向天空。诗人们一拥而上，簇在爱蜜儿的身畔……

柳岚斜倚在瘦石先生的肩头，点着一支美丽牌女人烟，喷云吐雾，脸上露出不屑的神情。瘦石先生品尝的是侍应生送来的老刀牌香烟，与柳岚玩吹圈的游戏，柳岚樱唇一圆，吐出一串烟圈，瘦石见状，立马射出一支雾柱，穿云箭般地穿过烟圈。柳岚格格大笑，搂住瘦石先生的脖子，在他脸颊上留下一排唇印。她是一个特立独行的女人，艳羡秦淮风月，扬言要以胴体作为纸砚，践行名妓生涯，寻觅李香君、柳如是的秦淮诗魂。

仲禄端着酒杯，走到他俩身边，套近乎说："柳小姐一笑百媚，委实是天姿国色。"柳岚淡淡一笑："蒲柳之姿，寻常人家。"她一直认为，仲禄不过是附庸风雅的商贾，自然小瞧他。瘦石撂了撂披肩的头发哈哈笑："纵有千金，难买柳君一笑。达夫先生诗云'乱掷黄金买阿娇，穷来吴市再吹箫'，近来，小弟为了一沐柳小姐春辉，已是穷得吹箫度日……"柳岚抚着瘦石的头发，装出悲天悯人的样子："谁买了谁，天知道！当年的瘦石先生瘦得皮包骨，为了乞食，潦落到去为酒店的厨房写牌子，饿昏了头，把'非请勿入'写成了'非请务入'……要不是本小姐花园赠金，怕是今天连吹箫的力气都没了。"

瘦石厚颜大笑："闺中人哪识得山人妙计，那是本公子刻意为之。瘦石先生不写错别字，怎能惹动闺中名媛的恻隐……仲禄兄是三吴人，应该知道姑苏才子祝枝山为店家写招牌，刻意写了错别字……"仲禄惊奇："有这等事儿？""没错。祝大才子也曾沦落街头，点心店老板见了可怜，赠了一餐饭，祝枝山为谢'漂母之恩'，提笔写了'点心店'三个字的招牌，却故意少了'心'中的一点，并落了款。一时，祝才子写白字的新闻传遍大街小巷，人们涌来参观，戏称点心店为'白字店'。客流就是财流，从此，点心店老板日进斗金……"柳岚狐疑问"这算什么招数？"瘦石傲然："名人效应，广告艺术！""后来呢？""后来就惨了。店老板久闻祝枝山刻薄，以为受了愚，重金礼请祝枝山加了一点，改了白字，从此，点心店生意日见清淡。""为什么？""店老板也问过'为什么'，祝枝山皮里阳秋说，"'心'中缺了一点，说明肚子饿着；有了一点，说明肚子饱了。客人不饿，谁还到你店里用餐吃点心？"柳岚抚掌大笑："妙！妙！"瘦石先生露出恃才傲物的神态："上海滩的土富还不及古人聪明，全然不明白文化人的'点子'价值万金，也不了解广告中的奇门遁甲。什么叫点子？就是心中的那一点！有了这一点，财源滚滚，少了这一点，就生意惨淡！"

仲禄合十作揖："受教，受教，不知瘦石先生愿否助我一臂之力？""好说，好说。""日前看了你在竹筷上的微雕和书法，实在是妙趣横生，化腐朽为神奇。我思忖了几天，突然想到，如果将这样的竹筷命名为'龙凤筷'，加上雅致的包装，批量生产，说不定是一注财香。我想在虹口的仓库弄个作坊，雇一些粗浅的刻工，请先生调教一番，让他们依样画葫芦……不知瘦石先生愿否相助？"瘦石一拍大腿，义不容辞地说："好，小弟一定鼎力。不过……"仲禄赶忙接口："酬金么，一定让仁兄看得过去。""哪里，哪里，说钱儿，就俗了……这么吧，你何妨给我们的柳美人添条貂皮大衣,作个护花天使。天见可怜,天气冷了,她还光着大腿……"他搂紧柳岚的腰,抚摸着她光洁的大腿,柳岚拍开他的手:"贫嘴!"转脸对仲禄娇柔一笑:"看来,我得刮目相看。仲禄先生是文心浑厚,谦谦君子,温柔似玉,风雅得很呢!"

客人们陆续走了,梁震泽总算松了口气,他颇有斩获,得了几个诗坛名流的留墨。只是他第一次见了这等阵仗,对诗人的狂野和放荡有些惶然,以致恍恍然觉得,自己置身在欢场。仲禄解释:"诗人好美色,认为女人是诗的精灵,能启发人的灵感。印度的一位名诗人一定要裸女陪伴,才写得出清丽的诗章。"梁震泽觉得有道理,适才几位清纯的大中女学生簇着他,用诗的语言赞扬他是翩翩然的白马王子,令他腾云驾雾,以致他说话时多了不少风雅之辞。一个名叫兰草的女孩吟诵:"在苏州河畔踯躅徘徊,踩出了一条花径……"梁震泽戏道:"再不闻人间的浊气,只留下兰蕙的芬芳。"那女孩快活得脸色绯红。

爱蜜儿也快活得难以自持,寒山风称赞她是诗的精灵,邀请她入会春吟诗社。

披着黑色的纱雾,仲禄一行驱车赶回市区,梁震泽似乎想起什么,问道:"这么有趣的派对,为什么仲寿不来?"爱蜜儿格格笑:"这个'末代',跪在辅仁医院的病房前,已经两天了。""咳,咳……"仲禄感到夜凉,拉高领子,把半个脸埋在领中。梁震泽叹口气:"这些老古板,也是的……"

19

"上跪天地,下跪父母,并不丢人。"仲寿直挺挺地跪在父亲的病房前,一群小报记者团团围住他:"请问博士先生,跪求的目的是什么?""君君、臣臣、父父、子子。""作何解释?""孔圣人说的是,君要像君,臣要像臣,父要像父,子要像子,各司其职,做好分内的工作。绝不能君不君，臣不臣，父亲不像父亲，儿子不像儿子。""请问博士，你像一个儿子吗？""不像，所以我下跪请罪。""那么，你父亲像父亲吗？"仲寿垂下头，不发一语。

敬贤带着弟妹们来了，蹑手蹑脚地打探病房中的动静，劝退记者，拿出精致的点心让小叔叔享用。他们都留了发，梳成飞机头，油光鉴亮。敬章不喜欢飞机头，把长长的头发梳向一边，说话时，不时一甩头，让垂到额前的头发飞回原位；他的同学中不少人是这种发型，甩头的动作潇洒极了……"暴君"很快就要出院了，他们担心小叔叔的"革命成果"付之东流，为此，以敬贤为首，组织了支持小叔叔的后援会。敬贤提着一筐水果，那是要孝敬爷爷的。他轻轻推了推门，房门紧闭，便使了一个眼色，把果筐靠在门边，领着堂弟妹们一溜烟跑了。仲寿与全家人商讨了计划，先请罪，求得父亲的宽恕；再谈判，让父亲虚位，拥戴仲禄成为新的掌门。仲禄不置一词，心中却希望父亲就范，不再成为家庭发展的梗阻。

"洋博士跪求父尊"的新闻一发，"楠记"再度卷进舆论的漩涡，这个丑又出大了。朱楠紧闭房门，不让仲寿进门，朱太太一会儿骂儿子不知孝道，一会儿数落老头子德性太差，整天以泪洗面。

梁溪仁带着一干随从进了医院，想把老朋友接到枫园将息一阵子，以此平息沸沸扬扬的舆情。他笑呵呵地说："朱楠兄，你是金口难开呀，狠心让寿儿跪麻了腿？丢人现眼？算了，我做个'讲亲'，你开一声金口，赦免了寿儿。"朱楠闻言大哭："说原谅，我早就说了……他哪里是来求饶的，是来逼宫的，要我把银行转账的印信交出来……恩公，我辛辛苦苦才攒下这点薄产，交给这些毛手毛脚，只知道养金鱼、充小开的逆子，我放得下心吗？仲福、仲禄一个老实、一个稳重，这次也装聋作哑了，不说句公道话……我算是伤透心了。"梁溪仁脸色凝重，望着窗外落叶的梧桐，久久不发一语。朱太太收拾了随身衣物，扶着老头子跟着梁溪仁下了楼，仲寿跪在地板上，目送着老人们的背影消失在拐角处，惆怅地站起来，揉着发麻的双腿。

冬日的太阳软绵绵、昏糊糊的，就如一个脸色苍白的老人。枫园里，两个头发斑白的老人双手围着"汤婆子"，蜷缩在阳台上的藤椅里，毛茸茸的围巾把脖子裹得密不透风。俩人漫无边际地说着闲话，牙缝中无端地多了许多语气词——"唉……"梁溪仁眯着眼，打量着天道上步履蹒跚的太阳，心头迷惘：从什么时候起，它变得像失温的'汤婆子'？而几多年前，他本身就是一个热力四射的太阳。

花园里传来簌簌声响，四姨太凤娟穿着白绒皮草，牵着一头西洋狗在园中溜达，她风华正茂，白里透红的桃腮与秋红斗艳。梁溪仁是上海振业中学的校董，多年前，他为学校添建了一座实验大楼，取名"溪仁楼"，剪彩的当儿，凤娟就站在梁溪仁与校长的中间。她是校花，托着蒙了红绸布的托盘，露出"麻姑献寿"般的娇态。梁溪仁觉得悦目，高兴地叮嘱校长，好马配好鞍，把那身漂亮的礼仪服装留给凤娟；校长见貌辨色，几度带着凤娟拜会梁溪仁，为学校争取更多的经费。高中毕业后，凤娟成了梁溪仁的秘书，最终成了四姨太。结婚那天，大儿子梁震泽憋了很久，才对这个小姑娘称了一声"姨娘"，直把她羞得脸红了半天。以往，她见到梁少爷，都是亲热地称呼他："梁大哥。"

"做了一世人，也算红红火火，谁知死到临头才发现，只有凤娟一个人跟着我，没心没肺地把我当菩萨供着。"望着凤娟的身影，梁溪仁一声长叹，惆怅了半晌，说道："朱楠兄弟，你说说看，为什么我一直喜欢跟你拌在一起？"朱楠说："我是个粗人，不知就里，兴许是上辈子烧了高香。""我喜欢你，是你瓷实，一段萝卜一棵菜，讲话实在。梁某人一生与多少达官贵人、大好佬相周旋，都得悬着心。他们一只眼盯着你的脸，另一只眼转着弯儿，直盯你的后脑勺，让人头皮发麻。如今呢，心脏也颤了，万万想不到自家的儿子、媳妇也有了这样的眼神……你伤心自己的儿子，我呢，同病相怜……"朱楠吃了一惊，嗫嚅着嘴唇。

一年多前，梁震泽趁父亲去新加坡治病，自作主张，把几个厂里的旧机器卖到河南郑州、焦作，进了一批新款的洋织机，动用了一大笔款项。小姨娘凤娟守着财务印鉴，不敢盖章，梁震泽冷冷地说："梁家的金山银海改了你家的姓氏，用得到你来操心？"凤娟吓白了脸，把保险箱的钥匙往桌上一扔，飞到星城与二姨娘换班。梁溪仁回沪后，去厂里巡了一圈，想找点瑕疵发作一下，却发现新产品纱支细，包边也漂亮整齐。梁震泽陪着小心说："我是担心误了时机，让人占了梁家的市场。您也知道，清末的红顶商人胡雪岩，也是干这行的，想用土布织机对抗洋机器，最终荡尽了家产……日本人搞维新，偷外国技术搞反冲工程，就成功了……"见父亲舒开了眉头，梁震泽小心翼翼说："至于印鉴么，我明天就交还给小姨娘。"凤娟一阵慌乱，在一旁偷偷向梁溪仁摇手。

梁溪仁继续唠叨着："唉，该撒手就撒手吧，总有一天家业要传给他们的。话得说回来，震泽这孩子眼光尖、手脚快，许多地方我比不上他……说句心里话，我亏欠的是小凤娟丫头。像我们这种大户人家，讲究的也是母以子贵，也不知什么原因，她的肚子里总不见消息。"朱楠说："凤娟一直像不懂事的孩子，不长心眼，也不知道她图的啥？说起来，也是您老前世修了福气……"图的啥？连枕边人都迷迷糊糊。凤娟从小死了父亲，在她的记忆中，父亲的形象是模糊的，记忆最深的只有一宗：父亲抱着她，用胡茬子刺她的小脸蛋，痒得她格格地笑。当了秘书，梁溪仁在一次酒后亲了她的脸，胡茬子也扎得她哈哈直笑。结婚后，避着人她称梁溪仁"老爸爸"，常常偎在他的怀中撒娇，要他用胡茬子扎扎她白嫩的腮帮……终于，她成了梁溪仁的太阳。凤娟的"侵门踏户"让梁家产生了倾斜，大太太窝进了佛堂，吃素念经，祈求菩萨保佑老爷，别让小狐狸精迷了老爷的心智。

餐桌上，满是吴郡的风味菜，三凤桥的肉骨头、肉馅面筋、卤汁豆干、荠菜、银鱼、熏鱼……这些，都是凤娟派人到吴郡采买的。梁溪仁喝了几杯黄酒，心境舒坦了许多，夸奖凤丫头是"贴身的小棉袄"。凤娟忙着给老人们夹菜、端汤，一时高兴说漏了嘴："老爷……咳，老爷要是爱吃，住到乡下去，不就得了。"朱太太顺水推舟："是呀，上海这鬼地方，喝的水都有怪味……"梁溪仁怔了一会，呷了一口酒："归去来兮，田园将芜，胡不归？"

20

汽车的喇叭"笛笛"作响，佣人赶忙出去开园门。车是梁少爷的，车夫却是仲禄，朱楠惊奇，儿子什么时候学会开车？仲禄笑而不答。他依次请了安，应邀坐在下首，陪老人们吃饭说话。驯和地说完了恭维话，仲禄从包中取出四个包装精美的长条盒子，恭敬地捧到梁老爷的面前："日前，震泽世兄说，伯父大人想看看小侄的新产品。小侄听了，特制了四双筷子，让伯父看个新鲜，今天来的路上，心头忐忑，怕是污了伯父大人的法眼。"梁溪仁打开盒子，赏玩了一番，连声称好。筷子上，刻了"执子之手，与子偕老"、"喜结连理、永结同心"等吉祥语言，那是瘦石先生的书法，点画秀美，行气流畅。仲禄受了称赞，一时高兴说："世伯，小侄听说你喜欢，特地从乡下浮泽寺弄了一批龙竹，仿制了，取代丽水货品；这竹子，护过真龙天子，如今做了筷子，也好让世伯沾沾皇家福气。看来，家乡的石竹，竹纹比丽水的还胜一筹。日前，市长托人来要去六盒，说是送给几个驻沪的外国领事……"
"好！"梁溪仁大喜，一拍桌子："贤侄，这筷子我先订了，三百盒，明年开春，小儿在吴郡大婚，吃酒水就用这种筷子。钱么，我照付！"仲禄赶忙说："伯父喜欢，是赏小侄的颜面。拿伯父的钱，折煞侄儿了……"他早知道梁溪仁的最小儿子明年结婚，也知道梁伯伯喜好彰扬门第雅名，听说要瞧瞧龙凤筷的模样，便猜透梁伯父的心思，赶忙请瘦石先生改写了筷子上的诗句。

朱楠一头雾水，端起盒子一看，几个金色的字体赫然入目——楠记龙凤筷。一问卖价，他却阴沉了脸，教训儿子："雕了点花头，就涨了二十倍的价钱，良心说得过去么？做生意要讲个诚字，有见过几个诓人的商家发了大财？"梁溪仁笑了："老兄弟，别犯混了。中药铺进货时论斤买，出货时论钱卖，你说说，这是啥个理？"朱太太、凤娟在一旁吃吃笑了。仲禄开车走了，朱太太愁上心头："行船走车三分命……什么不好学，去学开车。"

21

梁溪仁决定，带着凤娟，偕同朱楠夫妇回吴郡养老，他们疲倦了，回到人生的最后驿站。跟子女说的话很体面、堂皇：过不了几天，春节就到了……再说，乡下空气好，水干净，回去静养一年半载，再回上海。梁震泽知道父亲已萌退意，不会再吃回头草，也就顺水推舟说："实在憋得慌，吴郡那边的几个厂子三弟、四弟在掌舵，可以去溜溜腿，看看烟囱冒的烟雾，听听机器的鸣响……他送了一辆跑车给凤娟，甜甜地叫了一声"小姨娘"，告诉她，车子很拉风，油菜花开的时候，可以载父亲去兜风，但要小心别着了凉。凤娟很喜欢吴郡的乡野气息，显得特别高兴。临行前的晚上，梁溪仁透露了他秘而不宣的重大决定：一是在梁家湾建一所女子学校，让凤娟当副校长，主管后勤；乡下的女孩们来读书，食宿全部免费。二是置块临湖的山坡地，造个花园，作为凤娟藏娇之处，园中遍植风景树，只种一株红梅，寓含"万绿丛中一点红，宜人春色无须多"的诗意。说完了高兴的话题，不免又情绪低落："凤娟，如果你不介意，我也想在园里寻个长眠的地方，筑个小小的墓室，下雪天时，也好让我看看小丫头踮着脚尖折梅的俏模样，别忘了，你还要系着那条洋红的丝绸围巾……"凤娟嘘了一声，伸出食指按住他的嘴唇，眼角挂上泪花……

应了梁溪仁的邀约，朱楠也做出回乡静养的决定。乡下的老房子破旧了，渗水了，他想把屋子扩大地盘，翻造一下，顺带搞个中庭花园，种几枝腊梅……临行前，他把儿孙叫到了膝前，发布了退位"诏书",谆谆告诫说:"不嫖、不赌、做事把细,为人中道……家里的一应开销由仲禄指派。仲寿嘛,爱干什么就干什么,上辈人管不了下辈人的事……"他把存折、支票、印信交给仲禄,手在发抖,头在颤动,仲禄第一次发现,爸爸真的老了,再没有草创家业时的那分精干和英气。他心头一紧,双手捂住脸,眼泪从指缝中流出来,冲动地说:"爸,别走了,这里还得靠你顶梁……"朱楠怔了一会,叹口气说:"树活千年也是死,人总有撒手的一天。"

亚秀、小玫也决定带着三个孩子一起回乡下小住,为的是让二老调适心境。孩子们听说下乡,欢欣雀跃,开花乡有太多的故事,让他们梦牵神系。冬天快到了,他们又可以玩打雪仗、堆雪人的游戏;还有,在雪地里扫干净一小块地,撒上秕谷,用砖头支着一面竹箩,砖头上绑了长长的细绳,等饿昏了的麻雀钻进去觅食,一拉绳子,麻雀就网在竹箩下面……爷爷病了一场,变得那么慈祥,抚着他们的头发说:"这么好看的'飞机头',得让乡下的孩子羡慕透了。"亚秀、小玫想到娘家,盘算着怎样在亲人们的面前显摆一下上海人的风采,为此,小玫偷偷把那双高跟鞋塞在箱底……

那天,到火车站送行的人熙熙攘攘,梁溪仁是商界钜子,沪商总会的副会长,他的去留自然惊动上海各界。杜奕生会长是上海滩的大亨,在梁震泽的陪同下,带着一帮子道上兄弟,威风凛凛地来到火车站。三天前,会长下了钧旨,让梁震泽顶了父亲的缺,以致今日,他也成了醒目的人物;发财朋友们围住梁家大少爷,说着"众望所归"、"鹏程远大"的恭维话,拜托新任副会长日后多多照应。京剧名伶、越剧红角簇着凤娟,赞美着她的清纯美丽,期许在吴郡相会。记者们像泥鳅一般,在人缝中乱窜,啪啪作响地照相。

月台上,人满为患。杜奕生为梁溪仁披上红绶带,俩人笑容满脸,十指相扣,向包厢走去。凤娟捧着一束鲜艳的花,紧傍着丈夫……梁溪仁与凤娟上了车,站在门口,抱拳向人们致谢……正在这时,嘹亮的铜管乐响彻云天,一支穿着军服的乐队踏着整齐的步伐,从不远处徐徐而来，两位俏丽的女孩抬着一幅金匾走在前面，市长助理与社会局长分列两侧，金匾上是上海市市长的题词"厚德载物"。梁溪仁一阵激动，湿润了眼眶……

一声长笛，火车开动了，月台上，留下举手挥别的送行人群……

22

爱蜜儿偕同丈夫也来送行，纷乱中，把仲寿拉到一边，神秘一笑，悄悄说："姚霄汉有要事缠身，无法来送行，托我捎个讯，请你下午三点去锦苑大饭店，有要紧事体……"

三点半，仲寿急匆匆进了锦苑，连日来的劳累令他午休时睡过了头。姚霄汉在大堂迎候，神色有些不快："你再不来，客人就要走了，这么重要的事，也不上点心？不多说了，一位重要的客人在十一楼的贵宾房等你。"仲寿不迭声地道歉，赶忙进了电梯。

房门开了，一个身着羽纱睡袍的金发女郎尖叫着扑进他的怀里……他惊呼："呵，我的上帝，布丽姬……这是在做梦吗？""不，不，亲爱的，这不是梦……你拧一下我的大腿，看你的小美人是不是又回到你的怀里？哎唷……"碧蓝色眼神里充满饥渴，布丽姬急促地喘气，仲寿激狂地吻她的嘴唇。布丽姬眼睛汪出水来："亲爱的，我的东方雄狮！分手太久了，亲爱的，小美人渴了……"狂风暴雨之后是空寂无声，俩人瘫软在床上，沉入梦乡。

姚霄汉与爱蜜儿敲了三次门，丝毫听不到房中动静，他发了少爷脾气，开始擂门……门打开，布丽姬抱愧地笑笑，在梳妆台前整理着散乱的头发，仲寿若无其事地喝着发凉的咖啡。姚霄汉坐在沙发里，点了一支烟，悠悠问道："布丽姬小姐，合作的事谈得怎样？""合作？我和仲寿先生合作得很好，很默契。""这么说，你们谈妥了？可以签合同了？""什么？签合同……"布丽姬惊奇地站起来，呆想了一会，拍了拍自己的脑门:"你看,你看,我把这么重要的事都忘了!"她看了看腕上的手表说:"快,快,泰瑞斯先生,我的丈夫正等着你们去吃饭呢!"仲寿惊疑:"什么大事?"爱蜜儿格格笑:"泰瑞斯先生想请你帮助他,在上海卖法国红酒。"姚霄汉揶揄说:"他希望找一个亲密无间的合作伙伴,就像刚才你和布丽姬小姐那样……"

汽车在灯海里穿行,向国际饭店驰去。布丽姬喋喋不休,向三位老朋友夸耀着丈夫:"泰瑞斯先生是个英俊的骑士,每天清晨,他抱着我骑在马上,去巡视他的草原和葡萄园,直到太阳露了脸孔,我们才回到于贝尔古堡。是上帝撮合我们。一天晚上,我做了个梦,在教堂里,一个英俊的男子坐在靠窗的座位上,双手扶着前排的椅背,虔诚地仰望着十字架上的圣子;阳光穿过五彩的窗框,在他的身边铺了一片祥云。第二天,我去做礼拜,真的见到梦中人,就坐在那个位置,他的脸刀削一般俊美,我对他说:'我的上帝,昨晚在梦中我见到了你。'他惊喜地说:'昨晚,我做了同一个梦。'最终,我们结婚了"。仲寿漫不经心地问:"你最喜欢他什么?""最喜欢看他骑马,每当他骑上马,扬起皮鞭的当儿,我就陶醉在他潇洒的男儿气概之中……"仲寿想起了与布丽姬幽会时的情景,心里迷惘……也许,伯纳尔教授说得没错,女人渴望性的受虐,是为了凸显男儿的阳刚。

泰瑞斯先生很开心,因为包厢成了法语世界,给了他亲切感。他说话直接,希望在座的三位能成为他的代销商,在上海拓展市场。为了显示诚意,他预留了诱人的利润空间,还建议说:"如果合作愉快,可以用橡木桶进口酒浆,在上海分装,这样的话,成本更低,利润更可观。"仲寿、爱蜜儿表现出浓厚的兴趣,姚霄汉却兴趣缺缺,只表示鼎力相助,在锦苑酒店为泰瑞斯的酒庄设一个橱窗。布丽姬开了几瓶马汀牌样品酒,请大家品尝。仲寿喝了几杯,飘然欲仙,仿佛觉得时来运转,自己的命运将产生质的转变。他惊奇,机缘竟是如此巧合,老婆刚刚离开,布丽姬越洋过海,给他送来销魂的性福;正当他求职无门,哀叹命运不济之时,泰瑞斯给他带来发财的希望。泰瑞斯借着醉意，端着酒杯晃到仲寿的面前："我为布丽姬有你这样的东方朋友感到骄傲，我曾经嫉妒过你，因为你是布丽姬的第一个男人。今天，嫉妒化为尊敬，因为，一个能博得布丽姬青睐的男人，一定是一个非凡的男子……"布丽姬十分快活，插话说："你们都很伟大，是真正的男人。"

23

　　"龙凤筷"的魅力在于它是一种实用性艺术品，一上市就受到顾客的青睐，进入热销阶段。仲禄发现销量最大的是刻有"寿比南山，福如东海"的庆寿筷子。江浙两省在上海打工的农村人很多，回乡过节时带上一两副龙凤筷，讨个吉利，让老人高兴高兴，仅这一宗，就让楠记日进斗金。虹口仓库的作坊里，雕刻工人已破了百，日夜赶工。
　　仲禄在床上"折饼"，熬了几宿，终于，在第三天的清晨，他咬了咬牙根，走进车行；多年来，坐着轿车上班，一直是他梦中的追求。中午时分，他把一辆油光发亮的德国轿车开到家门口，仲福吃惊非小，煞白了脸："二弟，你疯了！让老爷子知道，今晚就会冲到上海来。"仲禄说："哥，放心，有事我顶着，你也别去说。我思前想后，在上海混个体面，没有一辆洋车，还真不行。"整个下午，仲禄都在车边磨蹭，不忍离去，磨蹭什么，他自己也不知道。他与大哥两家租了一幢旧式的两层楼房，很挤仄，好在墙角边还有一个角落，可以泊车。夜阑人静，仲禄做了个噩梦，新车被街坊的小孩用铁钉划了痕，轮胎被放了气……他惊醒了，推开窗户探头张望，却见昏暗的路灯下，一个人蹲在车边……他趿着木屐，冲了下去，靠近一看，却是大哥仲福，正蹲在地上，抽着干烟。他也睡不好，担心街头小瘪三使坏。仲禄蹲下来，安慰大哥说："别担这份心思，赚钱破财都是命。我也核计过，以目前这个势头，买幢洋楼、建个车房是迟早的事。"仲福有些忧郁："乡下的房子翻造，也是一笔不小的花费……"

春节临近了，大街小巷弥漫着花香酒气。仲福准备在小年夜带家小赶到乡下，与双亲围炉，为此，仲禄陪大哥去城隍庙、静安寺转转，采办些年货。地摊上摆满香烛、烟花、爆竹和宫灯，仲禄发现了一只宣德炉是旧古董，很是喜欢，便买了下来，托大哥带到乡下去，在祖宗面前多燃几支高香。仲福则买了几盏折叠式的宫灯，想送给乡亲们的孩子见个新鲜。行人如织，挤得他俩额头渗了汗，仲禄建议说，干脆去先施公司转转，买些高档的衣料，也好讨一下父母亲的欢心，让他们知道儿子们事业发达。

第一次开着私家车去豪华商场，确实有"春风得意马蹄疾"的感觉。以前，仲禄路经大饭店、豪华商厦时，只要看到腰圆臂壮的"红头阿三"守卫在门边，气就馁了一半，不敢贸然进门。钱，真是好东西，事关人的尊严。

现场经理带着两名身材高挑的柜台小姐把他俩引进贵宾室，小姐们穿着"勾魂蓝"制服、洋红的高跟鞋，袅袅婷婷走到他们面前，奉上香茶，仲福第一次见到这种场面，吓得手脚不知往何处放。仲禄喝了口茶，对经理说："先拿几款貂皮大衣，让我看看毛色。"经理乐开了嘴，赶忙指挥小姐们取货，仲禄比较了价钱，订了一款，接着又为妯娌三人要了三条呢子女大衣，经理热情地说："看来，你家的女眷们手头事多，玉趾无暇光临小店，不要紧，先拿去试穿，尺寸不合，包换，包换。"他弯着腰给仲福点了一支烟说："这位乡下大哥穿着布纽扣的衣服，老气了点儿，我这里刚进一批骆驼绒的冬装，价钱平实，老大哥不妨试试。"仲禄正为二老的添装犯难，听经理一说，也觉得合适，便又挑了三套骆驼绒的外套。仲禄签了支票，柜台小姐把琳琳琅琅的货盒装进汽车后厢，经理殷勤地打开车门说："谢谢祝成，欢迎再次光顾。"车开了，仲福只觉得衬衣湿透了，后背发凉，讷讷说："二弟，买几条呢子衣服也就算了，这貂皮大衣，亚秀也未必想要，撑场面，摆阔也该有个度……"仲禄叹了口气："亚秀？她还没那个命。"

柳岚穿上貂皮大衣，在穿衣镜前左顾右盼，快乐得像喜鹊。她忽发奇想要仲禄开车拉她去兜风，向小市民展示一下新潮诗人的雍容华贵。她坐在副座上，戴着墨镜，叼着女人烟，跷着二郎腿，摆出一副睥睨一切的神态，短裙下露出白亮的大腿，吸引了无数路人的眼光，这模样怎么看都像上海滩上的"吉普女郎"。仲禄红了脸，赶忙戴上墨镜，压低帽沿。汽车穿过外白渡桥，在外滩奔驰时，柳岚突然把烟屁股一扔，大叫道："我找到了，找到了！"仲禄吃惊地瞟了她一眼，她亢奋地晃了晃大腿："我找到了一首新诗，题目是'上海滩的流光溢彩'。"说完，自傲地指了指自己的美腿说："上海滩的飞花！"

车到瘦石先生的家门口时，已是流光溢彩的时分。与柳岚家相比，他的家显得格外寒碜，客厅里除了一大堆杂乱的书稿外，可说是别无长物。瘦石正在八仙桌边吃汤面，身边是一个相貌清丽的女学生，正在阅读《随园诗话》。柳岚告诉仲禄，女孩是瘦石新收的弟子，每天来听他上课，顺便帮他煮一顿晚饭。女孩见客人来，站起来斟茶，托出一盘长生果与瓜子。

仲禄的来意是请瘦石外出小酌，对瘦石的鼎助表示谢忱，他请瘦石停了筷子并邀请小女孩同行。小女孩笑说："刚才我已吃了一碗面。瘦石老师做诗精雕细琢，我……"瘦石喝道："胡说，精雕细琢的诗能算诗么？精雕细琢就有斧凿之痕，能算好诗么？诗歌与写文章一样，讲究的是'风行水上，自然成纹；精灵所致，脱口而出'，像贾岛那样推推敲敲，一辈子写不出一首好诗。诗人只是捕捉意象，不去雕琢文字。"

柳岚一听，来了兴致，亢奋地谈起兜风时满脑子的意象——香车飞驰，满街留下一个女诗人的光影：飞扬的秀发、波动的貂毛、光洁的美腿——这，才是上海滩真正的流光溢彩。瘦石先生眉开眼笑，似乎见到她兜风时的无限风情："有创意，女人最美的部位是大腿，柳小姐在冬寒中飞腿过市，勾勒了一幅雪里梅俏的图画，这样香艳狂放的诗读起来才带劲。其实柳小姐是天生尤物，本身就是一首诗，仲禄兄有艳福，一条貂皮大衣买了个一近芳泽……""哪敢？哪敢？小弟是粗人，柳小姐懒得正眼相看。"仲禄赶忙从包中取出一个红包，恭敬地送到瘦石先生的面前："些许薄礼，还望先生笑纳。"

瘦石摸了摸红包，觉得厚实，面露傲然之色说："诗的魔力委实无穷，几句古韵就让仲禄兄坐拥万金。刚才我给女弟子谈袁枚，想起上海滩的一件趣事，一位诗人在诗会上即兴写了两句廻文诗联：'才子袁子才，美人王人美'，不想旬日之内传遍全国，让一个二流明星王人美声名雀起，锋头盖过当红巨星。要不，为什么有人说，诗人是天堂上宾，位阶仅在上帝的膝下。"女弟子听得有趣，也入了迷。

仲禄看了看腕上的表说："柳小姐也许饿坏了……""我不饿！"她啃着瓜子，功夫甚是了得，只见瓜子一粒一粒进口中，又完整地吐出来，细看，中间的瓜子仁却不见踪影。仲禄见柳岚不理不睬，陪着笑脸说："时候不早了。"柳岚作色："姓朱的，你刚才说什么来着，居然说我小看了你！本小姐正眼看了你半天，你还不领情！好好，嫌我回报不够，不妨来一尝本小姐的红唇……"她伸出一瓣舌尖，舌尖上粘着一粒瓜子仁，示意仲禄舔吃，仲禄惊惶失色，连称"不敢……"，说时迟，那时快，话音还未落地，只听"啪"的一声，那粒瓜子仁裹着一股兰气飞进他的嘴里……瘦石抚掌大笑："好，一箭穿心，丘彼得的箭，百发百中！"女弟子用手蒙脸，吃吃地笑。

女弟子先行告辞，他们找了一个夜店，喝了不少酒水。仲禄迷迷糊糊地开车回家，停完车，却一头栽在方向盘上，直睡到天明。醒来，他见车台上放着一个信封，拆开一看，里面装着一把钥匙，信纸上是柳岚野性的笔迹——你是全天候的客人。

24

"围炉"是中国人最大的宗教节日，与伊斯兰的麦加朝圣等量齐观。除夕前几天，神州大地上是川流不息的人群，行旅匆匆地奔向一个目的地——家。在那里，他们祈求"福禄寿"三神的保佑；慎终追远,用水酒告慰炎黄以降的列祖列宗。父亲的庭训千古不变——"年"是可怕的野兽,只有兄弟团结,协力同心,才能抵御"年"的侵袭。围炉是重要的宗教形式,是华夏子孙崇尚圆融哲学的体现……

除夕之夜,最伤心的人是广寒宫里的嫦娥,她偷了灵药,却悔青了肝肠。仲寿在法国几年,尝尽嫦娥的苦味:他怔怔地盯着地图上的标示,潸潸泣下。喝酒,酒是那么苦涩;吃饭,饭是那么难咽……好不容易回了国,盼来一个除夕,父亲却训令他与仲禄留守在冷清的店堂,落单感噬咬着他的心肠,形影相吊,宛如四处飘荡的幽灵。

过年,最冷清的是小年夜,街上的商铺全打烊了,外卖店也歇业了,路上鲜见人影。仲禄满腹惆怅:"这年,你看怎么过?"仲寿说:"明天,宋襄理夫妇邀我围炉,如果你没处去,可以去锦苑吃西餐,姚霄汉明天要宴请住店的外国旅客。"仲禄摇摇头说:"我想开车去郊外透透气,顺道看看寒山风先生,不知道明日天气……"窗外,飘着雪花,传来稀稀落落的爆竹声。沉默了一会,仲禄说:"开酒庄的事,你和爱蜜儿再合计合计。父亲说过,生意只做熟的,不做生的。梁伯父精明,只做吃的、穿的,用不到做广告,众口铄金就是广告。烟酒利润高,投入也大,不小心辛苦钱就打了水漂。""你觉得,过年后龙凤筷还会热门吗?""我也思量过,龙凤筷是工艺品,物以稀为贵,货多了,也就不值钱了。所以,我对开酒庄的事也活络了心思,烟酒只要一成品牌,就是印钞机。苦的是要培养一大批趸客,让他有习惯性嗜好。骆驼牌香烟是美国水兵传进上海的,所以叫水兵烟,起先,中国人说它有臭皮鞋的呛味,抽久了,'烟枪'们还非认这个味儿不可;啤酒刚进上海,不少人说是马尿,现在你看,喝'马尿'的人有多少!泰瑞斯的红酒是法国新品牌,要与老品牌较量,难着呢!不过,话得说回来,赚钱哪有不难的,老父亲在上海草创时,为了省几个铜板,自己拉板车,当挑夫,肩头的老茧比铜板还厚。日后你到乡下省亲,看看他的肩胛,就知道赚钱有多难……""哥,你别说了……"仲寿握住仲禄的手,热泪夺眶而出。

除夕那天，仲寿失踪了。寒山风是淞江人，仲禄开车去拜年，在他家吃了年夜饭，回到家中已是晚上九点，左等右等，不见弟弟的影子。他打电话问爱蜜儿，回说一天不见人影，向姚霄汉打探，也没消息。梁家的管家在电话里说，梁少爷一早就开车回吴郡，没有见到仲寿。仲禄脸色发白，手脚冰冷，额头渗出汗珠……电话铃响了，传来话务小姐娇滴滴的声响："长途电话，请稍等，接线员正在接线。"仲禄紧握话筒，手在颤抖。不一会儿，电话里传来梁震泽的声音："新年新世，恭贺发财。仲寿早上拦我的车，一起来了吴郡，上车后，我才知道他瞒了你……车到吴郡天已落黑，我把他送到客栈里住一宿……老父亲叮嘱我向你报个平安。"放下话筒，仲禄长长地吁了一口气。

　　仲寿并没住店，在街角找到一辆黄包车，车夫不愿去开花镇，说是天寒地冻，路况又差，是卖命的勾当。仲寿边恳求，边加码，当大洋叠加到第六块时，车夫动了心。在当时，六块大洋是一个学徒工半年的"工钱"。城郊的马路还算顺畅，一进入乡间小道，情况就越来越糟，路面是黑污的冰碴，高低起伏，路旁是厚厚的积雪，跑不了几里，车夫脚软失足，连人带车滑到路基下，仲寿飞进雪窝里。车夫跌伤了腿，哀哀直叫，仲寿沾了一身雪泥，慌忙去搀扶……车夫不愿再走，说他还想活到明年；仲寿付了六个大洋，说了一声"路上小心"，目送他蹒跚着，消融在夜幕之中。仲寿连滚带爬，跌跌跄跄向开花镇走去，当他看到老家挂满冰棱的屋沿时，他已成了一个冰人……

　　儿媳们围着一对老人，说着舒心的话；小玫给婆婆梳着头，猜度着远在上海的两个大男人此刻在做什么……孩子们把一个大树根抬到厅堂中央，燃起了一堆"篝火"，"年"是害怕火的，中国人的祖先就是用火驱赶这个可怕的怪兽，安然度过年关。孩子们围着火堆守岁，用火钳烤着年糕和地瓜，打闹成一团。朱太太分给孩子们每人一粒福橘，这是仲福从上海带回来孝敬灶王爷的贡品，祈求灶王爷"上天言好事，下界报平安"，仲福多带了些，便分给孩子们尝鲜。孩子们发生纠纷，敬章说奶奶偏心，给敬梅的橘子最红最大，敬梅吓了一跳，赶忙跑到妈妈身边，把橘子藏进妈妈的衣兜里，朱太太笑得合不拢嘴。

正在这时，一股冷风袭进厅堂，孩子们发出一阵惊呼，门撞开了，满头雪花、全身泥污的仲寿踉踉跄跄地冲进来，一屈腿跪在八仙桌前："爸、妈，不孝子仲寿……拜年……来了。"他冻僵了，语不连贯。朱太太先是一惊，继则放声大哭："寿儿，你怎么啦？"朱楠受惊非小，吼道："你，你……不要命了？""旧账不过年关，儿子要亲耳听父亲说声原谅。"朱楠抚着仲寿的头："起来吧……像个男人！"小玫在一旁拭泪，朱楠吼道："还不快去端盆热水来"他拥住仲寿，动情地说："儿子，爸爸老了，没盼头了，要说还有盼望，就是你们三个儿子……"火光闪烁，照亮了每个人的脸。冰碴溶化了，朱楠帮仲寿脱下冷湿的衣服，脱下自己身上的大棉袄裹住儿子……

除夕，是祥光闪烁的时刻；家，是暖如三春的地方，舔平了游子累累的伤口，拂去了离人的一路风尘，熨平了征人的九曲愁肠……在太阳东升的时候，每个人的心头是油蜡蜡的新绿。

晨光初露，父母亲让仲寿荣膺重任，点燃双响的开门爆竹。炮声响彻水乡的田畴，淡蓝色的烟雾在空气中荡漾，新桃换旧符，向阳门第一脸喜气，展望着缓缓苏醒的大地。

25

海关的钟声在上海滩的屋脊荡漾，时针叠合，正指除夕十二点。上海沸腾了，炮仗、百子炮、烟花……火光四射，染红雪花飘飞的天幕。此刻，在香闺里，柳岚的酥胸贴住仲禄，轻柔地呓语："小亲亲，我与你相依相偎，用胴体来写一首新诗——吻我，吻我，从旧岁到新春，从今年到明年……"两人吮着对方的舌尖，久久相拥，整整吻了"一年"……

先前在家中，仲禄接完梁震泽的电话，放了心，便脱了衣服，钻进被窝。布衾似铁，不多时，他冻醒了，望着茫茫的黑暗，枯寂漫上心头。眼前，闪跃着那堆"篝火"，那是童年不灭的记忆……父亲老了，围炉时酒量应该不如从前……亚秀，是否在火堆边打着毛衣……一条晶莹的大腿浮现，飘飞在南京路的上空……寒山风是古派诗家，看不惯柳岚的做派，认为古体诗有梅竹风骨，新潮诗只是情色的滥觞。围炉时，他告诫仲禄远离柳岚，他说，柳岚是不可抵御的女妖，她的哦咏是"赛棱"的歌声。古希腊神话说，赛棱在海岛上歌吟，美妙的歌声让人无法抵御，路经的航船不由自主地循声而去，触礁沉没在汹涌的海浪之中；只有一条风帆逃过厄运，船长塞住耳朵，命令水手把自己绑在桅杆上，挡住了女妖的诱惑……眼前，大腿在晃动，脚尖鲜红的高跟鞋上下抖动，仲禄感到一阵燥热……

鬼使神差，他裹着大衣来到柳岚的楼下，在雪地里踯躅徘徊。小窗透出昏黄的灯光，似乎在迎候风雪夜归的旅人。终于，仲禄凝神屏息，将钥匙插进门孔……闺房中，炉火正炽，暖如阳春，柳岚侧身而卧，发出轻微的鼾声，臀廓形同春山。仲禄呆立着，不发一语，似觉手足无措……一会儿，被窝中莺啼声起："掸掉头上的雪花，别弄湿了我的锦被。"柳岚侧过身来，星眸闪烁，露出无限风情："楼下汽车声响，我就知道是你……我是沼吴的西施，谁也别想逃出我的股掌，凭你是人间的帝子！"房中的兰香让他昏眩，他随人俯仰地听从着柳岚的指令，褪去外衣，钻进被窝……就在这时，海关的钟声敲响十二点……

热吻之后，柳岚把头埋在仲禄的怀里，纹丝不动。一会儿，仲禄惊惶地觉得，一注水流正沿着胸膛流淌，他掀开被子，只见她紧紧地捂住脸，泪水从指缝中汩汩而出。"柳小姐，你……"柳岚哽咽："不，不关你……我在想妈妈，妈妈的头发又白了……"仲禄呆住了，全然没想到，一个放浪形骸的新潮女子，心中也有一份难言的苦涩，在除夕之夜，噬咬着她的心田。他紧紧地搂住她，抚着她光滑的脊背，轻吻着她的额头。宽阔的胸膛让她觉得温暖，讷讷少言的厚实令她信赖，一串长号之后，多年不为人言的"苦水"喷涌而出……

柳岚是富春人氏，书香门第，从小工于诗书辞赋，只因偷看了"金玉奴棒打薄情郎"、"王姣鸾百年长恨"、"李香君血溅桃花扇"等小说和故事，早开了情窦。她常常顾影自怜，哀叹"青春已二八，空负貌如花"，幻想着"晓来窥视鸳鸯枕，无数飞红扑绣绒"的春宵艳遇。十八岁那年，家道中落，父亲为了钱，把她许给一个半老的乡绅，她抵死不从，被父亲关在房中。一天，她伺机逃脱，上了去上海的班车，车开动时，见到妈妈在车后追赶，最后昏跌在路边……在上海，靠几首小诗谋生谈何容易，生活所逼，她倚托着诗名结交了几个阔佬，过起醉生梦死的生活。自此，她的诗歌跨越藩篱，狂放而香艳，成了蜚声上海滩的"花间诗人"。她也曾想找一个知冷知暖的丈夫，却因声名所累，难遂宿愿。她曾回过老家，父亲却紧闭大门；她发疯似的擂门，只听到母亲嚎啕大哭，与父亲在屋里撕扯……那天，她轻佻地把瓜子仁吐进仲禄的口中，看到他不敢吐、不敢吞的尴尬，回家后羡慕地想："哪家闺女修了前世之福。"今天，她见到仲禄羞赧的脸色，手足无措的举止，心中的自责声声不断，贴着仲禄的耳根说："我没有哥哥，多么想叫你一声哥哥……"

　　她说累了，哭累了，紧搂着仲禄，沉沉睡去。仲禄纹丝不敢动，捱到天明，赶紧穿上衣服，像小偷失风一般，溜出门；上了车，停了喘气，抽手狠狠地打了自己两记耳光……

26

　　春天到了，树枝爆了新芽，草地开始泛绿，就在这生机盎然的节令里，于贝尔酒庄张灯结彩，正式开张营业。楠记的店面缩了一半，腾出来做酒庄，宋襄理夫妇占了三成股份。姚霄汉帮他们请了设计师，参照大饭店里酒吧的格局，把酒庄搞得相当洋气。为了便于待客、谈生意，还专设了一个豪华的咖啡间。客人来了，先喝杯巴西咖啡，再品尝于贝尔酒庄专卖的马汀酒。售酒女郎百里挑一,身材颀长,气质优雅,穿着法国长裙,头戴白色小帽,个个像西洋画里的天使。

开业那天,搞了记者会、品酒会、大酬宾活动。梁震泽带了一帮豪客前来捧场,春吟诗社的诗友也来撑撑人气。两个品酒师品了几款琥珀酒和红酒,伸出大拇指连称:"赞、赞……"他们给来宾介绍说,酒的色泽透亮,挂杯粘稠,酸度适中,不逊于市面上流行的老字号品牌。散场时,仲禄兄弟送了伴手礼给每位贵宾,一瓶造型别致的马汀红酒,要为他们家中的陈列柜增添色彩。

泰瑞斯与布丽姬一下飞机就赶到锦苑饭店,参加记者会。爱蜜儿主持会议,她占了酒庄的三成股份,是地道的主人。泰瑞斯拿出许多漂亮的图片,介绍他的于贝尔古堡、葡萄园和精致的酿酒工艺,他说,那里的阳光特别充足,土地的矿物质丰富;葡萄在低温下储藏,尔后再酿成酒浆,装进橡木桶,然后入窖醇化,时间不少于三年。泰瑞斯自信,他的佳酿一定会引领上海酒国新潮。爱蜜儿当翻译,声情并茂,大出风头。记者会后,姚霄汉不失时机请记者们参观大堂边的法国酒橱窗,于贝尔庄园的照片挂在正中——湛蓝的天空下,一座中世纪模式的巨大古堡屹然而立。

酒庄的生意红火了几天,便日见清淡,仲寿跑酒吧、夜总会、舞厅,点头哈腰,说尽好话,却收效甚微。"俏佳人"夜总会的经理漫不经心地说:"先弄几箱来试试,先赊账,卖完了再结账。不过嘛,跑堂小弟向客人推销,多费了口舌,辛苦费是要给的;小姐陪客时点名上了你们的马汀酒,也得付点小费……""红樱桃"舞厅的领班则更说得直白:"回扣多少?先讲清爽。"仲禄兄弟俩七扣八除,发现利润见了底。仲寿沮丧地耷拉着头,半晌说不出一句话,他知道这些"老江湖"欺生、贪婪,却想不到他们吃肉时竟不吐骨头。仲禄擦拭着眼镜片沉吟许久,缓缓说:"这本该是意料中的事,这样吧,答应他们的条件,就算做做广告,树个口碑。"仲寿正要出门,仲禄叫住他,问道:"仲福一家和小玫什么时候回上海?""说是要莳完春秧才回来,母亲喜欢敬梅,也想把孙女留在乡下。""这么吧,今后老家看田水、养蚕桑的事让妯娌三人轮班,下个月我让亚秀回乡下替换。"为了让敬文、敬章按期上学,亚秀元宵前回了上海,小玫征得仲寿的首肯,决定让敬梅在夏天进开花小学读书,朱太太和小孙女都欢天喜地。

在乡下过年时,仲寿把开酒庄的事说了,朱楠不置可否说:"做什么生意都有一个从生到熟的过程,关键是做人要把细、上劲。说起来嘛,做生意还得靠运气,财运高照时,钱像大水进门,关都关不住;运气坏时,去财就像水推沙。我一生把住了乡下的几亩水田,就是为了紧急时,有个退路……老辈人的话不会错,花无百日红,小心行得万年船呵。"

27

春天,给枫园披红挂彩,百花团团簇簇,绿草茵茵如毯。嫩黄的柳丝下,梁震泽和仲禄正在垂钓。柳岚坐在帆布折椅里,跷着二郎腿,抽着烟,喝着咖啡。自除夕晚的肌肤相亲,仲禄无意闯进柳岚幽秘的内心世界,成了她的知友。也从那天起,柳岚就驯顺地称呼仲禄为大哥哥,虽然,在人前她依然是一副玩世不恭的样子,在与仲禄独处时,却渐渐恢复女儿本真。兰草在园中挖掘蚯蚓为两位"渔夫"准备钓饵,每当银鳞出水的当儿,她就大呼小叫,绯红的脸颊像照水的春花。这场景,如画如歌,充满诗意。不知为什么,每当梁震泽离开商场的硝烟,脑海中就浮现兰草清纯的女儿态,便会约她见个面,喝杯咖啡。他对兰草常说的话是:"生活本该如此。"仲禄扶着钓竿,专注地望着平静似镜的春水……他是一个喜怒不形于色的家伙!然而,梁震泽深知,平静的湖水底下游鱼在梭游,一如朱仲禄当下的心境;也为此,他约了仲禄来枫园垂钓,为的是排解他心头的郁结。

厨师来湖边检视渔获,挑了两尾鲈鱼,为他们烹煮鲜美的鱼汤。

草坪上支起一张餐桌,四人兴高采烈,围着桌子品尝着自己的劳动成果。厨师善解人意,在园子里割了刚展叶的马兰,上了一碟时新野菜,柳岚快活地叫了起来:"全是地产货,今天吃的是天地大餐!"仲禄开了一瓶马汀酒,边斟边说:"欧风东渐,今天也不妨来个中西合璧。"梁震泽端起酒杯,贴近兰草的脸,凝视着琥珀色的酒液:"好,好,我最喜欢这样,隔着酒杯看人生。"兰草咯咯笑:"看多了,头就昏了!"大家笑了。梁震泽与仲禄照了杯说:"我知道仲禄兄最近遇到沟沟与坎坎,所以今天约他来钓钓鱼,吃吃天地大餐,最后来个一醉解千愁。"仲禄说道:"怕的是醉不成欢,成了江州司马。"几天来,他多次酒入愁肠,却辗转难眠,懊悔自己苟同了三弟的建言,弄得骑虎难下。柳岚看在眼里,笑道:"仲禄大哥越来越像小妹,成了白天的乐观主义者,晚上的悲观主义者。"仲禄叹了口气:"喝喝……"

梁震泽沉思了一会儿说:"仲禄兄的酒庄,生意火了几天,说起来都是亲朋好友的捧场,只是个虚象。生意要长远,关键是打品牌,扬名气,这就要不顾血本,打足广告,做到家喻户晓。有一种广告叫输入性广告,反复宣传,让广告语成了人们的'口头禅'。比方说,朋友相会,兴之所至,要叫些酒助兴,便循着广告词,脱口而出,点了于贝尔酒庄的名号,立马拿起电话筒……还有一种广告,是人性化广告,攻击的是人性弱点……"仲禄听到"兴之所至"、"脱口而出"八个字,觉得耳熟,细想,却是瘦石先生论诗时的字语,便截住了梁震泽的话尾:"震泽兄说得动听,只是用起钱来就没那么诗意了。"大家都静了。

别墅边的水田里,一个农民扬着鞭子驱牛犁田,溅起哗哗的水花。柳岚一拍大腿,喊道:"有了,日前日本岳阳诗会的会长来上海,与寒山风先生说了一件趣事:东京有个商人,披着红绶带,赶着十几头水牛,在银座的街上招摇过市。水牛身上披着广告标语,缚着商品,一时,车道拥塞,万人空巷。第二天,所有的报章杂志发了大幅照片和新闻,就这样,这个商人成功地糊弄了喜欢猎奇的记者,做了一个免费大广告。日本法律里没有禁止水牛逛街的法条……"柳岚兴奋地站了起来，连比带划："仲禄大哥也可以如法炮制，把法国酒挂在牛脖子上，赶到南京路……兰草妹妹可以梳个刘海头，骑在牛背上，吹着牧笛……嗨，我保你一夜成名……"大家笑得前仰后合。梁震泽笑出了泪："柳小姐呢？当牛魔王的妻子，头发上插两根雉毛，拿一柄扇子，扮成铁扇公主……"一听，柳岚也笑弯了腰。

　　黑夜和白天行将亲吻，太阳晕红了脸，柳岚黛眉微蹙左手挟着细长的烟支，右手拈着高脚酒杯，坐在湖边的折椅上，怔怔地凝望着红日西沉。梁震泽、仲禄背着钓具走了过来，仲禄收住脚步，轻轻扯震泽的衣摆，比了一个手势，示意他观察柳岚微翘的兰花指；她的手指葱白细长，姿势美艳动人。

　　当时，大戏院风行文明戏，观赏话剧成了上海人的时髦。一个戏剧大家写了一个交际花的故事，名唤《落日》，当红的影星担纲演出，舞台上群星灿烂，轰动了上海滩。正月初九，仲禄陪同柳岚看了演出，主角含烟是剧社的演艺奇才，扮演"交际花"，一举手一投足，一颦一笑都是戏；剧中，当"交际花"在落地窗前俯瞰万家灯火时，含烟就是像柳岚在枫园的那种情态，兰花指拈着酒杯，眉宇间露出淡愁，诉说着韶华易逝的怨艾，把一个落寞枯寂、萍踪人生的风尘女子演绎得活灵活现……含烟和柳岚，谁也没有模仿谁，一切，一切，都是生活中的真实。

　　垂钓归来，仲禄无法入眠，脑海里，不断浮现含烟、柳岚怨艾的形象。唉，酒与人生，说不清道不明的牵扯……也许，酒就是难舍的人生，人生就是苦中有甘的酒！瘦石和震泽，说的话同出一辙："兴之所至，脱口而出"，是诗话，还是广告的精髓？牵着水牛上南京路，杏花村的酒旗，牧歌风情，有什么不可以？！电话订货？好！我可以雇一批送货的脚夫，服务到家，然而，谁人会刻意去记住于贝尔酒庄的电话号码……仲禄头脑胀痛，理不清经纬，起床进了厨房，把头伸到水龙头的底下，哗哗冲着凉水……突然，眼前闪过电光石火，那是智慧的毫光，仲禄梳理着千丝万缕，脑海里突然闪现一个大胆而奇特的想法……"好,就这样,赌一把!"他亢奋地披上大衣,信步走到楼下,发动汽车……妻子亚秀站在窗前,默默地看着汽车的灯光在拐角处消失。

门轻轻地打开,柳岚未被惊醒,酣睡如泥。仲禄此来,急于想说出自己的构想,用她的眼神来卜一卜休咎。柳岚发出轻微的鼾声,他不忍碎了她的梦,便打开靠窗的台灯,拿起水笔,在稿纸上勾勾划划,整理着杂乱的思绪……红酥手抚住他的鬓角,一把木梳轻轻地理着他的头发,柳岚披着睡衣,身子靠着椅背:"哥,再急的事也别散乱了头发。"仲禄一阵激动,将她拉坐在腿上,指着稿纸说:"小妹,你心有灵犀,帮我想想,这一行数字,能否变成一行有灵魂的诗句?"稿纸上,赫然写着"30189"五个阿拉伯数字。柳岚淡然:"数字没有血肉,哪来灵魂?这是你家的电话号码?连我都懒得记!每次通电话,一个女人的声音就把我降格为'如夫人'……"说完,哈哈大笑。"别闹,谈正事!晚上,我忽发奇想,决定与春吟诗社联手,搞一个千元征诗活动,奖格是一千大洋,谁要是能用谐声将30189变成一句好诗,就可以把一千大洋搬回家中。'才子袁子才,美人王人美',可以让一个女人芳名远播,一句谐音好诗也可以让一个电话号码成为耳熟能详的记忆。"柳岚咯咯笑,吻着他的脸颊:"我的好哥哥,原以为你厚道,殊不知心里尖着呢。""心里尖?""因为,谁也没办法搬运你的一千大洋!这,只是让水牛到南京路逛逛街、溜溜腿。""不,舍不得孩子打不得狼……"

28

一块别具一格的广告招牌竖在南京路的街头,画面右下方是于贝尔酒庄的古堡构图,左上方是含烟的倩影,兰花指拈着一只高脚酒杯,脸呈浅愁,凝望着风雨驳蚀的古堡。含烟的身下,是一句广告词——

酒，是难舍的人生。

梁震泽是剧社的金主，与当红的导演和名星过从甚密，因此，仲禄拜托震泽，恳请含烟为酒庄代言，得到她的俯允。广告词是柳岚拟定的，消退了酒中豪气，突出酒中的人生苦况。广告词撩动了上海滩的心弦，产生巨大的共鸣……

与此同时，一则轰动上海滩的新闻见诸报端："千金征诗比赛今旦开幕"。晚报上，大号字体公布了"30189"的电话号码，声称，谁人能以谐音赋得韵语一句，夺冠折桂，就可以获得奖额一千银元的奖金。春吟诗社主办了赛会，寒山风在开幕式上致词，高评"千金征诗"活动是雅事一宗，诗坛奇观。他神采飞扬说，上海滩的文人墨客，男有"倚马"之智，女有"咏絮"之才，信手拈得韵语佳句，应是期待中事；至于市井之民，也望共襄盛举，就中发现蒙尘之珠，更是诗坛词界的一大幸事。仲禄在记者会上谦和地说："电话赋诗只是弄个趣事，为大家解解闷，博君一笑……"第二天，各报都在显著版位刊发仲禄和寒山风的照片，从不同角度报导征诗会的盛况——"韵语一句，几多'黄鱼'"，"诗坛中人，跃跃欲试；贩夫走卒，心猿意马"……连日来，千金求诗成了街谈巷议的主题。"黄鱼"是金条的别称，不少人在核算，五个字价值几条"黄鱼"？能买多大的房子？

赛诗会的评委都是上海诗坛的名腕圣手，学养深，眼界高，一般的韵文难入法眼。来稿似雪片飞舞，大多成为纸篓的"房客"。比赛尚无结果，于贝尔酒庄的生意却日见好转。一个月来，30189成了上海人的经文，订货的电话铃声与日俱增，送货的脚夫也增加了不少，能否求得佳句绝唱，已不是那么重要，然而，仲禄却忧心忡忡——求不到佳句美词，污了诗坛雅名，搞不好给自己弄个"诓世大盗"的恶名。

有人来稿，赋了"山陵一把帚"，让评委们笑得喷饭，弄不清这把"扫帚"是扫掉金子还是扫掉打破的酒瓶。搞得疲了，评委们渐渐感到乏味，寒山风干脆建议，空缺第一名，好歹弄个二、三名应付了事。仲禄沉思良久，建议在截稿那天搞个诗会，礼请各路贤达、在校学子想法……"好，就这样，赌一把!"他亢奋地披上大衣，信步走到楼下，发动汽车……妻子亚秀站在窗前，默默地看着汽车的灯光在拐角处消失。

　　门轻轻地打开，柳岚未被惊醒，酣睡如泥。仲禄此来，急于想说出自己的构想，用她的眼神来卜一休咎。柳岚发出轻微的鼾声，他不忍碎了她的梦，便打开靠窗的台灯，拿起水笔，在稿纸上勾勾划划，整理着杂乱的思绪……红酥手抚住他的鬓角，一把木梳轻轻地理着他的头发，柳岚披着睡衣，身子靠着椅背："哥，再急的事也别散乱了头发。"仲禄一阵激动，将她拉坐在腿上，指着稿纸说："小妹，你心有灵犀，帮我想想，这一行数字，能否变成一行有灵魂的诗句？"稿纸上，赫然写着"30189"五个阿拉伯数字。柳岚淡然："数字没有血肉，哪来灵魂？这是你家的电话号码？连我都懒得记！每次通电话，一个女人的声音就把我降格为'如夫人'……"说完，哈哈大笑。"别闹，谈正事！晚上，我忽发奇想，决定与春吟诗社联手，搞一个千元征诗活动，奖格是一千大洋，谁要是能用谐声将30189变成一句好诗，就可以把一千大洋搬回家中。'才子袁子才，美人王人美'，可以让一个女人芳名远播，一句谐音好诗也可以让一个电话号码成为耳熟能详的记忆。"柳岚咯咯笑，吻着他的脸颊："我的好哥哥，原以为你厚道，殊不知心里尖着呢。""心里尖？""因为，谁也没办法搬运你的一千大洋！这，只是让水牛到南京路逛逛街、溜溜腿。""不，舍不得孩子打不得狼……"

28

　　一块别具一格的广告招牌竖在南京路的街头，画面右下方是于贝尔酒庄的古堡构图，左上方是含烟的倩影，兰花指拈着一只高脚酒杯，脸呈浅愁，凝望着风雨驳蚀的古堡。含烟的身下，是一句广告词——

酒，是难舍的人生。

梁震泽是剧社的金主，与当红的导演和名星过从甚密，因此，仲禄拜托震泽，恳请含烟为酒庄代言，得到她的俯允。广告词是柳岚拟定的，消退了酒中豪气，突出酒中的人生苦况。广告词撩动了上海滩的心弦，产生巨大的共鸣……

与此同时，一则轰动上海滩的新闻见诸报端："千金征诗比赛今旦开幕"。晚报上，大号字体公布了"30189"的电话号码，声称，谁人能以谐音赋得韵语一句，夺冠折桂，就可以获得奖额一千银元的奖金。春吟诗社主办了赛会，寒山风在开幕式上致词，高评"千金征诗"活动是雅事一宗，诗坛奇观。他神采飞扬说，上海滩的文人墨客，男有"倚马"之智，女有"咏絮"之才，信手拈得韵语佳句，应是期待中事；至于市井之民，也望共襄盛举，就中发现蒙尘之珠，更是诗坛词界的一大幸事。仲禄在记者会上谦和地说："电话赋诗只是弄个趣事，为大家解解闷，博君一笑……"第二天，各报都在显著版位刊发仲禄和寒山风的照片，从不同角度报导征诗会的盛况——"韵语一句，几多'黄鱼'"，"诗坛中人，跃跃欲试；贩夫走卒，心猿意马"……连日来，千金求诗成了街谈巷议的主题。"黄鱼"是金条的别称，不少人在核算，五个字价值几条"黄鱼"？能买多大的房子？

赛诗会的评委都是上海诗坛的名腕圣手，学养深，眼界高，一般的韵文难入法眼。来稿似雪片飞舞，大多成为纸篓的"房客"。比赛尚无结果，于贝尔酒庄的生意却日见好转。一个月来，30189成了上海人的经文，订货的电话铃声与日俱增，送货的脚夫也增加了不少，能否求得佳句绝唱，已不是那么重要，然而，仲禄却忧心忡忡——求不到佳句美词，污了诗坛雅名，搞不好给自己弄个"诓世大盗"的恶名。

有人来稿，赋了"山陵一把帚"，让评委们笑得喷饭，弄不清这把"扫帚"是扫掉金子还是扫掉打破的酒瓶。搞得疲了，评委们渐渐感到乏味，寒山风干脆建议，空缺第一名，好歹弄个二、三名应付了事。仲禄沉思良久，建议在截稿那天搞个诗会，礼请各路贤达、在校学子当场吟咏，碰碰撞撞，也许能爆出"石光电火"。

来宾济济一堂，一个个成了"贾岛"，推敲苦吟。每每有人写出一句韵句，总会有人吹毛求疵，甚至招致奚落。几个大学生怀着搅局的心态，在点评时直言不讳地批评：作诗为了钱，诗歌媚俗，焉能有佳句绝唱？顿时，会场静了下来。沉默也是一种恐惧，寒山凤明白，诗会已是山重水复，便决定收蓬转舵，站起来说："时已不早，诸位辛苦了……"此时，只见柳岚从人群中站起来，一身缟素，鹤立鸡群的样子，她对寒山凤打了个手势，朝空中喷了几个烟圈，款款地步向赋诗台。见状，兰草与一位同学也上台，铺平宣纸。柳岚手执羊毫，濡了墨，凝神片刻，悬着玉腕，挥笔疾书……书毕，她一掷毫管，婷婷娜娜地回到座位，架起腿，高翘脚尖，燃了一支细长的女人烟，缓缓喷出一朵烟雾。喧哗声中，兰草两人举起条形的宣纸，上面写着五个洒脱飘逸的草书——"赛令一杯酒"。全场寂然无声，诗友们惊愕地盯着诗幅，随之掌声骤起，喝彩声山响……"赛令一杯酒"，行令吟咏，杯不释手；知音作伴，诗酒相娱……呵，多么风雅洒脱的人生！

"30189——赛令一杯酒"，"柳美人一展咏絮才"，"女才子绝唱夺魁首"……大小报纸炒得火热，大玩噱头。柳岚的大幅照片也赫然见诸报端，依然是一副游戏人生、笑谑天下的模样儿。"赛令一杯酒"成了酒徒们的口头禅，猜拳行令，脑海茫茫，忘却尘世千般愁，不释手的依然是杯中的玉液琼浆……欢场的名花红粉儿，拈着酒杯，怨叹裙里乾坤的风雨无常，吁嗟流水年华、红颜易老……

生活似春江放舟，一帆风顺，仲禄兄弟志得意满，只觉得飞溅的浪花都化作叮当作响的银币。泰瑞斯先生运来桶装酒，橡木桶在虹口的仓库里垒成小山，分装车间就设在仓房里面。

马汀酒如滔滔之水，流淌在上海的大街小巷。晶光玻璃厂是一个精明的犹太佬开设的厂家，承揽了制作酒瓶的业务，酒瓶的外观与色泽与法国酒瓶别无二致，价格贵了一点，质量却无可挑剔，分装时破碎率极低。仲禄多了一份心思，叫仲寿与废品回收公司联系，回收旧酒瓶。这事儿传到犹太佬的耳中,让他大为不满。

某天,犹太佬邀仲寿去舞厅跳舞、"打玻璃杯",被邀的还有几位相关企业的阔少、小开。酒至半酣,犹太佬请正光和汽水厂的小开帮忙打开酒瓶,那小开已有几分醉意,语不连结:"开、开酒瓶……便当、便当……"他站了起来,对花枝招展的舞女们轻轻一笑,左手托高了酒瓶,右手将一把餐刀抛向空中,旋了几圈……就在他接住刀柄的瞬间,奇迹发生了,只见他一扬手,餐刀电光石火般向瓶颈飞去,齐刷刷地割下了瓶头,酒水一滴不洒……舞女们一声惊呼,继则抚掌大笑。开瓶的绝技与目空一切的少爷派头震慑全场,让前来烧钱的小开们分外羡慕,马上仿效,舞厅里顿时呼呼作响,掺杂着舞女们夸张的尖叫和荡笑。仲寿感悟性强,知道打酒瓶的诀窍全在于速度与力量,小试牛刀,就马到成功;在舞女们的欢叫声中,他豪气万丈地竖起大拇指。

晚归时,犹太佬携着他的手说:"犹太人与上帝签了契约,做人做事全按《旧约》。我希望你们像上帝那样,关掉一扇门就开一扇窗……如果舞厅的酒瓶都被打破,你与我都高兴,再没有人在寄酒柜里寄放剩酒"。他指了指大堂里整排的寄酒橱,仲寿这才明白,精明的犹太人想告诉他什么!

上海人赶时髦,荤素不择,不多时,敲瓶颈的小开派头就风靡十里洋场。仲禄向犹太人讨了一个平实的价格,全部使用晶光厂的新瓶,停止旧瓶的回收。

29

苏杭美女自有其君临天下的风采,即便是沦落泥尘,也不改其雪里寒梅的气质。柳岚的身边,不乏腰缠万贯的富家儿郎,然而,她心如止水,不愿俯就去做金丝笼里的住客。她一直认为,美女应该是绿原上的一树嫣红,而不是客厅里的瓶梅;美女创造了绮丽的故事,让淡而无奇的人生增添甘味……

仲禄多次苦劝，要她一改初衷，求个金玉良缘，也好平安一生，柳岚听了，嬉笑说："谁家有偌大的金丝笼，关得了本小姐？"一千大洋的奖金，她在领奖台上笑而纳之，第二天就完璧归赵，送回于贝尔酒庄。仲禄百思不得其解，这位让他倍加关爱的谊妹所求何为？每次见面，她都要仲禄紧搂着，轻抚她的鬈发，舒坦地贴着他的耳轮喃喃说："只有你，无意贪恋我的冰肌雪肤……小时候，妈妈经常这样……"仲禄听了，脸有些发烧。

酒庄日进斗金，爱蜜儿每月来盘点一次，看看账目。她仰慕柳岚，称她为巾帼奇女子，与之惺惺相惜，为此，她将"赛令一杯酒"的横幅精心裱褙，悬在客厅正中，成了西式家庭中抢眼的中国文化。泰瑞斯先生在她家作客，全然不相信这张纸片的魔力，声称市场的火爆在于他酿酒的葡萄是上帝后花园的产品。上帝在为子民分地时打了盹，忘记了法兰西人，为了弥补过失，把后花园送给了法兰西人。爱蜜儿讥笑泰瑞斯的浅薄无知，声称这张纸片堪比摩西过红海时手中的魔杖，如果没有中华文化的附丽，泰瑞斯先生在上海将寸步难行。布丽姬见两人闹红了脸，含蓄地劝说泰瑞斯："把功绩归功于女人，上帝也会认同。"出于对柳岚的感激之情，爱蜜儿建议将那一千大洋作为押注的股金，按期发放股息，作为柳岚的添妆之资。仲禄觉得好，便依计施行，只是瞒着柳岚，送钱时只说是兄长对小妹的体贴。

30

鹅毛大雪笼罩上海，天地戴孝，阎王爷又成了辛勤的"农夫"，收拾着人世间的"枯枝残叶"。柳岚冲撞了晦气星，清晨出门时绊倒在雪地里，挣扎起身，却见雪底下露出"路倒"的一只手。柳岚吓得尖叫，拔腿奔回家中。仲禄闻讯赶过来，紧紧抱住簌簌发抖的"诗坛女侠"，心想，毛大胆的柳妹妹，怎么也会恐惧幽灵？他抚着她的鬓发和后背，讪笑她的外强中干，挖苦她像一头惊恐的小兔子……说着，说着，柳岚噗哧一声，不好意思地笑了。

电话铃响了，传来梁震泽的声音，说是杜老板有请，要仲禄、柳岚下午去他家喝咖啡、吃晚饭。柳岚从未与杜老板见过面，只知道他是总商会会长、大好佬，上海滩的活阎王，便用调侃的语调说："阎王爷什么时候在生死簿上见到本小姐的芳名，是不是朱砂笔要勾芳魂录？"梁震泽在电话里陪笑说："放心，没有恶意，会长只是想借重柳小姐的名望，搞个劝募活动，做做善事。"

柳岚对这位黑道爷叔的恶感来之于一个坊间传说：杜老板的一个姨太太失了宠后，红杏出墙，与外地来的表兄开了栈房，被杜老板的黑道兄弟逮个正着。面对奸夫、淫妇，他不见怒气，只说了一句"留了他的命，让他爬着离开上海滩"。小弟们挑断了奸夫的脚筋，勒令他三天内离开上海的地头。

仲禄是杜奕生的新进弟子，商界称为磕头弟子，只要呈个庚帖，送份礼金，磕三个头，就成了他的徒弟。因为进了他的师门，楠记与酒庄门前，再见不到来敲竹杠、打秋风的流氓瘪三。这事儿，是梁震泽拉的线头，他说："上海码头难靠，要在上海这种地方混口饭吃，没有这座靠山，包教你三天之内卷铺盖，回乡下啃咸菜根。说起来，要当杜师父的徒弟，腰包不硬，名气不响，还进不了他的山门。许多大牌影星、京剧名伶都是他的磕头弟子。你不拜地头？好说！唱戏时给你喝个倒彩、闹个场，算是客气；阴毒一点，乘着戏迷们喝彩、往台上掷戒指、金镯子时，把银元沾了水，叠在一起，直往你脸上镖……看你明天还唱什么戏！"一席话说得仲禄心里直发毛，赶忙备办礼品，战战兢兢地拜倒在这位大亨的膝下。

日暮时分，梁震泽三人的座车进了杜公馆。一进门，只见花园里人头攒动，熙熙攘攘，不知道发生什么大事。三人挤在人墙边，看热闹，想探个究竟。听了一会儿，梁震泽才恍然大悟，知道一个大概：

年前到新春，杜老板把新光戏园包了月，请来了蜚声京华的京剧名伶芳皇，杜老板是京戏迷，十分推崇芳皇的金石之音。为示仰慕之意，他特别请芳皇住进他的私家花园。这时，芳皇已用了点心，要先去戏园子上妆，准备今晚的演出。

别墅的玻璃门打开，花园里顿时鸦雀无声，雍容华贵的芳皇身穿貂皮大衣，带着浅笑，挽着杜老板的胳膊，云鬓斜倚着他的肩胛，款款地步下台阶。两个侍女双手捧着衣架，上面挂着两套新的戏装，据说，这是杜老板请上海手艺最好的"红帮师傅"特别制作的行头，今晚就要亮相。一辆加长的福特轿车停在台阶边，杜老板亲自开车门，扶着芳皇上车。车灯射出两道雪亮的光柱，汽车缓缓驶出园门。车走得很慢，二十名身穿短打衣衫的保镖分列两边，神色紧张地跑步向前……

杜奕生发现了梁震泽三人，不迭声作揖道歉，延请他们进了餐厅，先上了咖啡，后上了红酒。梁震泽、仲禄师父长、师父短地叫得亲热……柳岚脸上一直挂着玩世的笑容，及至杜会长贴心地拉椅子让坐，帮她在腿上蒙上餐巾时，才褪去讪笑，感动地端详着面前这位中年男子。他温文尔雅，却不失英武之气，不知什么原因，她怎么也找不到想像中的"魔头"影子。桌边的侍佣被老板的举止惊呆了，怔怔地端详着柳岚……莫非，又来了一个芳皇？

杜奕生端起酒杯，与柳岚碰了杯说："久闻柳小姐芳名，却无缘一会，今日柳小姐玉趾光临，小可一见，果然是雪里寒梅，不同凡品；更兼才高八斗，学富五车，委实是上海滩凤毛麟角的巾帼奇才。小可粗陋，今日能一近芳泽，可算是三生有幸。"迷魂汤一灌，柳岚芳心大悦，接招连饮了三杯，红云飘上脸颊，更显得风姿绰约。说了应景趣话，杜奕生言归正题："此番邀芳皇来埠献演，一是了却杜某的一宗心愿，慰藉思慕之苦；第二呢，想求芳皇搞三场募捐义演，为流落街头的街友和上海滩的苦寒之人筹些善款，发放些棉衣、棉被，好歹让他们捱到开春。届时，梁少爷要破点财，开和一笔红捐，我呢，压压轴。

数额不能太少，面子上要看得过去；也不要太多，让人家跟进时进退两难。另外，我想借重一下柳小姐的名望与才情，帮芳皇压压场子，芳皇色艺双绝，只是口才差了些许，不知柳小姐可否俯允？"柳岚豪情勃发，举起酒杯与杜奕生碰杯说："杜公喝了这杯，就算是击掌为约。"杜奕生一挥手，对侍佣喝道："满上，满上……"酒后，侍佣捧上热毛巾，杜奕生边擦边问仲禄："听人说，你的酒庄与楠记今年出息不少？""托了师父的福分……""得了福，要散福；获了财，要懂得散财……""师父放心，徒弟生有善根，该捐多少就凭师父一句话！""我也不想帮你打理善款，这几天，几个弟子已办了施粥厂，静安寺那边还空着，你与震泽俩人去打理，弄个施粥厂，顺便弄些芦席，搭几个窝棚；让街友们进去避避风寒。""是，是。"梁震泽、仲禄连声答应。杜奕生走到窗边，出神地望着大雪覆盖的玉树银花，少顷说："今天在这里喝酒，见到的是冰雕玉砌，水晶世界，师父当年单衣薄衫，尝到的却是风刀霜剑……漂母一饭，救了盖世英雄韩信，做善事是不亏本的买卖。"自鸣钟敲响了七点，杜奕生回过神来说："走走，看戏去，我的包厢还空着呢。"柳岚挽着杜会长的手，款款步下台阶，应邀上了他的座车。车窗外，二十名保镖吐着白雾跟车狂奔，路边，行人驻足，露出惊奇的眼光。她亢奋，惊异世界的光怪陆离，吁叹当女皇的感觉竟如此奇妙……

一个是梨园花魁，一个是诗坛奇葩，芳皇与柳岚惺惺相惜，一见如故。柳岚去了两次杜公馆，为了串串台词，走走台位，希冀在义演晚会上显示珠联璧合、双星闪耀的舞台效果。杜奕生很贴心，请来几个红帮裁缝，连夜赶制几套华贵的礼仪服装，镶了钻片，缀了翅纱……穿上衣服，杜奕生看呆了，面前，活脱脱是一对来自瑶池的谪仙。

义演当晚，两个女佣托着她俩的衣装亦步亦趋地跟在后面。其中一个女佣比芳皇年长几岁，身子瘦弱，是杜奕生临时指派给芳皇的贴身女佣。柳岚初次见到这位女佣，是在杜公馆的小客厅，女佣束着白围巾，给她与芳皇端来两杯咖啡。不知为什么，芳皇丝毫没有颐指气使的架势，慌张地站起来："别，别……我们自己来。"女佣出了门，柳岚问："她是谁？"芳皇惆怅地说："会长的三姨太。"柳岚一惊，咖啡烫着嘴唇，面前浮现一个不堪入目的场景——三姨太头发散乱，光着身子，被人拉出旅馆五花大绑地塞进汽车……

义捐会上，两人的台风超凡脱俗，芳皇演了几个折子，唱了几个她拿手的名段，让会场处于鼎沸状态；柳岚妙语连珠，如诗的语言打动了观众的向善之心。她恰如其分地引用莎士比亚的名句说："慈善是双重的幸福，受恩的人感到温暖，施恩的人也获得内心的快乐。"她又说："一个幸福，由两人分享，就变成两个幸福；一个痛苦，由两人分担，就变成半个痛苦。"话音刚落，全场沸腾，认捐的人群如浪似涛。杜会长、梁少爷一掷千金，手笔之大令人咋舌。压轴戏上演了，芳皇与柳岚托着一个玉盘上场，玉盘里堆砌着金灿灿的首饰和绿玉、翡翠，芳皇慢启朱唇，感谢票友与芳迷的厚爱，表示要将来沪演出的所得和礼品悉数捐出，让天下苦寒之人有一丝温暖。会场响起迅雷般的掌声与欢呼声。

柳岚回到寓所，亢奋得一夜未眠，那种"山到绝顶我为峰"的感觉让她飘然欲仙，澎湃的掌声和镁光的闪烁令她头晕目眩……啊，女人，当一个令人仰望的女人，多么美好！她忽发奇想，用电话吵醒贪眠的芳皇，邀她一起去静安寺施粥棚行善，为乞儿们分粥，扮一个东方的维纳斯——手拿净瓶、遍洒甘露的观音。

第二天下午，柳岚与芳皇来到施粥厂，束上围巾，挽起袖子，笑容可掬地为流浪汉们分粥，然而，才过了一会，骚乱就发生了，人越聚越多，队伍成了长龙，一些洋场阔少、公子哥儿也拿着饭碗挤进乞儿们的队伍，人人往前挤，队伍变了形，终于乱成"一锅粥"。上百名警察挥着警棍，吹着警笛冲进人群……仲禄、震泽穿着旧布长衫，哭丧着脸，挤到她俩的身边说："显贵也不该来这个场子，快走吧，会出人命的……"芳皇有些慌张，柳岚却嘻嘻直笑。几十个保镖手挽手，护着两个女人，挤开人群，一步一步向停车场挪去，黑黢黢的人群如同一片巴茅草地，摇曳着两支"女人花"。"砰"的一声，煮粥的大铁锅翻掉了，粥浆流进了雪地，人群，炸了营……她俩钻进轿车，保镖们揎起袖子，动了粗……梁震泽把手上的勺子狠狠摔在地上，咬牙切齿："哼，奶大无脑的女人！"兰草第一次见他发脾气，吓得像小兔子藏进"巴茅草丛"；猛一抬头，见一个小开端着碗眯着眼，正喷喷地品味着稀饭汤汁……

31

戏班子回京去了，芳皇未随行，杜奕生盛情挽留，要她在下一个档期前，在上海将养身体；琴师"金石胡"也留了下来，每天清晨进杜公馆为芳皇吊嗓子；杜先生是一等一的票友，常常陪芳皇串戏练嗓子。柳岚成了芳皇客里光阴的兰房密友，也常常来凑趣，念几句道白，扮个撺唆小姐去偷情的小"红娘"。

那晚，月白风清，杜公在两位美娇娘的相伴下，喝了不少酒，一时兴起，便想过把瘾，要与芳皇合一折《霸王别姬》。他的嗓子浑雄中微呈苍凉，淋漓地演绎项羽英雄末路的悲壮情怀，抒发与虞美人生离死别的男儿心肠。芳皇舞了一个身段，莺声婉转，刚唱两句，却突然喑哑失声，背过脸去，用手绢拭着眼眶……一幅让天下女儿热泪沛沛的图画浮现在她的眼前：拔山举鼎的盖世英豪，腰间悬着虞美人的头颅，手执长矛，跨着乌骓马，一声长啸，喝断了乌江，震慑了三军。好一个铁骨柔肠的伟男子！男儿，死要头悬国门；女儿魂断香渺，也要发系英雄的腰带……金石胡吃惊而木然，下意识地拉着京胡，把"金石"叮叮当当地卸落地面；柳岚神情迷离，似乎窥见芳皇的情感世界。三姨太端来一盆洗脸水，战战兢兢地帮芳皇挽起衣袖……

几年前，一段梨园佳话传遍神州，芳皇与一位京剧名角喜结鸾俦，撰写了一则让人们津津乐道的故事。然而，不多久，这对"地造天设"、

"珠联璧合"的情侣就劳燕分飞，人们百般猜度，无法解开双方都讳莫如深的谜团。柳岚也曾旁敲侧击，打探原因，芳皇却顾左右而言他："说起来，演了这么多戏码，总觉得演英雄美人戏比才子佳人戏来得舒坦。"她也对柳岚无所羁绊的性格产生好奇，问她何时名花有主，柳岚笑说："我不想当妈妈。"芳皇迷糊："为什么？"她回答："母亲不等同女人，母亲只是女人的尸身。女人有情，编织着人间风流，母亲有爱，一心守护着自己的'犊子'。结婚，是女人的坟墓。""可是，红颜易逝，风流也只是一时。""风雨送春，随它去吧……只要不负青春年华，也就不枉当了一回女人。"

一席话让芳皇坠入云山雾海，失眠了数日，一想起柳岚的高论，就全身燥热。此刻，房门轻轻地推开，杜先生进了兰房——门闩未上，是意味深长的暗示，表明了一个女人的企盼。她凝神屏息——这一刻终于悄然来临，美丽的胴体又要书写一个销魂的故事。他单膝屈地、跪在床前，把头埋在她的膝间，喃喃说："男儿膝下有黄金，苍天在上，我发誓，一辈子当你的侍臣。"芳皇花枝摇曳……柳岚的声音在她的耳边响起："杜先生是个作践花朵的男人！让一个女人无止休地熬着幽闭的苦刑。女人，即使是一夜风流，也得找个惜花人。"她一惊，将他推倒在地板上，脱口喊道："三姨太！她……"他怔了一会儿，挨到她的身边，搂得她几近窒息："也许，我不像一个男人，如果你为三姨太打抱不平，只要你发下慈旨，我今晚就去她房中陪夜。""啊，不不……"她紧搂住他的脖子，生怕他突然消失……

32

一辆汽车冒着夜雾，贼溜溜地靠近杜公馆，停在法国梧桐的阴影下。三个女人戴着墨镜，身着青衣小帽，从边门溜出来，蹑手蹑脚地钻进车厢。车悄然而去，加足马力，向淞江方向飞去。开车的正是仲禄，戴着墨镜，用围巾裹住下巴，柳岚与芳皇坐在后排，拥着牙齿打战的三姨太，一路上，谁都不作声。

一座孤零零的客栈进入夜行客的视线，一盏红灯笼在风中摇晃，灯罩上写着"来福客栈"四个字。周边，是泛着水光的稻田。一个瘦弱的男子拄着拐棍，临风而立，见汽车停下来，急切地向车边挪去。三姨太在芳皇的搀扶下，出了车门，一见那男子，凄叫了一声"表哥"，身子一软，倒在地上。那男子一抡拐棍，"噗"的一声跪伏地上："观音，观音……"芳皇不说话，背过脸，用丝绢拭着眼角。柳岚扶起三姨太，进了客栈，芳皇似乎想起什么，从提包里掏出几条"小黄鱼"，用丝绢裹了，塞进那位表兄的手中……

汽车调转车身，急速地向上海方向飞去，三人的神情，一如鬼鬼祟祟的偷儿……

杜先生欢宴京城要员，喝了不少酒，回到公馆，喝了几盅茶，便踅进芳皇的兰房。她刚出浴，晶莹的胴体雾气腾腾，见他进来，用浴巾裹了下身，嫣然一笑说："她走了，我联系了她的舅爷、舅妈，接去苏州乡下。"他哼了一声："发落这个贱人，原本就该由女皇拿捏个主意，只要她去的地方妥帖，也就可以了。"几天来，杜先生一直担心三姨太的故事会让新欢揪心，留下难以抹去的心理阴影，萌生处置荡妇的心思。想把三姨太掷进堂子，却担心嫖客会得意地吹嘘：今天我嫖了大好佬的老婆！让她择夫另嫁，哼，天下有这等好事？无奈，他要芳皇拿捏个主意，却全然没想到，芳皇与柳岚义救风尘，耍了一个暗渡陈仓、偷天换日的花样。芳皇见他释然，心中暗笑，遐想着"来福客栈"里，三姨太久旱遇甘露、花雨四飞的情景……杜先生见她笑得迷离，一时情起，伸手抱起芳皇，扯掉浴巾，心醉神迷地凝视着她光滑的小腹和浑圆的大腿……

"我敢铁口直断，芳皇将是杜公馆的女主人。"柳岚回到居处，还在为自己的侠义行为而感动。她全程策划晚上的行动，也明白芳皇的义举只是为了排除自己的心障。仲禄来回走动，舒展着已僵硬的筋骨，心里直发毛，担心稍有不慎，误了自己的小命，直后悔受了两个奶大无脑的女人的摆布，干下了奥援奸夫、淫妇的荒唐事！见柳岚沾沾自喜，哼了一声："羊入虎口！芳皇入主杜公馆？还笑得出来！"柳岚嘻嘻笑："梁少爷骂我和芳皇奶大无脑，说得对极了。说起来，天下女儿哪个不是这样，抢男人的时候，只分大男人还是小男人，英雄还是懦夫，谁人去管什么是非曲直，区分英雄还是枭雄？女人永远秤不清男人的道德斤两！""咎由自取，难怪红颜薄命成了常态！"仲禄火爆地抄起桌子上的一张晚报，扔到她的面前："这张报纸该给芳皇看看，说不定，那位越剧天后的今天就是她的明天。"头版头条，登载了一位越剧天后吞金自尽的消息和她风华年代的剧照。柳岚把报纸一飘，掷到屋角，喷着烟圈，淡然一笑："何苦呢……"她仿佛在自言自语："女人的尊严是美丽。吃开口饭的，红颜消尽，珠儿泛了黄，还把着舞台的栏杆不放，不知早日息影。干爹、干妈走了，戏迷的掌声渺然了……唉，蠢透了！"越剧天后自尽的消息，她早已看了，物伤其类，也感叹了一会；转而一想，花开一时，女儿本就是易谢的物事……

想着，想着，她快活地笑了，略带自豪地说："说起来，天下最聪明的女儿就是浙地姑娘，秀外慧中，独步天下。西施一颦一笑，沼了吴国，遽然湮没了沉鱼之貌。苏小小花开正茂，却笑盈盈地自赴黄泉，在西湖边留下千秋香冢；直至今日，还招惹天下的多情种子，在她的墓前扼腕伤叹……"仲禄听着，坠入五里云雾，隐隐感到不安……眼见时交子夜，便起身告辞，刚走到门边，却又被拉回房中，柳岚全身燥热，扑进仲禄的怀中："哥，今夜，别走了……杜公馆、来福客栈里，他们正在颠凤倒鸾……"仲禄抚着她的鬓发，默然不语。她的身体在轻轻颤动，眼睛潮红："哥，为什么你不能像一个男子汉，与我灵肉相会……我为你空担了名声，总不成要我像晴雯那样，临了时，只留给你一个贴身肚兜……"仲禄感到不安，额角渗了汗，只觉得她许多离奇古怪的想法瘆人……他捂住她的嘴："好妹妹，别胡思乱想，哥哥整天操心的是，漂亮的小妹妹花落谁家？"柳岚潸潸泣下，泪水打湿了他的衬衣……

33

芳皇行将北归，计划回北平唱完档期，再雁归上海，当一支杜公馆的温室牡丹。她听从柳岚的劝说，女儿常春，贵在急流勇退，息影于花季，给时空留下不变的倩影。临别前几天的一个晚上，她与柳岚联袂登上国际饭店的二十四楼，俯瞰万家灯火。

惠风和畅，衣袂飘飘，心头激荡的是君临天下的快意。呵，人生若此，夫复何求？两支名花摇曳在上海滩的巅峰，流连着人间的稀世奇景……

柳岚请芳皇吃西餐，算是饯行，芳皇破例喝了几杯红酒，喁喁私语，叮嘱闺友早寻归宿。柳岚调侃："杜公只有一个，世无英雄，叫我哪里寻去？难不成皇姐愿意让我分肥？"芳皇撕她的嘴皮子，嗔道："敢说？你若去逗这头爱偷腥的猫，看我回来怎么治你！""打入冷宫，熬刑？再大发慈悲，把我送到来福客栈！"俩人逗着趣，乐得哈哈地笑。

保镖急促的脚步声……仲禄正在柳岚家的客厅里小憩，听到了，赶忙下楼开门，把醉茫茫的柳岚扶出车子，芳皇意味深长地瞟了仲禄一眼，微微一笑，拧了柳岚的腮帮骂道："不安分的小蹄子。"今晚，仲禄来送股息，不见柳岚，便躺在客厅里打盹守候，没想到与芳皇照面……柳岚进了门，就讨茶喝，好一会儿，才清醒过来。仲禄见她快活，也就放了心，从包里取出一个信封，塞进她的手中，她柳眉微蹙："哥，我早说过，无功不受禄。"她摇着身子，打开一只抽屉："哥，你看……"抽斗里，一叠装了钱的信封，全未打开，仲禄吃了一惊，黯然无语……柳岚仰着头沉思了一会儿说："这么吧，这里面的钱就算是你还我的一千银洋。哥，你能否帮小妹一个忙，把钱送到富春老家，父母老了，养育之恩总得报的！"仲禄点点头，接过那叠信封，柳岚快活地吻着仲禄的脸,嚷道:"好哥哥,真的,你是我的好哥哥……"

仲禄当晚就向梁震泽借越野车,准备第二天一早就去浙江,早去早回。梁少爷为施粥棚的事还心存芥蒂,不肯借,推说车子没空。原本,富甲一都的公子哥儿为乞丐添粥,该是多么轰动的新闻,却让两个"傻女人"搅乱场子。仲禄知道他不开心,有意推托,第二天专程登门拜访,要他念在孝道可嘉的份上,借用一下车子,好话说了一箩,梁震泽终于松口。

仲禄带着亚秀,一路颠簸,找到柳岚的老家。柳妈已痴呆,把亚秀当成女儿,抱着她流泪;亚秀见老人可怜,陪着哭成了泪人。仲禄尽挑好话说,把柳爸哄得怨气全消。仲禄早就打好算盘,趁机邀老夫妇一起去上海,看看失散多年的女儿,图个花好月圆。老父亲听说女儿走了正道,成了上海滩名人,心中的怨恨顿时冰消,一时思女情切,便答应仲禄的邀请。亚秀心地善良,回程中,体贴入微地照料着两个老人。一路上停停走走,回到上海,已是第四天的入暮时分。

兰草和两个大学生守在仲禄家的门口窃窃私语,神情紧张……三人都是春吟诗社的诗友,见仲禄夫妇扶着两个老人下车,便迎了上来。仲禄觉得蹊跷,问兰草:"什么要紧的大事,劳动兰妹妹的玉趾?"兰草狐疑地打量一下两位老人,对两位学友使了个眼色,让他们把两位老人扶进屋中,把仲禄夫妇拉到一旁,还未说话,眼泪就簌簌直流:"柳岚姐她……"说着把一张报纸塞到他手中。新出炉的晚报上,触目所见的是"一代诗魂撒手人寰"、"香消玉殒"、"天妒红颜"等文字。头版登着柳岚的玉照,她,朱唇微启,露出洁白的牙齿,正笑吟吟望着仲禄。仲禄脑中轰然一声,一阵昏眩,身体一摇,顿时昏了过去……兰草哭叫着,把他扶到墙根,用指甲掐了他的人中,一会儿,仲禄悠悠醒来,定了定神,制止了亚秀的嚎啕,叫她赶紧去照料两位老人家,开了车,带着兰草三人,往殡仪馆开去。车中,兰草哭着说:"仲禄哥,你要是早回半天,也许……"

芳皇是坐早上的班机去北京的,柳岚与她坐同一辆车去机场。送行的人很多，柳岚满脸春风，与芳皇手拉着手，步进候机楼。梁震泽陪着杜奕生，与芳皇握别时还开了玩笑："你们俩打翻了我的一锅粥，这笔账什么时候算？"柳岚伶牙俐齿，接口说："是，是，皇姐，我们是欠了乞丐的一锅粥。"弄得在场的人都哈哈大笑。兰草挤在梁震泽的背后看热闹，当时也没发现柳岚有什么不对劲的地方……

春吟诗社的社友们，忙进忙出。瘦石先生坐在灵堂外的长椅上发怔……午后，他接到柳岚的电话，邀他去家中小坐，说点事情。一去，发现柳岚躺在床上，带着一丝笑意，睡得很熟……他叫了几声，不见动静，看到床头几上的安眠药瓶子，才发现大事不妙……瘦石见到仲禄，握住了他的手，颤抖着："伊人归去，芳魂已渺……柳小姐信得过我，是叫我去收尸的呵！"他一阵咳嗽，放声大哭。灵堂里，挂着寒山风写的挽联"日落西山看不见，水流东海不复回"，横批是"望云思故"。寒山风惆怅地说："不知道柳小姐所苦何为？我也不知道该说什么是好。"仲禄掀开盖头，望着柳岚的遗容，心如刀绞，狠狠地抽了自己两个耳光："我是猪，是混蛋！她把我支走……这，原该是想得到的啊……"梁震泽接了兰草的电话，匆匆赶来，满脸悲戚地劝慰仲禄："我知道你俩义结金兰，情同兄妹，只是人已去了，你也得节哀顺变……"仲禄背过脸，冷冷的说："你是来要车的吧？""不、不……"仲禄把车钥匙掏出来，"咣"的一声扔在地板上，喊道："你是个混蛋！"梁震泽怔住了，糊涂了，弄不清他为什么把气撒到自己的头上……他突然想起什么，面露惶恐，伸手抽自己的耳光："混蛋……"兰草见大老爷们相斗，一个"失心疯"，一个"犯傻病"，吓得嘴唇嚅动，像受了惊的小兔子。

亚秀服侍两位老人吃了晚饭，端了两盆水让他俩洗脚，柳大爷不时望着大门，盼望柳岚突然出现。亚秀噙着泪水，屈着身子用干毛巾给他俩擦着脚，柳妈嘻嘻地笑："岚子，给妈妈洗脚，真乖。"柳大爷说："朱太太，你是贵人，让你擦脚，还不折煞了我们。岚子也真是的，到现在还不来。"他抢过干毛巾，费力地擦着自己的脚说："费心仲禄和你了，看一眼岚子，我俩也就得回去了；人老了，活着拖累子孙。岚子的弟弟们也活得累……回去给他们报个平安，说说他们的姐姐活得风光……岚子也该找个人家了，不知我俩还能不能拖口气，抱抱外孙……"亚秀再也忍不住了，跪倒在两老的面前，嚎啕说："你们两位老人家要看岚子，就看看我吧！我就是岚子。从今天起，我就是你俩的亲闺女！"柳爸是见过世面的人，见这架势就知事有蹊跷，抖着嘴唇问："闺女，说个准信儿，岚子她……""她……她走了，今天中午……"亚秀泣不成声，柳爸嘴唇翕动，想说什么，却发不出声来，一双枯瘦的手在空中痉挛地抓动。亚秀慌了，拍着他的背喊道："老伯，你要顶住……"一口鲜血从口中吐出，他喘了一会儿气说："闺女别怕……我一时是死不了的。阎王爷犯了混，怎么不先来收了我这副老骨头……天呐，天呐……"他苍凉地喊叫，伴着长串的悲号……

仲禄坚持，在遗体告别时掀掉柳岚的白盖头，让她笑看山河，社友们怕触犯忌讳，不敢定夺。寒山风说，掀掉也好，别让柳小姐走得气闷。中国人祖上原没有这规矩，明末清初，一批志士仁人因反清复明未成，羞见祖先于地下，才立了这个规矩。

告别仪式，来了很多人……杜会长也代芳皇前来吊唁。梁震泽见仲禄迁怒于他，也就陪着小心，前前后后帮着操持。这两个申沪巨子的现身，自然是惊动了半个上海滩。报章杂志大事渲染，描述柳美人静卧百花丛、形似睡莲的模样。出殡那天，极尽哀荣，送葬的队伍浩浩荡荡。春吟诗社的社友举着一面白幡，上书"伊人归去"四个黑字，在前引道，杜奕生、梁震泽等名流亲自执绋扶棺，直送到郊外古亭口。在这里，送行的人烧了香，举行了路祭，就散了队伍，只剩下仲禄、柳爸、柳妈和梁震泽派来的几个帮手，护着灵车，踏上前往富春的迢迢之路。柳爸坚持要让女儿归宁乡井，为的是日后相会泉台，仲禄为遂老人心愿，就将生意交付给仲寿，嘱咐亚秀在家照顾敬文、敬章读书，上了去富春的路。亚秀心里酸楚，叮咛丈夫说："柳小姐走了，我知道你心里苦，只是家里还有'糟糠'，早去早回，好歹小心了身子，别着了凉……"

道士盯着罗盘,指挥着土工们将灵柩缓缓吊进穴中。这是富春山的一个峡谷,油蜡蜡的春枝婆娑如云;空谷无声,默默地裹拥着自己的女儿……仲禄捧起一抔黄土,撒向棺盖,山谷里,传出空洞的回声。几天来,仲禄没掉一滴泪,直至柳岚的棺木被黄土吞没,才觉得喉头发腥,咳出一口鲜血,泪水也如断线之珠,跌落黄土。

仲禄发了高烧,昏沉沉地躺在济宁寺的厢房里。大殿里,传来动人的梵音,和着清越的钟磬。他添了香油钱,请济宁寺的高僧做七天法会,超度亡灵。慈眉善目的老和尚进门来,坐在他的床边,为他擦着额头的虚汗;仲禄说话,几近呓语:"柳妹,她……来了,对我笑,她欢喜……"老和尚呵呵笑:"解脱了,自然是欢喜,人去的那一刻,眼前是五色祥光,怎的不笑?""法师,人真的能永生吗?""佛曰,人皆可成佛,只差各人的造化不同。柳小姐贯通禅意,死了留下藕骨,仲夏之日,又是映日荷花。"仲禄流泪:"藕骨?不染人间污秽?""老纳愚拙,分不了清浊,眼见的都是虚空……""红尘滚滚,法师点拨,何处是通天大道?"方丈双手合十:"佛曰不可说。"

第三部

1

几多年过去了,仲禄、仲寿兄弟搬进了新居,这是淮海路出了名的双子星楼,占地三亩的花园中并肩矗立着两幢洛可可式的洋楼。双星楼原来的主人是开洋行的,因走私军货,获罪于当局,以"资敌罪"锒铛入狱。这家主人的儿子知道,招祸的根本原因是分赃不均,为了打点各路"神仙",救出身陷囹圄的老父亲,忍痛贱价出售双星楼。宋襄理从中作伐,促成了这笔买卖,他对仲禄说:"小姐当做丫头卖,这可是千载难逢的好机会,过了这个村就没了那个店……"仲禄动了心,四处告贷,请杜奕生和梁震泽作保,筹措了一大笔现金,盘下双星楼。办好一应手续,正要松口气的时候,却听说,房子的老主人病死在狱中,当局要追查他儿子私卖浮财的罪责,吓得那位少爷举家逃离上海。好在杜会长树大根深,帮仲禄打点了一番,才让他摆脱"涉嫌转移浮产"的干系。

一时,仲禄精神恍惚,心里晦暗,生怕房子风水有异,招祸惹灾。风水大师、命理大师纷纷上门,有的建议大门口立石狮子,假山旁树"石敢当";更有一位道长建议在园中建一座"福星亭",将双星楼易名为三星楼,求一个"福、禄、寿"三星高照。仲禄言听计从,心境也日渐转晴。家俱全部汰换，房间重新裱糊……仲禄、仲寿择了黄道吉日，张灯结彩，大宴宾客，迁进了新居。

朱楠夫妇、仲福带着儿孙回到阔别多年的上海，要亲眼看看朱家门的深宅大院是啥个样子。仲禄、仲寿开了两辆福特车去火车站迎接父母。当车子开进三星楼的大门时，朱楠与仲福都误以为进错了门，惊愕得半晌说不出话来。亚秀、小玫站在草地边迎候，脸上施了脂粉，蹬着高跟鞋，旗袍开襟很高，臊得仲福夫妇不敢正眼相看。几年不见，敬文、敬章、敬梅的个子都拔高了，叫爷爷、奶奶时青涩害羞，再没有天真无邪的童年模样。小玫扶着老人，呼叫着："敬竹快来，爷爷奶奶来了！"一个三岁多的小男孩牵着一头毛色油亮的牧羊犬跑了过来，扑到奶奶的怀里，快活地大叫："爷爷、奶奶。"接着，招呼他的狗："乔斯，快，给爷爷奶奶敬礼！"乔斯屈了前肢，扇了扇耳朵，摇了摇尾巴，算是行了大礼。

朱楠夫妇不再拘束，眉开眼笑。敬竹是仲寿的二儿子，小玫怀上他后，就到乡下待产，直到敬竹两岁半时才回到上海。爷爷、奶奶最疼这小孙子，今儿见了，比见到大房子还舒心，抱起敬竹亲个没完没了。仲福平生未见过这种西洋狗，好奇地摸了摸乔斯的耳朵，它突然大发脾气，对着他汪汪怒吼。乔斯不开心的是，仲福粘着泥巴的布鞋污了它的草地。敬竹生了气，小手狠狠地打了它的屁股，乔斯吃了一惊，一溜烟钻进假山的洞穴之中……

仲禄有些发福，显得老成持重，说话要言不烦。吃饭时，朱楠照例作了庭训，要求儿子们稳步渐进："心急吃不了热粥，兴家好比针挑土，败家却似水推沙；摸着石子过河，是老辈子的经验总结。听仲寿说，你们准备投资开个玻璃厂……"仲禄接过女佣捧上的热毛巾，擦了擦刚蓄的八字胡子说："是的，于贝尔酒庄在苏州、杭州都有了连锁店，生意越来越大，酒瓶的需要量也就大了。"朱楠担心："头寸呢？寅吃卯粮总不是个事体，做生意最怕的是盲人瞎马！"仲禄一笑："做生意是上赌盘，命里有'数'，'数'就是运势。""像我们这样的大家庭，还是求稳些好。""守成是等死，秦始皇筑长城，为的是江山万年，守住了么？"朱楠心头顿了一下，这才觉得，自己是来作客的，气馁了一半，把想说的话吞了回去。

仲福是纯孝之人，从上海回乡下后一直陪伴着父母，栽桑树、看田水。这次来沪，他把敬贤、敬兰带来，想放在楠记当当差、学学生意，也好吃上省力饭，可是他生性厚道，讷讷不敢启齿。仲禄见大哥局促不安，温和地说："敬贤、敬兰的事，仲寿与我说过，我怕他俩在楠记成不了材，托了朋友，让敬贤去上海最大的西餐厅学厨，敬兰呢，去梁家的洋布厂做工，先做挡车工。记住，艺不压身，今天，当着老爷子，我立个规矩，儿子辈谁最成器，谁就接棒，当朱家的掌门。"望着仲禄不怒自威的神情，餐桌上静悄悄的，谁也不说话。

仲禄的副理简文成和账房先生司马景来汇报工作，第一次见到朱楠夫妇，赶忙敬酒请安。司马景的动作很夸张，弯了膝，挫了身，称朱楠是开山鼻祖、太上皇，表示要饮水思源，为楠记效犬马之劳。望着他多骨的脸，听着他油腔滑调的声音，朱楠起了鸡皮疙瘩，说："一个好汉三人帮，仲禄、仲寿做事只知前闯，不懂后顾，细枝末节的地方把细不紧，还要你俩多多帮衬。"简文成连声诺诺。司马景海派地一拍胸膛说："阿拉没啥本事，老板出门办事，只能在屁股后头拎拎皮包。不过呢，老爷子尽管放心，老板过五关斩六将阿拉帮不上忙，但这只皮包笃定是丢不掉的！"

2

住了几天，朱楠就吵着要回乡下。席梦思的床垫咯得他全身筋骨酸痛，抽水马桶上坐了半天，嘛哧着，却拉不出大便。乡下的水稻田里，禾苗泛了青，却无人照料田水；再过些日子春蚕该孵化了，"蚕花娘娘"的暖帐也得及早料理。蚕宝宝吃的桑叶要洗干净，切成丝，功夫大得很，也不知二媳妇、三媳妇还肯不肯下乡当当帮手？老夫妇原本睡得浅，再加上心事上了心，越觉得身子骨散了架子。最让人讨厌的是狗东西乔斯，会看自鸣钟，每天清晨5点就去敲仲禄的门，要他起床工作；朱太太心疼儿子，训斥了它几句，惹得它怀恨在心，一直对两位老人没有好脸色……

乔斯是布丽姬从法国带到上海，送给仲寿的礼物，是纯种的德国牧羊犬。上飞机时，布丽姬命令它潜伏在提包里，不许小便，也不许吭一声，它不折不扣地依计而行，转机和入境时混过海关。进了朱家门后，它见貌辨色，看出仲禄是朱门的"君王"，从此就对仲禄唯命是从，表现它孤臣式的忠心。它与敬竹是"老鼠哥哥同年伴"，有"义结金兰"之谊，玩在一起，很是开心。每天敲门报时是仲禄指派的任务，是它兢兢业业的职责所在，因此，它对朱楠夫妇的斥责心存芥蒂，腹诽"乡下阿屈西"不懂规矩。

拗不过老双亲，仲禄三兄弟商议一番，叫亚秀陪两位老人回乡，帮衬做一季农活。仲福夫妇放心不下一双儿女，想多住几天再回乡下。小玫与亚秀相约，等春蚕"起龙上山"结茧时，再回乡替换。朱楠临行前的晚上与仲禄关了门说话，要他解雇了司马景："用人要讲究眼缘，这个账房先生背有反骨，看人是斜睨的，俗话说相由心生，心地不正的人会坏事的。"仲禄笑道："时下比不得当年，用人要用心眼活络，外头吃得开的人物。司马先生交友广阔，从银行、钱庄调点头寸，用得上这号人物。父亲尽管放心，儿子看得紧，我也知道他做事辣手，只是一时找不到替代的人选。"朱楠见儿子态度模棱，叹了口气说："老辈人的话还是要听，不听亚父言，吃亏在眼前。"有些话，当长辈的难以启齿，初次见面时，司马景弯膝敬酒时，眼珠子却刁斜着，瞟了一眼小玫半露的大腿……朱楠全看在眼里……

朱楠夫妇前脚刚走，"花草鱼鸟行"的伙计就上了门，搬来一只玻璃鱼缸，说是一个名叫朱楠的老爷子订购的，收货人是他的孙子敬竹。鱼缸中，几条金鱼正悠闲地游动，形如艳丽的鲜花。仲禄默然，伸手向一位园工要了一支烟……第一次抽烟，喉头焦痒，呛得他连连咳嗽，眼角沁出泪花……

3

秋收，五谷丰登，开花镇唱社戏，请来一帮江湖卖艺的杂耍班子。一个走钢丝的男子面容形似仲禄，拿着竹竿越过长虹溪宽阔的河面；风吹过来，钢索荡荡悠悠……朱楠看着，走了神，回家时，踩空了脚，着实地跌了一跤，倒床将养了几天，却变得魂不守舍，记性剧退，说话也渐见混浊。

上海的子孙急如星火，赶了下来，请僧道唱经作法，为他安魂。仲寿相信洋医，把吴郡教会医院的英国医生请到乡下，洋医生说，老人痴呆病现代医学尚无良方，没有什么良药可以遏制人体功能性衰退。他劝仲禄宽心，说："上帝是仁慈的，他让一个善良的人忘记了一切烦恼，毫无痛苦地步入天堂，其实是无疾而终，用中国人的话说，这叫善终……"

浮泽寺的方丈也说："死去愿知万事空，老施主乘鹤之前，净空了尘世的三千烦愁，未尝不是功德圆满的好事一宗。有人心地不善，恶痛而死，如同受刑，佛门称为现世报。"

事已至此，也只能早做准备，在堪舆大师的指点下，仲禄买下"转河圹"的几亩草埔地，为父亲修建阴宅。转河圹风水极佳，月牙形的鱼圹环绕着一片草墩，周边是千顷田畴，春天似碧玉，秋熟遍地金，环水如滚滚财源，游鱼祈年年有余。仲禄在墓前安了石狮，建了牌坊，石柱上亲笔题了墓联"佳城何必在青山，坟茔适宜傍绿水"，墓匾是"得其所哉"。拖了一年，朱楠寿终正寝，安详地躺进转河圹墓穴里的楠木棺中；过不了多久，朱太太也无疾而终，跟着丈夫去了。

从此，亚秀、小玫就长住乡下，跟着仲福夫妇耕地插秧，料理蚕桑。她俩很低调，穿的是青布粗衣，只有在走亲眷时才穿上裘衣绸服。朱家牢记祖上"耕读传家"的祖训，决不弃守脚下丰腴的土地。

4

上海三吴商会的会长是梁震泽，自父亲归隐后，几经历练，成了上海滩长袖善舞的醒目人物。兰草高中毕业后，成了商会的驻会干事。商会每月聚会一次，选在农历月中，名为"望月餐会"，都由兰草精心操持。商会遵循长幼无序、达者为尊的原则，契合中国源远流长的捐官文化，以"让钱说话"的潜规则来确定"官阶"。在梁震泽的怂恿下，仲禄捐了一个副会长的职务，梁震泽要仲禄为商会多担些干系。因为有世谊之缘，他俩无话不说。

在总商会任要职，梁震泽一直与宁波帮轧苗头、较劲拼场子，为的是为吴郡帮开通生意活路。前些日子，市政局要淘汰两条旧街的木头电线杆，换上水泥柱子，让宁波帮作了捐助商，梁震泽急了，打通关节，硬生生与宁波帮讨了个平分秋色。双方谈判斤斤计较，连谁的电线杆树在左街还是右街都争得不可开交。电线杆总数呈单数，分不均，争了半天，还是英国电气工程师来圆场，笑着说"城市是凭记忆而存在"，保留了一根木头电线杆，留做历史文物。

仲禄对梁震泽的做法摸不上边际，对他说："当官的纸醉金迷，烹龙煮凤，用的都是民脂民膏，凭什么要我们出钱去争这个锋头，为这些狐群狗党涂脂抹粉？"梁震泽叹息说："老鼠拉木锨，大头的在后头。纺织、食品工业、土木工程是吴郡人的强项，商会中的建商不少，许多市政工程都得看这些狗杂种的脸色。宁波帮的传统产业是造船、机械、成衣、小五金，却一直想抢建筑这块肥肉。如果我不为家乡的建商压阵脚，梁震泽这个会长也只能靠记忆而存在了。"他长长地叹了口气："说是捐助，实则是打点，应付当局就像应付青帮、红帮。你看，杜师父的道上兄弟敬的神是武帝关公,巡捕房的警察拜的也是关公,都是一路货色,只差一个没有执照,一个有了执照,所以才分为黑道、白道。至于生意人,读读唐诗元曲就知道,妓女的兄弟,入不了流。"

当了副会长的第三天,仲禄就买了一辆法式轿车送到了兰草的居处。梁震泽要仲禄捐辆车给商会,好让兰草出行方便,仲禄理会他的心思,只是假他的手,讨红颜欢心,并非真的要他破费,也就乐得顺水推舟。兰草住得偏僻,是梁震泽为她租用的一幢小楼。

见到香车,兰草芳心大悦,请仲禄进屋喝咖啡。她历来敬重这位乐善好施、善解人意的老大哥,心中有事,也会向他吐吐衷肠,问问对策。兰草喝着咖啡,试探地问道:"震泽早就说要给我买车,这辆车……"仲禄笑:"兰妹妹果然聪明,只是好歹一层纸,别去捅破了。"兰草神情惆怅:"我也知道梁大哥待我好,像热水瓶一样,外冷内热。只是过了这么多年,也该给我个名分……"仲禄摆摆手:"说这事我就糊涂了,一般来说,官场靠权说话,道上靠力说话,商场靠钱说话,唯有这情场,三者都说得上话,有时却又说不上话。震泽兄不是拈花惹草之人,重情轻财。说来你别见笑,你住的这幢小楼,实质上是他的一个防空洞。"兰草愕然:"难怪他每次来看我,脸色总是忧心忡忡……""走的时候呢,光风霁月!""看来,我这个地下夫人是命定了。""难说,梁溪仁老爷子年事已高,待他百年后,也许有所转机。""为什么?老爷子也不是收了偏房?""梁老爷子与我父亲一样,都是老古板,喜欢子孙讨媳妇找吴郡姑娘,最好是乡下女孩,不喜欢上海女人,怕的是阴阳失调,误了子孙大业。"兰草啼笑皆非:"当一个上海女人也有罪?考一考沿革,中国人哪一个不是农民的孩子?"仲禄叹口气,起身告辞,兰草突然想起什么,问道:"老大哥,上次我带到你家的那个女孩,你觉得怎么样?"仲禄笑了:"万事得讲缘分。"兰草赶忙介绍:"她的祖父也是做田的,是义乌乡下人。"

这是梁震泽出的鬼点子,托兰草在同学中找个知书达理的好女孩,给仲禄做个相好,也好让仲禄的日常生活有点秩序。兰草很高兴,费了不少心思说动自己的闺蜜,与仲禄见了一次面,那女孩也算开朗,说是做小当偏房不在意,只要正式迎娶有个名分就好。倒是仲禄心里虽有,却担心老夫少妻,误了人家的青春,终于,拖了一两个月,这事也就云淡风轻,不了了之。见兰草再度提及,仲禄涨红了脸:"过阵子再说吧,大侄儿敬贤过年就要娶妻,敬兰也许配了人家,这个时候,当叔叔的纳妾,实在有点老不正经,让子孙诟病……"

5

又是一个望月餐会,正当蟹黄季节。兰草专程去了一趟吴郡,弄回不少阳澄湖的大闸蟹,还弄了几坛地产的"惠泉"酒,家乡的风味让人陶然,不少人喝得酩酊大醉。席散,兰草开车,把仲禄送到家门口,半醺的梁震泽对着跟跄的仲禄油笑说:"家乡的酒,特别催情,老兄,长夜漫漫,难熬啊……"说罢,拉上车门,回"防空洞"去了。仲禄跌跌撞撞,摸到侧门边,从衣兜里摸着钥匙……手不听使唤,钥匙掉到地上,他蹲下身子在地面摸索着……一声婴儿的哭声传来,接着是母亲喃喃的抚慰声。仲禄吃了一惊,酒醒一半,循声望去,昏黄的路灯下,一个女子缩在围墙的拐角边,正在给孩子喂奶;身边是一个青布包袱,脸上蒙着灰污,一看就知道,是乡下逃荒来的农家女子。仲禄恻然问道:"小嫂子,从哪里来?"女子眼角噙着泪花:"安徽乡下。天旱了半年,当家的饿病死了,乡里人都逃荒去了……""你上海有亲戚?"女子摇摇头:"想来做做帮工,让孩子有口米汤。""夜深了,天气凉,你蹲在这里……""吵了老爷,不好意思,要不,我换个地方……"仲禄忙不迭摇手:"不不,我不赶你。这么吧,你先到我家佣人房住一宿,明天早上再走吧。""老爷,你心地好,我给你磕头了。"仲禄慌忙把她扶了起来,带着她进门,叫醒女佣张妈,嘱咐她到厨房里煮碗面让那女子充饥,再在太太的衣橱里挑一套旧衣服,让她洗个澡……等天亮了，再作区处。

仲禄醉得厉害，全身发软，直到第二天下午，才醒过来。他洗了澡，吃了些点心，坐在客厅的沙发里喝着咖啡，随手翻阅着当天的报纸。一个青年女子穿着一袭浅红的旗袍，婷婷娜娜地走进来，站在仲禄的面前，双手十指相扣，贴着小腹，深深地鞠了一个躬："老爷，小女子谢谢你了。"仲禄慌忙站起来，回礼问道："敢问贵客是哪家千金？"女子微露皓齿："老爷忘了，小女子就是你昨晚留宿的逃荒人。"仲禄拍了拍脑门，依稀想起昨晚的情景，却无法把面前容光焕发的美娇娘与昨晚蓬头垢面的逃荒女合而为一。他赶忙让座，叫佣人送来咖啡，相问之下，才知道她名唤霓云，出生在安徽乡下的耕读之家，只因遇人不淑，又兼天降大灾，才落得寡妇幼子流落街头的下场。仲禄听了，啧啧嘘叹，掏出一叠钱塞到她手中，又嘱咐张妈再去挑几套亚秀的旧衣裳给她带走。收拾停当，霓云抱了孩子正待出门，仲禄问道："你准备去哪里？"霓云低头思忖了一会儿说："我先走到马路上再说吧。"仲禄眼眶一热，轻轻说："别走了，如果不嫌弃，就在我家当个帮工吧……"霓云泪水夺眶而出，屈身一膝，露出白亮的腿："老爷……"

6

仲禄到了酒庄的办公室，见不到仲寿，只有乔斯伏在办公桌下打盹，见仲禄来，欢天喜地地扑到他身上，亲了亲嘴；轮到值班，仲寿都会把乔斯带到酒庄做伴。现场经理笑着对仲禄说，那个法国洋女人又来了，昨天还来酒庄看了乔斯，仲寿掉了魂似的，跟着那女人走了，留下乔斯值班。仲禄皱了皱眉头，他一再劝说这个孟浪的弟弟，朋友之妻不可欺，做事要中规中矩，也担心事情一旦穿帮，会否影响双方的合作关系。仲寿却是百般狡辩，说他与布丽姬一度是露水夫妻，她结婚后，只剩下柏拉图式的爱恋。

副理简文成去香港筹办玻璃厂，昨日刚回上海，此刻正在办公室拟写资金运作报告。根据仲禄的指示，他把敬文带去香港守摊。仲禄原本想在上海办玻璃厂，梁震泽却建议他去香港设厂，理由是广东、福建海岛上的石英砂品位高，珠三角开发早，许多农村都用了玻璃窗，不像江浙一带还在用棉茧纸糊木格窗。再则，运成品到上海与运砂子到上海相较，成本节省许多。梁震泽也在香港办了两家纺织厂，仲禄原以为他是与宁波帮拼场抢市场，他却神秘地说："你看看时局，眼睛放亮点，别把鸡蛋放在一只篮子里，狡兔三窟，要早留退路。过些时日，我也想让兰草去香港，帮我看看厂子。"就这样，仲禄下了决心，把玻璃厂设在香港。

吴郡和浙江的湖州桑田多，缫丝行业发达，利润也厚，仲禄有所企图，把二儿子敬章送到杭州的一家丝绸厂学生意。他一直牢记父亲的教训——"花无百日红"，做事要多点心眼。与父执的固守土地不同，仲禄想的是多元经营，以便"失之东隅，收之桑榆"。

仲禄踅进简副理的办公室，听取他的汇报，听着，听着，他走了神……东山的石英砂，成色好极了……砂里淘金，垃圾千金，乱石中有良玉之藏……霓云，一个乡下妹子，哪一个上海女人比得了她……亚秀的旗袍窄了一些，霓云的胸脯鼓囊囊的，就快顶破绸面了，还有那浑圆的屁股，绷得紧紧的……仲禄突然站起来，招呼没打，冲出办公室，扬长而去，惊得简文成跌下了眼镜。

佣人房里，霓云正在给孩子喂奶，露出白皙的乳房。喂奶前她挤着乳头，把乳汁喷到孩子的脸上，再用手轻轻揉着孩子白嫩的脸蛋……孩子呀呀叫，伸出小手捧住鼓胀的乳袋，小嘴咬住乳头，吸吮着，发出"吧嗒"的声音。霓云一脸蜜意，露出爱怜的浅笑……昏黄的灯光在她发鬓上涂抹了蜂蜜般的色彩。她似乎觉得窗外有动静，侧了一下身子，低垂了粉颈……

张妈呼叫仲禄吃晚饭，见他痴痴地站在窗边，明白了一切……仲禄转身走去，却又迟疑地回过头来："霓云……她吃过饭了吗？"张妈回答:"噢,刚才在厨下……不,我也不知道……"她进了霓云的房中,接过孩子:"去吧,服侍老爷吃晚饭。孩子嘛,我帮你看顾……"

餐厅里,烛光溶溶,霓云紧挨着仲禄,殷勤地为他斟酒,露出动人的笑容。她微微喘着气,梦幻般的眸子闪烁着星光,高耸的胸脯波涛汹涌……仲禄为她斟酒,手发抖,把酒水溅在桌巾上。仲禄讷讷说:"霓云,流浪的日子不好受……你想不想为孩子找个家……"霓云倒抽了一口冷气,蓦然侧过脸去。仲禄掏出了手帕,轻轻地为她拭干泪水。俩人都不说话,一杯接一杯……终于,霓云站起来,长长地吁了一口气:"小女子明白老爷的心意,恨只恨小女子下贱,配不上老爷。如果老爷不嫌弃……"她一仰脖子喝了半杯酒,把剩下的半杯酒捧到仲禄面前,惆怅地说:"这下半杯子……"仲禄颤抖着,接过酒杯……仲禄迷了心智,紧握她的玉腕,将她搂到怀里,她吻他,嘴角沁出梨水般的清香……

一个是旷男,一个是怨女,两人在床上翻云覆雨,似胶如漆。他痴迷了,第一次享用这样的人间尤物。才不多久,她就香汗淋淋,湿了鬓,滑了玉肌,床头蒸腾起冉冉的香雾。她的眼睛也汪了水,娇羞万状地呻吟……泉涌花溪,喷珠扬玉……垫巾湿透了,她全身瘫软,半眯着星眼,偎在仲禄的怀里,喃喃呓语……

第二天,仲禄去了永安公司,为霓云选购衣服和首饰……下午四点,他拎着大包小袋回到双星楼。霓云站在穿衣镜前,快活地试穿着那些流行上海的新款式。一套肉色的紧身内衣裤,穿上身时,霓云呆住了:镜子里出现的是一个粉雕玉琢的美女,线条流畅,凹凸有致。她迷惑地自问:"这是我吗?"仲禄也呆了,少顷,走上前,轻轻地吻了她红嘟嘟的嘴唇,把一条晶光闪闪的钻石项链系上她酥白的项颈……正当两人相拥相抚,欲火中烧的时候,张妈敲了门,说是永安公司的伙计送货来了,仲禄赶忙出去点货签收。不一会儿,仲禄搬了一只摇篮进了房门,那摇篮漂亮极了,羽绒的枕头加上丝绵的被褥,天鹅绒的边框缀了金黄的流苏……霓云怔了一会儿,突然扑倒在床上,掩面痛哭。仲禄吃了一惊，不知就里，手足无措地把霓云搂在怀里，轻轻抚着她的后背。霓云哭累了，声音有些喑哑，紧紧搂住仲禄的脖子说："仲哥哥……听我一句话，今后，不管发生什么事，你都要相信，我永远是你的心肝宝贝……"

7

半月后，一个月黑风高的晚上，仲禄成了委顿的"草鸡"，全然失去潇洒的男人气概。四个地痞手执西瓜刀，冲进房中，把仲禄和霓云拎出被窝，推搡到客厅里。一个三十岁左右的男子气呼呼地坐在沙发里，喝三吆四地辱骂着："他妈的，瞎女人瞎到我老婆身上了！反了天了，不给点颜色，不知道马王爷三只眼。"他脸色青灰，身形如同纸片，一看就是瘾君子、鸦片鬼。一见穿着睡衣的仲禄和霓云，他二话不说，揎起袖子就朝他俩的脸上刮了几个耳光，霓云的嘴角渗出了血，蹲在地上呜咽，"纸片人"踢了她两脚："臭婊子，趁我出门做生意，跑到野男人家快活，看我今天不撕碎你的屄！"骂完，又是打……仲禄挡住他赔笑说："有话好说，她真是你老婆？""怎么？我打老婆你心疼了？来，麻三、秃八、给我上！"名叫麻三、秃八的流氓不由分说挥拳就朝仲禄的脸上打去，霓云疯似的冲了上来，护住仲禄，骂道："你这个杀千刀的，养不活老婆、孩子，总不能叫我跟你一起等死。"说罢，嚎啕大哭。五大三粗的麻三一把揪住仲禄的胸襟："你这王八蛋，瞎了狗眼，杜家帮兄弟的马子你也敢玩？撂一句话，是公了，还是私了？"霓云的话证实了她与"纸片人"的夫妻关系，仲禄脑中轰然一响，"仙人跳"、"放白鸽"几个字跃进脑海……完了，中了圈套了！更可怕的是，他触犯了帮会兄弟！只是，他怎么也无法把温柔甜美的霓云与妖精般的"白鸽子"联系在一块……

这，货真价实是一折放白鸽子的戏码！"纸片人"名叫培良，是安徽阜阳人，卖艺为生。他练就一项绝招，能把两颗小鸡蛋大的铁丸子吞进肚中，硬生生地顶在肚边，让人观看抚摸，而后再用气功将它逼出来。霓云十六岁那年去看热闹，被他英俊的模样迷住了，跟着他私奔，流落到上海。来上海时，培良典当了老家的祖屋，在上海虹口建了个棚屋安了家。围场子卖艺的收入也还将就得去，可说是衣食无虞。及至培良交了一群拆烂污朋友，染上了烟瘾与赌博，淘虚了身子，荡尽了家产之日，霓云才知道什么叫恐惧。这时，她却又生下了第一胎男宝宝。为了孩子，她从早到晚做些女红，赖以糊口。一支人间鲜花，就这样陷入了上海滩的泥淖。

那天，培良烟瘾发作吐着苦水，麻三与秃八进了门，将两丸烟膏子往桌上一放说："一手交钱，一手交货，交了货，你的赌债也就算清了。"说完，把一纸借条压在烟丸的底下。培良看到烟丸子，就像见到救命仙丹，鸡爪样的手一抓，就躺上烟榻，边说："货在房里呢。"霓云正给孩子喂奶，突然见到两个陌生男子闯进房来，二话不说抢她怀中的孩子，霓云一惊，护住孩子，疯也似的咬住了麻三伸过来的手，小孩受惊，嘶声大哭。麻三受了痛，抽开手，揪住霓云的头发，狠狠抽了两记耳光。秃八突然拉住麻三的手，使了个眼色，示意麻三瞧一瞧霓云的模样，和颜悦色地靠近蜷缩在床尾的美人说："一支鲜花插在牛粪里……卖孩子，是你老公的主意，怨不得我兄弟俩。唉，跟了这个三分像人，七分像鬼的男人，也是你命薄。天见可怜，算你运气，碰上了我们两个软心肠的兄弟……这么吧，孩子我们不要了，只是你也得报报恩，让我兄弟摸一摸，解了馋。"说完，就伸手拉她的裤带，霓云脸色煞白，左手搂住孩子，右手紧抓住裤结，骂道："下三滥的烂仔，没天没良的东西……"秃八变了色，狰狞地冷笑："你要守贞节也可以，孩子……"霓云惶恐地瞪视着面前的凶神恶煞，松开了右手，缓缓闭上了眼，豆大的泪珠滚了出来……

培良在迷幻世界周游一圈，正惬意地呷着茶水，麻三、秃八也心满意足地走出房间。秃八边喝茶边说："培良你这个烂货，放着发财的买卖不做，却要卖孩子，断了自己香烟！似花如玉的老婆，随便开个堂子，也比卖孩子来的钱多！"培良陪笑说："霓云不是随便的女人，她十六岁就跟了我……""哼，女人为了孩子，什么事都肯干，只要你同意，我倒有个弄钱的好法子……""兄弟不妨指教一二。""咱们也可以学着上海滩放白鸽的骗局，让你老婆做一次'白鸽'，狠狠地敲笔大钱。"培良一拍桌子："只要有钱，干！只是霓云她……""你尽管放心，事成后，老婆还是你的老婆。"三人进了房，与霓云商量，霓云死命不肯，破口大骂这三个"杀千刀"的男人……麻三撂下一句儿狠话说："不干也可以，明天给句回话，我们来抱孩子。"霓云哭了一个晚上，清晨时冷冷地对培良说："行，就依你们，干了后，我俩的夫妻缘分也算到了尽头，事成后给我一笔钱，让我母子回阜阳老家，好歹让我把孩子拉扯大。"

"放白鸽"的戏码就这样上演了，然而，谁也没料到，霓云的心理起了急剧变化，爱上知冷知暖、性格敦厚的仲禄。上钩的第二天，仲禄为孩子买了摇篮、衣服，订了鲜奶，还为她找了个贴身丫头，让霓云感动得热泪沛沛。更让她痴迷的是，那酣畅淋漓、充盈感强烈的性爱召回了当女人的幸福感。培良淘空了身子，成了纸片人，压在她身上只有几两重，每当其时，她的心头就油然产生厌恶感。女人最大的心愿是寻找一个有安全感的男人，而今天，这个男子来到她的身边，他，就是仲禄。她不愿伤害这个男人，多次想把真相和盘托出，然而话到嘴边却又吞回肚中，害怕让自己彩色的梦境破碎。捱了半个月，秃八几个见霓云杳无讯息，便迫不及待地打上门来……

仲禄见是杜家帮的兄弟，也知道放白鸽无非是弄几个钱，心中安了一些，便赔笑说："小弟不知，触犯了道上兄弟，还望手下留情，如若公了，贻笑江湖，大家面子上不好看；私了？还望兄弟们说个法子。"秃八冷笑一声，伸出一个指头："这个数！""一千大洋？""呸，再加个零！"仲禄一惊："一万？"秃八脸色阴沉："不出也可以，去我们的香坛前，当着关老爷的面阉了你的子孙根，就算两清。""不敢，不敢，只是做生意人家中不放现金,不若等天亮了……"麻三扬起手,一记耳光打在仲禄脸上:"像你们这样的阔佬,谁家不放着几坛子黄货,耍滑头,有你的好看!"霓云大哭,护住仲禄,撒泼说:"你们再打人,我就报警,上法庭兜了底……"培良跳起来,一把揪住她的头发,挥拳乱打:"臭婊子,还敢护着野男人!"

正在这时,客厅门被踢开了,二十多个黑衫短打的男子手执明晃晃的斧头冲进来,隔开两边的人群,缴了秃八们手中的西瓜刀。芳皇手挽着杜奕生,在梁震泽、仲寿一干人的簇拥下,走了进来,巡捕房的警长带着两名警察也尾随在后。

杜会长亲临双星楼,前来救难,立了首功的是乔斯。那天,它睡在西楼敬梅、敬竹的房间里,听到动静,汪汪作吠,吵醒了姐弟。他们正要出门察看动静,却被潜进来的张妈推回房中,张妈关紧了门房,哆嗦着嘴唇说:"来了一群贼,手上都有刀……"姐弟俩吓得抱在一起,全身发抖。乔斯焦急地扒着门,汪汪大叫,表示要只身前往护主救驾。敬梅见状,心头一亮,急忙写了一个纸条,系在它的项圈上,嘱咐它赶紧去报讯,乔斯不辱使命,静悄悄钻出花园里的狗洞,冲到酒庄。仲寿赶紧给梁震泽打电话,要他出面向杜奕生求救,杜奕生马上吩咐手下人去看看究竟,查查是哪路兄弟在双星楼撒野。芳皇风闻仲禄捡了一个"垃圾千金",十分漂亮,料想此事与这个女人有关,好奇心驱使,便怂恿杜会长"御驾亲征",看个热闹,杜奕生拗不过芳皇,也就屈尊率众,来到爱徒的双星楼。

杜奕生居中坐定,笑呵呵地打量着狼狈不堪的仲禄和粉颈低垂的霓云说:"仲禄小弟好眼力,果然是个大美人。"梁震泽见仲禄嘴角渗血,掩口葫芦而笑。芳皇凝望着霓云丝袍下匀称的腰腿,出了神。"李鬼"见了"李逵",培良、秃八等五人贴着墙壁,全身筛糠。乔斯蹲在他们的身边,伸着长舌,一脸怒气,准备随时听令扑向他们的喉管。杜奕生笑吟吟地打量着他们说;"这几位兄弟是哪个香坛的人物?我怎么眼生得很!问问这几位江湖好汉,是哪只脚先跨进双星楼的门槛的？"打手们一听爷叔下了令，抡起木棍，往五人的小脚骨打去，骂道："婊子养的东西，你祖爷爷的名讳也敢冒用，吃了豹子胆了！"客厅里一片杀猪般的哀嚎。

　　杜奕生呷了一口茶，把茶杯往桌上一墩喝道："把那只乌龟提过来！"一个粗壮的打手只用一手，轻轻一举，拎起"纸片人"，把他掼在杜奕生面前的地板上；骨头与花砖相碰，发出"咣咚"的声响，霓云羞得用手捂住脸。杜奕生言如霜刀："今天，死活一句话，你们这对贼夫妻，老实交代，免得皮肉受苦。"霓云腿一软，跪了下去："杜爷爷饶命，小女子实在是被逼得走投无路，才进了朱府，见仲禄是个好人，我也不想伤害了他，只是小女子是个女流，也不知道如何是好，以至弄成今天的局面……"她成了泪人，边泣边诉，把事情的原委道了个分明，中间略去难于启齿的事情。临了，她哭道："说来，小女子也是祸水，再无颜面活在上海，杜爷爷如肯高抬贵手，放一条生路，让小女子抱着孩子，讨饭回了安徽……我与培良缘分已尽，也求他好歹写个休书，断了这段孽缘。"说完，转身向瘫在地上的培良磕头。芳皇生性善良，眼角已然挂了泪花，用手轻轻拉了一下杜奕生的袖子……仲禄百感交集说："师父，虽说是他们设了诈局，也得怪徒弟把握不住，睏了人家的女人，我也认罪，愿意赔些钱，让他们夫妻回家也有个盘缠。"杜奕生呵呵大笑："君子有成人之美，我也有好生之德，看在小婴儿的脸上，仲禄弄个一千大洋，打点了吧，也算是个施舍。"培良一听，磕头如捣蒜："谢杜爷爷超生，来世做牛做马以报厚恩……"

　　霓云跪直了身子，不吭一声，芳皇看出端倪，柔声问道："看样子，你不想跟丈夫走？"霓云低头不语，泪如断线珍珠，芳皇等了良久说："小娘子，要去要留，你总得说个章程？"霓云瞟了一下仲禄，一朵红云飘上脸颊，依然是低头不语。芳皇一见，格格一笑，来了兴致，把霓云扶起来，让她挨在自己的身边说："今个儿你们男人谁也不许说话，女人说了算数。这么吧，小娘子不敢启齿，我在茶桌上写'去、留'两个字，小娘子抹去一个，决定去留。"说完，蘸了茶水，用手指在茶几上写了两个字,写完一看,却暗自失笑,桌面上却是两个"留"字。杜奕生摇头,梁震泽偷笑,仲禄正待说话纠错,被傲气十足的芳皇喝住。芳皇望着花板思索了一会,在一个"留"字上方补了一个"不"字:"好,字写完了,霓云,现在就听你的了。"霓云臊得满脸绯红,在芳皇的催促下,偷瞟桌上的字,手伸向"留"字,她一心想的是回家……刚擦掉那个"留"字,她蓦然一惊,接着慌乱地伸出手,电光石火般地抹去那个"不"字,桌面上赫然留下一个"留"字。男人们哄然大笑。芳皇得意非凡:"今儿的事,小娘子已作了决断,留下!本皇为仲禄和霓云作个红媒,择个黄道吉日请大家喝杯喜酒。至于这个鸦片鬼嘛,喜欢当乌龟,本皇遂了他的心愿,写个离婚文书,由仲禄再补他一千大洋,双方不得反悔。"培良一听,喜出望外,跪在芳皇面前,磕头如捣蒜,连称"观世音菩萨"。仲禄还要说话,被"杀伐"的芳皇骂了回去:"这样的美人胚子,你若不敢要,还算是男人么?"杜奕生见爱妻乱判了"葫芦案",笑弯了腰。

培良等五人逃过生死关,卖妻子又得了个好价钱,捧着沉甸甸的大洋欢天喜地走了。杜奕生与其他人等也纷纷打道回府。

客厅里,霓云跪在仲禄面前流泪说:"仲禄大哥,如果你嫌霓云肮脏,明天一早我就离开,好歹我已离开那个贼窝……"仲禄叹口气说:"一切都是缘分,我们都是寻常百姓,今后,好好过日子罢。"沙发上,霓云偎着仲禄,心疼地往他脸上嘘着气,揉着他青肿的地方……

也许,霓云命里带煞,与她接触过的男人都运交华盖。培良又赌又吸,不到几个月,就耗尽资财,他想重操旧业,去街头围了个场子,玩吞铁蛋的把戏,谁知那天没有鸦片提神,铁丸子进了肚子却逼不出来,吐着苦水,两眼泛白,活生生横死街头。毕竟是孩子的父亲,霓云向仲禄说了,给些钱让秃八、麻三在龙华的墓地将培良入了土。

麻三在一个杂耍班里演汽车过人,那天,在万头攒动的杂技场里,他气沉丹田,胀得肚子像蛤蟆,等着卡车从身上的木板过身,谁也想不到,开车的师父走了神,车轮从他的脖子碾过去,只听得"啊"的一声叫，麻三就口吐鲜血，一命归西。一位小报记者报道说："气功师正待放声歌唱，却不意被车轮掐住喉咙……"霓云看了报纸，想起那只多毛的手，喉头一阵恶心。

8

仲禄回吴郡两次，向发妻告饶，恳求她现身上海，参加他与霓云的婚礼。亚秀大哭说："我哪里有大奶奶的命，你有了钱，啥时给我配了陪房丫头？你给她买了婚纱，我结婚时穿的只是一条大红棉袄……还有那个'拖油瓶'，你扪着心想想，敬文、敬章小时候喝过一杯鲜牛奶么？要我去上海可以，你叫那狐狸精到乡下来轮班做生活，不要赖在上海吃卖春饭……"梁震泽赶到开花乡，以谊兄的身份温言劝说半天，才把亚秀拉到上海。

进门坐定，霓云捧着一杯茶全身颤抖地跪在亚秀的面前，亚秀板着脸，一言不发，也不接茶杯，霓云跪麻了腿，委屈得泪珠往地下答答地流。仲禄看不过去，接过茶盅，单膝屈地，赔笑说："千错万错是我的不是，你好歹消消气，别气坏了身子。霓云进门不久……"亚秀眼泪簌簌直流，把茶盅摔在地上："好一对恩爱夫妻，小贱人才跪了一会，你就心疼了！我在乡下采桑做田，几时见你给我倒杯热茶？如今为了一个马路边捡来的叫花子，你竟然死皮赖脸地跪在女人的面前，全不顾男儿膝下有黄金……才来几天，就坏了朱家的门风。"仲禄赶忙站了起来，垂着手听训，亚秀越说越伤心："俗话说，好男占九妻。说起来，我也不是鸡肠小肚的人，只是你看看，小贱人才来几天，就把我最喜欢的旗袍偷去穿了……看着吧，再过几天，就得我跪着给她捧茶了。"仲禄这才明白亚秀发脾气的原因，一急，伸手就往陪房丫头小倩的脸上刮了一记耳光："不长眼的东西，大奶奶的衣橱，你也敢动！"小倩蒙了，呆呆地站着不敢吭声；服侍霓云更衣时，原本是拿了新做的旗袍,霓云嫌花哨,不敢穿,换上仲禄第一次送的旧旗袍,岂知越是陪了小心,却反而弄巧成拙。仲禄见她俩呆若木鸡,喝道:"还不去更衣!"霓云与小倩慌忙向偏房跑去。亚秀对张妈嘱咐说:"小妖精穿过的衣服,别再放回我的橱里,扔到垃圾桶算了,一股子骚味……"

偏是仲禄头脑缺根弦,越想讨好亚秀,越是把事情搞成乱麻。入睡前,仲禄交代小倩,晚上到大太太房中服侍。小倩陪了小心,服侍仲禄和亚秀睡下了,才到套间的帆布床上睡了。半夜,仲禄与亚秀行了房,正当亚秀喘息未定时,小倩推门进来,送来茶水,接着,又端来一盆热水,濡了毛巾,要为亚秀擦身子,弄得亚秀身上起鸡皮疙瘩。她这才知道,所谓的陪房丫头是怎么一回事!看着小倩微微隆起的胸脯,亚秀感到不安,推开小倩的手问道:"小倩,你给二太太陪房,都干这些事体?"小倩低下了头,瞟了瞟正在喝茶的仲禄,不敢吭声。亚秀醋意大发,披起睡衣,冲到沙发边,拧住仲禄的耳朵说:"好呵,这烂婊子好会享受,来卖春,脱裤子、分大腿还要一个黄毛丫头来服侍,反了天了!"仲禄一脸无辜说:"陪房丫头是你吵着要的,服侍了你,你又……"亚秀"疯了":"你说,你说,小倩陪房,帮你做了什么?你是不是准备找三姨太?滚,你给我滚出去!"俩人被撵出房门,小倩贴着墙,掩脸啜泣……

马路上的白鸽,垃圾里的金子,霓云的身世际遇编织了一个旖丽的想像空间,让人好奇、吟味。原本,纳妾婚礼只想在小范围内进行,办几桌酒,宴请一众亲朋故旧,马马虎虎地过个场子,岂知,一传十,十传百,好事人添油加醋,霓云竟成了一个香艳故事中的绝世佳人、一个现实生活中的金玉奴。许多政坛要人、商界钜子都致赠了丰厚的礼金,表示要亲临盛宴,为新人祝福,却是为了一近芳泽,一睹芳容,见识一下这位传奇的"小白鸽"。坊间传说,霓云的花容月貌,让国色天姿的芳皇初见之下都倒吸了一口冷气……这些空穴来风的传言让仲禄无法招架,只得订下上百桌豪华酒席,把帝苑大酒店当成新人亮相的舞台。

好事的芳皇为霓云量身订制了一袭华丽的婚纱，为的是想创造一个"灰姑娘"的故事，满足一下女人不泯的童心。人是衣裳马是鞍，霓云是天生的衣架子，穿上婚纱，果然是形同谪仙，光艳照人。

音乐声起，当仲禄挽着霓云的手步入宴会大厅时，全场沸腾，掌声和尖叫声此起彼伏。霓云没有笑，眉宇间是一丝淡淡的忧伤……几天来，她每天接受亚秀的垂训，要她在婚礼上懂得规矩，笑时不能露齿，走路时屁股不可扭动，要改掉骚形怪状的春女相……每次听训，站麻了腿，回到房中与小倩相拥垂泪。霓云最漂亮的是那双梦幻般、睡星样的眼睛，看人的时候带些天真气，加上眉宇间的淡愁，确实让人感到是一个上海滩的另类美人。宾客们大饱了眼福，深觉不虚此行。

主桌上，仲禄的右侧坐着发妻亚秀，冷若冰霜。她是在梁震泽、芳皇、兰草等人的劝说下就范的，为丈夫撑个场面；看到灯红酒绿、满室生辉的景象，心中如刀绞般生痛。仲禄居间于两个女人之中，已是身心俱疲，下意识地盼望煎熬人的婚礼赶快结束。他来者不拒，喝了很多酒，只觉得五彩世界天旋地转……多次，父亲威严的脸庞浮现在面前，声如炸雷："不赌、不嫖、不奢，立德之本。"啊，不不……霓云是个好女人，儿子离不开她……他脸色苍白，冒着虚汗，喜娘见了，偷偷给他塞了一块热水毛巾。

亚秀来沪后，仲禄就没有进霓云的房间，今天，当仲禄挽她的手时，她激动得全身颤抖，难以自持。她偷瞟了一下仲禄爆出的几根银发，心痛得想哭。她坐在仲禄的左侧，偷看亚秀的脸色，如坐针毡……

婚礼如仪，喝"同心酒"的时刻来了。众目睽睽之下，霓云起身，整了一下衣装，款款走到亚秀的面前，深深道了个万福。仲禄斟了一杯红酒，递到霓云的手中，霓云单膝屈地高高举起了酒杯说："好姐姐，小妹无知，今后还要姐姐多疼些儿。"说毕，泪珠簌簌流了出来。亚秀强行欢笑，接过酒杯喝了酒头半盅，把酒尾半盅退回她。霓云没有受侮，放了心，绽开一丝笑容，露出糯光发亮的贝牙，缓缓把酒尾喝了下去；之后，凤簪摇曳，深深地磕了一个头。看着她楚楚可怜的样子，满场宾客，喝彩之声震耳欲聋。然而，亚秀毕竟是徐娘半老，已无风韵可言，这场景，恰恰如上海人的戏谑：凤凰给乌鸦点头。一见霓云的笑容，亚秀心头一阵剧痛，连声咳嗽，用手帕一抹，只见痰中杂着鲜红的血丝……

那晚，仲禄敲不开亚秀的房门，只得去霓云的房中歇息，一夜风流，自不必细说。天麻亮时，霓云去正房捧茶，却见人去楼空，亚秀不辞而别，乘早班火车回了乡下……

9

也是朱家门的多事之秋，仲禄这边事乱如麻，仲寿那厢也纷纷扰扰。布丽姬单身一人，又来到上海。她忘不了在遥远的东方，有一个让她刻骨铭心的男子。然而，正当他与布丽姬在锦苑大饭店相拥而眠之时，泰瑞斯先生推门进了房间，布丽姬生气地嚷道："亲爱的，你让我受惊了……进门应该先敲门……"她裹着睡衣爬起身来，气呼呼地坐到梳妆台前，整理着散乱的头发。

呓语成了可恶的告密者，在法国古老的城堡里，布丽姬与仲寿常常梦中相会，她的呓语让泰瑞斯心生疑云，因此，当布丽姬借故来上海时，他也接踵而至。看着慌乱的仲寿，泰瑞斯平静地说："仲寿先生，你伤了我的尊严，为此，我愿意和你决斗，让美丽的布丽姬小姐再作一次选择。现在，你必须离开这里，因为我还是法定的主人。记住，如果你再来找布丽姬小姐，请先敲敲门。"仲寿衣冠不整地离开房间，找到姚霄汉；爱蜜儿听了电话，也慌忙赶来锦苑。

姚霄汉依惯例设宴为泰瑞斯夫妇接风，似乎，什么事都没发生，泰瑞斯脸上云淡风轻，布丽姬埋怨仲寿不来赴宴，失了礼。爱蜜儿试图化解泰瑞斯心中的芥蒂，说："法国女人拥有君临天下的权力，如果布丽姬小姐不希望她所爱的两个男人中有人消失，你和仲寿先生为什么不能握手言欢,惺惺相惜?"泰瑞斯解开上衣,露出钢铸铁浇般的胸肌说:"不,我只想让布丽姬小姐知道,我才是真正的男人……假如我倒在仲寿先生的剑下,我会由衷地为布丽姬小姐祝福。"姚霄汉大笑:"仲寿先生连杀鸡的小刀都不会使用,遑论刀枪。"他忽发奇想说:"为什么你们不能斗智,中国的隐士高人,用'啸吟山林'来一分高下;即便是中国的兵家也是知兵非好战,常常是用'纸上谈兵'的方式来决定胜负……对了,你和仲寿多次下棋,何不把布丽姬小姐当做彩头,一盘定胜负。"布丽姬问爱蜜儿:"彩头是什么?"爱蜜儿回答:"赌注。"布丽姬生气了:"我不是赌注,是裁判。下棋不好,分不清谁的力气大……"

泰瑞斯也不同意用纹枰手谈来决胜负,他瞧扁了中国象棋,多次与仲寿争得面红耳赤,他说:"中国象棋没有道义,卒子过河了不能后退,冲到底线就成了老兵,就没人去关心他们的死活,不像国际象棋有人性,卒子冲到了底线,就可以升大官。人不能分贵贱,英雄和凡夫的骨灰在天平上等量齐观……再说,皇帝是游手好闲的家伙,龟缩在九宫,没有男人的血性……更荒唐的是,把对方困得无路可走,就算赢棋,国际象棋却是判作和局,打个比方来说,两个人决斗,对方掉了剑,你应该等对方拾起了剑,再作厮杀,这才是公正的战斗。"仲禄挖苦国际象棋中规中矩,过于呆板,士兵都站在方块正中,就像欧洲人打仗一样,排着方阵,吹着号,敲着鼓,整整齐齐去送死。他说:"中国象棋是《孙子兵法》的哲学体现,风雨雷电、汉界楚河皆可成兵,战士们游走边线,让对方捉摸不定……更兼有围魏救赵、暗度陈仓、黑虎掏心等战略战术……如此博大精深的战争文化,就连克劳塞维茨都自叹不如,拿破仑也叹为观止。战争是你死我活的搏杀,只论手段,不讲道义……"两人争吵了几次,也就渐渐失去了下棋的兴趣。

鉴于仲禄没有学过剑术,双方商定,打一场拳击,用西洋拳对垒中国的散打,裁判由姚霄汉和宋襄理担任。姚霄汉警告说:"泰瑞斯先生千万要小心,别当了仲寿先生的'父亲'。"泰瑞斯听了莫名其妙,及至知道仲寿一拳打断了父亲的肋骨，才心生寒意，对中华武术产生了敬意。布丽姬很开心，喋喋不休地向爱蜜儿夸耀自己的酥胸、丰臀，说自己"三围"的尺码与海伦女神别无二致；在古希腊神话中，两个国家打了十年仗，为的就是抢夺海伦这个绝世佳丽。

决斗在爱蜜儿家的草地上进行，姚霄汉、宋襄理要双方戴上拳套，立了规矩：点到为止，不要伤了对方的性命。泰瑞斯不同意，说决斗是势不两立、不共戴天的生死抉择，不必立这些绑手绑脚的规矩，他表示，为美女而死，死而无憾。爱蜜儿劝说："中国是礼仪之邦，决斗要尊重在地国的仁爱文化。"仲寿见泰瑞斯得理不让人，也发了狠："别说了，如果泰瑞斯先生是盖世英雄，死在他的拳下也算是一种福分，只不过，谁死谁活还没个定数。"布丽姬担心造成"伤缺其一"的遗憾，微笑着，要两个情敌像好朋友一样拉拉手，劝他们不必打得你死我活。她说："不妨把战争变成游戏，你们都活着，不会增加我选择男人的困难。"泰瑞斯耸耸肩膀，心不甘、情不愿地系上拳套；既然是为女人而决斗，就必须听女人的指令。

可怜！仲寿何曾学过什么中华武术？充其量，只是在少年无赖打群架时无师自通地学了一些偷袭、耍狠、绊脚的烂招，一见真章，便被打得抱头鼠窜。仇人相见，分外眼红，泰瑞斯一个直拳击中仲寿的脑门，一记勾拳打麻他的下巴，接着是变化无穷的组合拳，直打得他胸口发闷，头昏目眩。拳套飞了，嘴角渗血，仲寿仆倒在地，奄奄一息。真要出人命了！姚霄汉忙叫暂停，向泰瑞斯示意对方拳套脱落。宋襄理冲到仲寿的身边，起劲地喊着："一、二、三、四……"泰瑞斯绕着场子，得意非凡地向天空伸伸拳头，对两位女士炫耀着他饱满的肌腱。正在这时，仲寿腾身跃起，飞起一脚，踹向泰瑞斯的下裆，只听得一声惨叫，泰瑞斯跪在地上，仲寿得意非凡，连称："壮士免礼！"布丽姬花容失色，惊叫道："仲寿，你犯规了……"

泰瑞斯好久才缓过神来，向裁判申诉，要求判定仲寿违规出局，仲寿申辩说："这是'无影腿'，中国功夫！"布丽姬生了气："这种宵小的行为,不是一个堂堂正正的男人应该做的!"仲寿赶忙解释:"中国武林中人,常见的招式是拉开马步,双掌护住下裆。这其实蕴含着深奥的哲学,保护命根子是武功至高无上的原则。你们说西洋拳厉害,却连命根子都保不住,厉害什么?"姚霄汉与宋襄理研讨了半天,竟无法判定谁胜谁负。布丽姬却愤而谴责仲寿的行为不够光明磊落,决定从此与他分道扬镳……

爱蜜儿送泰瑞斯夫妇回国,握别时试探说:"这次来沪,仲寿先生给了你们不愉快的记忆,会否影响了我们的合作?"泰瑞斯迷糊了半晌,反问:"情场的纠纷与生意上的往来有什么干系?做生意是双赢,情场是单赢,毕竟,我都赢了,胜利者对手下败将应有的礼貌是宽容。"

10

亚秀遽然去世了,那天,她带着几个临时雇工,挑蚕屎去为几亩桑田追肥,在烈日下晒了半天,发了痧……临走时没留下一句话。仲禄带着霓云和敬文、敬章回去料理丧事,把亚秀托体在转河圩的家墓里。仲禄心中苦,知道自己造了孽,遭了报应,几天里头发又白了不少。霓云在亚秀墓前长跪不起,恸哭说:"姐姐,我抢了你的福分,向你赎罪。姐姐你放心走吧,霓云不是坏女人……"敬文、敬章冷冷地望着父亲与继母,不说一句话,他俩与霓云是同龄人,羞于启齿叫她妈妈,反倒是满怀仇恨,腹诽她是害死生母的狐狸精。

做完法事,敬文回了香港,敬章去了杭州。仲禄执意要在乡下为亚秀守庐一月,每天去她的坟头烧香送纸钱。父母亲的墓木已经成拱,周边的冬青与柏树已苍笼成荫。

仲禄在树荫下打盹,梦见亚秀——那是雨后,亚秀在采桑,仲禄坐在小矮凳上靠着箩筐,用干布擦拭着桑叶上的雨滴……他知道,蚕宝宝吃了带水的桑叶会拉稀生病。亚秀的桑树料理得好,嫩绿的叶片比邻家的大了一倍。亚秀很迷养蚕，出产的丝茧个头大，光泽好，也因此，她被乡中人雅称为蚕娘……太湖上飘着雾纱，雨后斜阳，雾海中幻出一座蜃楼，缥缥缈缈……仲禄停了手中的活计，痴痴地凝望着眼前的稀世幻景。亚秀靠在他身后，用汗巾擦拭他鬓发上的雾珠，笑着说："你呵，总是喜欢那些看得见摸不着的东西……"

仲禄惊醒了，见霓云偎在身后，正轻轻地揉理着他的头发。她穿着草鞋与青布衫，脚上沾了污泥，几天来，她与大嫂子一起，在桑田里沤肥，为的是承继姐姐的未竟之志。仲禄眼眶一热，紧握她的手："小白鸽，难为你了。"她第一次听仲禄昵称她"小白鸽"，想起往事，臊红了脸，心中却是蜜般的甜。

蚕宝宝已禁食，肥胖的肚腹泛出青白的光泽，"上山"的时间到了。仲福与仲禄用稻秆编织了几条草龙，盘在厅堂里。蚕"不吃不喝"，钻在草龙里，昼夜不停地吐丝作茧，屋子里清晰可辨"丝丝"的声音。霓云第一次见到这等景象，怔怔地看着蚕儿不停地摆着头，吐着丝浆，结成椭圆形的茧子，把自己严严实实地裹了起来。终于，屋里的"丝丝"之声沉寂了，再见不到蚕儿白亮的身影。霓云把头偎在仲禄的胸前，怅然说："可怜的蚕宝宝，吐完了丝，也就死了……"仲禄笑了："你真傻，蚕儿结茧，只是为了筑个遮风蔽雨的家。用不了几天，它就'蝉变'成蛹，再过一段日子，它变成蛾子，咬开茧壳，钻出来交配产卵，生的'孩子'多得你数都数不清……"霓云仰头问道："蚕蛾在哪儿分娩？"仲禄答道："养蚕人准备了几片硬纸板，那就是它们的'产床'，用毛笔绘上几个圈圈，那蚕蛾说也奇怪，误以为那圈圈就是孩子们的家，用卵填满圈圈，决不把卵产在圈外……""它们吃什么？""不吃不喝，产完卵，也就死了，只留下一个空空的躯壳……"霓云心头一酸，眼角冒出泪花。

屋漏又逢连夜雨，船迟又遇顶头风，仲禄回上海的第二天就进了辅仁医院，洋医生诊断是肺结核。当年，这是绝症，中医称之为痨病、痰厥，体虚火旺，需用白木耳、金银花等药物清火。洋医生不相信中医，帮仲禄去德国拜耳大药厂购买一种抗生素新药。朱家门的顶梁柱倒下了，自然是乱成一团。霓云每天煎熬白木耳汤，按时送到医院。她以泪洗面，怨艾自己命薄，小玫风闻霓云性淫，怀疑她淘虚了二伯的身子，暗骂她是克夫的灾星。

让霓云伤透心的事，是敬章做了一件荒唐而又残忍的糊涂事。从乡下回到上海的第二天，小倩神秘兮兮地拉着霓云闪进内房，让她察看小孩子手腕上的两个伤疤……那天，敬章送别亡母，回杭州时在上海宿了一晚。他发疯似的对着小倩大骂霓云是臭婊子、该千刀万剐的姐己，又骂小孩是短寿的拖油瓶。第二天上午，小倩正在洗衣服，听到孩子房中传出惨痛的哭叫。小倩吓得发抖，冲进房中，见敬章脸色发白，呆立在一边，手中拿着一根冒烟的纸捻子，孩子的手腕上烫起了两个水泡。小倩抱紧孩子，惊惶地缩到屋角。一会儿，敬章清醒过来，提起行李，夺路而走……

霓云看到孩子腕上的伤疤，心似刀割，抱着孩子痛哭了一场，末了，擦干泪，交代小倩不要声张："老爷的身子骨软着，千万别让他烦心，加重他的病势。"

她整天悬着心守在病房，细心看护着仲禄，担心会否出现山崩地裂的结局。当孩子时，母亲带她去阜阳的一家庙宇里烧香，求了一首签诗，其中有一句是"身如柳絮随风去"，让她一直惴惴不安，担心应验了自己的命盘。她明白，一旦仲禄走了，随波逐流的生涯又将再现。

晚上，仲寿来医院替换霓云，嘱她回家好好休息，千万别拖垮身子。他见霓云尽心尽力，从心底里怜惜这位年轻的嫂子，对小玫所说的"对冲"、"克夫"的说法嗤之以鼻。仲禄担心自己不久人世，闪开闲人与三弟窃窃私语，托付仲寿，在他身后对霓云母子要有个妥帖的安顿……

霓云拖着灌了铅似的双腿，回到家中。孩子在小倩的房中睡得正熟，张妈守在一边说："小倩的亲戚来上海，她去看看就回来，托我看着孩子。"霓云让张妈回房睡觉，和衣躺在孩子的身畔，等小倩回来。

她正要入眠，却觉得身背被什么东西咯了一下，探手往褥子下一摸，却见是一个用手绢包裹的小包，打开一看，吃了一惊，小包中竟是一条赤金链，一个紫瑛簪，外加戒指与玉坠。她油然想起了一件事，几天前，小倩吃饭吃了一半，突然跑进卫生间吐酸水，说是着了凉，身体不舒服……霓云脑中轰的一声，全身冰凉……是小倩偷的，还是有人送的？如果是情人的信物，那个男人又是谁？小倩会否已破了身子怀了孕？那男人会否是仲禄？妒火与醋意充满她的心头……她原以为小倩是不谙人事的小丫头，放心让她做了陪房丫头，万事不避开她，及至见她花苞渐放，才有所戒心，将她支开去做看护孩子的保姆。陪房丫头原本是"混帐"的角色，大多是做了男主人的偏房，小倩背着霓云与仲禄苟且，原本是意料中的故事……霓云也曾想到这一层，只是小倩抢先留下仲禄的种子，却是让霓云难以接受，气糊了心智。她掏出手帕捂住脸，嘤嘤地哭……

　　小倩回来了，脸上春意盎然，见霓云脸色有异，便陪了个小心，问寒嘘热，霓云不说话，把小倩带回自己的房中，一进门，抄起一支鸡毛掸子，喝了一声："跪下。"小倩刚跪下，背上就被狠狠地抽了两下。霓云把那包首饰摔在地上，恨声骂道："说，哪里偷的？"小倩见事情败露，全身发抖，低着头，不吭一声。霓云气疯了，用鸡毛掸柄戳住她的腮帮说："不说也可以，送官究办，我就不相信治不了你这个贼骨头……"小倩吓得连连磕头，哭着说："奶奶饶命，小倩没有偷，是人家送的。""谁？"小倩啜嚅不言，霓云又挥起鸡毛掸子，没头没脑抽了下去，小倩痛不过，揪住掸子，求告说："奶奶，你饶了小倩，我说，我说……"她啜嚅了半天，见霓云又挥起了掸子，嘶声哭道："奶奶饶命！是账房先生司马景送的。"霓云呆住了，脑海闪过了那张多骨的脸，鸡毛掸子掉落在地上。一切，与仲禄无关，霓云心里的石头落了地。只是，这局面如何收拾？霓云想了半天，冷冷问道："傍晚，你真是去看亲戚？"小倩迟疑了一会："不敢骗奶奶，是去栈房。""几时开始的？""四个多月前，是他强迫的。""肚子里有了？""我也不懂，又不敢问人。今天奶奶知道了底细，好歹饶小倩一回，为我做个主……"言毕嚎啕大哭。霓云说："本事真大，才十五岁就会当窑姐了……"说着，却伸手扶起小倩，拥着她，用手理顺了她散乱的头发，柔声说："别怪我心狠，实在是我与你情同姐妹，看不得你走岔了道儿，像姐姐当年一样，遇人不淑……你要实说，司马先生疼你吗？"小倩点了点头。"你说是他强迫的，是实话还是假话？"小倩臊红了脸，低头不语……

　　小倩当陪房丫头，耳濡目染，荡漾了春心，成了早开的春桃。捺不住司马景隔三差五地送礼、献殷勤和露骨的挑逗，终于偷尝禁果。她梦回天堂，编织着旖丽的梦，燃起当阔太太的希望之炬……

　　小倩做梦也没想到，她只是一个过河卒子，是司马景棋枰上率先祭旗的"牺牲"。他的终极目标是"弑君擒后"，毁了朱家江山，笼了那千娇百媚的"小白鸽"。阴谋的发端是在婚礼上，当霓云挽着仲禄的胳膊步上红地毯时，满室生辉。在宾客们的惊叹声中，司马景见到霓云脖子上嫩白的脂线，正闪耀着柔润的珠光宝色……顿时酥了半边身子，以至于翻倒了椅子。霓云徐徐过来，不经意地瞟了一眼那张多骨的脸，露出一丝浅笑，这，是她在婚礼上的第一抹笑容，却不经意地送给一个可怕的男人。司马景食不甘味，藏进卫生间揪乱了自己的头发……倚红偎翠，佳丽相伴，大丈夫生当如此！而自己，在绝世佳人的面前，只是一条俯首帖耳的狗！毒虫在噬咬他的心尖……不，我不是狗！是狮，是狼！终有一天，我要让那明月似的脸庞贴着我的胸膛，对着我浅笑……一个阴毒的计划渐渐成型，一张黑色的网徐徐铺开……

11

　　那天，彤云密布，霓云的心情特别阴霾，仲禄吐了很多血，已是不省人事。仲寿经人介绍，从茅山道士那里弄了几贴草药，嘱咐霓云回家熬煮。她把药罐架在文火上，趸去小倩房中看看孩子。小倩的房门洞开，不见人影，回到自己的房中察看，却见绸衣缎衫和首饰盒子全没了踪影。她头脑一麻，跌跌撞撞地从楼上冲下来，却见司马景正坐在沙发里，对着她微笑，柔声说："小倩带孩子去了江边，叫阿拉去医院接侬，说有重要格事情告诉侬……"霓云心慌，似乎觉得有什么大事要发生，问道："小倩动了我的衣柜？""侬去了，就晓得了。"霓云冲进厨房，检查了一下药罐子，大声叫道："张妈，张妈……"司马景拉住她的手说："快走吧，老板的病，太上老君的仙丹也救不了了。再迟，说不定孩子……"他的话说得蹊跷，让霓云吓得手一抖，"呼"的一声，药罐子摔在地上，流了一地汤汁。她昏糊了，跟着司马景上了门口的一辆小车，风驰电掣地向轮船码头飞去……

一下车，司马景拉着霓云的手，匆匆过了船闸，宽慰她说："小倩和孩子在船上，侬尽管放心，没事，没事。"霓云冲进了一间贵宾房，见孩子正蹲在地板上玩着一辆电动汽车，顿时放了心。她紧搂着孩子："我的小祖宗，怎么到这地方来了？小倩，这是怎么回事？"小倩一脸迷蒙说："太太，你不是要去香港请英国医生吗？叫我整理行李，赶上这班轮船。司马先生说，老板还叫我俩陪着去，顺带去香港旅行结婚……"小倩突然止口了，与霓云对视一下，露出了惊恐的眼神……司马景跷着二郎腿，满脸油笑，说："没错，是去结婚，不过不是跟你一个人，是跟你们俩人结婚……"霓云全身冰冷，僵住了，司马景站起来，阴冷的脸色让人不寒而栗："现在是讲实话的辰光了，不出三天，朱仲禄就要进阎王爷的森罗殿了，楠记公司也就跟着关门大吉。朱仲寿睏了法国人的老婆，酒庄也已奄奄一息。双星楼的旧账未清，也逃不脱易主的命运……霓云小姐，到那个辰光，侬到啥地方栖身？这孩子好端端的，手腕上却多了两个疤，可怜，可怜……不要不识相，阿拉心肠软，做这种事体全是为了侬主仆两人。"汽笛鸣响，海轮缓缓离开码头，霓云惊醒了，喊了一声："小倩，快逃！"俩人抱起孩子，拉开了房门，却见秃八脸色狰狞，右手盘着铁丸子，挡在门口。霓云吓得魂飞魄散，大叫一声："仲禄快……"昏了过去。司马景冷笑，喝着咖啡，欣赏着霓云春山含黛的身形……

依然是万家灯火，流光溢彩，江洋巨轮缓缓顺流而去，离了浦江，去了海洋。

12

"小白鸽，终于飞了……我也该走了……"仲禄喃喃自语。他支着一身病骨蜷曲在书房的皮椅里，全身裹着一条毛毯。当仲寿、小玫把司马景和霓云私奔的消息告诉他时，仲禄一脸漠然。他离开医院，回到家中，料理着一应后事。仲寿站在他的身边，用手巾擦拭他额头上的虚汗，也擦着自己的泪。

司马景的滥污账触目惊心，几笔巨款被他转到香港一个莫明其妙的户头，竟然不知去向。香港的玻璃厂断了资金挹注，已是奄奄一息。酒庄的货源断断续续，泰瑞斯写信来致歉，说是古堡遇到火焚，正在全力修复之中。钱庄收紧了银根，咄咄逼人地催讨着购买双星楼的借款……看着一应文书，仲禄狂笑起来，觉得这世界竟是那样古怪和滑稽……父亲是先知、预言大师，然而他永远无法取代神明，改变子孙的命运。孽债、孽缘是前世的因，今生的果，霓云一个弱女子，大限将至，又能怎么样？仲寿，你哭什么？男人的眼泪贵如珍珠，别轻易抛洒！布丽姬还是爱你的，不是吗？她写了信，说是要和你，手挽手，一起仰望天上的星星……别哭，一个诗人说得好：假如在错过太阳时流了泪，你也会错过群星。二哥是不中用了，千孔百疮的残局，还得靠你收拾……小玫，别怨霓云是祸水，女人祸水，是因为男人不是圣人；宽恕她，怜悯总比仇恨来得好，一切，一切，顺天应人。锣停了，曲终了，戏也演完了……前思后想，仲禄又是一阵狂笑……

敬文收了香港的摊子，回了上海。敬章也请了假，回了家，侍奉在父亲的膝前，他内疚、自责，怀疑是否是自己的残忍行为诱发了继母的复仇心理……梁震泽来探病，见仲禄服用了茅山道士的草药，精神好了些许，也觉宽慰。他开了一张大额支票，为仲禄救急，仲禄婉拒了，凄然说："正如治病，医生治得了病，却治不了命……"梁震泽告诉他说："杜老板已派人去追寻司马景和霓云，只是他们影踪成谜，一时还没有结果。"仲禄忙不迭摇手："别找了，就算我割肉喂鹰，做宗善事。"

多日后，杜奕生转来一张香港的报纸，登了一则凶杀消息，一看被害人照片，仲禄一下子就认出司马景与小倩。杜奕生的细作回报说，是一个名叫秃八的男子暗通消息，唆使了香港豹仔会的兄弟做了这个买卖。仲禄的巨款大致落到这帮人手中，霓云母子则去向成谜。又过了几天，香港报纸报导，一个名叫秃八的男子浮尸维多利亚海湾。

仲禄把自己关在书房里，黯然神伤，唉，财多命弱！人呵，人呵，又何至痴迷若此！小白鸽，一个弱柳女子，此刻，你究竟飘落在何方？

在上海人的睡梦中，仲禄背着一个印花青布包袱离开双星楼。街道上，缭绕着雾纱，仲禄走了几步，却又回首伫立，打量着双星楼的身影。多年了，屋顶上已多了几丛杂草，露出衰疲的神情……终于，他咬咬牙，转身走了，瘦弱的身形渐渐隐没在雾气之中。

拖着病躯，他投南而去，走了很久、很久，终于见到了碧玉似的地、青罗般的水。乡野的田畴上，掠过翠绿的风，让他心悦，令他神怡。南天，白云苍狗，幻成天国的楼宇，发出五彩的祥光，召唤着人世间一个芥末般的生命……

乔斯哀嚎着，领着仲禄的家人们一路狂奔，向南而去。终于，他们也见到碧玉似的地，青罗般的水。一座八角古亭翼然而立，周边有许多岔道，乔斯在亭边徘徊，嗅着地面，不时对天狂吠，最后，蹚着仲寿的裤管，声声呜咽。敬文、敬章、小玫拥成一团，泪水滂沱……

《申报》登载了一则由敬文、敬章落款的寻人启事，附印了仲禄的人头照片。猎奇好事的编辑把寻人启事登到显著版位,附上仲禄与霓云结婚时的新闻照片,连接了当年和近期的新闻故事:"白鸽女入豪门喜结鸾俦,俏佳人穿羽纱艳压群芳","野鸳鸯私逃影踪成迷,病财翁遭劫身陷绝境","富家翁杳然离家,双星楼不日易主"……旧闻、新事、无厘头的猜测与噱头,洋洋洒洒,搞了整整一版。一时间,朱家门的故事,又成了街谈巷议。

敬文、敬章买了一大摞新闻纸,从早到晚守在那座凉亭里,向过往行人打探消息,附送上报纸。三天来,乔斯不吃不喝,一直守候在亭子边,眼望着南天的白云……一个挑菜进城的农民端详了照片说:"好像是他,在亭中歇息了片刻,额头上冒着虚汗,我问他,先生何处来,哪里去?他笑笑说,去寻个地方,养病去……"敬章急问:"后来呢?""来了一辆牛车,他雇了,往南去了。他体虚得没了力气,爬上车,就倒卧在草垫上……"天亮了,兄弟俩准备回家,却不见乔斯,寻了一会儿,发现它爪子上沾满黄土,静静地卧伏在一处低凹地里,双眼呆呆地望着两个小主人,汪出泪水……

光阴似箭,日月如梭,三年匆匆过去了,上海滩已淡忘了一个豪门的故事,只有朱家门的子孙们还在缅念那历史的辉煌,唏嘘造化的无常。仲寿典买了家产之后,进翻译局当了校对。敬文进了一家翻砂厂,当了账房。敬章还在杭州的丝绸厂工作,当了经理。几年来,他们四处打探寻觅,期盼仲禄再现人间,重掌朱家门的乾纲,然而,"上穷碧落下黄泉",却是生不见人,死不见尸。

13

按乡下规矩,人失踪了三载,便算正式宣告死亡。一家人商量了半天,决定在转河圹的墓地上设个衣冠冢,让仲禄与亚秀同穴,相会于泉台。葬礼遵循古制,一切如仪,因而颇费周折。朱、梁两家世交情笃，梁震泽一直把仲禄视同契弟，因而也鼎力相助。他在上海请了一个法术高超的道士，陪同敬文、敬章去古亭口焚香、烧纸、作法、为仲禄招魂……灵车是一辆卡车，扯着"魂兮归来"的冥幡，那道士羽冠鹤氅，手执桃木剑，口中念念有词，一路斩妖除祟。敬文、敬章身着重孝，护在灵位两侧，一路唱道："父亲，过桥了，脚下小心。""父亲，上坡了……""父亲，过了吴市离家就近了。"梁震泽、宋襄理、爱蜜儿、姚霄汉等至友驾了几辆小车，尾随着灵车，一直把仲禄的魂魄护送到吴郡。在水运码头，灵位下了船，梁震泽等人止了步，转道梁家湾，准备在那里休息两天，等仲禄出殡时，再去小龙村祭奠送灵。

一行人浏览了梁溪仁的私家园林，在一座花木掩映的洋楼里小憩品茗。梁溪仁过世后，就安厝在这座园林中，这座洋楼也就成为凤娟的栖身之所。她皈依了佛门，吃斋礼佛，过着心静如止水的日子。

兰草是第一次来，觉得新奇，独自一人沿着花径四处转悠，采摘着不知名的野花。正在此刻，却见一个脸色清癯的和尚沿着小道，踽踽而来。晚风吹拂着他的衣袂，飘然如若上仙。到了兰草的面前，他双手合十，顿首道："女施主万福……"乍一见，兰草脸色煞白，撒腿就跑，冲进客厅惊叫道："仲禄，仲禄来了！"四座皆惊，梁震泽等人个个心里发毛，脊背发凉，呆若木鸡地望着门口。

一个熟悉的身影出现了，仲禄脸色平静，缓缓走到客厅正中，稽首道："阿弥陀佛，众施主在上，贫僧澄心有礼了。"空气凝固了，谁也不说话……爱蜜儿首先打破沉默，声音颤抖："仲禄大哥，你真的活着？"仲禄合十为礼："仲禄是贫僧前世肉身，已为尘土，贫僧法号澄心，南海普陀山天竺寺是贫僧的师门。数月前，小僧受师祖之托，前来吴郡，主持小天竺寺的筹建，今番冒犯宝地，就为此事而来。贫僧与众施主有前世尘缘，性心互通，因而前来拜会，再结善缘，诚望众施主施赠善款，福田种玉，共仰宝刹辉煌。"梁震泽眼角沁出泪花，上前握住他的手："仲禄兄，你的病……""贫僧南海落发，去了三千愁丝，闭关千日，早已换了心肺。""仲禄兄，三年了，你也该通个音讯，难道说，昔日的手足情谊，你全然忘了？"仲禄身子微微颤抖："贫僧六根未净，自然记得前因后缘。""敬文、敬章苦苦寻访了你三年，明日就要……"仲禄摆摆手："仙凡相隔，尘世俗事，不理也罢。仲禄已死，早该入土为安。"爱蜜儿柔声说："仲禄，为了你，仲寿心里苦，就连乔斯也死在古亭口……"仲禄脸色苍白如纸："三界中人，谁人不苦？不离五行，何人不愁？一切都是因缘，解脱了，也未尝不是好事一件。"梁震泽等人怔住了……一切，已覆水难收。仲禄喝了一杯茶，说了一些云山雾海的话语，便起身告辞了，晚雾吞没了他削瘦的身影。梁震泽等人面面相觑，弄不清仲禄突然现身造访的真义，思索良久，梁震泽幽幽说："明天一早，我们就回上海，等小天竺寺开光的时候，再来随喜……"

起灵的时刻快到了，仲寿失望地往村口望了最后一眼，仍然见不到上海挚友们的身影。一个六旬老人气喘吁吁赶来，把仲寿拉到屋里，自称是梁家进士第的管家，遵主人之命前来致送赙金。他掏出一个大红的信封捧到了仲寿的手中，着实让仲寿吃了一惊。仲寿狐疑地端详着信封，颤指掉头，拆开一看，信纸中夹着一张三万元的巨额银票，信上写道："俟仲禄兄灵柩落土之后，烦请敬文、敬章将此款致送小天竺寺澄心法师，建庙造殿，以佑令尊大人冥福。"仲寿猜不透其中玄妙，胡乱将信封塞进了怀中。此时，作法的道士手执一片青瓦，"啪"的一声，摔破在棺材头上，粗长的铜管发出低沉凝重的殡乐，唢呐声凄楚如哀嚎，伴随着全场的恸哭，十六名扛夫缓缓将灵柩抬起……

14

听得到灵魂在太息……澄心法师和衣躺在床上，脑海里弥漫着苦雨愁雾……

古亭口有颓唐的古树，嫩绿的竹篁，伴随着一条无尽头的古驿道。当年的"病夫"万念俱灰，想的是了却残生，抛尸荒郊。他坐在牛车上，一路颠簸，一如生命之路的回溯，寻找不可知的终点。道路在延伸，天地越来越宽，终于，吐尽都会的浊气，乡野的翠风染绿他的心宇……

仲禄踽踽独行，渐渐，眼前出现富春的山，富春的水。他蓦然醒悟，这是柳岚的长眠之地，坟头已青草萋萋，开着不知名的野花。他倒卧在草地上，静静睡着了……柳岚扶着父母，正在散步，见了仲禄，惊奇地问："仲禄哥，你怎么来了？你傻，不该来啊……"她走了，隐入茫茫雾中……

醒来，见到的还是济宁寺的老和尚，一灯如豆，正面壁晚祷。仲禄施礼相问："师父慈悲，可否点化一个垂死之人，可有来生？若有，我的来生又是什么？"和尚呵呵笑："又是一个临死抱佛脚的蠢人。""蠢人？""众生之苦，苦在缺少大智慧，苦在愚顽。人生若市，熙熙攘攘，为利而来，为利而去，最终为的是自己的臭皮囊，把贪嗔淫佚视为无上之乐，病入膏肓，烧香求佛，还是求个欲字。要问来生，贫僧直言，施主轮回之后还是一个捱世病夫。""师父教我，何谓大智慧？""视肉身为无物，追寻生命的本真，潜心灵魂的救赎，臻于至善，这就是大智慧。""师父，衰朽之人是否有此缘分？""夕死之人尚可闻道于朝，屠夫恶徒也可立地成佛，施主如若乘舟南海，匍匐须弥，因缘际会，当可修成正果。"临别时，老和尚将随身的一串佛珠送给仲禄，遥指着海外仙山……

老和尚的禅语成了破雾的曙光，燃亮希望之火。仲禄风餐露宿，来到普陀山，叩响天竺寺的山门，住持见了那串佛珠，说道："施主浮华之身，半途出家，六根难尽，虽有向善之心，唯恐难了尘缘，修持无果，还望施主三思而后行。"仲禄泣道："弟子生性愚顽，自知难为僧宝，遑论佛宝，只求置身不二法门，在青灯黄卷之下，闻道而死。"住持点了点头说："施主心尘太厚，须是立关千日，清心静欲，断了诸多凡思……"钟鼓声中,仲禄落了发,取法号澄心,随即被关进一间四面是墙的石室,开始他的面壁生涯,陪伴他的是成堆的经书和滴不尽的烛泪……

千日之期已过,澄心衣衫褴褛、形似槁木,来到经堂。住持陪着师公弘船敷座而坐。弘船银髯飘拂,目光炯炯地注视着面前的新进弟子,澄心双手合十,跪在下首,纹风不动。师公含笑,喃喃念道:"教化六道一切众生,所发誓愿劫数如千百亿恒河沙……于南方清洁之地,以土石竹木作其龛室。"读毕问道:"澄心,经文出自何处?"澄心答道:"地藏王菩萨本愿经,地神护法品第十一。"师祖又念道:"诸佛出于五浊恶进,所谓劫浊、烦恼浊、众生浊、见浊、命浊。"澄心答道:"语出《妙法莲花经·方便品第二》。"师祖微微颔首,又道:"佛门修持,何事最难?"澄心答:"大论说:'佛谈般若三十年,唯谈一空字',解'空'不易,悟'空'更难。""'空'字何义?""佛曰不可说,全凭寸心得之。""徒儿慧眼已开,可知佛在何方?""我心即佛。""前尘影事可还记得?娇妻美妾是否还在镜台?""是是非非。""美妾是何形状?""霞彩披身,灵光四射,女菩萨一尊。"师祖听毕默然不作一声。

小乘教派拟在三吴之地建庙造刹,普度一方众生,虑及澄心在吴地的人脉丰沛,便命他前往开疆辟土。澄心托钵化缘,说动吴郡商会,出资在陶朱湖一隅购置庙田,建庙"小天竺寺"。澄心法师行事古怪,有别于一般的释门中人,雄伟的山门刚刚矗立,他就命工匠在犄角之处建了一座八角凉亭,命名为"施茶亭"。他自拟自书了一副楹联:"试问何处来,且停片刻去。"联句简易明了,随俗却蕴含禅意,笔迹清瘦干净,流露佛门意趣。茶亭紧邻湖边的马路,依傍着几树高龄的杨柳……

往事如梦似烟,萦回在澄心的心头,让他辗转反侧,难以成眠。返乡以来,他多次去浮泽寺盘桓,向师兄澄性请教建庙的相应事宜。鬼使神差,他多次爬上山麓,出神地俯视着小龙村绰约的身影,凝望着那冉冉升起的炊烟……敬文、敬章为他治丧的消息传出后,澄心心乱如麻。神思混沌之中，他身不由己地现身于梁家花园，与当年的旧友们"隔世相会"。似乎，他要让子孙辈知道，他并未抛尸荒郊；也许，他要昭示，仲禄已经浴火，成了佛国的公民……

小天竺寺离梁家湾相距十里，梁震泽一行回程上海时，特意在施茶亭驻足片刻，喝了一碗佛门清茶。山门后还是一片杂乱的工地，澄心不在，一早就出门化缘去了。梁震泽与捧茶的小沙弥攀谈了一会儿，留了话，便继续东行。路上，他惆怅地说："怪了，阔别三年，仲禄的书法笔意全变了模样。"

15

小沙弥把满身泥浆的敬文、敬章带进一间禅房，澄心正在禅床上打坐，听到动静，微微睁开眼睛。兄弟俩冒着霏霏小雨，走了三十多里的泥泞小道，才找到这座尚未成形的庙宇。刚称一声"法师"，兄弟俩骤然惊呆了，面前活脱脱竟然就是日思夜想的慈亲。"父亲！"随着一声凄楚的叫声，两兄弟双双跪倒在地，掩面啜泣。澄心无声，慈爱地注视着两个儿子……敬文拭干泪，从怀中取出那个红包，捧给父亲："那天，梁伯伯送了个大红包，要我们转送澄心法师。全家人弄不清梁伯伯的意思，更不知道您老人家还健在人世……"言毕，嚎啕大哭。澄心说："佛祖福佑，我一切安康，只挂念你们的生活是否顺当？"兄弟俩断断续续，翻遍行年往事，澄心饥渴地听着、听着，不插一语，忘记时间与空间，也忘记自己身上穿着明黄的袈裟……

敬文、敬章都已结婚，是仲福夫妇操了心，在乡下找了殷实的人家，俩人都有了孩子。敬文生的是女儿，年前妻子又怀孕了，如今，婴儿已在腹中躁动，十不离九是个男婴。满月的酒已经酿好，做糰的糯米粉也磨了几担。敬文在上海的金行打了一副压惊的金锁，满月时，可否请爷爷亲自为长孙挂上金锁，祈祝孙子多福多寿……

敬章在杭州的丝绸厂当了经理，收入也很可观，工厂的张老板是仲禄的旧友，对敬章也有关照。敬章苦恼的是，从杭州回吴郡探亲，走的是太湖水路，很不方便，也不安全。敬章一心想当父亲一样叱咤风云的老板，所以在去年与开花镇上的绸缎庄老板合作，在烧香滨办了个作坊，支几口大铁锅，烧茧子、抽生丝，收入颇丰。敬章头脑灵光，把鲜茧烧成干茧，囤积居奇，运到杭州，卖了好行情，赚了不少钱。敬章告诉父亲说："等小作坊成了气候，就会辞去杭州丝绸厂的经理职务，自己当老板。"敬章的目标是，在吴郡市区办一个像模像样的缫丝厂，中兴朱家门的家业。

澄心听得入神，不发一语，只是微微地笑。

用过素斋，敬文、敬章带着一身疲乏，早早地沉入梦乡。澄心和衣躺在禅床上，怔怔地望着如豆的青灯……湖畔，传来丝竹之音，撩得澄心心猿意马，他踌躇了半晌，终于换上便装，披着月色，循声向陶朱园走去。

园中，人声鼎沸，吴郡商会的富贾钜子们正在此地集会，举行祭祀陶朱公的活动。陶朱公就是范蠡，是春秋年代越国的大夫。勾践卧薪尝胆，灭了吴国之后，居功厥伟的范大夫就携了西施，在吴郡的太湖畔结庐隐遁，做起生意，成了富可敌国的经营之神。终于，与伊顿齐名，被后人誉为商坛的泰山北斗，被推上神坛，成了商家膜拜的鼻祖。吴郡的商界为此而傲视天下，因为，陶朱公发迹的灵福之地就在他们的脚下。

舞榭歌坛之上，一个阵容庞大的昆曲班子正在演出《西施与范蠡》。澄心避在暗处，观摩了半晌，却发现，演出的竟然是一折古典版的"放白鸽"故事。这是范蠡大夫早年最成功的一笔买卖，把自己的心上人西施献给夫差，迷了吴王的心智，乱了吴国的国政，用无可匹敌的美色沼陷了三吴。

此刻，舞台上演出的，是范大夫与西施劫后余生，在吴宫的响屧廊相会的段子：西施倚着朱栏，轻揉胸口，观赏着水中梭游的金鳞；

范大夫望着廊边锦簇的花团,怅然若失……他俩互诉情肠,范蠡唱道:"几度春秋,花港观鱼,却见得玉兔儿沉了水底。"西施唱道:"岁月沉沉,懒对菱镜,不忍见花枝儿萎了春景。"两人相依相偎,合唱道:"罢、罢、罢,忘掉了虚幻事、空色相,再续鸾盟长厮守,莫负了人世间良辰美景。"终于,他俩一个弃官,一个潜踪,隐遁于太湖一渚。

澄心犯了迷糊,心口隐隐地痛……天上的星星在闪烁,多像霓云梦幻般的眼睛。呵,霓云,小白鸽子,今夜你又飘零在何方?是的,我相信你的承诺,永远,永远,是我的心肝宝贝……是的,我等着你回来,像西施一样,泛舟太湖……放心,我只有怨,没有怒,心中无恨!浙地人放了白鸽子西施,让三吴人失去家园,沦为臣奴,然而,水软的三吴人却心甘情愿地让"软刀子"割头……是的,西施玉殒于太湖,太湖的水由此成了冰肌雪肤……呵,霓云,我怎能心中无恨?我恨,恨那些须眉男子,泥做的俗物!说什么"奇货可居"?纯净如水的美女什么时候成了天下奇货?也许,美女无价全在于那至美、至洁、至圣的香巢,孔穴天道,人之出入……那是水草丰美的土地,是孕育生命的花田!那里,孕育了大秦帝国,诞生了康乾盛世……然而,灌浇那生命辉煌的水,却是美人的泪……

舞台上,西施仪态万方,身姿若春风拂柳,行动如行云流水……按说,十年生聚,十年教训,西施迁徙吴郡,已是年近四十,然而,舞台上的西施却是二八青春的娇娃。难道说,美女不老,西施果真是天界谪仙?澄心心中一阵绞痛:呵,霓云,如果有缘相会,你是否还是娇羞万状、风韵依旧?

16

第二天清晨,澄心不言不语,将两枝青竹棒分给敬文、敬章,上了回家的路;那模样,就像一个和尚带了两个乞儿。中午,澄心在一户农家讨了些素食,权作午餐。敬文、敬章出门时没吃早饭,早已饿得两眼发花,父亲化缘来的剩羹残饭,吃得格外香甜。澄心见状,笑道:"受人之惠,是纳福;予人以恩,是增福。造"渡夫大桥"的梁家老太太,一生爱说的话是:"给人玫瑰,手有余香。"要记住,施比受更好。古贤范仲淹以天下为先,散尽家财,救济了许多穷人,死时子孙买不起棺材,这时,受惠之人集资为他安葬;此后,菩萨福佑范家子孙,让他们世代不受饥馁之苦。记住,向善,永远是立身之本。"

路经烧香浜时,澄心踅进敬章与王宝林合作的缫丝小作坊,喝一杯清茶。王宝林见穿着西装的敬章满身是泥,拄着讨饭棍,忍不住背着脸偷笑。澄心捧着一缕生丝,仔细察看色泽,微笑一下,突然抬起头问:"敬章,这些生丝你是否卖给了杭州丝绸厂?"敬章一怔,红了脸。澄心语气平静:"昨晚你说了'囤积居奇'四个字,我就猜想,你会否去坑张伯伯。你当了他的经理,却成了内贼……"王宝林陪笑说:"一家愿打,一家愿挨,生意之道就是这样。"澄心面无表情,徐徐说:"当年,梁溪仁公公虎步上海滩,风云际会,靠的是什么?几个词:不争,随缘,散福,怨而不怒。贫僧皈依佛门后,才知道,不争、随缘是佛陀的偈语,'怨而不怒'是林黛玉的性格,曹雪芹的处世之道。敬章,你听老衲进一言,辞掉经理的职位,回乡来吧。"敬章怔了一会,点了头。

暮色苍茫,小龙村近在咫尺,澄心收住脚,合十作揖道:"两位小施主珍重,贫僧该回去了。"两兄弟呆若木鸡,这才醒悟到,从昨日到今晚,澄心居然没有慈祥地称一声"儿子"。兄弟俩涕泪交流:父亲,今宵,您又该宿于何方?兄弟俩踏着沉重的步伐,向村头走去,却见澄心又赶了过来,轻抚着他俩的肩膀说:"记住,走路要轻,大地会疼。"兄弟俩见到父亲的眼角挂着泪花。

17

生命历程中有大悲大痛,才会产生大悲悯的精神。佛陀告诉修持的弟子，要经历恒河沙般的劫难，才算得上功德圆满。澄心原是高贵中人，沦落泥尘，历经巨大的生死之痛，虽削发于迟暮之年，却比一般的修行人先得禅机。

小天竺寺开光不久，澄心就声名鹊起，成了善男信女仰视的名僧圣徒。他特立独行，致力于佛教的民间化，说法时深入浅出，多方取喻，把艰涩的佛理阐述得一清二楚。随着他的信众日增，他凄婉的爱情故事也开始在坊间流传，以致有人称他为情僧。

南北朝以降，吴郡就是佛光普照的大地，民间有浓郁的学佛谈禅之风，为此《吴郡报》专设《谈禅》的专栏，吸引了不少读者。那天，《谈禅》的编辑前来听法，在提问时谈到上海滩的那个故事："法师，霓云小姐是你前世的妻子，她卷走你的财产，然而，你始终不出怨言，反而称她是女菩萨，是何道理？"此言一出，引起全场一阵骚乱。澄心闭目沉默片刻，说道："东坡问佛印：'我像什么？'佛印回答：'佛'。佛印问东坡：'我像什么？'东坡答：'一坨粪便'，佛印呵呵大笑。苏东坡的妻子听了，指责丈夫说：'佛印心中有佛，看人都是佛；你的心中有粪便，看人都像粪便。'"那编辑仍然迷糊："毕竟，霓云小姐是个女骗子，难道说佛门不论是非？""佛门只论因缘。佛陀也会扮作厉鬼相，来考验取经人的定力。霓云施主成就了我的一段因缘，不是菩萨又是什么？"编辑问："那么，她拿人钱财是向善之举？"澄心笑道："贫僧前世俗姓朱，没见到钱币上印了'朱氏通宝'四个字！人说女人心软，因为女人有母性，母性就是佛性。霓云盼的是一个摇篮，向往的是在月白风清的晚上，坐在摇篮边，唱一支千古不变的歌曲……钱到她的手中才算是做了功德。佛门人慈悲为怀，谁愿意听到红墙外孩子们嗷嗷待哺的哭声？谁愿意让柔弱的女人流离失所在荒郊野外？佛祖禁欲，是怕佛门中人迷了心智，而不是让世界枯寂、死亡。女人不是祸水，从禅义上说，女人是历经磨难的佛，只有他们才真正懂得生死轮回的惨烈……"他说得动情，声音有些哽咽；女信徒们掏出手帕，擦拭着眼角沁出的泪花。哭得最伤心的反倒是佛门中人，玉笏庵的比丘尼们个个泪流满面……

见全场气氛低沉，澄心转悲为乐说："来来，大家笑一笑，佛祖说，要多生欢喜心。学佛的宗旨是纯化灵魂、开启心智，是快乐的事情。'南无'在梵语中是'礼赞'的意思，'阿弥陀佛'是'无量光明'的意思。来，来，大家一起，以欢乐的心来礼赞我们伟大的神明。"经堂里，响起"南无阿弥陀佛"的佛号声……讲经结束，澄心缓步离去，热情的信徒组成欢送的人墙，突然，一个尼姑跪下去，伏在他的面前，流着泪，亲吻着他的僧鞋。她，是玉笏庵最靓丽的俏尼，法号普静。

18

弘船大师是小乘教派的领军人物，佛学界的泰斗。是年夏日，他遨游神州，巡视十方丛林，传递善与爱的福音，宣达他佛教民间化的改革理念。那天，他驾临浮泽寺，瞻仰明代帝僧的金匾，回程时去了小天竺寺。"神明"天降，给吴郡带来一股旋风。善男信女们蜂涌在道路两侧，筑成人巷，争相瞻仰圣僧的风采。马路上散满莲瓣，寓意步步生莲。眉清目秀的比丘尼手持莲枝，组成方阵，唱着梵音，在前方引路。吴郡市长和商会会长在神轿两侧扶杠，轿后跟随着小沙弥的诵经队伍和各界名流、善男信女的代表人物。弘船端坐在明轿中，闭着眼睛，双手合十，一如纹丝不动的菩萨。

澄心领着僧众，早早地伫立在施茶亭的周边，恭迎圣僧驾临。在他的心目中，弘船是一个高山仰止的人物。早在普陀山天竺寺立关的时候，他就有幸听他讲了一堂课，折服于他天纵英明的睿智和翩翩然的名僧风度。

那天，讲经前，弘船在方丈的陪同下在寺中随喜，无意中从石室的洞窗里见到枯瘦的澄心，正伴着青灯苦读黄卷。方丈介绍说："这是一个上海滩的财翁，破败了，又患了一身重病。弟子见他尘虑太多，的弟子，要经历恒河沙般的劫难，才算得上功德圆满。澄心原是高贵中人，沦落泥尘，历经巨大的生死之痛，虽削发于迟暮之年，却比一般的修行人先得禅机。

小天竺寺开光不久，澄心就声名鹊起，成了善男信女仰视的名僧圣徒。他特立独行，致力于佛教的民间化，说法时深入浅出，多方取喻，把艰涩的佛理阐述得一清二楚。随着他的信众日增，他凄婉的爱情故事也开始在坊间流传，以致有人称他为情僧。

南北朝以降，吴郡就是佛光普照的大地，民间有浓郁的学佛谈禅之风，为此《吴郡报》专设《谈禅》的专栏，吸引了不少读者。那天，《谈禅》的编辑前来听法，在提问时谈到上海滩的那个故事："法师，霓云小姐是你前世的妻子，她卷走你的财产，然而，你始终不出怨言，反而称她是女菩萨，是何道理？"此言一出，引起全场一阵骚乱。澄心闭目沉默片刻，说道："东坡问佛印：'我像什么？'佛印回答：'佛'。佛印问东坡：'我像什么？'东坡答：'一坨粪便'，佛印呵呵大笑。苏东坡的妻子听了，指责丈夫说：'佛印心中有佛，看人都是佛；你的心中有粪便，看人都像粪便。'"那编辑仍然迷糊："毕竟，霓云小姐是个女骗子，难道说佛门不论是非？""佛门只论因缘。佛陀也会扮作厉鬼相，来考验取经人的定力。霓云施主成就了我的一段因缘，不是菩萨又是什么？"编辑问："那么，她拿人钱财是向善之举？"澄心笑道："贫僧前世俗姓朱，没见到钱币上印了'朱氏通宝'四个字！人说女人心软，因为女人有母性，母性就是佛性。霓云盼的是一个摇篮，向往的是在月白风清的晚上，坐在摇篮边，唱一支千古不变的歌曲……钱到她的手中才算是做了功德。佛门人慈悲为怀，谁愿意听到红墙外孩子们嗷嗷待哺的哭声？谁愿意让柔弱的女人流离失所在荒郊野外？佛祖禁欲，是怕佛门中人迷了心智，而不是让世界枯寂、死亡。女人不是祸水，从禅义上说，女人是历经磨难的佛，只有他们才真正懂得生死轮回的惨烈……"他说得动情，声音有些哽咽；女信徒们掏出手帕，擦拭着眼角沁出的泪花。哭得最伤心的反倒是佛门中人，玉笏庵的比丘尼们个个泪流满面……

见全场气氛低沉，澄心转悲为乐说："来来，大家笑一笑，佛祖说，要多生欢喜心。学佛的宗旨是纯化灵魂、开启心智，是快乐的事情。'南无'在梵语中是'礼赞'的意思，'阿弥陀佛'是'无量光明'的意思。来，来，大家一起，以欢乐的心来礼赞我们伟大的神明。"经堂里，响起"南无阿弥陀佛"的佛号声……讲经结束，澄心缓步离去，热情的信徒组成欢送的人墙，突然，一个尼姑跪下去，伏在他的面前，流着泪，亲吻着他的僧鞋。她，是玉笏庵最靓丽的俏尼，法号普静。

18

弘船大师是小乘教派的领军人物，佛学界的泰斗。是年夏日，他遨游神州，巡视十方丛林，传递善与爱的福音，宣达他佛教民间化的改革理念。那天，他驾临浮泽寺，瞻仰明代帝僧的金匾，回程时去了小天竺寺。"神明"天降，给吴郡带来一股旋风。善男信女们蜂涌在道路两侧，筑成人巷，争相瞻仰圣僧的风采。马路上散满莲瓣，寓意步步生莲。眉清目秀的比丘尼手持莲枝，组成方阵，唱着梵音，在前方引路。吴郡市长和商会会长在神轿两侧扶杠，轿后跟随着小沙弥的诵经队伍和各界名流、善男信女的代表人物。弘船端坐在明轿中，闭着眼睛，双手合十，一如纹丝不动的菩萨。

澄心领着僧众，早早地伫立在施茶亭的周边，恭迎圣僧驾临。在他的心目中，弘船是一个高山仰止的人物。早在普陀山天竺寺立关的时候，他就有幸听他讲了一堂课，折服于他天纵英明的睿智和翩翩然的名僧风度。

那天，讲经前，弘船在方丈的陪同下在寺中随喜，无意中从石室的洞窗里见到枯瘦的澄心，正伴着青灯苦读黄卷。方丈介绍说："这是一个上海滩的财翁，破败了，又患了一身重病。弟子见他尘虑太多，难成正果，只想让他在西去的路上，佛光普照，走得安宁。"弘船面露愠色："佛光普照？请问，你有否请他听我讲经？"方丈惴惴不安："没有。"弘船生了气："你不该蔑视一颗破碎的心。佛光普照是什么？是众生平等，人人皆可以成佛，是普渡慈航……"方丈额头上冒出了冷汗，急忙叫管理寺务的和尚打开暗室……讲完经，弘船单独接见澄心，慈祥地询问他的过去和现在，为他开了一个药方，嘱咐他按时煎服。又交代方丈每天让澄心放风两个时辰。他呵呵笑着说："造物是以众生平等的原则创造世界的。世界上最珍贵的东西是免费的，那就是芳香的阳光与清甜的风……"澄心泪如泉涌，跪在他膝前喊道："法尊，您是我的再生父母，是伟大的活佛！"弘船呵呵大笑，扶他起身："我并不伟大，我的伟大是因为你跪着……"

澄心暗存私意，想借此机缘，请大法师为小天竺寺著锦添彩，增添新寺在丛林中的声望。弘船的书法出神入化，被时人尊为"禅笔"，写得一手寓含皇家笔意的瘦金字体，所拟的禅联，对仗工整却又流于自然，淡泊中蕴含释门至理。澄心亲眼看过他在普陀山留下的墨宝，颂赞了学佛的"不二"精神，惊为天人。为此，他将小天竺寺的门匾和三宝殿的殿柱留了白，等待弘船亲临留墨，一如久旱的农夫盼望天际的云霓。终于，在薰风炙人、荷叶田田的季节里，弘船衣袂飘飘，来到小天竺寺。见到恩公似的大法师，澄心双眼湿润，着地跪接，弘船呵呵笑："徒儿，师父早就说过，我并不伟大。"几年来，弘船一直牵挂着这位大难不死的高徒，心系着小天竺寺的建设，此番，仙踪吴郡，念兹在兹的是，看一看这座新进的宝刹，题款留墨，了却爱徒的一宗心愿。

弘船并不急于进山门，伫立在施茶亭前品味着那副楹联："试问何处来，且停片刻去。"良久，问道："何人所题？"澄心稽首："徒儿涂鸦，难入师尊法眼。""为何设此茶亭，改了丛林体制？""品茗即是学禅。""何以见得？""茶中有魂，和清静寂。愚徒点化世人，光阴乃人生逆旅，稍纵即逝，但求在片刻之中，格物致知，求个宁静、觉悟。"

弘船微微颔首，又问道："佛门与茶道，何时结缘？""始于盛唐。诗僧皎然鼎力相助陆羽撰写《茶经》。其后，高僧怀海制订《百丈清规》，将'茶供三宝'纳入佛门仪规。""你知道从谂么？""名驰华夏的高僧，人称赵州和尚。""一个学佛之人三个相悖的问题，他回答了三声'吃茶去'。高僧暗藏禅宗机锋：若想悟道，吃茶去。""佛陀对双手执莲的拾得连说三声'放下'。拾得放下了右手莲，又放下了左手莲，第三声'放下'，却不知该放何物？思索良久，才知是放下心障。佛陀暗藏禅宗机锋：若想成佛，放下。"听毕，弘船内心欢喜，对簇在身边的市长、会长和一众俗客们说道："走，吃茶去。"

歇息片刻，弘船泼墨挥毫，题写"小天竺寺"、"施茶亭"两方匾额，又写了一些中堂与条幅，赠给了求字的宾客，待到要为大雄宝殿拟联时，却笔悬半空，无从落笔。踌躇良久，扔笔道："有徒儿在此住持，老僧就无须涂鸦了。"澄心惶恐，连连稽首说："愚徒之与师尊，云泥之别，师尊何出此言，折煞徒儿？"弘船叹道："今日见了你拟的禅联，敦厚浅显，老妪能详，却蕴含无穷禅意，愚师自愧弗如。"澄心大惊，伏地长跪："师尊休言，草鸡安敢与凤凰相比。"弘船将他扶起，谆谆言道："人人心中有禅机。你说出人人心中有、人人嘴上无的禅意，发出与芸芸众生的和鸣之音，愚师倡导的佛教民间化，就是这个样子。要告诉求签问卜的信众，但行好事，莫问前程；要让众生明白，佛法庇佑众生是因为众生心中有佛心……"在场的俗众第一次听到，玄妙深奥的佛理如此浅白地靠近自己……

下午，人群散去，澄心陪着弘船在寺中随喜。观音殿里，十多位少妇捧着鲜红的绸袋，正在焚香祈祷，见圣僧光临，发出莺歌燕语般的欢叫。她们簇在周围，恳求弘船为她们手中的绸袋过香。弘船不知就里，问澄心："这是什么？"澄心讷讷道："送子袋。"弘船迟疑了一会儿，呵呵笑，郑重其事地接过送子袋，念着经文，一一过了香。少妇们个个激动得脸泛红光……两个小沙弥把过了香的送子袋悬在半空。殿中，鲜红的送子袋已是琳琅满目。

净室内，灯下，两位法师品着地产的"小团月"茗茶，闲话家常，弘船问道："施茶亭的茶水我也喝了，舌苔生香，两颊生津，据说，吴地人称之为天茶，这是何故？"澄心答道："这就是团月茗茶，原是浮泽寺的寺茶。当年明帝朱允炆落难浮泽寺，喝了这款茶水，皇帝喝了，自然就是天茶了……""喔……"弘船似信非信，摇了摇头。澄心笑了："其实呢，天茶典出苏东坡在吴郡写的一首诗，诗中有'独携天上小团月，来试人间第二泉'两行韵语……"弘船点头："这就是了。"澄心继续说："好茶必须有好水，才不会暴殄天物，说起来，杭州的虎跑泉就比不上吴郡的'天下第二泉'，东坡先生在杭州西湖修堤时，用虎跑泉的水沏小团月茶，怎么也泡不出味来，因此写下'精品厌凡泉，愿子致一斗'的诗句，向当年的吴郡县令焦千之讨泉水，为此，焦千之还用快马给他送去两坛泉水……"

弘船听了，起身在房中徘徊，脸上似乎有些焦虑，终于，他说话了："徒儿，施茶亭的茶联少了一幅横批，为师今日为你补缺，如何？""是，是……"澄心高兴得手足无措，急忙铺排纸墨，弘船振笔疾书，写下四个字"心水净也"。落款后，弘船问道："为师的意思你明白吗？"澄心激动流泪："明白。好茶，好水，要喝出味来，重要的是心水是否干净。""是了，心中有禅才是根本。白天，为师在观音殿随喜，看到殿中挂了许多送子袋，听说是你开的先例。一个头陀，去关心女人生孩子，整天与莺莺燕燕混在一起，会否有碍佛门清誉……""不，师尊，出于污泥而不染，女人是最圣洁的莲台，是承载生命的土地，也是生命慈航的渡船。"澄心直挺挺地跪着，额头渗出汗珠。弘船吃了一惊，怔住了，第一次听到有人对他说'不'，这才明白，面前这位水软的弟子，竟是慈航路上特立独行的行者……

沉默、沉默，相对无言……师徒俩拈着佛珠，苦苦思索着那难以破解的禅理，那是灵魂在苦行……

一曲凄苍悲凉的《惠泉映月》乐曲回旋在夜空，那是水乡在悲吟，是灵魂的挣扎。弘船与澄心默默谛听，不发一语。澄心知道，瞎子阿秉来了,为的是求宿。他是一个在三吴地区四处流浪,卖艺行乞的民间艺人,他的音乐悲鸣感动了三吴大地,让万千黎民闻声潸然。

　　寺僧开了山门,到施茶亭把阿秉引至厢房歇息,音乐也戛然而止。弘船叹息问道:"他是道友?"澄心点头说:"他的父亲是道士,死时留给他一个道观,他得了病,瞎了眼睛,卖掉道观,从此就以卖艺行乞为生。他的《惠泉映月》就是道家音乐。""他居无定所?""城内还有一间破房,只是他行路不便,常常误了回城的时间;天落黑,吴郡的城门就上了闩。有一天,中夜时分,他在南门叫门,守城的军爷都睡了,被吵醒后很不高兴,站在城头上捉弄他,要他拉几支曲子当做买路钱。阿秉拉了几曲,军爷们听着伤了心,蒙住脸在城头上哭,忘记开门。阿秉也哭了,喊道:'军爷,行行好,我还没吃晚饭呢',军爷这才醒过来,赶紧为他开了门。听了这故事,我心中难受,就对他说,如有不便之时,就在我的小庙寄宿吧。""他的身体?""冷嗽病很重,没力气叫门,就用这支《惠泉映月》叫开我的山门。说起来,他还有一手绝活,吹笛。前年冬令,他在我这里留宿,半夜时分溜出门,行走在麦垄上,迎着强劲刺骨的北风,吹笛子练气。第二天,他对我说,运气时顶得住朔风,笛声才会气遏行云。近年来,他哑了喉咙,气促,就再也听不到他的笛声了。"

　　"天下多悲声。"弘船黯然叹息,行至书桌边,提笔写了一个方子,嘱咐说:"这是一个民间秘方,你去抓药,留他在寺中将养几日。"澄心面呈难色:"怕只怕佛道不同途,让道友长住寺中,有失了体统。""佛门有言,救人一命,胜造七级浮屠。"弘船仰天思索一阵,问道:"徒儿,佛家有梵音,道家唱道情,两者的音乐究竟差别在何处?"澄心答道:"听了道情多悲愁,想的是明月清风,羽化成仙;听了梵音多生了欢喜心,乐天知命。"弘船顿首:"同样是讲究出世,前者是黄鹤之飞,后者是出了世再入世……

19

有了圣僧的加持，小天竺寺一夕爆红，成了丛林中的名刹。进香的团队络绎于途。从早到晚，小天竺寺缭绕在香烟冉冉之中。

《吴郡报》的《谈禅》专栏接连发表《茶中有禅》、《楹联中的禅意》、《佛门与浊世》等文章记录弘船大法师在吴郡的云程和佛理解析。"心水静也"的匾额高悬，施茶亭的联句也成了吴郡人的美谈。那茶水也被美誉为福茶，成了香客和过往行人必尝的"心水"。初一、十五，喝茶的人排成长串，大有神龙见首不见尾的架势。澄心法师的名声不断被附丽……

梁震泽与兰草来看望老友，言辞日见拘谨，担心冲犯佛门神圣。多年前，兰草正式进了梁府，当了小妾。她苦恼的是年过了三十，还生不出一个麟儿。她把澄心拉到僻静的所在，倾吐苦衷。澄心知她望子心切，过于紧张，便陪她跪伏在送子观音的座前，烧香祈祷，末了，建议将梁震泽、兰草的姓名、地址与八字装在一只红布香袋中，悬挂在观音殿的梁上，以示日日跪拜的虔诚。澄心也率僧众，每日为他俩念经祈福。说来也奇，三个月后，兰草珠胎暗结，鱼雁传书，给法师报来喜讯。因为是梁家媳妇添喜，这消息就格外劲爆，一传十，十传百，前来挂送子袋的夫妇挤爆观音殿。此时，澄心已被美化为恩泽苍生的高僧。

更神奇的故事发生了，是年，吴郡大旱，半年不见雨露，水塘、河浜都干了底。此刻，有人见澄心仙袂飘飘，站在陶朱湖的西施墩上，伸手呼天："普降甘霖。"疾呼三声之后，只见万千乌云从天际腾起，遮阳蔽日；云中，但见雨工们来回奔跑，驱赶着五条水龙低头戽水……不一会儿，倾盆大雨从天而降，灌满河浜，漫溢池塘……美丽的传说，终于让澄心神格化，成了法力无边的"活佛"。

玉笏庵的比丘尼围簇在他的身边，成了他忠诚的信众，每当澄性讲经授课时，她们就如月边的云霓，缭绕在他的周围。那浑厚、带有磁性的声音是最动人的梵音，翩翩然的举止让她们入迷，毕竟，比丘尼也是女人，在吟味人间凄美爱情故事的时候，心头也会泛起涟漪，也会偿付怜悯的眼泪，也会判别谁是真正的男人。普静每每见到澄心，脸颊就飞上两朵红云，心头如小鹿蹦跳……每当其时，她就赶紧跪伏在佛祖的面前，请求宽恕。

生活如悠扬的牧歌，盘旋在翠绿的田野上。儿侄们常来看望，给澄心带来时新的蔬菜和豆角，也送来自家腌制的咸菜和笋片。儿孙和侄孙来了不肯走，挤在他的禅床上过夜，清晨尾随着僧众进三宝殿学做功课。他们死皮赖脸地叫澄心爷爷、澄心叔公，澄心却笑呵呵地称他们叫"小施主"。偷个空，普静也会来小天竺寺串门，在外厢房帮孩子们换洗衣服，煮一桌手工素菜；孩子们喜欢她，称她小尼姑阿姨。敬章还在杭州干活，张老板不让他辞职，硬生生留了他几年。他与王宝林合资的缫丝厂已在筹建，拔地而起的大烟囱已建了一半，据说，这是吴郡市序列66号大烟囱，数字吉祥。工厂地址就在吴郡南门大街，厂名叫英昌。听王宝林说，敬章出资一百担生丝，每担折一斤黄金。事业草创，事情多，敬章已经辞了杭州那边的工作，不日就会回乡，澄心听了，微微地笑。

20

爱蜜儿还是那样，没头没脑地过日子，她重情义，爱怀旧，常常与宋襄理来吴郡看望澄心法师，送上一些清热养肺的补品。她的男孩长得漂漂亮亮，与姚霄汉太像了，这让宋襄理既狐疑又高兴，为此，他作了"倦鸟归林"的决策，把资产转移到家乡吴郡，开了一家规模宏大的"冠郡绸缎庄"。姚霄汉鼎力相助，偷偷塞给了爱蜜儿一张巨额支票，作为乔迁新居的礼金。他对犹豫不决的爱蜜儿说："一个城市的好坏，是以成功的几率来衡量的，吴郡市号称小上海，后劲足，发财的几率不输上海。再说，你这样的花魁，到了吴郡，自然是风生水起，让人高山仰止……"一席话说得爱蜜儿心花怒放。

"礼金"变成陶朱湖畔的一幢转盘小楼，住进了宋襄理一家三口。花园里，爱蜜儿牵着孩子的手，悠闲地在草坪上散步，宋襄理亦步亦趋，撑着小洋伞为母子俩遮阳……小洋伞是法国名媛仕女常用的名品，明黄色，精致而又华贵。

爱蜜儿夫妇拜访了澄心，请他为店铺看看风水，卜卜休咎，把法师逗得乐了，说道："看风水是道士、阴阳学家的事，佛门讲的是因缘和养心，做生意事关人们的衣食住行，要问苍生，莫问神鬼。"澄心告诉爱蜜儿夫妇，梁震泽与兰草人在吴郡，做生意的事可以向他请教请教，宋襄理点头称是。长期来，他做的是买办生意，占了卖方市场的优势，对做买方市场为主的生意，生疏得很，为此，他广发"英雄帖"，想请各路"神仙"来出出主意，帮帮忙。

试营业那天，姚霄汉专程来祝贺，一进二楼的经理室，就抱住爱蜜儿的孩子，亲个没完没了。宋襄理见他带来那么多的玩具，赶忙叫孩子说："谢谢叔叔。"爱蜜儿望着三个男人，脸上流淌着蜜意。末了，姚霄汉倨窗而立，看着窗外淅淅沥沥的雨景，突然击掌赞道："好，好风水！"窗外的街道，鳞次栉比，大大小小挨着十几家绸缎庄，挂着林林总总的招牌和旗幌。姚霄汉兴高采烈说："同质性的店面扎堆，会奇招百出，形成优胜劣汰、水涨船高的局面，上海的不少老牌店就是这样产生的……"受到肯定，爱蜜儿快乐得忘乎所以，抱住姚霄汉说："多情公子，我就喜欢你这份聪明……"宋襄理大声咳嗽，示意有贵客临门。

澄心、梁震泽、兰草、敬文等一众人进了门，宋襄理不迭声地打招呼："贵人出门招风雨，难为各位了……"兰草带来孩子，让爱蜜儿格外高兴，立即进入话题，各自夸耀着孩子，谈起育儿经。敬文是爱蜜儿礼请来的，想聘任他当账房先生。司马景掏空一案，让她受了池鱼之殃，亏了不少；好在她奶大无脑，烦恼从不过夜……只是，她深自后悔，自己没学卓文君"当垆卖酒"，让司马景钻了空子。此番开店，她总结教训，亲自掌舵，还遴选了敦厚老实、知根知底的朱家大公子当账房。

　　沪上旧友，相会于故乡，个个欢笑，人人快乐。正在此时，却听得鞭炮轰鸣，鼓乐齐响，大家挤到窗前，探视着街上的热闹景象。那是邻旁的"新锦绸缎庄"在搞大酬宾活动，人潮拥塞了半条街。刹那间，原本在"冠郡"徜徉的客人也跑出店堂，挤到"新锦"门前的人群里。"新锦"的伙计们满头大汗，正给顾客们分发礼品……礼品是一支雨伞，伞面上印了"新锦"的招牌和电话号码。不一会儿，一把把雨伞在霏霏细雨中张开，形如簇簇蘑菇，遮蔽了半条大街……

　　这分明是较劲，给新开张的"冠郡"一个下马威。爱蜜儿很不开心，对姚霄汉娇嗔骂道："乌鸦嘴！看，奇招百出，马上来了。"姚霄汉哈哈一笑："好事还在后头呢。"宋襄理招呼大家落座，斟着茶说："没什么好看的，小儿科，过几天'冠郡'开业，我也来送伞，他送五百，我送一千，看谁的阵势大！"姚霄汉讪笑："创造者是天才，模仿者是蠢材。""那怎么办？"爱蜜儿有点小愁，眼光落到梁震泽和澄心的身上，似乎在催讨救兵……澄心事不关己，正闭目养神；梁震泽用慈爱的目光盯着两个孩子，看他俩起劲地争夺着玩具。爱蜜儿撒娇了："震泽大哥，你是上海滩的经营之神，总不会是浪得虚名吧？"梁震泽回过神来，抱愧一笑说："这话原本该由澄心法师来说的……商海沉浮，我总算悟了道：做人也罢，做生意也罢，重要的是秉持随缘、不争的佛门要义……"澄心闭着眼，双手合十，口称："善哉，善哉。"爱蜜儿生气了："两位大哥说天书，小女子听不懂！"梁震泽宽爱一笑："比如说，'新锦'面向'下里巴人'，'冠郡'何不转向'阳春白雪'，顾客群不同，互不搭界。"姚霄汉击节称赞："震泽兄说得在理，'冠郡'应该学学上海的犹太佬，做高端生意……我刚才看了店面的格局，大而无当，宋兄何不辟出一半店面，设立成衣铺，请上海的红帮裁缝坐堂，为名媛贵妇量身定做礼服、旗袍、衣裙……当然，进的货品也要上乘，缎面光鲜，丝质一定要达到五A级，缺货的话，从日本进口，这方面，襄理兄是轻车熟路……"爱蜜儿热血沸腾，快活地连称："好，好……这'送伞'的把戏也就免了，我看'新锦'的油纸伞，品质低劣，也上不了'冠郡'的台面……"梁震泽沉吟片刻说："伞嘛，也得进一批，就像爱蜜儿小姐和兰草用的法国货和英国货，进口几十把就够了。不过，我想帮你们改个字，把'送'换成'借'……阔太太看完货回家，借把伞，让男士撑着，给她遮阳蔽雨……说来，名媛贵妇谁不想像白金汉宫的王妃，显显自己的淑女风采……"姚霄汉补充："来还伞，不就是回头客么！做广告，关键是人性化。"爱蜜儿昂奋："两位大哥聪明透了，本小姐依计施行。"要不是兰草在场，她早就把震泽抱在怀里了……

　　《惠泉映月》的悲吟响起来，瞎子阿秉也来赶场子，窝在屋檐下，卖艺赚钱。梁震泽久违了家乡音乐，携着兰草的手，倚窗谛听……宋襄理有些不悦，唤来了伙计，让他去施点钱，请阿秉换个地方。阿秉对伙计连连称谢，拿起装钱毡帽，挟起一片硬纸板，背着二胡，踽踽走了。姚霄汉第一次听到这支二胡曲，挤过来观看，问道："瞎子的纸板做什么用？"梁震泽叹口气说："上面写着：过路君子行行好。说来，也算是广告招贴。"姚霄汉沉默了一会儿说："震泽兄，如果你我沦到这般境地，你会写什么样的'广告词'？"梁震泽又叹口气："这却要请澄心法师操刀。"澄心不闻红尘琐事，正在打坐，偏是兰草童心未泯，摇醒澄心，好奇地要他为阿秉拟个"广告词"。澄心被兰草拉到窗前，悲悯地望着阿秉渐渐远去的背影说："就写四个字吧——春天来了。"

21

　　一个晚上，澄心觉得心浮气躁，神情恍惚，便点亮烛台，披衣夜读。一会儿，施茶亭方向传来《惠泉映月》的二胡声，接着，听到寺僧打开山门的声音……过了一会儿，有人敲门，澄心开门一看，正是瞎子阿秉。他一脸疲惫说："在湖滨，两个樵夫塞给我一封信，托我带给你，我怕事情紧急，就摸黑赶了回来。"澄心看着信，脸色越来越苍白，豆大的汗珠从额上滴下来。信是一个名叫邵夫的人写的，他是有名的太湖强梁，纠合了一帮土匪，盘踞在太湖的虎头屿上，整天干着打家劫舍的营生。他在信中说，敬章已在他们手中，要澄心法师用一百斤黄金赎身，生死悬在法师的一念之间。一百斤黄金，刚好是敬章投资英昌的总数，看来，湖匪是摸清了底细，谋定而动的。厨师煮了一碗面，给阿秉当夜宵，阿秉狼吞虎咽后，抹着嘴问："法师，信上说什么来着？"澄心木然："没什么大事，你累了，该歇歇了……啊，不不，阿秉师父，我从来没囫囵地听过《惠泉映月》，如果你不介意，我想……"阿秉觉得反常，却不敢多问，整了整弓弦，拉响《惠泉映月》；水乡，又响起悲吟……澄心法师双眼茫然，凝望着无边的黑暗……

从杭州到吴郡的水路交通要横穿三万六千顷的太湖，敬章坐的是机帆船，载了二十多个客人，大多是跑单帮的小商人。船在湖面上颠簸了一个晚上，天明时已进入吴郡地界，穿行在一望无边的芦荡里。

敬章还在梦中……突然，两声枪声响起，发出破空的啸声，敬章被惊醒，拉开船窗往外看，只见芦苇丛边的草滩上站着三个穿短打的汉子，为首的手中握着一把盒子炮，向机帆船扬着手。船刚泊住，只听一声唿哨，四条小网船从芦丛中逸出，泼剌剌地飞来，团团围住机帆船。船老大进了舱，见怪不怪地说："客官们中了彩头了，准备些卖路钱打发打发，放心，性命是没问题的。"几个老江湖依然抽着旱烟，慢腾腾地往褡裢里掏银洋，露出了习以为常的神态。然而，船老大很快发现，情况有异，几名湖匪冲上船，直奔船舱，晃着手中的盒子炮，对敬章说："朱公子，请吧，我们老大请你去山寨喝茶。"说完，用绳子把敬章绑成"粽子"，临走时，强人对乘客们拱拱手："打扰了，让各位受惊了。"

敬章当了肉票的新闻，旦日之间传遍十里八乡。瞎子阿秉在开花镇的墟集上卖艺时风闻这个消息，恍然大悟：那只信封里暗藏杀机。

拉二胡的手在颤抖……唉,原本以为像我这样,眼不见为净,才叫"心水净也",岂知……唉,这天杀的世道!

澄心穿上便衣,趁着夜色,潜回小龙村。自皈依佛门以来,这是第一次踏进家门。中堂里的酸枣木椅颜色泛了灰,朱楠夫妇的照片也泛了黄。中庭花园的腊梅树已团团簇簇,枝繁叶茂……客厅里,仲福与王宝林坐在美孚灯旁,说话嘴唇发抖。100斤黄金,哪里去筹?新厂的大烟囱已砌了一半,头寸越来越紧张……澄心默默无声,苦思对策,末了,他说:"说到底,邵夫要的是钱,章儿的性命一时之间还不打紧。我估摸,一百斤黄金也是虚数,等着我去讨价还价,不管怎么说,二十斤黄金是少不掉的,宝林兄弟先想想办法,厂子的工期不妨推一推……"

一阵冷风吹来,门推开了,一个黑衣女子走了进来,一条纱巾裹了脸,让人难辨真容。她对澄心躬身为礼,说道:"借个僻静处说话。"澄心狐疑,带着她隐进了腊梅树荫,那女子解开了纱巾,露出了白净的脸,澄心一看,失声喊道:"普静!"普静眼圈发黑,显然是一夜未眠。她莞尔一笑说:"法师,小尼思虑再三,决定明日去虎头屿走一遭,救出法师的二公子。""你,一个弱女子?""法师放心,我与邵夫相识,同乡人,他说过一句话:为我生,为我死……""普静……""当女孩时,我崇拜英雄,瞧不起做田水的邵夫。他发了狠,当了山大王,前来抢亲,我吓坏了,乘乱跑了,邵夫一怒,烧了我家的房子……""普静小师父,难道说你要为了敬章……""对,当一个谢瑶环。"说完,她扭过脸去,掏出手绢……

"谢瑶环柔情靖三吴"的故事是吴郡人耳熟能详的故事,因为,这个香艳的故事就发生在他们的脚下。谢瑶环是武则天的女官,奉命征剿在太湖结草的义军,在伍员庙与义军首领袁行健邂逅,触动了她的女儿柔肠。她欣喜地对侍女说:"汉风吴韵,这是一块可以用女儿柔情征服的土地。"干戈化为玉帛,谢瑶环与袁行健泛舟太湖,鱼水相欢……吴郡的居士常常走村串户去"宣卷"劝善,边说书边演唱,说得最多的就是谢瑶环的故事，从小，澄心、普静就熟悉这个故事。

澄心听了普静的话，霎时苍白了脸，喊道："你疯了？告诉你，宁可敬章死了，也不会让你身处不测之地！天下汹汹，让男人去死，我可以找到一百个理由；让女人去死，却找不到一条理由。""我不会死。""活着，却已死了！"普静泪如泉涌，身子一软，扑进澄心的怀中，皎洁的脸庞贴在他的肩胛上，澄心吓了一跳，一时成了泥塑木雕……

普静走了，澄心忧心如焚，嘱咐仲福的妻子赶去玉笏庵，知会师太，务必要把普静关押起来，严加看守。大嫂去了两个时辰，沮丧地回到家中说："再没见到普静回庵中。"

此时，一条小船梭行在芦荡的水道上，向虎头屿飞行而去……

敬章裹着一条麻袋，回到家中。手表与钱包被抢走了，西装与皮鞋也被剥掉了，进家门时只穿着一条裤衩。几天来，澄心衰老了许多，簌簌如风中落叶，喃喃说："是女菩萨救了你的命，她……她是侠尼……"

载着敬章的丝网船离开虎头屿时，正是邵夫与普静洞房花烛的时候。唢呐与花鼓和鸣，爆竹的硝烟弥漫在橙色的苍穹，普静穿上红裙，花头巾裹住光洁的头皮，只露出明月似的脸盘。她与邵夫的谈判简捷明了："如果爱可以化解仇恨，让你放下屠刀，我就当你的妻子。"邵夫喜出望外，放掉了敬章。

敬章在小天竺寺见过普静，想起她的好处种种，禁不止放声大哭，突然，他双膝一屈，跪倒在澄心的膝前喊道："父亲，我作了孽，害了父亲，遭了报应。当年，我不该把霓云二姨娘的小婴儿……"澄心乏力地摆摆手："别说了，我早知道了。""父亲……""这事堵在你心里，不好受，就是佛祖对你的惩罚。孩子，记住：大道至简，只是一个'仁'字。仁是什么？看到毛茸茸的小鸭子就是仁……"敬章的耳畔响起那孩子惨痛的哭声，禁不住又是一阵痛哭。

英昌丝厂的工程收尾了，却发生一件让人惊心的大事：那支数十米高的烟囱地基不匀，渐渐倾斜，十多天后稳住了，却成了吴郡的比萨斜塔和虎丘塔。工程师吓出了毛病，躺进医院。澄心看了，觉得砼基厚重，不至于倾倒，但为防万一，嘱咐敬章在烟囱下建个花园，用透绿围墙封闭了。他又赶往医院，为命悬一线的工程师念了一段大悲咒经，这才拖着沉重的脚步，回到寺院。

法师步步惊心，他知道虚名带来的是重负，而自己不过是一个不堪一击的凡夫俗子；不祥的阴云不时飘过他的心头，依稀觉得，月盈而亏，自己去日无多。他气塞胸闷，吐痰时咯了血。他惊慌，匍匐在伟大的神像前祈求佛光罩身，神却说，该来的一定会来，一切都是劫数，一切都是因缘。

22

一个俏尼姑手捧鲜红的送子袋，在送子观音的莲座下纹风不动。尼姑求子，自然是难得一见的稀奇事，围观的香客里外三层，围得水泄不通。那尼姑仰望着观音大士慈祥的脸庞，眼泪簌簌地流；天黑了，香客们散去了，她依然跪着，不愿离去。庙祝入内飞报，澄心法师吓了一跳，不明白一个女尼何以会抛头露面，在众目睽睽之下祈求子息？这可是棘手的大事情，弄得不好，玷污佛门净土，传出秽闻，这，可不是等闲视之的小事！他急得汗流浃背，急忙召来两个年老的和尚，嘱他们便宜行事，好歹要把她请出山门。

老和尚们去了一阵子，又回来了，手里擎着红布送子袋，回禀说："女师父死活不肯走，说是要见见当家的，请法师帮她拿捏一个主意。""这种事儿，不见也罢。""女师父求的不是生子，是她的俗家儿子被人拐卖了，求观音菩萨显个灵，指点迷津。她原本在衡阳西枫庵修持，此番为了寻子，千里迢迢而来。"澄心默然，接过送子袋，抽出了袋中的红纸看着，脸色煞白，虚汗直冒，嘴里喃喃："是她，是她，小白鸽……"紧接着，喉头发腥，一阵咳嗽竟咯出一口鲜血。寺僧们慌了手脚，捶着背，给他灌了一盅茶水。"没事，没事……"他摆摆手，定了定心神说："天见可怜，好歹是同门姐妹，你等不要怠慢了，让她用了素斋，在外厢房歇了……明日再作区处吧。"寺僧们感到蹊跷，却不敢多言，退出门去……

没错，她就是霓云，心如黄连的薄命人。被司马景、秃八挟持到香港后，她一直处于恐惧之中。司马景要她当正房妻室，她抵死不从，咬伤了他的手，被打得遍体鳞伤。小倩虽知受骗，却身怀六甲，已是木已成舟，覆水难收。她深知，司马景谋财劫色，全是为了霓云，担心一旦霓云就范的话，发妻的地位就会泡汤，自己又会沦为陪房丫头的角色，因此，她表面顺从司马景的差遣，日夜看守住霓云母子，私下却怂恿霓云偷逃回上海。他们住在一座临时租赁的半山别墅里，周边树木苍笼，是一个僻静的去处。一天晚上，小倩听到司马景与秃八在客厅里吵架，便蹑手蹑脚地下了楼，藏在暗处偷听。司马景冷若冰霜："给了侬这个数，侬还嫌少？侬撒泡尿照照自家的面孔，上海滩的烂仔一个。"秃八撒了野："妈个鸡巴，你在打发叫花子？阿拉为了你，断了回乡路，你叫阿拉在香港街头讨饭吃？""人心不足蛇吞象，侬算算，阿拉给你的这笔铜钱够你逍遥一世了，不是跟着阿拉，侬到哪里去做这样的大买卖？"秃八冷笑："也好，算我认了栽，钱阿拉勿要了，人归我。告诉侬，'白鸽子'的大腿阿拉早已摸过，好东西！你谋财，我劫色，让阿拉这个烂仔风流半世，也值！"司马景愤然大怒："好一个不识相的烂仔，阿拉的马子你也敢伸手！今早在茶楼你也见了我的朋友，阿拉问你，他们是干什么吃的！"秃八一怔，心头发怵，悻悻说："好，算侬狠！"他进了自己的房间，整理了一包行囊，离开那幢别墅，临走时撂了一句话："后会有期。"

小倩上楼学说了话，霓云吓得双手冰冷，哭求小倩，帮她想个法子，离了这个狼穴。

第三天深夜，月黑风高，小倩从司马景身上偷了钥匙，溜进房中，摇醒霓云，两人抱了孩子，蹑手蹑脚地离开别墅，钻进近旁的树丛中。

临别时，小倩塞了一把盘缠，哭着对霓云说："啥时见了仲禄，代我说声对不起，来生再做他的牛马……"小倩偷偷溜回别墅，霓云定了定神，正要离去，只听得别墅里传出几声沉闷的枪声。孩子惊醒了，霓云颤抖着手紧紧捂住孩子的嘴……

在一家小客栈里匿身了几天，霓云买了船票到了广州，转乘火车回上海。车厢里，人满为患，挤得水泄不通，霓云搂着孩子席地而坐，捱着饥饿，一路颠簸，心力交瘁，她沉沉睡去了。车到衡阳时，她饿醒了，睁眼一看，却不见了娇儿。她在人缝里乱钻，大声呼叫着孩子的名字。一个邻座的旅客告诉说，车在衡阳前一站停靠时，一个男人给了孩子一根棒糖，带着他下月台去买馒头，就没见再上车来。霓云一听，五雷轰顶，慌忙在衡阳下了车，顺着铁轨疯也似的往回奔去……茫茫人海，哪里寻去？霓云没头苍蝇般地扑腾了几天，终至昏倒在路边。醒来时，发现自己正躺在一个尼姑庵里的净房里，慈祥的师太在给她喂水。霓云病了一年多，师太每天熬药喂汤，顺带说佛谈禅，终于把她从奈何桥边拉了回来。终于，霓云在庵中落了发……她变得沉默寡言，除了诵经，整天不说一句话。每天晚上，她关紧了门，用针刺破了手指，在贝叶上抄写经文，一天，师太发现了血经，问她为谁祈福，她眼泪汪汪说："一个好人，他是人间的佛。"师太摇摇头，深深地叹了一口气……

几个菜姑云游佛教圣地普陀山，也去了苏杭，最后来到霓云修持的庵中，想在这里盘桓几日，闭谷养性。谈起佛门胜事，她们带来一个神奇的故事：吴郡小天竺寺的送子观音日日显灵，为成千上万的不育女子添喜；方丈是神通广大的圣僧，早年是上海滩有头有脸的财翁，乐善好施。观音菩萨在普陀山的法会上见到这位身有善根的信徒，化作白鸽，隐化他的金银珠宝，将他变成"须菩提"，引领他到了西天佛国……霓云听了，一夜未眠，流干了泪，悔碎了心肠。双星楼的锦花、太湖畔的桑麻、破碎了的药罐……一一涌上心头。仲禄，我的夫君，他还活在人间……天刚麻亮，她不顾一切地闯进师太的禅房，跪在地上，求师太开恩，让她去一趟吴郡，与仲禄见最后一次面，为他熬完那罐汤药……师太听了，流了泪。当年，她把濒死的霓云救进庵中，全然因为霓云肖似早逝的女儿。女儿是多情种子，一段无花无果的情缘让她相思成疾，枉送了性命……霓云成了女儿的化身，也成了师太佛门清寂之中唯一的慰藉。师太刻骨铭心地知道什么叫女儿心肠，她搂住霓云说："去吧，佛祖保佑你……"

23

衣袂窸窣声响，由远而近，一股熟悉的肌肤之香沁入鼻中。澄心打坐着，心旌摇动，难以自持，赶忙闭紧双眼……霓云来了，缓缓走到澄心的面前，跪了下去。澄心声音喑哑："……我知道你会来。"霓云轻声说："你的房门没有上闩。"男子眼角挂了珠花，女人花枝颤动……突然，一声撕心裂肺的哭喊："仲禄哥，你睁睁眼，看看你的小白鸽……"她身子一倾，扑在澄心的膝盘上，抽泣着，澄心轻轻推开霓云："佛门净地，女师父造次了。"她顺势攥住他的手，热吻着，把脸枕在他的掌中："仲禄哥，你恨我吗？小贱人请罪来了……"他木然答道："佛门无恨。"泪水汇成热流，在掌心流淌，霓云全身抽搐着，语无伦次："他们绑架了我和孩子……我不愿屈从，被司马景往死里打，要不是小倩护着，我也许再也见不到你了……"霓云悲恸："小贱人是扫帚星，是我害了你……天理昭彰，我遭了报应，丢了孩子……"

长串的呜咽终于变成嚎啕。澄心颤抖着，乱了心智，托起她的脸颊："过去了，就别说了……我不是男人，护不了一个弱女，也护不了雏犊……"他一阵眩晕，喉头一腥，咯出一口鲜血。霓云慌得丢了魂，将他拥在胸前，慌乱地捶着他的背，澄心吃力地摆摆手："不打紧，老毛病了。"霓云放平他的身子，拥着他的头，轻轻地揉着他的胸背："仲禄哥，你歇一会儿，让小贱人服侍你……"仲禄贴着她柔软的胸脯，喘着气,闭上了眼睛,乏力地说:"我累了,我累了……"歇了片刻,他的精神好了些许,脸色渐渐显了潮红,握住了霓云纤白的手指说:"小白鸽,别再掉泪……嗨,刚才我记起往事:儿时,我在旷野里行路,日头太毒,晒得我又热又渴又累……终于,我见到一小片树荫,赶忙躲了进去,捧起了树根边的涧水……阴凉、清甜,那感觉让我终生难忘。成人了,每当我和你厮守在一起,我就想起了那片小小的树荫……"霓云吻他的脸颊,快活地流泪:"不,还有亚秀姐姐……等你病好了,我们一起去上香。""来不及了,到了泉台,我再向她赔情吧……"霓云怩忸不安:"仲禄哥……你说,到了来世,你还会要我吗。""今生有缘,缘定三生。""仲禄哥,再生有缘,我一定为你养一个白白胖胖的儿子……"她突然失声哭了,想起失踪的儿子。澄心叹了口气:"也许,佛祖慈悲,会让我们相逢在来生,一切,都是因缘……"他俩默然无语,紧紧相拥,忘记了空间,也忘记了时间。终于,澄心累了,合上双眼,霓云倚坐在床边,为他盖好棉被,望着他苍白的脸颊,倾听着他轻微的鼾声,垂下点点泪水,直到黎明……晨钟响了,寺僧们晨祷的唱经声如波荡漾。披着雾纱,霓云离开山门,吞没在渺渺之中……澄心醒来,见霓云的香袋端正地放在他枕边,袋中装着那部贝叶血经,写的是《妙法莲化经》,屋角边,药罐子嗞嗞地冒着热气。

当日,霓云投湖自尽,尸身漂浮在西施墩的边上,杂在湖面的冰磕里。寺僧失魂落魄地飞报了噩耗,澄心木然地听着,如泥塑木雕,耳畔回响起霓云昨晚的话语:"明天,我就走了,生生死死等着你。"她确实在守候,站在奈何桥边……澄心到了湖畔的陈尸地,见霓云双眼未闭,手指僵曲,全身冻得僵硬。仵作说:"揉了几回,眼不闭,指不伸,须是亲人来临,方能得宜。"澄心弯下腰,轻轻一揉,霓云立即伸直手指,合上眼皮,嘴角还渗出一缕血丝。澄心脸色纸白,木然转身离去,形同飘忽的游魂……霓云的遗体在君嶂山的山谷里火葬了,玉笏庵的比丘尼为她超度,做了法事……

24

"敬请澄心法师登台弘法",佛陀涅槃纪念法会的司仪高声喊礼,拖着悠长而嘹亮的尾音。钟磬齐鸣,寺僧们唱响梵音,礼赞我佛慈悲、法力无疆。澄心坐在莲台的一侧,充耳不闻,神情一似梦游。司仪有些不安,再度高声唱礼:"敬请圣僧澄心法师登台弘法。"澄心纹丝不动,木然地望着香炉中袅袅上升的青烟,魂飞遐处……嘀,那是山谷中的一缕青烟,香消了,玉殒了……此刻,她魂归何处……

听众席出现轻微的骚动,数百双眼睛盯着面色苍白、神情飘忽的圣僧。浮泽寺方丈澄性法师是澄心的同门师兄,陪坐在他身旁,见会场窃窃声四起,焦急地拉了拉澄心的袍角,澄心瞠目望着师兄:"嘀、嘀……什么?""师弟,该你登台了。""喔、喔,登台,干什么?说法,我一个凡夫俗子,说得清吗?"澄性急了:"师弟,你醒醒……你怎么啦?"澄心蓦然惊醒,站起来,环视一下黑压压的信众,这才记起自己身处浮泽寺的经堂。钟磬和着梵音,再度响起,澄心下意识地整了整衣冠,缓缓步上莲台。

这是农历二月十五日,是佛陀的涅槃日,浮泽寺照例举行盛大法会。鉴于澄心法师在佛教界卓越的声望,澄性特邀他莅临法会,同转法轮。善男信女络绎而来,其中不乏来自上海、南京的学者、名仕和富贾巨商。许多人是慕名而来,为的是一睹澄心的名僧风采,聆听精彩纷呈的弘法演说。梁震泽等人也专程前来,为昔日的老友捧场。

玉笋寺的比丘尼照例占了前座,向他仰起明月似的脸盘……澄心凝了凝神,努力搜索着脑海中的记忆,寻找那份他准备了的腹稿,然而,一切徒劳,只觉得脑海中一片空白。他瞠目望着台下,似乎觉得,投来的眼光带着讪笑。"佛祖呵,快给我智慧……"他焦虑地祈祷。面前显现佛祖慈祥而神秘的笑容,似乎在说:"说也是空,不说也是空。"

哦，是了，说说"空"吧……

他信马由缰，开始了他的弘法演说："大论说：'佛谈般若三十年，唯谈一空字'，须菩提长老深通佛意，被佛国誉为'解空第一'。'须菩提'是梵音，译为中文叫'空生'。据说，他诞生的那一天，家里的金银财物都隐化不见，父亲认定他是败家子，给他取名'空生'。然而，正是这个'空劫'，让他深悟了空理，成了智慧广大的高僧。然而，须菩提'解空'，真的悟了真谛？如果是，为什么佛门中人，人人论'空'，绵延千年，至今无有定论！众所周知，贫僧前世是富家公子，出家前荡尽金银，自认为彻悟了'空'理，然而今天，我要告诉各位信众，我不是高僧，还是一个人间俗物。唐僧西天取经，观音菩萨为孙猴子取名悟空，含义是彻悟了'空'字，才算取了真经，修了正果，孙悟空却始终悟不了空，因为他心中离不开花果山，到头来仍然是猢狲……"

澄心面露悲戚之色，剧烈地咳嗽……他定了定神，悲声说："我不是高僧，更不是活佛。中文的佛字是'弗'和'人'组成，佛不是人间的人，是神，是悟了空的人。佛祖自鹿苑初转法轮，乃至泥洹入灭，说了四五十年的法，何曾离开一个'空'字？然而，每当论及空理，他却欲说未说。他明白，空理无有通解，是每个人的人心感悟。人呵，只有经过恒河沙般的劫难，才会得到无所得空的真理。唐僧西天取经为什么不让孙悟空背着翻几个十万八千里的斤斗，去了如来的圣殿，却要风餐露宿，经受十磨九难，走路到西天？这就是说，不经过劫难，悟不了空理，这，就是佛门的苦行。众生学佛，求的是福报，来世做个田连阡陌、子孙满堂的财翁，说到头还是想做人，不求成佛！"

他瞠目望着远方……霓云对他笑，喁喁情语，热望着来生……她走了，走得苦，睁着梦幻似的星眼，盼望着……小鸽子，你盼什么？盼着我牵手……你望什么？望断乡关路……

沉默，沉默……全场凝神屏息，惴惴不安地凝望着这个病态的法师。他心如刀绞，声音更为忧伤："陆放翁说：'死去愿知万事空'，"空"

是什么？了无牵挂。人，悟了空而死是安详的……施主，你们都见过浮泽寺的白玉卧佛，那是佛祖涅槃的最后瞬间，是佛祖最美的形象。佛祖是在拘尸那伽的河边涅槃的，在四方各有两棵婆罗树的中间安置了一张绳床，佛陀侧身而卧，右手支颐，脸上呈现解脱的安详与快乐。贫僧入了空门，每每叩见卧佛，便遐想着自己涅槃时的形状……然而，我却忘了，佛祖支颐侧卧，正是在对弟子须跋陀罗说最后的遗言：'失了导师，要以戒为师'，我破了戒……"他的额头冒出冷汗，渐入虚脱状态，说话几近呓语："……破了戒，成了佛门罪人，让一个可以成佛的人空劳牵挂……她本可以走得安详、美丽，却宛转了娥眉……"他失神地望着远方……空谷中，一缕青烟升起，幻成天上的轻云……嗬，小白鸽，今夜你飞向何方？为什么走得那么匆忙？不，你停一停，让我携着你的手一起走……终于，他嘶哑了嗓子，喊道："你们看，你们看，大圆满觉，那是先祖的告诫，见是什么？空色相，无见才是觉……我为什么要见她……佛祖呵，佛祖……"声音渐成游丝，终至成长串的呜咽，应和着比丘尼们的饮泣之声。兰草把头埋进震泽的怀中，未说话，先已吞声。澄性大惊失色，一扬手，钟磬齐鸣，淹没了起伏的唏嘘之声……一众寺僧冲上台去，把瘫软的法师抬进禅房……

　　净房里，一灯如豆，澄心法师躺在床上，右手支颐，侧身而卧，呈卧佛状。澄心回光返照，似觉精气沛充，伸出手来，握住澄性的右手，缓缓说道："道兄，愚弟行将西去，临行前有一事相求……"澄性惊愕："方外之人，四大皆空，夫复何求？"澄心眼角挂着泪花："道兄，愚弟半路出家，皈依佛门，原想当个须跋陀罗，以戒为师，修成正果。然而，临终之时，却醒悟到，自己并非凡夫俗子推崇的高僧，而是尘间浊物。我空有慧根，却无佛缘；空有肉身，却无佛骨。我无缘进'舍利塔波'，更无缘进入西天极乐世界，没有匍匐在佛祖膝下的福分。遁入空门以来，我虽然勤于修炼，却只能达到'正觉'的境界，离'圆觉'、'无上觉'相去甚远，愚弟心中煎熬的是，弥留之时不见'大圆满觉'……"澄心呜呜饮泣，澄性用悲悯的眼神望着他，纹丝不动，如同泥塑木雕。良久，澄心拭干泪花，平静下来，露出恳求的神色说："浮泽宝刹边的鹿山是君嶂山的子山，树密林深，是个清静的去处，据说是贵刹的庙产，愚弟死后，道兄能否送我半幅黄土，把愚弟的俗骨草草埋了？"凝望着澄心期盼的神情，澄性庄重地点了一下头。紧握的手缓缓松开，澄心合上眼，静静地"睡"着了。

澄性整理他的随身遗物，一部贝叶《妙法莲华经》滑出黄缎子挂袋。那是一部血写的经书，娟秀的字体显示，这部血经出自一个女子之手。怅然良久，澄性仰天叹息："诸法因缘生，缘谢法还灭。"

钟鼓鸣响，宣告一代名僧弃世而去。

第四部

1

天上越过追踪温暖的雁阵,林间穿过垒筑新窝的飞燕。那是柳丝泛绿的一天,父亲携着牧声的小手,来到鹿山脚下。亚秀已经迁葬,相伴在澄心法师身边;霓云独眠空谷,相伴丈夫的是一部贝叶血经。

一缕轻烟从法师的坟头冉冉升起,穿过林梢。父亲惊惶,拽着牧声冲上山腰……一个黑衣女子坐在墓碑前,低着头,默默地睦视着火舌跳跃的纸钱。敬章惶恐:"普静师父,你……"普静淡然:"法师走后,我还没来见他……"沉默了一会,她轻轻说:"也该去看看二姨娘,她睡在不远的山谷里,人孤苦……法师走时,我来了,澄性方丈让我见了霓云写的血经,字写得秀气,淡红色。老方丈说,写血经的信女连素油都不能吃,吃了,血就凝了,化不开。看她的字,就知道,她很美……"

普静说起邵夫,淡淡然,就像在讲述一个陌生人的故事。自普静下嫁后,邵夫就金盆洗手,种田捕鱼为生,解放初年,被五花大绑关进监狱,半个月后回来,说是经济土匪,改了邪就好,他是弄潮的好手,靠撑船过日子。普静生了两个儿子,最近离了虎头屿,搬到开花镇边的东沿村过日子。敬章声音低沉:"父亲死前,多次说,你是恩人。"普静笑笑:"陈年往事,早该忘了……"晚归时,她把敬章父子带到烧香浜，上了小舢板，划着桨，把他们一直送到小龙村家的后门口，扬扬手，划着桨，头也不回地走了。

澄心法师弃世时，牧声才五岁，普静燃烧纸钱的火舌成了他对祖父最后的朦胧记忆。牧声上了年纪，才知道岁月无痕意味着什么，鹿山的草木淹没了风流，也淡忘了悲欢。时光流逝，一切，都变得风轻云淡。

公私合营，英昌丝厂与永泰丝厂合并，那支倾斜的烟囱也就进了历史。市政府从部队请来一个爆破小组，把几十米高的庞然大物放倒在地上。敬章牵着牧声的手，挤在看热闹的人群里，看着硝烟轰然腾起，"斜塔"应声而倒，他的手微微颤动……毕竟，这是吴郡工业发展中的一块"碑迹"，伴随他走过风风雨雨……

朱敬章当了永泰的副厂长，主管生产，名片很气派，是丝织的，两张道林纸厚薄，牧声经常在小伙伴中显摆夸耀。朱敬章遵循祖训，只问耕耘，不问收获，居然在两年后攻克技术难关，生产出一担 8A 级生丝，赶上了日本。《吴郡报》大事渲染，夏润生市长亲自颁奖，朱敬章成了醒目的新闻人物。省工业厅发现这位技术尖子，一纸调令下达，要他去苏北建湖办一个缫丝厂，推动苏北的蚕桑事业。这时，他才幡然醒悟，为什么那座"斜塔"指向北方……倾斜的烟囱，成了他命运的指北针。

他在开花镇的一家冷作坊里打制了一只大锅炉，请邵夫、普静夫妇驾木帆船拖运往苏北。敬章把自己的差旅费随同水脚钱送给邵夫，随船同行。

风吹帆张，帆船在长江里逆流而上……普静炒了几个菜，让邵夫与敬章喝酒解闷。普静还是吃素，自顾着吃白粥咸菜。酒入愁肠，邵夫瞟了瞟自家的婆娘，叹气说："我算看透了，最看不透、放不下的还是佛门中人。"敬章眺望着江阳的千里平原，叹气说："今后，家乡的山是难得一见了……"普静背过脸去，拢着被江风吹乱的头发……

2

开花镇的云是五彩的,小龙村的风是翠绿的。田野里长着青青的苗,撒满阳光,是牧声童年的金色草地。童年,是人生甜蜜的混沌期……

建国初期,春寒料峭的日子,一个激动人心的消息在开花乡传开,市里最大的官儿要来小龙村,主持一年一度的"鞭春"典礼。乡长先到村里,布置会场。他让孩子头阿昌召集了七八个小孩,要他们当天在会场周边"放鹞子",为大会添彩。风筝的尾部要系标语,写上"一日之计在于晨,一年之计在于春"、"我给大地千般情,大地还我粮万斤"等劝耕口号。孩子们听了,个个激动得脸色绯红。

鞭春,是江南水乡流传千百年的典礼,主旨是劝耕,鞭策农友莫负大好春光。古代,鞭春仪式都由县太爷主持,在水田边,县太爷折了一枝爆了芽的杨柳,对套着犁铧的水牛扬鞭三下,目送着水牛奋蹄向前……那天,小龙村的水田边,人群墙立,全市郊县的村干部也远道而来观礼。村前的龙岗成了观礼台,挤满四邻八乡的农友。牧声与一群穿开裆裤的孩子们拉着风筝爬到榉树庞大的树冠上,活像一群小猕猴,七八只蝴蝶、蝌蚪风筝在蓝天上飞翔。

夏润生戴着麦秸草帽,穿着草鞋,手执一支嫩柳,徐徐走到耕牛的身边,庄重地环视一圈,深深地弯下腰,向农友们鞠躬致礼;接着,脱了草鞋,卷起裤管,跨进冰碴漂浮的水田,牵着牛绳扬起柳鞭,"啪啪"三声,打在牛的屁股上,动作利索,鞭声清脆,果然是一个庄稼把式;全场农友一声欢呼,爆出春雷般的掌声。夏润生扶正犁,扬起鞭;那牛儿也是兴奋,趟着一犁春水,溅出道道水花,"拨刺刺"奋蹄向前……末了,在喝彩声中,他操起铁皮话筒,神情激越地发表即兴演说:"……一寸山河一寸血,千百年来,为了土地,农友们奔洒了亿万骨血。土地,承载了生命,承载了一个古老的民族,我们要爱护它,就像珍爱生命。农友们,你们是大地母亲的守护人,是人类的衣食父母,请容许我,再次向你们表示感谢。我不是吴郡人,但相信我与你们一样深爱这片土地,因为,我也是一个农民……"短短几句话,沛沛真情,催人泪下,农友们湿了眼眶……

仪式结束后,夏润生来到村头的晒谷坪,说是要谢谢孩子们的"捧场",与他们合影留念。孩子们快活极了,像一群喳喳叫的家雀,簇拥在市长的身边。摄影师正待开机,竹匠阿琪突然钻进队伍,挤到市长的身边。阿琪心灵手巧,编织的竹箩、竹席、竹帘远近闻名,孩子们的风筝大多出自他手。夏润生弄清了阿琪的身份后,热情地攥住他的手,夸奖他做的风筝精致、漂亮,阿琪开心地咧着嘴直笑。夏润生一时高兴,"吹"了起来,夸耀自己的家乡是风筝之乡,风筝大得惊人,引绳就有食指般粗细……说着,说着,却见阿琪黯淡了脸。

深秋之时,阿琪突然把孩子们召集在一起,宣布了他的"重大决定",计划制作一条十丈长的飞龙风筝,让夏市长开开眼,要让所有的吴郡人瞠目。他邀请孩子们帮他刮篾片,磨竹骨,报酬是每人每天可分到两只烤熟的山芋。孩子们激动了,都为能参与这项"惊世骇俗"的大工程而自豪。牧声从家中偷了下脚料织的丝绸布,送给阿琪裱糊风筝……

那天晚上,月白星稀,朔风凛冽,四邻八乡的农民几千人扶老携幼,来到小龙村。几十个小青年举着"飞龙"风筝,小心翼翼来到麦海里。风筝的绳线用苎麻搓制,有大拇指粗细。八个虎背熊腰的青年农民负责牵绳,竹匠威风凛凛,手执一面三角形令旗,牧声和小伙伴们提着十八个灯笼簇在他的周围。一切准备就绪,竹匠令旗一挥,青年们顶着强劲的北风,顺着麦垄快步飞奔。不一会儿,竹匠令旗一挥,大喝一声:"放"!绳子拉直了,龙头升空了,接着,龙腰一曲,龙尾一摆,整条巨龙腾空而起,终于在高空划成斜状直线……牵绳的青年农民感到高空长风的力道,斜着身子,双脚蹬陷了地面。竹匠紧急命令孩子们,把灯笼一个接一个地穿进风筝的牵索;顷刻,灯笼如同行云流水，飞也似的曳向天空，最终停止在微微摆动的龙头前，壮丽辉煌的"火龙吐珠"的奇景展现在万里星空，与皓月交相辉映……观胜的乡民们震天欢呼。

夏润生带着几位干部到现场，挤在人群中观胜，心里直发痒，总想跻身放风筝的队伍之中，牵着引绳在麦垄上跑上几圈。夜阑人散，小龙村周边的几十亩麦苗被踩得七零八落。夏润生与乡长察看了苗情，笑着说，来年小龙村的小麦产量准定多收一成。他是庄稼老把式，知道踩实了的麦垄有助于麦苗过冬，让麦子的茎芽藏在土下，躲避寒冬腊月的摧残。

3

九源是牧声的远房阿叔，是村里有名的"坏伯嚭"。吴郡人熟知伯嚭是害死伍子胥的奸臣，所以把伯嚭作为坏人的代称。九源的爸妈是一对勤劳而又吝啬的老夫妇，下水田除草时脖子上吊个小篮子，边除草边捡田螺……辛苦了一辈子，置了地，造了房，却被九源赌牌九，输掉了一半家产，老夫妇气急，让族长把九源绑到祠堂里吊打，谁知打手下手狠，竟打瘸了左脚右手。

小伙伴们却十分喜欢这个坏伯嚭，因为他养了许多蟋蟀，蟋蟀罐叠起来，可以垒成一垛矮墙。他养的蟋蟀甚是了得，有"象牙红"、"鬼见愁"、"一品将军""南帝"、"北侠"、"猛张飞"……个个骁勇善战，是蟋蟀王国的领军人物。它们吃的是蟹肉、蛋黄、虾仁，个个钳牙锋利，双腿健美、翅翼亮丽、鸣声清越。开花镇的"春和"茶馆里经常举办斗蟋蟀比赛活动，领头人是"王吹打"，他与九源是好朋友，也就成了九源的"经纪人"。乡下人穷，斗蟋蟀下赌注大多是几百元（几分）钱，然而，集腋成裘，每赌一次也够得上九源、王吹打的一顿牙祭：一壶黄酒、熏鱼、腊肉、外加一碟茴香豆。

牧声、阿昌对九源羡慕、敬畏却又忌恨，秘密商讨着讨伐"蟋蟀王"的战略方针，终于，他们在何首乌藤蔓下面的石块底下，用纱罩捕到几只硕大膘肥的蟋蟀，体型足足比九源的蟋蟀大了一倍。孩子们捧着瓦罐上门叫阵，九源不和孩子赌钱，只是约定，败阵下来的蟋蟀要当胜者的美食。一大一小两头蟋蟀相继放进一个大瓦盆中，九源把一根蟋蟀草杆劈开端口，去掉青皮，研成纤丝，接着，用草杆轻拂蟋蟀额头的两根长须，蟋蟀发怒了，"唧唧"鸣叫，先是长须相拂几下，接着张开钳牙，咬成一团。不到三个回合，孩子们的大蟋蟀就败下阵来，落荒而逃，小蟋蟀追上游走边缘的敌手，扑了上去，将它摔翻在盆底，咬得遍体鳞伤。小蟋蟀翘起尾翅，得意鸣叫。九源将大蟋蟀的腿撕下来，作为奖赏，让他的蟋蟀大快朵颐。九源告诉孩子们："你们捕到的蟋蟀，头方体长，俗名叫棺材头。这种秋虫就像浮肿的大男人，没什么屌用。"

"丧师辱国"的侮辱，让孩子们一脸沮丧，牧声年龄最小，混混沌沌，便成了阿昌的出气筒，孩子们大骂牧声是跟屁虫，在捕捉蟋蟀时大呼小叫，惊跑不少蟋蟀英雄。阿昌建议把牧声驱逐出"小儿王国"，吓哭了牧声。阿昌又把气发泄在九源的"象牙红"身上："有什么了不起，叫的声音牛屁轰轰，像骚货，总有一天，让公鸡吃了它。"牧声眼睛一亮，收住了泪，可怜巴巴地说："阿昌哥，我家中庭里也有一头，叫的声音和'象牙红'一模一样。"阿昌双眼放光，腾起身来："走，去看看。"

牧声先回家侦察，确定家中没有人，才领着小伙伴蹑手蹑脚，窜进中庭。一座砖砌的大花台已经上了年岁，砖面破碎，铺满苔藓；十几株手臂粗的腊梅花树伸枝展叶，散漫无序。孩子们屏着气，蛰伏在花台的周边，果然，不一会儿，一头蟋蟀响起顾盼自雄的鸣叫，声音清越动人，不同凡响，阿昌寻到声源，小心翼翼地扳开一块砖头，只见一头黑褐色的蟋蟀蛰伏在巢中；见有外敌入侵，那秋虫腾然跃起，飞过孩子们的头顶，满园子乱跳，孩子们追逐着，被青苔滑倒，跌得鼻青眼肿，终于，趁它力乏时，阿昌迅如石光电火，罩住那头蟋蟀。孩子们很开心，给蟋蟀起名"小秦琼"。

九源用蟋蟀草逗开小秦琼的牙口，见它的钳牙呈腊梅色，他的脸颊微微一抖，却不动声色地说："普通，普通"。不过，他却答应孩子们，让"小秦琼"去茶馆店会会各路英雄。"小秦琼"上了战场，一鸣惊人，尽显王者气概，孩子们赢了八碗阳春面的钱，进了面馆，一人一碗，惬意地当了一回豪客。

九源与孩子们谈判，用一万元钱收购这头蟋蟀。一万元可以买十几碗阳春面，这让孩子们亢奋了一阵子，只是，后来才得知，小秦琼是秋虫极品，俗名"黄金牙"，九源进了一趟城，用"小秦琼"换回两头绵羊。孩子们愤愤不平，从此与九源结下"深仇大恨"。

4

林黛玉是太湖女儿，只会怨，不会怒，楚楚可怜。五十年代，"红学"风靡，一位权威批评说，林黛玉这样的性格与体质，怎么革命？这让吴郡人感到羞愧。林黛玉如此，生的儿子也就可想而知，确实，历朝历代，吴郡只出状元，不出将军，软绵，是吴地人的特点。这让当年的土改工作组十分烦恼，一位队员说："吴郡人吵架像唱歌，斗争会，呼口号，宫商角徵羽五音俱全，没一点火药味儿。"

九源家多了几亩地，被评为小龙村唯一的地主。九源家辈分高，人少地多，"双抢"时一些晚辈会去帮帮忙，没拿工钱，被定性为剥削，然而，这些"乡愚"觉悟太低，找工作队说："乡里乡亲，我们是自愿的，帮老长辈收谷子，也只是一天两天的工夫，算不得雇工剥削。"工作队实事求是，想给他家评个富裕中农了事，偏是王吹打多了一句嘴，说九源家剥削了苏北贫农。这事却是货真价实：春耕时，不少苏北农民赶着水牛，步行三四百里，来到吴郡，帮人犁地赚钱。那天，一个苏北人牵着牛进了村，村上的孩子们看到，那水牛的蹄子都走烂了，淌着血，心中老大不忍，便义务去割些嫩草帮苏北人喂牛。第二天，苏北人就赶着牛下了冰冷的水田。九源家是不管饭的，苏北人自带了粮食，用石头支了锅煮稀饭，看到孩子们杀黄鳝，便要求把喂猫的鳝鱼头送给他，苏北人用酱油水煮了，咬碎了骨头吞进肚中，咀嚼的声音像在啃瓜子，孩子们哈哈大笑。第二天，村上人纷纷给苏北人送来冷饭、年糕和青菜；孩子们每天义务割草喂牛。一周后，苏北人揣着辛苦钱走了，留下了一个苦命人的形象。

工作队向孩子们了解情况，孩子们都说是真的，还大骂九源的父母小气鬼，连一点剩菜都舍不得给人家吃。有个孩子还说，亲眼看到水牛犁田时流着眼泪。阿昌还找工作队反映，九源骗走孩子们的蟋蟀王，换了两头绵羊，要求在分浮财时还债，用九源家的蟋蟀盆来清账。

分浮财时，孩子们挤在他家门口，等到日落，希望每人分几个蟋蟀罐，然而工作队员对他们的诉求置之不理。唯一得到两只瓦盆的农民是烧香浜村的陆木生，他经常去上海跑单帮，在他的亲戚震旦大学一位讲师家搭伙，听说了评职称的新鲜事。陆木生一家六口只有二亩地，被评为贫农，他从上海回来，以为是评职称，很是焦虑，觉得贫农的身份很不光彩，赶到九源家找到正在统计浮财的工作队，掏出了两盒老刀牌香烟喊道："我家不穷，我家不穷……"工作队副队长王吹打见是老乡老亲，也善解人意，暗中动了手脚，给他"提拔"为富裕中农；抽了他的好烟，还随手拿了两只青花瓷的蟋蟀罐塞给陆木生，余下的瓦罐根据"给出路"的政策全部留给了九源。孩子们觉得不公平。王吹打是赤贫，参加了土改工作，再也不与九源喝酒了。

5

开花镇坐落在太湖边的网状水道边，古民宅栉比鳞次，水榭歌台掩映在绿树丛中。街道的路面与河道的水面持平，帆船驶过，就像在街道上滑行。河道上是形形色色的古桥，有玄武岩做的拱门桥，有水成岩垒砌的黄石桥，有竹子做的廊桥，有贴着水面的石板桥，也有木板桥与独木桥……像模像样的古桥边，还立了碑记，镌了联句，记述了历史。江南水乡，桥多得数不清，以致许多村社的名字都用桥名来取代，牧声还记得，黄山桥村是蒲姓大族，板桥村是林姓族群，葛埭桥的村民姓葛……

长虹溪从太湖入口，蜿蜒穿过开花镇，九曲回肠，进入陶朱湖，流经吴郡市区，株连了长江，其中的一段水路，融入古运河。隋炀帝下江南，喜欢征召江南美女为龙船拉纤，风流帝子怜香惜玉，下诏沿河遍植杨柳，为美女们遮阳。江南游，最赏心悦目的，是他坐在船头，欣赏着美女和岸柳在碧水中的倒影，丝裙随着杨柳飘动，袅袅娜娜。开花乡人很自豪，常常唱起"隋炀帝下江南"戏文中的诗句"绿柳荫里过小桥"，吹嘘说这诗句写的就是开花乡的绝世佳景。其实，这是子虚乌有的穿凿附会，因为，风流帝子压根儿没有到过开花乡。

东沿河的一座木板桥记录了牧声儿时的生活片章。木桥在古镇的犄角处，桥下是长虹溪清澈见底的溪水，梭子鱼和鲫鱼在河床的脚带草里游弋，小虾在波面上弹跳，逃避天敌的进犯。每天傍晚，小青年们聚集在桥头，消暑纳凉，他们摇着蒲扇与折扇，说说闲话，海阔天空地议论着天下故事，窥探了视角外的世界。最让他们快乐的是，桥上经常有"上海客"经过；吴郡号称小上海，去上海打工谋生的农家子弟特别多，渐渐，上海客就成了他们的通称。每次回家省亲，他们都打扮得新潮入时，浆熨得挺直的衬衣领子，配上黑色西装和发亮的皮鞋，显得派头十足，行囊大多是一只做工考究的大皮箱，见到桥头的村上兄弟，说的第一句话千篇一律："阿拉刚刚从上海回来。"这句话表明了身份的尊贵，于是就会有人自告奋勇，帮他把大皮箱扛到家中。通常，他们都会得到"上海客"的馈赠，一颗糖果和一片饼干，这在当年是乡下人的稀罕之物。

阿德是牧声的村上哥哥，从上海回乡小住，都会到桥头吹吹上海牛皮，解解闲气。他口沫横飞，讲起上海的"大世界"、"西洋镜"，描述动人心魄的现代文明，让乡下少年羡慕死了！阿德说："嗨嗨，国际饭店高到啥个样子，没法说！路过的人抬头眺望屋顶，头上的帽子都扑扑地掉到马路上；开花镇全街的人住进去，还占不了一个角落。"他想了想，突然问道："你们知道，为啥上海人称乡巴佬叫做'乡下阿屈死'？"大家摇了摇头，谦虚地表示自己孤陋寡闻，阿德来劲了，口沫四射："乡巴佬不懂规矩，走马路像穿田埂，上海的汽车比乡下的蚂蚁还多，被汽车轧死的人大多是进城的乡巴佬，不是'阿屈死'又是什么？嗨嗨，你们见过铁路、火车么？那家伙跑起来，比风还快。按规矩，火车轧死人是不赔钱的，火车跑的时候车轮会大声喝道：'轧死不算，轧死不算……'"

阿德正在海吹，却见一条板船满载芦席，缓缓驶来，船夫打着桅灯站在船头喊道："少年家，帮帮忙，抬桥。"大家一阵欢呼，撇下阿德，忙碌起来。江南水乡，穿行着许多堆垒得小山高的芦席船和稻草船，遇到桥面太低，船家就会吆喝，请桥边的行人把木桥抬高，这样的事儿，纳凉的小青年们每晚要干上两三回。小青年们"呼哧、呼哧"，合着力把沉重的木桥抬起来，斜支在肩上；船舶则小心翼翼地从倾斜的桥身下通过。阿德脱下外衣，也来帮忙，他毕竟见过大世面，从桥边的一户人家借来两根锄头柄，支住桥板，让小青年们的肩头受力不致太重……船，徐徐过了桥洞，船夫晃了晃桅灯，说一声谢谢，就算付了报酬，小青年们很开心，收获了助人为乐的快感与成就感。渐渐，他们抬桥成瘾，每天都盼着露上一手。阿德让他们很是尊敬，他用两根锄头柄显示了上海客的聪慧，推进了抬桥的技术革命。只是，他汗涔涔地脱掉外衣，却让乡巴佬们有了新奇的发现，气派的硬领只是一个领套，没有衣襟和衣袖……

6

新人，新世，新气象；这天地，风起云涌，变幻莫测。最让人吃惊的是，泥腿子别上了鲜红的代表证进入大会堂。开会，这可是石破天惊的大事儿，当年县太爷发号施令的地方，现在，泥腿子也可以在那里喝喝茶，抽抽旱烟。朱洛根是小龙村的村长，参加了一个农村干部培训班，会上夏润生市长作了爱国卫生运动的动员报告，号召大家讲卫生，脱掉"东亚病夫"的称号，做个文明人。

会议发给每人一支牙刷，要求干部们每天刷牙，这对农村人来说，可是平生第一遭的新奇事。用不起牙膏，他们用牙刷蘸些食盐……刷完牙，便郑重其事地把牙刷插在上衣的口袋里，透出牙刷的纤毛。于是，一个蔚为奇观的场面出现了：几百名农村干部排着队经过市区街道，每人的上衣口袋都插着一支骨柄牙刷，白色的刺毛一律朝向前方，招人注目；一时，万人空巷，街道的两边站满看热闹的市民。自此，在吴郡，牙刷就成了农村干部的身份标志，朱洛根每次上街、开会，都不忘在上衣口袋里插上那柄牙刷。这事儿，羡煞了许多要求进步的青年人，有人仿效，朱洛根不开心地说："没去城里开会，是没资格的。"然而，时髦的东西越来越多，才过了八个月，人们不再敬畏那柄牙刷，扫盲运动轰轰烈烈展开了，年轻人都当了扫盲小先生，上衣口袋插上派克钢笔，并以钢笔数量的多少来判定人的学问。朱洛根赶忙跟风，牙刷换成钢笔。干部是进城办班扫盲的，回乡时，朱洛根已能写自己的名字，更让人敬畏的是，他满口的新名词，不知什么缘故，他特别爱用"假使"两字，不久，村民觉得新鲜，就给他一个绰号，叫做"假使"。

合作化奏响劳动与爱情的优美旋律，小伙子与姑娘肩并肩，踏在水车上，戽水浇地，勾勒了一幅新的水乡风情图。月光下，小伙子和姑娘们在晒谷坪上打陕北腰鼓，扭革命秧歌，太湖女儿的腰肢更加灵动了。

林黛玉式的"革命"画上句号。千百年来，水乡女儿以她们绕指柔式的情美、性美，默默无声地对抗着扭曲人性的清规戒律，显现苇草般的柔韧。而今，"人生处处有宝黛"的哀怨已不复存在，年轻人已可以无所顾忌地和调、示爱。毕竟，时代进步了，当年林妹妹进大观园，吃饭后只能用茶水漱口，今天，三吴女儿，人人都有牙刷。

孩子们也心头发痒，对革命充满憧憬，看着大人们肩扛锄头，排着队，行进在田畴之上，就像见到扛枪的八路穿行在青纱帐里。孩子王阿昌召集孩子们开会，研究参加"革命"的大事。有人说，革命一定要像游击队一样，有自己的队伍，还要设司令、副司令。阿昌受了启发，兴高采烈地说："我有主意了，咱们成立一个割草队，我当队长，再选个女的当副队长。"大家欢呼，表示赞成。第二天放学后，孩子们背着竹篮去河边割猪草，直到日落西山。大人们收工后，正在各家的晒谷坪上洒水抑尘，搬桌椅，整治饭菜，却见龙岗后一面纸做的红旗，徐徐向村头贴近；红旗上面，歪歪斜斜写着"割草队"三个大字。副队长阿月打头，高举着那竿红旗，阿昌脖子上吊着哨笛，指挥着队伍整齐前进，孩子们背着草篮，一脸骄傲，就像得胜的军队回到延安。大人们笑弯了腰，大呼小叫，招呼窝在家里的老人家也出来看看热闹，老公公、老婆婆们佝偻着腰，张开缺牙的瘪嘴，呵呵直笑。孩子们没有听到掌声，也没有见到夹道欢迎的场面，很是沮丧。

行船难免顶头风，夏润生大刀阔斧的改革让一些人腹诽。倡导农民刷牙，有人问夏润生："林妹妹只是每天漱口，牙齿为什么会像糯米一样白亮？"夏润生不吱声，依然故我，然而不久，却尝到了失败的苦果。那年，他大力倡导农村沼气化，组织了一些技术人员到各乡各村搞试点，作示范。他非常讨厌江南农村的露天厕所，不设女墙，也不加盖顶，很不雅观。男人在那里放尿，女人路过，只好用遮阳伞斜挡身子，以示避嫌。沼气化工作组在小龙村搞了示范点，根据夏润生的指示,给露天厕所加了盖,设了棚,搞成无臭厕所,加建了沼气池,然后用软管把沤出来的沼气接到灶膛里用来煮饭,接上沼气灯用来点灯。开现场会时,农民们都感到新奇,想不到的是,工作队一走,示范点的那家农户就拆掉管道,他说,把臭气接到灶膛里,熏了"上天言好事,下界报平安"的灶王爷,可不是闹着玩的。技术人员赶下来说,沼气是无臭无味的,那农民却坚持说,沼气煮的饭有股子异味……折腾了一阵子,宏大的沼气化计划戛然而止。一位领导在听夏润生的汇报时发了火:"放屁,厕所哪有不臭的!搞什么沼气化,不务正业……"最终,沼气计划沦为了"小热昏"艺术中的笑料。

"小热昏"是三吴地区群众喜闻乐见的民间文化,搭档只有一男一女两个人,他们多才多艺,吹拉弹唱念白说书样样精通,搞噱头、插科打诨是他们的拿手好戏,即兴发挥是他们的绝门功夫。演员一登台,个个"上台疯",说得酣畅,演得淋漓,因此博得"小热昏"的名号。"小热昏"的职业是卖"梨膏糖",梨膏糖就是桂花糖,可以生津止渴,治疗当年流行的冷嗽病(支气管炎)。每到晚上,在街头吊盏汽灯,围个场子,他们就开始了唱戏谋生,为了稳场,直白的性玩笑与黄腔成了演出时必不可少的佐料。"小热昏"们夸大梨膏糖的疗效,锣声一响,定场诗响起:"吃了我的梨膏糖,癞痢盖盖全脱光;吃了我的梨膏糖,蛔虫钩虫全死光……"

吴郡"小热昏"文化的红星是陆昆,艺名叫"马来"。说起那艺名的来历,还有一段令人发噱的故事,刚出道时,陆昆穷得叮当响,置办了一套演出用的青布长衫,却连替换的内裤也找不到一条。那晚,他在开花镇的街头演出,妙语连珠,"热"昏了头。说唱的故事是"秦琼卖马",抒发的是英雄末路的悲壮情怀。说到秦琼骑上汗血宝马奔赴集市的当儿,他右手一挥折扇,左手撩开长衫的下摆,一声呼喝"马来",把右腿搁上戏桌,做出上马的姿势,却全然没想到,这一招暴露了他没穿内裤的秘密。顿时,全场爆笑,女搭档赶紧站起来,两手作揖说:"壮士,一路风寒,须是披好了战袍……"从此,观众不再叫他陆昆,称"马来",这名儿,让他红了吴郡半边天。

陆昆的妻子邵玲是个娇滴滴的城市姑娘,出于对陆昆的艺术崇拜,下嫁农村。她原是唱"摊簧"的花旦,所在戏班子拢共才七八个人,班主把她当摇钱树,逼她唱完堂会陪乡绅睡觉,演完"花园赠金"又得与当地的"大好佬"过夜,她受不了这种折磨,偷跑了。班主拿着"卖身契"向父母要人,母亲嘱她去开花乡姨妈家避避风头。找寻姨妈家时,路经村角,刚巧见到一个男人在露天厕所小便,她皱了眉头,把小洋伞遮住上身,闪了过去。一个长相还算斯文的男子走到她身边,问道:"毛丫头,走亲眷?"她回答:"找我姨妈,以前来过一回,如今路生了。"那男子问了她姨妈的名字说:"乡里乡亲,熟得很。"说着,抢过她的小皮箱要送上一程;陌路男子上演"送京娘"的"戏码",确实浪漫,也让邵玲心头欢喜。一路走,一路说笑,突然,那男子皱起了眉头,用食指和拇指比了个圈,神秘兮兮地说:"奇怪,刚才那个撒尿的农哥,好像少了两个什么东西?"邵玲想都没想接口道:"瞎说瞎说!"话音刚落地,才知道上了这个"坏男人"的当,顿时羞红了脸……姨妈迎出来,见到花骨儿似的城里宝贝,笑得合不拢嘴,对那男子也是连声道谢:"哎哟,马来兄弟,烦劳你了……"马来?邵玲心头一怔,这不是走红吴郡的大艺人么!早就听班主说过,他卖一晚的梨膏糖相当于她唱几天的"摊簧",邵玲心头扑扑乱跳。避风头的日子里,邵玲偷偷去看了几场演出,觉得陆昆的搭档远不如自己多才多艺,便上门商量,让她客串演出了几次,合作了"小热昏"的名段《水果做亲》、《大小姑娘》、《大骂米蛀虫》,在戏迷中引起轰动。后来,邵玲赎了身,也上了陆昆的床,从此,吴郡的"小热昏"舞台上,出现了令人叫绝的夫妻档演员。

时代变后,陆昆对夏润生一直心有腹诽。搞爱国卫生运动,各乡镇都设了卫生院,患支气管炎的人都吃上了枇杷露、薄荷片,"梨膏糖"的生意日见清淡。沼气化改革搁浅,陆昆幸灾乐祸,在演出时煞有介事地说,"吴地的露天厕所是动得了的么?那是御厕,是文物古迹!"

吊了观众的胃口,他诨话连篇:"谢瑶环是武则天的女官,到太湖剿匪,却折服于太湖义士袁行健的男风,当了吴郡的媳妇。武则天听了,心里痒了几天,也想找几个三吴男子当男宠,便下了旨意,在太湖一带广设露天厕所,便于'选秀'……我查过历史,唐朝以前,三吴的茅厕都是有女墙的。"

夏润生听了乡长的告状,笑得一口茶喷了出来。几天后他专程去了一趟开花乡,请陆昆夫妻参加市里新组建的民间艺术剧团。也是应了"贫贱夫妻百事哀"这句老话,夫妻俩正在吵架。邵玲从地头种菜回家,见陆昆捧着茶壶坐在门口的条凳上,一只脚跷在凳面上,一副懒散散的样子,不觉心头一酸,流下泪来。灶台还是冷冰冰的,邵玲发了火,边理菜叶边骂"山门":"懒浮尸,梨膏糖卖不了,生活总得过。村头村尾,没见到哪个男人像你这样,懒虫一条。"陆昆油腔滑调:"不是懒虫,城里的女人会喜欢吗?"火上浇了油,邵玲发作了,把菜叶撒了一地:"我是城里人,身子骨是铁打的吗?做田、煮饭,洗衣、看孩子……你白天挺尸,晚上又不让我安生睡觉,还要陪你'双推磨'……"骂着,骂着,嘤嘤哭了。《双推磨》是吴郡地方戏,演的是孤男寡妇在除夕晚上磨豆浆的爱情故事……此剧长演不衰,家喻户晓,后来,经歪脑子人加工,把"双推磨"当成做爱的暗喻。邵玲说漏了嘴,已是脸红,岂知陆昆哼了一声,头一侧,乜斜着眼,露出不屑一驳的神情说:"笑话,'双推磨'是两个人都适意的。"邵玲气得抓狂,抓起一把青菜往他头上砸,手到半空却停下,噗哧一声笑了起来……夫妻俩又风平浪静。

围观的人哄笑……夏润生皱了眉头,闪出人群,帮夫妻俩捡拾地上的菜叶,陆昆腾起身,高兴得长官长、首长短地乱叫。夏润生笑了笑,对陆昆说:"第一次看小热昏演出,真长了见识。这么吧,你想不想当人民艺术家?想的话,能否把恶习与流气改一改。""行,行……"邵玲很激动,第一次听到有人称呼她是艺术家,而不是贱称戏子……夫妻俩进了城,吃上"皇粮",穿上四个口袋的干部服。从此以后,三吴地区的小热昏艺术成了明日黄花。

7

牧声读的小学是开花中心小学，乡下人称为洋学堂，据说是康有为、梁启超搞百日维新时办的文明小学。所谓文明，就是比一般的私塾多了体育、自然、常识、英文等课程，语文仍然是国学，为基本教材。

汤冕、席萍、陆照仪、李武仲、王涛、陆小庋、褚红玉等孩子成了牧声的同窗学友。孩子们常年相处在一起，情真意切，最快活的事莫过于恶作剧和互相馈赠绰号。最先荣获"雅号"的是李武仲，他的父亲是镇上开拳馆的"神拳李"。李武仲是班上最笨的学生，六门课程常常有五门"红灯高悬"，老师说他是"朽木不可雕"。小学入学面试，老师问他："武仲，你家有几口人？"武仲仰起头，扳着指头计算："爸爸、妈妈、母亲、父亲、我和武仲……六个！"惹得全场一片笑声。老师又问："武仲，你爸爸做什么工作？"武仲"啪啪"两声，摆出马步，双掌向前一推，说："打拳头，卖膏药。"老师吓了一跳，身背一仰，眼镜落到鼻子底下。因此之故，同学们给他起了绰号——"阿斗拳"。汤冕拜神拳李为师，学了"太极剑"和"无影剑"。他爱听《七侠五义》、《小五义》等剑侠小说，崇拜慷慨悲歌的燕赵之士，更倾羡"细雨骑驴入剑门"的陆放翁，希望自己成为匡扶正义的济世游侠，素常，他爱打抱不平，反对恃强凌弱，因此被同学们称为"游侠"。陆照仪是小热昏艺术家陆昆的儿子，说话油腔滑调，是一个万宝全书式的"牛皮大王"，被同学们称为"小热昏"……

席萍是班上最靓丽的小美女，席家庄人，父母是渔民，从小生活在山青水绿的席山脚下，全然不知天外有天。开学的那一天，表姐褚红玉把她带进教室，同学们见到的是一个怯生生的小姑娘，看书时倒反了书本。褚红玉也是渔民的女儿,比她大两岁,住在相邻的褚家村,渔民的女儿从小要做补渔网的活计,很少人读书,席萍能走进洋学堂,全是因为褚红玉有着与众不同的叛逆性格。

因为她的美丽,席萍成了女子花剑队的剑花,学校搞庆典,都可以看到她婀娜多姿的花剑表演。男同学们表演的是拳术《满江红》,这套拳法是体育老师教授的,随着"怒发冲冠凭栏处,潇潇雨歇……"的音乐声,孩子们用多变的武术动作,诠释了一位悲剧英雄波澜起伏的心情。男孩子们嘲笑女孩的剑术是花架子,追求的是一剑定乾坤的绝世武功。牧声请竹匠阿琪削了一把竹剑,形状几可乱真,他希望成为一个文武全才的儒侠,为此,向一位走方卖药的五台山拳师买了一本剑谱,日夜研习。牧声潜心学剑的目的是击败汤冕,他发现汤冕一直在向席萍献殷勤,席萍是个小傻瓜,每次向汤冕学剑,都露出痴迷的神情。汤冕常常寻衅,找牧声比试,牧声输多赢少,有一次,牧声用了新招,眼看胜利在望,却被"树根"绊倒,回头一看,"树根"却是同学李武仲的脚尖。李武仲偏心同门师兄,使了坏,牧声一怒,扑上去,与李武仲扭打成一团……

一天,褚红玉找汤冕、牧声说,明天星期五她要逃学,和村上的小姐妹进城买花衣,不能接送席萍过鸣凤桥,席萍胆子小,想请牧声和汤冕代劳一下。他俩很高兴,第二天赶了早,守候在席家庄畔的鸣凤桥边……小美女姗姗来了,他俩笑吟吟地迎了上去。

席山是松毛柴火的产地,河面上航行的船只上,柴草垒成小山。为了通行顺畅,鸣凤桥建得很高,上桥要登二十多级青石台阶,桥身是木板,窄小却没有栏杆。席萍一上桥,腿肚子就发抖,汤冕和牧声一前一后,冠冕堂皇地牵住小美女的纤手,脸上露出英雄救美的豪气;风吹过桥面,发出鸣啸之声,飘起丝裙,席萍花容失色,汤冕赶忙紧搂住她的细腰……

午后不上课,他俩一直把席萍送到家。这是一个小型的湖湾,湖边泊着一艘三桅渔船;房子的东侧有一个弯弯的鱼池,池边飞着柳丝;

屋后的山坡地里有十多株杨梅树，树冠很大，果实是白色的，名叫糖霜杨梅，是全国罕见的果中珍品。

席妈妈是一个风韵别致的渔娘，见到牧声与汤冕，很是喜欢，把他俩搂在怀里，亲着脸蛋。席萍在旁使眼色，俩人挣脱席妈妈的怀抱，跟着席萍，撒腿就跑，钻进杨梅林中。

席山的杨梅林成片，路人都可以随意摘食，当年流传一句话——"席山杨梅，只吃不袋"，果农以此来辨别路人的行为是品尝还是偷盗。此时正值果实累枝，席萍好客地请他俩去尝鲜。杨梅树下铺着芦席，防止成熟的果实掉落时黏了泥沙。累累的枝头低垂到地面，三个孩子懒散地躺在芦席上，伸着脖子去咬那霜白的梅粒。杨梅又大又圆，甜彻心肺，席萍懂得挑选，摘了一颗杨梅咬了一口，得意地说："这颗才甜呢！小哥哥，不信你尝尝。"边说，边把剩下的半颗塞到牧声的嘴里；这时，汤冕却无意地把一颗青涩的杨梅塞进嘴巴，酸了半边牙……

8

小学三年级时，席萍也有了绰号，叫"小花鞋"，这绰号居然是牧声和汤冕的"杰作"。

离开花中心小学数箭之处，是太湖边的一片芦荡，那里，湖鸟在芦海上空迴翔，野鸭在水中洗濯羽毛，游鱼钻进芦丛觅食……牧声、汤冕和席萍经常逃学，在这里尽情玩耍。

两个男孩光着屁股，一头扎进水里，激起簇簇水花。席萍当了"小婢女"，坐在岸边，守着他俩的衣服和书包。他俩钻进芦丛，挖了一把白藕色的芦根，洗干净，送给席萍解渴；芦根的汁又清凉又甘甜，席萍吃得很开心。洗完澡，他俩在这里比赛削水片，把瓦片削向湖面，瓦片贴着水面飞向远方，溅起串串水花，胜负的仲裁就是席萍。尿急了，他俩比赛谁的尿撒得又高又远，席萍用手捂着脸，从指缝中观察水面上的落点，公正评判优胜者是谁……

游戏结束，席萍拿出肥皂，帮他俩在背上涂上皂液，洗涤干净身子。以往，他俩偷偷去游泳，回到家中，大人会用指甲在他俩背上一刮，只要出现一道白印，就知道他俩逃学偷偷去洗冷水浴了，于是，一顿"笋烤肉"就等着他俩享用。笋烤肉是什么，嗨，竹片打屁股，那是玩的么！席萍是水上人家的女儿，知道只要往身上打了肥皂水，就能毁灭"罪证"；因此书包里经常放一片肥皂，以备不时之需。

然而不多久，"小婢女"居然犯了"背主"的错误，向老师揭发了他俩的一桩糗事……

夏天，开花小学举行反原子弹演习，当时，美国鬼子扬言，要对中国掷原子弹，老师开了课，教孩子们怎样抵挡核子武器，孩子们第一次听说光辐射、冲击波等新名词，老师说，原子弹是纸老虎，只要用一条白被单就可以挡住光辐射，藏在泥沟里就可以顶住冲击波；如果来不及回家拿白被单，可以藏在浓密的树荫下。那天，学校举行实战演习，体育老师带队，孩子们在公路上急行军，突然，体育老师一声哨子，大喊："美国原子弹掉下来了！"孩子们作鸟兽散，冲进了路边的庄稼地。牧声、汤冕、席萍钻进刺瓜田里，藏在瓜架下，席萍爱漂亮，生怕光辐射毁了容，找了一张大片的刺瓜叶罩住脸。蛰伏了半天，还没见到蘑菇云腾起……瓜田里暑气太重，牧声的衣服浸透汗水，他不耐烦了，坐起来喘气，只觉得唇焦舌燥，蓦然，看到瓜架上累累坠坠吊着一条条青翠欲滴的刺瓜，牧声用肩膀指了指刺瓜，汤冕转过脸，会心一笑，于是，他俩摘了刺瓜，大口大口地咬了起来……

一回学校，他俩就被叫到办公室，班主任大怒，骂他们是小偷，破坏了"不拿群众一针一线"的革命纪律，要他们写检查，还得回家向爸妈要钱，去赔偿瓜农的损失。牧声狡辩说，原子弹的温度有几百万度，实在热得扛不住，班主任更火了："女孩子都顶住了，就你们娇贵？"走出办公室，发现席萍在门边慌里慌张地探望，他俩一下子明白了：啊哈，原来是她告的密！汤冕火了，骂了一声："报告大王。"

席萍可怜巴巴地解释:"老师说,小孩子要诚实,不能偷东西。"牧声火了,爆了粗口:"我们是小偷?滚,婊……不,小花鞋!"汤冕接口骂:"叛徒!对,小婊……小花鞋……"席萍气得放声大哭。这下,可犯了众怒,女同学们上前团团围住,七嘴八舌,把"犯罪分子"扭送到班主任的面前。在吴郡,最粗俗的脏话是男人骂女人"婊子",女人骂男人是"浮尸"。

开花小学是康有为、梁启超主张创办的文明小学,是洋学堂,严禁学生爆粗口,谁坏了规矩,就要受到严厉惩罚,方法是由受害人用毛笔在骂人者的嘴部画一个圈,在同学面前示众;这规矩是吴郡私塾普遍使用的方法,目的是让士子知耻。洋学堂成立后,废除了用"戒方"打学生手心的野蛮刑罚,保留了这个"文明"的处罚方法。全班同学集合了,班主任命令牧声与汤冕站到黑板前,女同学们很开心。忙着磨墨,整理"刑具";男同学们有点兔死狐悲,却也感到好玩,他俩耷着头,失去昔日威风。只是"行刑人"席萍吓得腿发软,她可从来没干过这种活计。两个女同学先是用抹布擦干牧声与汤冕嘴部的汗水,席萍举起毛笔开始画圈,两人见席萍走到面前,紧闭了双眼。席萍原想把嘴圈画得圆一些,好看一点,只是手发抖得厉害,弄得那圈儿七歪八斜;圈儿画好了,还得在下巴上添几撇胡子……男女同学开心地欢呼、大笑。席萍见两个英俊的小哥哥变得怪模怪样,着实吃了一惊,一掷毛笔,快步回到座位上,低下头。放学的钟声响了,牧声、汤冕掖了书包,抢先冲出教室,向湖边奔去。席萍心里发毛,紧追出去,她后悔极了:被小哥哥骂一两声"婊子"原不打紧,倘若小哥哥们当了"浮尸",那可不是玩的。跑到半路,他俩立定了,转过身来,拽紧拳头,凶神恶煞般地骂道:"滚,跟屁虫。再过来,叫你脑袋开花。"席萍站住了,怯懦地望着他俩;他俩又转身飞奔,席萍又紧追不舍。一到湖边,俩人心急火燎地脱光衣服,一个扎子,跳进了湖中,在水底下闷了一会,冒出水面,先是倾太湖之水,洗尽奇耻大辱,模样儿就像鸭子在洗澡;继则是仰天长啸,喝几口湖水,浇平了心中的块垒;

再次是"伍子胥归报楚王仇",一泄心头之恨……他俩用目光互相示意,突然猛烈拨水,把席萍浇成落汤鸡。席萍一点也不生气,嘻嘻直笑:小哥哥们无意当"浮尸",心头的石头也就落地了。她把散落在地上的书包、衣裤归了堆,坐在一旁当"守卫"。当他俩把一尾大头鲢赶进芦苇丛的浅滩上时,心中的"深仇大恨"早已掷到爪哇国,三人喜笑颜开,商量着到席萍家去煮鱼汤……

回到家中,席萍问妈妈:小花鞋是什么?妈妈笑着说:"……说你骚,不过嘛,女人不骚,男人会喜欢吗?女人不骚,会生孩子吗?"妈妈是船家女子,长期跟着丈夫出没在太湖烟水之中。当年,渔家贫困,吃住都在渔船上,当地都称之为连家船,船上男子捕鱼时都精赤着自己的身子,与邻船的婆娘见面,也是十分泰然。席萍的妈妈见惯各色各样古铜色、肌肉结实的男性胴体,渐渐也就淡化了性的神秘感。听了妈妈的话,席萍不再反感这个绰号,有人叫她"小花鞋"也会报以甜美一笑。牧声、汤冕开了头,同学们也就跟着戏称,学校的一些女同学出于对风流的羡慕,又嫉妒她众星拱月的光华,也酸溜溜地称她小花鞋……渐渐,小花鞋竟成了席萍的昵称。

9

终于,为了席萍,牧声与汤冕结了梁子,成了情仇,爆发点是一年一度的三月三庙会,地点是浮泽寺。

三月三是一年一度最盛大的节日,届时,几万乡民汇集在浮泽寺周边,烧香、祈愿、看戏、购物换货;算命师、耍猴人和唱道情的流浪艺人也远道而来。庙会的重头戏是'抬孟尝',孟尝君的急公好义让吴郡人十分推崇,被尊为庙会的正神,因此抬着孟尝君巡境也就成了庙会的主轴,经年累月,"抬孟尝"也就成了踩街的代名词。"抬孟尝"以村社为单位,队伍的阵势显示村社的实力;村社间互相较劲,因此,

"抬孟尝"的阵势越来越大,内容越来越丰富。

当年没有花车,只有十六人抬的戏箱,穿着古装的演员站在箱台上,摆出各种造型,演绎"八仙过海"、"水漫金山"、"西施观鱼"、"梁山伯与祝英台"等故事与传说。演员大多是孩子,为的是让抬箱人省点力。为了博取看客的彩声,四邻八乡的几十路踩街队伍可说是奇招尽出。

那天,席萍把牧声和汤冕约到小学的荷池边,钻进垂柳丛中,神秘地说,她中选了,老长辈要她在"薛仁贵枪挑樊梨花"的戏文里扮妆樊梨花。舞台的造型是——薛仁贵骑坐在"马"上,手执银枪,把樊梨花挑在枪尖;樊梨花怡然自得,莲足踩在枪头上,右手却拈着一方丝帕,轻轻在风中摆动。席萍告诉他们一个秘密:其实她不是站着,而是用白缎绑在一根木柱的凳子上,木柱的下端支着枪尖,她的莲鞋掂在枪尖上,裙子一遮,就像凌空飞燕般站在枪尖上。可是,席萍犯了难,因为表演的时间要大半天,不能下来小便,按照规矩,演出的前夜就得禁食禁水,席萍担心渴昏在戏台上,为此,拜托两位小哥哥,做她的随从,给她补给水分。方法是,由牧声、汤冕削掉荸荠的皮,插在竹竿的尖刺上,席萍口渴时,他俩就用竹竿把荸荠递给她,荸荠解渴,又能捱一阵饥。他俩荣膺重任,亢奋得一宿没睡。

三月三正日,彩旗招展,锣鼓喧天,君嶂山满山遍野都是朝山进香的红男绿女。从山顶往下望,几十条踩街的长蛇阵从四面八方蜿蜒而来,每个队伍中,都少不了莲花落的舞蹈队,还有蚌舞队、高跷队、花船队,簇着五彩缤纷的戏箱。

最有看头的莫过于席家庄的敬神队伍,最光亮的看点是开道锣手和"樊梨花"。开道锣手的右手腕穿透一个肉洞,巨锣的牵绳穿过洞,直接压在腕骨上,两名护锣手护卫在两侧,啪啪作响地飞动着手中的太极旗,用长长的旗杆驱赶逼近锣手的人群,生恐人们挤撞锣面,勒伤锣手。最靓丽的当然是席萍,乡民们奔走相告:"一个小媛媛标致得没得说","水嫩嫩的毛丫头,仙女下了凡"。里三层,外三层,乡民们把箱台围得水泄不通。席萍笑眯眯，翘着葱指，有节律地拂动着手绢。

牧声与汤冕脸颊生光，因为只有他俩才有资格给"仙女"进贡果品。然而，在中途休息时，汤冕发现，席萍吃了牧声送上的三颗荸荠，才吃上他送的一颗，观察一番，才发现牧声昨晚就把荸荠去了皮，用淡盐水浸在提罐里；自己却是一边赶路，一边削皮，搞得手忙脚乱；反观牧声，悠闲自得，只要席萍招手示意，就立马送上一颗荸荠。看着小美女呶动的小嘴和感激的笑意，汤冕怒火中烧，好一个油滑的家伙，想着法儿讨美人欢心，却密不透风，哼！

庙会结束，席萍在浮泽寺边的银杏树下更衣卸妆，席萍妈妈买了几个海棠糕和几碗豆花奖励两位"护花使者"。汤冕闷闷不乐，吃完了招呼也不打就要走人，牧声追上去，汤冕冷冷地说"你离我远一点，奸巧小人，坏伯歪。"牧声知道他吃什么味，笑着说："要怪就怪自己像猪八戒，脑袋灌了水。"这时，汤冕立定了，恨声说："从此与你势不两立。"牧声不甘示弱，火冒三丈说："好呵，我也与你不共戴天。"说完，两人分道扬镳，各自扬长而去。妈妈问女儿："他俩怎么啦？"席萍说："他俩都说要做我的男人，经常吵。""什么？什么？"妈妈笑得流出泪花："小梗梗还没长大，就想老婆了！"席萍瞪大了水汪汪的眼睛："小梗梗是什么？"

回家的路上，席萍早把牧声与汤冕忘了，却一直在生夏润生的气，因为，他抢去了她的不少风头。

三月三庙会牵动了夏润生心底的童趣，他前去观盛，心头一时发热，"混"进夏家庄的"抬孟尝"队伍，对村长说："我也姓夏，五百年前是一家……"村长见是市里最大的官儿来了，喜出望外，让他参加舞龙队，掌了龙头。夏润生甚是了得，飞跃转腾，把龙头舞得出神入化，看客们喝彩，把百子炮往龙身边抛去，腾起阵阵硝烟；那龙，果真是腾了云，驾了雾。那天，小姓小族的夏家庄可算露了脸，抢走了小美女席萍不少风头。

休息时，夏润生正在擦汗，忽然听到袅袅的二胡声传来……擦汗的毛巾停在半空，他呆住了，心头泛起说不清，道不明的感觉：依稀如故乡的柳丝儿在向他招手，仿佛是小羊羔在磨蹭妈妈的脖子，终了时山在唏嘘，水在鸣咽……他循声而去，在团团的人墙里见到一个瞎子，衣衫褴褛……他，就是流浪艺人阿秉。夏润生回去后立即命令文化部门保障他的生活，设法录制他的作品。阿秉的《惠泉映月》是在他弥留前录制的，他抱着病躯，坐在床头吃力地拉完这支曲子……听到阿秉去世的消息，夏润生后悔得揪自己的头发，因为，阿秉的其他作品来不及录制，随着他的去世而永归寂寞……

10

席萍在小学恰如出水芙蓉，初中时已是凌波仙子，随着年龄增长，心中也就渐渐有了。

牧声在开花中学当了校刊的副主编，被誉为小才子。他的一篇文章登上《吴郡报》的副刊，成了一时美谈。文章的题目是"做大自然的强盗"，这是当年风行一时的名言，出自欧洲一位科学家的口，鼓励人们勇敢地向大自然索取。牧声以此为题，慷慨激昂地号召同学们，要以愚公移山、张羽煮海、精卫填海的精神，去向大自然索取财富，建设人类的伊甸园。他说，大自然为我们提供了永不枯竭的资源，人，必须拥有大海的胸怀；大海之所以伟大，是因为它包容一切污泥浊水而不为所染……文章见诸报端，获得高评，小才子的声名也就不翼而飞。当时，能与牧声一较高下的只有汤冕一人，他能背诵一百多篇古典散文，喜爱书法，通达韵句，是学校出了名的小诗人；更兼他长相英俊，为人急公好义，在班上颇有人望。

"大跃进"让牧声和汤冕出了风头。那年，公社搞"移苗并植"，准备放创造亩产五万斤的"卫星"。同学们跟着大人把小龙村几十亩灌了浆的水稻铲起来，移植到一亩地里。村长朱洛根竭力反对，被工作组关了几天,打了一顿板子。"卫星田"里的水稻密不透风,第二天就黄了叶子。牧声和汤冕想起理发店的脚踏风扇很管用,就动员店主借出来,搬到卫星田的田埂边,组织同学们日夜不停地为水稻扇风。那风扇的扇页是两米长、半米宽的帆布片,悬在木架上的木葫芦里,用踏板牵动。公社的领导见了,马上开现场会,表扬牧声、汤冕和他的同学们,还赶制了几十架"风扇"现场推广……可是,所有的努力都是徒劳,水稻的茎秆发黑,终于沤成一堆烂草。夏润生到处去纠偏,找到朱洛根,骂他是'吃粪长大的',见他不吭声,一时性起,抽了他一记耳光。朱洛根被打了板子,又被摔了耳光,一肚子委屈,草驴般地嚎叫起来。

夏润生接见了牧声和汤冕,抚摸着他俩的头,心疼地说:"虽然没能把稻子救活,我还是得对你俩说声谢谢!"席萍在一旁见了,高兴得眯眯笑,就像自己也得到市长的表扬。

牧声和汤冕多年来一直心存瑜亮情节,为的就是花魁席萍。一次远足,同学们围坐在草地上,望着蓝天白云,畅谈理想,牧声戏说:"我羡慕古代文士,红袖添香夜读书。"汤冕接口说:"我羡慕古代英雄,醒握天下权,醉枕美人膝。"陆照仪笑道:"窈窕淑女,君子好逑,苦得是僧多粥少。"他意味深长地盯着席萍笑,席萍低下头,红了脸。

牧声真幸运,不多久就享受与席萍鼻息相熏的幸福,而因此,他也"荣获""托钵王子"的雅号。那年,学校组织所有男同学,远征陶壶乡,支援夏收夏种,牧声惮于长途跋涉,耍了个心思,自动请缨,去当运粮的"艄公"。摇橹是十分辛苦的活计,四个老艄公轮班上阵,不分昼夜地驱舟梭行。牧声的活计是推拉橹绳,当老艄公们的下手;活计看似轻松,半天下来,胳膊却已红肿。正在叫苦的当儿,风顺了,水畅了,桅杆上的白帆徐徐升起,立刻,风鼓帆张,船如箭发。艄公们无事可干,喝着米酒,抽着旱烟,闲聊着太湖的掌故。岂知,船至陶朱湖,遇到三尺风浪,船进了水,渐渐下沉……老艄公们急忙改变方向,把船划向湖心的一个土墩,将船搁浅在泥滩上。这个土墩,人称西施墩,是当年范蠡、西施泛舟太湖时野炊的所在,不过,沉舟侧畔的老艄公和牧声无福享受这份野趣……火柴与木柴全泡了水,只得用面粉浆充饥。第二天,艄公们戽干小舢板的水,把牧声载到岸边,嘱咐他说:"沿着湖边的山道走,就可以回到开花乡。"艄公们去了当地乡政府,求人来抢救这批"军粮"。

林深草密,牧声迷了路,在丛山里转悠了整整两天,渴了,喝一口山泉;饿了,去偷挖山民的地瓜。终于,他翻过一座小山,见到一幅让他倍感亲切的"图画"——一间竹舍依山偎湖,烟囱里袅娜着一缕青烟;竹舍边,一弯渔圹,掩映在青云似的垂柳之中……席萍,是席萍的家!见到嘴唇苍白、泥塑木雕般的牧声,席萍的妈妈"扑哧"一声,笑弯了腰。牧声的青布长衫沾满污泥草梗,右手持着一根打蛇青竹棒,肩上挂着用草绳捆绑的布包袱,左手的腋窝里夹着一只缺了角的大筊碗……牧声睡了一天一夜才缓缓醒来,席萍坐在床头,小心翼翼地给他喂了一碗藕粉羹汤……

汤冕听了这个故事,牙酸了半边,编了一个"托钵王子"沿途乞食、偷刨地瓜的故事来骂牧声;至于"美人奉浆"的情节,略去不表,改成"美人见到那丐儿,皱眉掩鼻。"自此,"托钵王子"的雅号便不胫而走。

11

一对情敌,冷战了多年,终于拔剑相向……时间是一年一度的春禊。

决斗的地点在席山的团月亭前,仲裁人是褚红玉大姐和陆照仪。大家约定,谁比试赢了,谁就可以一尝席萍的樱唇,花落谁家也就尘埃落地。同学们发了誓,决不把这件事告诉老师和家长,谁当奸细,就会遭到党同伐异的惩处。大姐把全套计划说了,席萍怩忸着,不肯答应，大姐说，这不过是做家家，玩亲亲的游戏，别当了真，这样做了，也就让牧声与汤冕认了命，不再互相纠缠。席萍说："妈妈说，牧声、汤冕她都喜欢，只是要等他们长大了，工作了，再选一个。"大姐说："早选晚选，一样是选。等他们长大了，心也高了，气也傲了，不一定会看上你。这么多好同学来牵红绳，多美的事儿。"席萍脸红了，羞涩地问："……我害怕，亲了嘴会不会怀上宝宝？"褚红玉已订了亲，早开了情窦，捂嘴笑说："不上床做事情，怎么会怀孕！"终于，席萍低垂了头不说话，算是默认了。

这是春禊史上最富有诗情画意的活动，令同学们心旌荡漾。

下午三点，同学们都汇聚到席山，席萍穿上花格子的新衣服，坐在团月亭正中的石凳上，花枝招展的女同学们簇在她的身边，男同学们三五成群，坐在周边的草地上。席萍一脸羞涩，粉颈低垂，任凭小姐妹们摆布，显然，她慌了神。

陆照仪做足功课，准备了一篇"石破天惊"的演说辞，他拥有一套打黄腔的独门功夫，常常是点到为此，似是而非，让人觉得走了边儿，却似乎言之有理。果然，他的演说一鸣惊人："各位学友，今天我们聚集在席山，举行一年一度的春禊欢会。春禊是什么？有人说，春禊是拔除不祥的活动，不，春禊是阴阳契合，两性交融。王羲之、谢安等名士在兰亭相会，曲水流觞，吟诗写字，何等潇洒，然而，陆某人夜读《兰亭集序》，却发现，王羲之直白地指出，春禊就是男欢女爱，请听：'夫人之相与，俯仰一世。或取诸怀抱，晤言一室之内；或因寄所托，放浪形骸之外……'请问，这难道描述得还不清楚吗？"同学们听了，个个目瞪口呆。他们读的是私立开花中学，前身是私塾，有好几位名重三吴的国学老师，初中阶段，学校就要求学生背诵一百篇古典文学的名篇，诸如《陈情表》、《出师表》、《师说》、《原君》、《石钟山记》等等。孩子们虽然年少，古文的功底却不浅，然而，对《兰亭集序》如此不堪的歪批，却从未听说，听陆照仪言之凿凿的批注，却似乎也有道理，于是，大家哈哈大笑起来。对陆照仪的痞子风格，牧声与汤冕早有领教，听了他的胡说八道，只得在一旁苦笑。

正想着，却听陆照仪话锋一转，开始调侃牧声和汤冕："哪一个少女不怀春，哪一个少男不怀情，今天，是我们班的小美女挑选东床，是一个美丽的春禊故事。我见过狮子择偶的电影，母狮在一旁打盹，两头公狮撕咬得头破血流，谁胜了，母狮就跟谁走了……今天，我也建议小美女打打盹，别看他们撒野……另外，我要告诉两位格斗士，《兰亭集序》里有博大精深的剑道，你们看，二十个'之'字无一雷同，因此，也希望你们剑出奇招，不落俗套……"

比赛哨声响了，牧声和汤冕披挂上阵。他俩的竹剑都被截去剑尖，包上布套，中间填了半湿的草木灰。规则是不能劈击对方头部和腰腹，攻击范围在背部和胸部，点到为止，以草木灰印记多寡决定胜负。比武要符合剑道礼仪，尊重对方，先揖手行礼，再叫阵，然后出剑。谁知道汤冕耿耿于陆照仪的胡说八道，已气得七荤八素，全忘了侠道风范，上了场一扬剑，喝道："来将通名，本将军剑下不杀无名鼠辈。"牧声一怒："帅爷的名讳如雷贯耳，莫非你聋了不成？"帅比将大，牧声占了便宜，汤冕更是暴怒："横刀夺爱，算什么东西，臭名远扬而已。""呀呀呸！席萍不是卓文君，你想当司马相如，我却要你当司马迁。""呸！席萍不是潘金莲，你想当个西门庆，我偏要当打虎英雄。"边喊边叫，两人剑走龙蛇，杀得天昏地暗。汤冕瞄准了一个空档，跃身跳起，剑锋直指牧声的心窝，岂知牧声一挫身，举剑一格，顺势一个鲤鱼打挺，腾身而起，避开剑锋；牧声趁着汤冕立脚未稳，连环剑发，步步紧逼。千钧一发之际，只见汤冕接连三个鹞子翻身，跃出重围，稳稳落地，傲然屹立。一时，场下喝彩声鹊起……哨声响了，第一回合结束，检视身上的"伤痕"，两人半斤八两。休息时，阿斗李蹭到汤冕身边，老鼠眼骨碌骨碌转动，嘀咕了半晌，看来，这家伙又在使坏了。果然，第二回合，汤冕左右闪躲，飘忽无定地游走，却不轻易出剑，让牧声追得精力不支。到了最后三分钟，汤冕突然一声啸吟，一个腾挪，宝剑格住牧声的剑腰，顺势向剑尖刮去，只听得"啪"的一声，剑头的灰套飞向空中，牧声一阵慌乱，却只觉得背心、肩胛连连中了数剑。牧声奋力还击，却已无法在敌手身上留下任何印痕，哨声响了，宣布牧声败局已定。

汤冕志得意满，款步走到席萍的面前，把宝剑捧放在桌面上，席萍被同学推搡了半晌，才忸怩不安地走到汤冕的面前，身子一软，把头埋进汤冕的胸膛，不敢睁开眼睛。汤冕先自害羞，心扑扑乱跳，低下头蜻蜓点水般的碰了一下席萍的嘴唇……同学们大声欢呼，却个个嫉羡得酸了半盘牙根。牧声不敢回头，暗暗垂泪。

同学们各自回家了，席萍邀汤冕、牧声两人去她家吃晚饭。看到散兵游勇式的"斗士"，席妈妈抿着嘴笑，察看了他俩背部的青肿淤伤，拿热毛巾给他俩散淤，笑着问："怎么样？玩得高兴吗？谁赢了？"牧声沉默不言，败军之将岂敢言勇！汤冕却麻了头皮，听话音，席萍早做了奸细……玩得高兴？这是玩的吗？席萍洗完澡，头发披散在背上，更有一种难以言表的飘逸。吃晚饭时，牧声一脸沮丧，食不下咽，席萍殷勤地给他夹菜，柔声细语地安慰："妈妈说，玩玩是可以的，别顶真。"汤冕放下筷子，吃不下饭了……好好的事儿，一句"别顶真"，转眼就黄了。饭后，席萍带他俩爬上停泊在湖边的三桅船，三个人半躺在甲板上，聊聊各自的心事……

席萍的家离席家庄还有二三里地，面临湖湾，十分安静。三桅船是席萍家最耀眼的财产，席爸爸是一个浪里好手，捕捉的渔获总比别人多；这几天，为了更新渔网和缆绳，席爸爸进城去绳网厂采购尼龙丝，所以也无缘品鉴两个女婿候选人。席爸爸不关心女儿找什么样的人才，只希望有个倒插门的男人，能帮他摇橹、撑篙、撒渔网，再给水上人家接续香火。席萍渐渐长大，也就犯上这些心思。此刻，她斜躺在甲板上，头枕在汤冕的腰上，双脚搁在牧声的腿上，说着悄悄话。她突发奇想说："如果你们都做我的男人，那多好！不，妈妈一定会骂我是浪货……你俩也不会同意……"牧声、汤冕默不作声，他们知道，席萍单纯得有点傻气……

月光如水，湖面似镜，不远处传来哗哗的水声。席萍霍地坐了起来，警觉地眺望……不远处，泊着一艘连家船，影影绰绰，船头上站着一个白晃晃的裸体女子，正在洗澡。她用葫芦瓢舀着热水往身上淋……光亮的胴体周边腾起团团雾气。席萍食指按住嘴唇，示意他俩噤声，要他们别过脸去，嘘了一声说："是我表姐，在洗澡呢。"表姐家贫困，没钱上岸造房，一直住在船上。她说："表姐比我还标致，姐夫很喜欢她。"三人蛰伏在船头，大气不敢出，生恐惊扰明湖中的浴女。那女子擦干身子，进舱去了，不一会儿，连家船开始晃动，闪光的涟漪一圈接一圈，荡漾开来……连家船越晃越激烈，涟漪变成浪涌，啪啪地击打着三桅船的舷帮……席萍迷惘地望着连家船说："表姐也真是的，这么晚了，还在晃船当摇篮。"牧声唇焦舌燥，突然冒出四个字"吴女荡湖"。汤冕怔了一下，蓦然想起了吴郡八景中的称谓，其中'大泽含烟'、'惠龙飞天'、'芦淀渔灯'等景观都有固定的客体，只有'吴女荡湖'这一景观让人摸不着边际……席萍好奇地问："什么？"牧声说道："传说，很久以前太湖边上有一个叫吴娃的女孩，为爱殉情，投水而死，变成一条美人鱼；每当月明星稀的时分，它会跃出水面，舞动它婀娜多姿的腰肢，古代的文人墨客见了，就把这难得一见的场景，列为吴郡八景之一。"汤冕说："可惜的是，在它舞动腰肢的时候，镜儿湖也就碎了。"

半小时过去了，波涛静止了，和煦的风也轻轻入梦。

12

同学中还是出了奸细。第二天课余，春禊活动的主角被班主任唤到办公室。班主任是个老八股，绰号叫"十二点一刻"。他走路时梗着头，是个歪脖子，倾斜的角度大致与时钟的十二点一刻相仿，陆照仪就偷偷给他起了这个"雅号"。那天，班主任气得发颤，以致脖子的歪度成了"十二点二十"。他满脸黑云,吼道:"小小年纪,就搞流氓活动,这还了得!"他挨个儿骂,说陆照仪是痞子,思想肮脏;汤冕、牧声是使枪弄棍、调戏女孩子的小流氓。轮到席萍,他冷冷问道:"你说说看,为什么绰号叫小花鞋?投怀送抱,好不风流!像你这样骚形怪状,还读什么书,回去养孩子吧!"席萍"哇"的一声,哭了起来,班主任怒喝一声:"哭什么?让你哭的事情还在后头呢!"席萍吓了一跳,低声饮泣。班主任决定,上报教务处,一律开除学籍。

席萍哭得很美,梨花带雨,娇态牵动美术老师白鸣风的恻隐之心。他端了一杯水送到班主任面前,陪笑说:"你老消消气,孩子们还小,做家家、玩亲亲是常事。"班主任瞪着眼:"还小?再不管,明天就把孩子生下来了。"白鸣风劝说:"这事嘛,可大可小,弄大了,一传十,十传百,你的老脸挂得住么?"这话说到老八股的痛处,他狠狠地用手槌了两下胸口,眼角爆出两粒浊泪……末了,他喝道,回去写检查,以观后效。第二天,大家按时交了检查。席萍不会写,托牧声代写,她在一旁给牧声打扇子,牧声给她加了不少"洗心革面,重新做人"的忏悔文字,终于感动老八股。陆照仪的检查十易其稿,才勉强通过。他写得洋洋洒洒,因为他必须为书圣王羲之和那头母狮平反,老八股对他呵斥:"亵渎古贤,这还了得!"陆照仪被整得最惨,过后,他摸着脖子,心有余悸地说:"好在班主任的脖子是'左倾'的,要是'右倾'成了"午时三刻",我就惨了。

英雄救美,给白鸣风老师提供了亲近席萍的好机会。他是上海美专的毕业生,风华正茂,追求至美,认为大自然最美的杰作就是席萍一样的美女。他觉得女性美就是乡土美,女儿是山水精气;乡土有灵动之气,女儿才有风情之美。他常常迷醉地欣赏席萍的酥胸丰臀,觉得,席萍浑圆的臀部、小蛮腰和美腿之间的连接弧线已达到天衣无缝般的流畅,地造天设般的优美。他还有一种艺术异嗜,迷醉美女的红唇,描画了几百种形态各异的少女红唇,收集成册,比之于百花谱。画册中,席萍的红唇放在首页。

席萍不会画画，画的小猫就像小猪，这给了白老师托词，以启迪席萍的艺术天分为由，成了她家的不速之客。白鸣风的来到，让席萍十分亢奋，她从心底里喜欢这位英俊的老师。上语文课，用"风度翩翩"造句，她写道："学校有个白老师，他风度翩翩。"今天，白老师的来到，让她喜出望外，白鸣风刚踏进门，席萍就惊喜地大喊："妈妈，白老师来了……就是那个救了我的白老师。"一家人都很开心，杀鸡、煎鱼，办了一桌丰盛的酒席……为了答谢，白鸣风画了三幅速写，送给他们，一幅是席爸爸坐在船桅的绞车上，戴着旧毡帽，抽着旱烟，观察着湖面上的鱼踪；一幅是席妈妈拎着一尾梭子鱼，正在逗玩她的小花猫；一幅是席萍斜坐在草地上，右手下意识地把一茎嫩草送到嘴边，画面透露闺里寂寞的讯息。席爸爸看了画说："这个小青年，有本事。"席萍很开心，把牧声和汤冕请到闺房里看"画展"；望着她显摆的神情，他俩都没吭声。

渐渐，白鸣风成了席萍家的常客，他是艺术痴客，频繁地出没席萍家中，无非是因为找到艺术至宝，渴望把人间的至美留存在笔间。席萍身上的条条曲线让她迷醉，那近似透明的肌肤质感让他痴狂，显然，她是人体艺术的最佳摹本。

白老师的来临给席萍带来新的生活阳光，怎么看，他都不像师道尊严的老师，反倒像一个贪玩的大男孩；除了画画，他还酷爱生物学，爱收集各种植物和昆虫的标本。爬山时，他背着一只深绿色的标本箱，手执捕蝶网竿。席萍很喜欢那竿白色的网竿，竿头的网兜用白纱布缝制，形状像宝塔糖，与女孩子头上的璎珞羊毛线绒帽一般大小。用竿在花丛中一挥，各种漂亮的蝴蝶与蜻蜓就被兜进网中。每次远足回来，两人就坐在树荫下精心制作标本，白老师把蝴蝶和蜻蜓夹在书本里，让它慢慢风干，再把成型的标本粘贴在硬纸板上，周边用画笔添上修饰的花纹。一天，席萍指着烟波浩渺的太湖，告诉白老师，那里有一座小山，名叫锚山，上面有很多很多蝴蝶，白老师心痒了半天。

几天后，白老师从昆山探亲回来，带来让席萍惊喜的礼物：一顶白绒线帽子，帽顶是一朵粉红的绒花，一条大翻领白衬衣，配上一条府绸白裙，再加上白丝袜、白球鞋。这是当年城市姑娘最摩登的穿戴，席萍在镜子前左看右看，快活得像一只翩翩起舞的粉蝶。白老师说，他想画一幅油画：一个白衣少女举着竿，飘在彩蝶纷飞的花丛中。席萍对爸爸撒了个娇，讨了一条小舢板……

白衣少女划着小舟，荡漾在碧波之中，这模样儿，连老龙王都涎了口水。席萍跟父亲去过锚山，那里住着她家的一门亲戚和六七户渔家。相传，很久很久以前，一只乌龟修炼成精，垂涎陆地上的美少女，想爬上岸去作祟，观音知道了，叫黄巾力士砍了半座席山，当做锚碇，用铁链锁住乌龟精。席萍指着远处一座龟状的小岛说："那就是龟山，锚山到龟山，可以趟水走过去，脚下的路埂是铁链变的。"

小舟剖开太湖的胸膛，向着锚山飞驶而去……白老师站在船头，沐浴着清新的风，只觉得仙山远来，佳景如画。远处，传来船家姑娘的艳歌："结识私情隔条河，手攀杨柳望情哥，娘问囡五（女儿）望啥格，水面上穿条（梭子鱼）格能多。"

吴郡人说，女要俏，一身素；男要俊，一身皂。席萍穿上这身衣裙，更显得风姿绰约。在山坡上，她轻盈地跑动，喊叫着，快乐地挥舞着网兜。白老师紧盯着她俏美丰腴的臀部，入了迷，那臀线流畅得无可挑剔，扭动时竟找不到一丝冗线……她开心地跑到白老师的身边，小心翼翼地翻开网兜，骄傲地说，她不仅逮住了"梁山伯，"也网住了"祝英台"。吴郡的孩子们习惯用梁山伯与祝英台的名字来区分蝴蝶的雌雄，也深信蝴蝶是这对情侣幻化而成的。放下网竿，席萍兴致勃勃地翻着他的速写本，不一会儿，她露出迷惘不解的神情……速写本上画的都是她的臀位，角度不同，姿态各异。她不高兴地想：难道老师只喜欢我的屁股？我的脸蛋不俊吗？她的脸涨得绯红，脸颊渗出细细的汗珠，正在这时，只觉得一只男人的手，若有若无，抚弄着她圆润的臀。"老师，你好坏……"她跳起来，一脸娇嗔，却全然不知道，这样的娇斥只是对男性的暗示与鼓励……晚归时，白鸣风亢奋得雀跃而行，平生第一次触抚女孩子仙桃般的部位，富有弹性的质感醉了心肺。他跃上船头，用手去拉席萍，她拒绝了，浅笑着从船尾上了船，整理着桨具。白老师愧疚地问："小萍，还在生气？"席萍正在犯疑，随口应道："不，不，妈妈说，女孩儿身上有骚气，不能走船头，怕冲撞了水神……"

闺房的墙壁上，画作不断更迭，席萍的衣裤也越穿越少，最新的一张肖像画中，只剩下胸兜和内裤，眼神却是越来越灵动。"吴女荡湖"，诱发她涧水汩汩的性萌动，从此，她常常陷入难捱的躯体躁动。

终于，白鸣风要求她褪下内裤，脱掉胸兜，理由是，青春美会老化，艺术美可长青。十五六岁，是女孩子肌肤光泽、毛发生香的黄金时期，他要让美永驻，为人间留下传世之作。席萍并不吃惊，几番耳鬓厮磨，心防的冰雪早已消融，白鸣风的多次暗示，让她明白这是早晚要发生的事情；只是，她仍然觉得气喘，心口小鹿在冲撞。白鸣风点燃了几支蜡烛，调试闺房中的光线，席萍转过身去，迟缓地解开胸兜的丝带……白鸣风坐在画板后，出神地凝望着缓缓褪下的内裤，浑圆白嫩的臀部渐渐显山露水……白鸣风一阵心跳，只觉得唇焦舌燥。席萍伫立着，久久不敢转过身来。白鸣风声音有点暗哑："萍，转过身来。"晶莹的身躯微微一抖，她第一次听到男人亲昵的称呼，粉颈低垂，脸颊绯红，缓慢地转过身子，右手护着双乳，左手……"萍，萍妹妹，松开……"光洁的胴体在颤抖，蜜汁流淌的称谓醉了心扉！席萍的眼角珠花一闪，松开手，摆出一个动人的造型。松手的当儿，白嫩如新剥鸡蛋的"双峰"弹跳了一下。白鸣风只觉得一阵昏眩，终于，他见到了大千世界最美丽、最奇秘的曲线……他无从下笔，因为，那是难以捕捉的精灵。席萍的眸子波光一闪，抚吻着画架边局促不安的男子，露出羞涩和善解人意的笑意。白鸣风心乱如麻，感到躯体的躁热和湿痒，似乎，他听到"咻咻"的喘气声，嗅到弥漫在闺房中的神秘气息。这气味那么诱人，让人窒息。白鸣风一阵眩晕，抢前几步，"扑通"一声，跪倒在席萍的面前："萍，萍妹，我的女神……"

席妈妈正在柳荫下修补破网,蓦然听到一声凄痛的叫声,从闺房那厢飞传过来。她心头一紧,耳鼓一鸣,摔下梭子,向女儿的闺房跑去,摸到门环时倏然缩手,如同碰到炽热的烙铁。女儿的"淫声浪语"隐隐约约:"老师,你好坏……哎唷……"女儿破瓜,是人生最甜美的一刻,天下的母亲,哪一个不是这样,朝朝暮暮,祈愿的是女儿的千金一刻;呵,多好的人间美事!席妈妈犹豫了:棒打鸳鸯,女儿会否记恨她一生?纯白的心灵会否留下难以泯灭的阴影?席妈妈转身离去,女儿销魂的呻吟尾随在她的身后,她一咬牙,恨声骂了一句:"看你浪的!"嘴角却漾开笑纹,心头流淌着蜜意。她走到池边,扶着柳丝,望着浩瀚无垠的太湖;近处,春山含黛;远方,波光潋滟……

13

美女的绯闻最让人吟味,不久,一则师生恋的故事沸沸扬扬地传开。可恶的告密者是几根粘在席萍发辫上的草梗,那天晚上,月黑,白鸣风与席萍钻进芦苇垛里……开花乡盛产芦苇,秋冬季节,农民驾着小船,用长柄镰刀,割下一丈多高的芦苇,打成捆,交叉着竖起,堆成垛,让芦苇风干,来年用以制作芦席。芦垛中间形成一个锥形空间。遮风避雨,最适合有情人相会。白鸣风与席萍在芦苇垛里两情两悦,厮磨了半宿,正待整衣离去,却见几道刺亮的手电光,将他俩团团罩住,校长带着几个人出现在他俩的面前。带到学校保卫室里,白鸣风还想托辞狡辩,校长却冷冷地说:"席萍,先把你头发里的草梗理干净再说话。"人赃俱获,席萍"哇"的一声大哭起来,她哭得很美,梨花带雨,校长也软了心肠。校长迈着方步踱了几圈,站住了:"白老师,为了不进监狱,也为了席萍,你只有华山一条路——辞职,席萍嘛,自动退学。"俩人如遇大赦,千恩万谢,连夜跑回席山。

席萍结婚时,牧声与汤冕都没去,褚红玉送来喜糖和请柬,他俩大眼瞪小眼说："见了席萍怎么称呼，总不能叫师娘……"这对"同情兄"拿了两瓶老白干潜到席山的半山腰，坐在岩石上，俯瞰着席萍家的爆竹硝烟。"干，为小美女的幸福！""干，为了天上和人间的爱情。"几杯下肚，两人都醉了。

也是这个时候，席萍黯然离开酒桌躲进房中，偷偷拭干泪水。她一直希望他俩出现在婚礼上，盼望捧上一杯酒献给两个小哥哥，作为她背叛的赔情。

夜深了，道喜的人群散了，席萍家恢复宁静，只有两盏大红灯笼挂在大门口，在轻雾中闪着惺忪的光。汤冕和衣醉卧在石板上，酒醒了的牧声无所适从，幻想着洞房里的情事种种，肝肠寸断。踌躇了半晌，牧声潜入席萍家的园子里，贴着墙根听窗，他下了殉情的决心，临别前想再听一听席萍的莺声燕语；喜房里传出了"春燕呢喃"的声音，让牧声痛不欲生……他筹划着了断此生：跳湖，太冷；上吊，憋气；跳崖，死得难看……正在这时，窗户开了，一盆洗脸水泼了出来，劈头盖脸浇在他的身上，牧声拔腿就跑……

席萍羞于见人，过上离群索居的渔家生活，每天对着浩瀚的太湖，抛梭织网。白鸣风在邻乡的山村小学当了代课教师，早出晚归。夫妻俩咀嚼着偷尝禁果的甜美，也背上了沉重的生活十字架。渐渐，同学们星散各地，牧声与汤冕也去外地求学，与席萍参商难见。

14

宁静的生活终于画上句号，那是在黑白不分、人妖颠倒的年代。"禁花令"的发布预示着山雨欲来。人们铲平公园的花圃，砍掉田野里的花树，摔破阳台上的花盆……女孩儿再也不许身着红妆……终于，五彩缤纷的水乡成了白茫茫的大地。

白鸣风被清除出教师队伍。对席萍，他什么也不说，回到家中，抓了一柄砍山刀，默默地清除园中的花卉树木；随后，翻箱倒柜，找出席萍的"奇装异服"，用剪刀绞成碎片。当他准备将那套府绸白衣裙"碎尸万段"的时候，蒙着脸饮泣的席萍突然失声痛哭，紧紧抓住衣裙，喊道："鸣风哥，再让我穿一次吧……"白鸣风背过脸……

一只小舢板在波光潋滟的湖面上飘行，静悄悄地靠近锚山。席萍隐身灌木丛中，手忙脚乱地换上衣裙，戴上白色小帽，操起捕蝶网兜……当她从树丛中显身时，白鸣风"醉"了，手中的画笔在颤抖……席萍忘情了，像蝴蝶般在草甸上飞舞……

偷窥是"革命群众"雪亮的眼睛，这对情侣的大逆不道终于被发现，席萍网住"梁山伯"与"祝英台"时，她俩也进了"天罗地网"。

"流氓"与"破鞋"的游街是开花镇最奇特的"艺术创造"，造成了万人空巷的轰动。地主分子九源提着一面铜锣在队伍前喊班开道，他是瘸手瘸脚的人，每当锣锤挥近锣面时，身子一拐，锤子就偏了方向，开道的锣声永远敲不响。观众们开心地大笑。白鸣风戴着"流氓分子"的纸帽，挨着不断飞来的皮鞭。席萍被理了鸳鸯头，脖子上挂着一双破鞋，屁股上绑着一把扫帚，府绸白裙被剪成丝缕，露出大腿和内裤，人们朝她的脸上吐痰……

晚上，白鸣风拿了一条绳子，凄然说："萍，走吧，去寻找另一个世界……"席萍苦笑："鸣风哥，我们还没有孩子……""生下来，像你一样活着？"席萍沉默了一会，抹去眼角的泪花，挽住鸣风的手臂，向湖边走去……

两个戴着红袖章的人蹑手蹑脚挡住他们的去路，把他俩推进屋里，来人是陆照仪、陆小度，是席萍的同班同学。他俩与另一个名叫王涛的同学因家庭成分问题，无缘跻身大学，留在乡下务农。陆小度是陆木生的儿子，书读得好，进大学是顺理成章的事，然后，因为他那混账的父亲，土改时硬讨了一个富裕中农的帽子，以至名落孙山。落榜那天，他发疯似的大哭，把父亲从九源家拿回来的蟋蟀盒摔得粉碎。陆木生"唉"地长叹一声，唱了一句西皮二簧："一失足成千古恨那……"

陆照仪则是因为"小热昏"的家庭文化让人腹诽，落了金榜。

陆照仪、陆小度是在看客的队伍里见到王涛，他嘴唇发抖说："不知道席萍会不会想不开……"陆照仪、陆小度也心里发毛，趁着夜色，向人借了两个红袖章，赶到席萍家中。

白鸣风激狂地来回踱步喊道："你们说，我是坏人吗？是流氓吗？！"陆照仪讷讷说："白老师，不，不，你不是坏人，老话说，爱花无恶人……"席萍用布巾裹了头，呆呆地望着两位学友，陆小度辛酸地说："好歹得活下去，像牛马一样。心要放开些想，比你和白老师苦的人多着呢。就说我们中学的老校长，成了反动权威，挂着二十多斤重的木板游街，铁丝嵌进肉里……你与白老师遇到为难事，打个比方，也就过去了……"白鸣风恨声说道："让我当阿Q？"小度沉默了一会讷讷说："其实，看你和席萍游街的人，个个笑得麻木，谁人不是阿Q！鲁迅心太软了，让阿Q杀头前喊了一句'二十年后又是一条好汉！'……阿Q终于没有死，至今又儿女成群了……"说着，双眼沁出泪水。陆照仪也哭了，说："小度说得在理，阿Q也许是心理学大师，没有他，不知还要多死多少人。"白鸣风恨恨地揪着自己的头发，吼叫着；席萍攥住两位同学的手，感动得全身抽搐，放声大哭……

15

白鸣风一直不要孩子，艺术家唯美的追求让他担心，怀孕生子会毁损了无与伦比的艺术"精品"。席萍撒娇、赌气，仍然动摇不了丈夫的铁石心肠；不得已，她河东狮吼，然而，那吼声过于好听，一如黄鹂鸣柳……三十六七岁时，席萍耍了小心思，行房前偷偷刺破避孕套的囊袋，总算怀上孩子，让她成了一个完整的女人。白鸣风是得伤寒病去世的，死时合不上眼……寡妇孤女，将来怎生是好？弥留时，他交代说："那些画作是我艺术人生的巅峰，特别是那幅《春之鸣》油画，你要好好保存，实在活不下去了，再拿它去换几个钱。"《春之鸣》是席萍的人体写真，是在她"破瓜"后的第三天完成的，画中人墨晶晶的眸子春光外泄，格外传神，流露着浓浓蜜意，身上的肌肤滑动着水韵……

丈夫走了，母女俩过着吃稀饭配咸菜的清苦日子，即便如此，席萍却秘而不宣，坚拒出售那些画作。这毕竟是丈夫的珍爱，承载了她太多的思念。更何况，作品大多是席萍胴体的写真，她必须保护自己的隐私，日渐淡化自己的艳名，以免有人会指着女儿的后脑骂"破鞋生的"。女儿十岁时，不经意看到画作，用手蒙着脸说："妈妈不穿衣服，丑死了。"席萍苦苦地笑……

欣逢盛世，席萍与女儿苦尽甘来。白老师与她心领神会，创造了一个漂亮多才的太湖女儿。席萍是孩子的印模，所以，不到十七岁，女儿就成了声誉雀跃的一代名模，红遍大江南北。老同学们成了她女儿的趸众，每到电视台的档期，都会打开电视，从她的女儿身上去追寻席萍昔日的风采。

席爸爸和席妈妈已经去世，三桅船也早已木朽，只有鱼池边的垂柳，还絮叨着水上人家的风流故事。

绘画艺术大师刘天湖来了，住进雪浪山顶的"醉涵乡关"会所，陪同他的是老友、书法名家项老。刘天湖垂垂老矣，走路都得有人搀扶。他是三吴人氏，客居上海，再度回乡，为的是了却一个夙愿——画一幅太湖山水，在画卷上留下家乡的魂，这，将是他的封笔之作。项老原是蒋介石的侍从官，蒋介石与宋美龄到吴郡避寿，他跟随着来过雪浪山。他觉得，雪浪山是太湖胜景的最佳视点，故此竭力撺掇刘天湖成行。

太湖之美是难以捕捉的精灵，水如女儿肌肤，山若美人春睡……几天来，刘天湖坐在天台的藤椅里，俯瞰着雾纱掩映的大地和江湖，几度进入空灵，然而，几度提笔，几度掷管，只觉得其意难磨。正当他哀叹江郎才尽之时，项老带着席萍来到他的面前，向他展示了白鸣风的画作《春之鸣》。白鸣风是刘天湖上海美专的学生，多次对席萍说：平生之愿是自己的作品能进入老师的法眼。席萍从新闻上获知，刘老师光临吴郡，为了却亡夫遗愿，便托人引荐，携画作来到"醉涵乡关"。

刘天湖如遇惊雷闪电，内心的撼动犹如山崩地裂，久久地凝视着画面，激动得簌簌发抖，末了，发出一声惊叹："我的天……"席萍赶忙上前，扶住了颤巍巍的老人。临别时，刘天湖题了几个字"尽得太湖之美"；项老也挥毫疾书"钟灵毓秀，名泽魂魄"。自始至终，老人没问一句："鸣风为什么不来看我？"

两位老人的背书，让《春之鸣》成了画坛珍品，然而，除了这两位"泰斗"，再没有人见过《春之鸣》的庐山真面目。

16

男人心中的疼，是女人受难时在守护的岗位上缺了位。席萍受难时，牧声远在天边，这成了牧声终生的遗憾。

席萍来看望牧声，带来一束山花。陪同而来的是褚红玉、王涛、汤冕和陆照仪。汤冕的秘书伊伊也来了，窜到房中与吴茵大姐嘀咕了半晌。吴茵出来迎客，笑容可掬，眼神却警觉地审视着"小花鞋"。她早就听说，牧声与汤冕为了她结了仇；闲聊时，每每提到她，牧声就走了魂。席萍上了年纪了，眼睛还是墨晶晶的，皮肤白皙得发亮。她打扮得素净，一点也不妖艳；看起来性格沉静，不爱说话，眉宇间略带几分怨艾；她微微地笑，好奇地听着窗友们抒发宏论。吴茵从她天真的眼神里，怎么也读不出一个"邪"字，于是放松了警觉，反倒是没心没肺地想，牧声也好，汤冕也罢，跟了她，都是天生一对，地设一双。

在老同学眼中，席萍仍然是一面旗帜；这旗帜，就是她的风裙。同学中出了不少显贵，通知聚会时爱摆谱，然而，只要召集人附加一句"小花鞋已答应与会",那么,全班同学就齐刷刷的一个也不少,一近芳泽的心理和少年时的定格美,让席萍魅力长存。其实,席萍的眼角已有细细的鱼尾纹,只是老天照应,让同学们都老花了眼,遮掩了岁月的印痕,因此,同学相会时,都会由衷地赞美:"小花鞋你还是那么标致"。陆小度在上海成了大款,死了妻子,托人说媒,要为孀居的席萍在湖边盖一座别墅,金屋藏娇,了却他深埋心中的最后一宗心愿。席萍听了只是淡淡一笑,一声不响。汤冕志节华山陡,为了席萍,一直打着光棍。

久别重逢,说的话也多,讲的事也杂……陆照仪自学成才,当了经济学家何也的弟子,眼下在吴郡的经济研究所当顾问,还是老脾气,不惧官,即便是见了上帝也会拍着肩膀称老兄。汤冕常常挖苦他说:"可惜了,如果你继承了乃父的衣钵,一定是当下走红全国的谐星。"褚红玉当过妇女主任,退休后在镇上的婚介所当所长,陆照仪见面就损她:"要当王婆子、马泊六,功夫还欠火候,撺掇人家一尝红唇,却又让人家望梅止渴,这不缺德么?"褚红玉红了脸,赶忙解释:"我也跟席萍说了,她怕的是坐实了水性杨花的名声,损了汤冕的官声。"王涛当了镇长,他的父亲原是小学校长,因"历史问题"病死狱中,"文革"后平了反,王涛得以改变命运……

伊伊是桌上唯一的年轻姑娘,自称是汤冕的"小婢女",因此担任司茶的职责。听了半天,她发现,老同学聚会,话题的核心是盘点生命,这让她很扫兴,因为,她的心中涌动着开拓生命的热望。席萍坐在汤冕的身边,听人说着话时,手却不由自主地拉过汤冕的手,为他扣上衣袖的纽扣。哼,这是"小婢女"干的事,你操什么心!伊伊手一抖,茶水洒在桌面上。陆照仪看在眼里,悠然说:"这茶,真喝出了味儿。"他揉了揉褚红玉说:"你有事做了,说不定老牛要吃嫩草了。"褚红玉惊奇地看看伊伊,却见她满脸红云……

吃饭时,牧声显摆地拿出两瓶细长的冰酒,介绍说:"冰酒是加拿大的特产,是用高寒地区的冰冻葡萄酿制的,特别养颜。"吴茵抬杠说:

"太湖女儿天生丽质,皮肤特别白嫩,该与冰酒无关吧!"席萍伸出小指,指了指餐桌上的太湖鱼鲜,接口说:"妈妈说,太湖女孩皮肤白与太湖三白有关"。汤冕笑道:"席萍一辈子说话,都是妈妈说、爸爸说、老师说,从来没有自己说。"语带挖苦,席萍红了脸。陆照仪赶忙插嘴:"别打岔,你妈妈怎么说?""妈妈说……噢,其实不是妈妈说的,是太湖地区流传的故事。孟姜女……"

大家笑了。这是老掉牙的民间传说:孟姜女哭倒长城,秦始皇暴怒,用铁扫帚剐了孟姜女,把她的肉丝扔进太湖。从此,太湖里生出细小雪白、无骨的银鱼。席萍说:"妈妈常说,多吃银鱼,就会有美人肌肤"。陆照仪说:"是了,是了,不无道理。'太湖三白'不仅美白,而且让人的羽状肌发达,席萍有一双秀长的美腿,应该与吃鱼有关。"

席萍甜甜一笑,站起来为大家斟酒。牧声突然有所发现说:"古人说,吴女天下白。吴地女子艳压群芳,可能与太湖三白有关,也应该得福于太湖水美。有人发现,中文的'娱'字,是吴女两字的组合,说明了古代文人雅士聚会,都喜欢三吴美女相伴凑趣,故而有'吴姬压酒唤客尝'等传世名句的产生。"

吴茵笑了:"这么说,咱们不是在吃饭,是在娱乐。"汤冕哈哈大笑说:"嫂夫人,你面前的醋碟子往我这边移移。"席萍局促不安,脸上的红云似桃朵。陆照仪大笑:"嫂夫人,不是娱乐,是决斗。"牧声、汤冕一脸尴尬,赶忙借酒盖脸,席萍偷偷瞟了一下吴茵和伊伊,垂下了头;吴茵和伊伊四目相对,一脸疑惑,伊伊讷讷问:"决斗,谁与谁?谁赢了?"陆照仪油笑说:"当然有人赢有人输,赢家嘛,得到一尝红唇的奖励……嗨,那可是风流倜傥的千古一吻。"

被人揭了疮疤,牧声暴怒了:"胡说,要不是那家伙不讲武德,我会输么!一尝红唇,我怎么没见到……"汤冕得意一笑:"愿赌服输,这才算得上君子风度……"褚红玉说:"小孩子玩家家的事,你们竟顶了一辈子真,也不害羞。"席萍笑了笑说:"好了,过几天小妹设酒赔情……我的房子也快拆迁了,说不定要迁居北京去靠女儿,这一走,又不知道驴年马月才能见上面……"

大家静了下来……

17

光阴是人生驿道，天地是人生逆旅，人嘛，本来就是过客，匆匆来去。然而，即便明了这个理，人还是痴痴地恋栈。席萍行将北去，却蓦然发现，"伤心地"竟也是浮生的慰藉，就连路边的草也牵扯着她的衣裙。该如何向窗友们辞行，如何给故乡留下俏丽的背影？这，让她辗转反侧，夜不能眠……

邀请函发出后，她做出大胆的决定——公开展示亡夫白鸣风的画作；窗友们无人知晓，她将展示什么样的画作，无人知道她为了什么。

席萍家已非旧时池台，竹舍失去踪影，代之以一幢可爱的小楼；花园里，白老师昔日重栽的花木已枝繁叶茂；池塘边的垂柳也已老态龙钟……很快，这里的一切将进入历史，为了保护太湖水的澄净，沿湖的村落都将迁移。

该来的同学一个不拉，团团围坐在客厅的几张圆桌上。堂桌上竖着一框油画，盖着浅黄的帷巾。酒至微醺，席萍站到堂桌的前面，环视全场，深深鞠一躬，微微一笑，说："几十年前，一个不更事的小女孩偷尝禁果，使坏的男人就是我们的老师，他叫白鸣风。这里摆着他当年的作品，画中的小傻瓜流溢着春光，她当时在想，爱的滋味是那么美好……"席萍眼眶潮润了："今天，我第一次坦露自己，为的是告诉同学们，画中的小傻瓜是清白的，坦诚的，也是美丽的。动乱年代，我被理了鸳鸯头，脖子上挂着一双破鞋，屁股上绑着一把扫帚，在镇上游街示众。人们骂我是大破鞋，嬉笑着，把唾沫吐到我的脸上。鸣风戴着流氓分子的高帽，护在我的身边，挡住棍棒和飞来的石块。我懊悔得想撞墙，是我不安分，勾引了白老师，遭到报应……至今，我还记得汤冕同学说过一句话——'美人鱼舞动了腰肢，镜儿湖也就碎了'……"席萍流泪，汤冕吞声，同学们脸色凝重……她凝了凝神，继续说："你们知道吗，刀割一般的痛，是在人群中看到同学的面庞……我的模样，太丑了……"席萍双手捂住脸，呜咽着……好一会儿，她抬起头："人们兴高采烈。有人冲过来，拧我的手臂和屁股，我知道，破鞋也是他们取乐的材料……"席萍突然吞声呜咽，终于变成长串的哀号。良久，她拭干泪，继续说："我三分像人，七分像鬼，整整一年不敢照镜子。我看着画作里的那个小傻瓜问鸣凤：'这是我吗？'鸣凤笑得动人，抱住我说：'你比画中人更美丽。'"我摇摇头问：'鸣凤，你还会爱我吗，就像我十六岁的时候那样？'他狠狠地打自己的耳光说：'我不是男人。'他哭了，哭得那样伤心……"

褚红玉大姐冲到席萍的身边，流着泪，紧紧抱住席萍，同学们不忍看，低下头。吴茵和伊伊也捂住脸，泪从指缝中沁出。席萍拭干泪，凄然一笑："人老了，该说的话赶快说……总有一天，我们都会离开人世，再过几天，我也将远离乡井……我不想让你们带着一个丑女人的记忆走完人生的道路，我要告诉你们，席萍仍然是你们可爱的小妹妹。"她的手微微发抖，徐徐拉下画框上的丝幔。

一幅"女神"画像光华夺目，展现在同学们的眼前。"女神"袒露白璧无瑕的躯体，脸上是圣洁的微笑……厅堂里鸦雀无声。同学们忘却现实……造物是仁慈的，它用时间的流逝为世人倾倒了记忆中的垃圾，用美的永恒追忆温暖了人间。同学们潸潸泣下，因为，花仙子又回到他们的身边，点缀了苍茫的大地。

牧声端着酒杯，摇摇晃晃地走到席萍身边，酸楚地说："我一生都在祈愿，希望分享你的一份垂爱。这话，今天不说，就再也没机会了……"他噙着泪花，语音苍凉："也许，我们去日无多，然而，在黄昏落日中，我们认识了真理。今天，我要大声说：世界上最伟大的主义是女人主义。女人主义是什么？爱和传承。它告诉我们：生命的全部意义在于创造生命。女人的最大心愿是找到真正的男子汉，让爱和生命亘古长存！"他走到画框前，高举酒杯喊道："同学们，干杯！为了我们的女神永远美丽。"席萍闪着泪花，忘情地拥住牧声，热吻他的脸颊……同学们手挽手，肩并肩，流着泪娓娓歌唱："轻轻地，说一声再见；再见时，就像今天……"

18

王涛醉了，跌跌撞撞地回到镇上。天下没有不散的筵席，也许不多久，同学们又要天各一方，想到这些，心中似觉难以割舍。自当镇长以来，他就被同学们尊为班头，大凡旅居天南地北的同学回乡探亲，都要向他报到；老家有什么棘手的事，也会来托个人情。作为一个乡镇小吏，他十分羡慕同学们春风得意的城市生活。席萍赴京，女儿驾着法拉利的跑车候在机场；陆小度每月回乡一次，专程到龙寺取"龙泉"带回上海品茶用，劳斯莱斯的车上，两个抬水的女秘书芬芳扑鼻；最显贵的一个同学当了西南城市的市长，母亲弥留时，直升机载着他匆匆前来奔丧，驾临古镇的上空；牧声最不安分，游说当地领导，搞了一个双管交响乐团，在美国、欧洲、日本扑腾，据他"吹牛"，乐团还去过柏林的爱乐厅；只有褚红玉，丈夫是邻班同学，至今还在打渔，每次来镇长家小坐，苍蝇就跟进了门……为此，褚红玉的社交场合，很难见到她先生的影子。

倦鸟归林，几年来，老同学一个接一个回来定居，过起边缘化的生活。王涛让媳妇开了一个名叫"仙客来"的茶馆，设在古镇十字水道的交汇处，王涛买了一艘小画舫，用来接送客人，老同学来喝茶一律免费。一世人二世小孩，他们又重复昨天的故事，谈的是鸡毛蒜皮，唠叨不厌其烦，拌嘴斗气更是司空见惯。打扑克，输家要钻桌子，"市长"与陆小度耍赖，一个说："我好歹是几百万人的市长，传了出去，让市民们情何以堪？"陆小度说："女秘书就在身边，见了老板的狼狈相，会失去敬畏之心。"陆照仪不依不饶:"老市长钻了桌子,说明你守法,市民们会感到骄傲;老板钻了桌子,能屈能伸,更显大丈夫风范,女孩子看了更敬仰……"十几个同学起哄地牵着他俩的耳朵,硬把他俩压倒在桌子底下……

不少老同学的妻子是外地人,聚在一起细数的是她们各自的家乡风情,动情之处,个个叹气:"唉,当吴郡媳妇,嫁鸡随鸡,嫁狗随狗,嫁了狐狸满山走……"市长夫人生在阿诗玛的故乡,腰很细,跳舞时很灵活;吴茵在海边长大,性格海派,她比牧声小了十岁,风韵犹存,老同学们称她"贵妃"。打完扑克,陆照仪邀王涛一起请客,提议看一折《贵妃醉酒》的戏码,拉着王涛,要与牧声夫妇斗酒。双方约法三章,客人喝一杯,主人喝两杯。吴茵平时从不喝酒,逢场作戏时喝酒如同喝白开水,酒精对她不起任何作用,两瓶茅台等闲视之。年轻时闯荡商海,让她发现这个潜能。这晚,吴茵故伎重演,笑吟吟地看着陆照仪与王涛烂泥一团,醉卧在桌子底下,幸灾乐祸笑骂道:"银样镴枪头。"酒店的侍应生推来行李车,把他俩"装运"到客房里去休息。"市长"有些不安地说:"照现行法律,如果王涛、陆照仪出了问题,咱们都有连带责任,要出钱给他俩治病或送葬……"这话,把大家吓了一跳,讨论一番,定下"以动为纲,以素为常,小喜小怒,酒为适量"的养生准则,要茶艺馆把它作为"红头文件",张贴在馆内的醒目之处。牧声回家时双腿发飘,好在他机灵,干杯时,把酒往领子里倒,回家后脱下汗衫一拧,足足"贪污"了大半碗……

同学们很羡慕王涛、陆照仪、褚红玉,说他仨人住的是上有天,下有地的透天厝,喝的是长流水,不像自己当了城里人,住在火柴盒子般的房子了,触目所见的都是管道……说起自来水,爷儿们个个来了气,说是婆娘们不懂事,为了节水,开水龙头时滴滴答答……这不,久而久之,害得爷儿们小便时也开始滴滴答答了……朱牧声说:"其实,这世界上最珍贵的东西是不花钱的,故乡的空气是甜的,阳光是香的。"王涛问"市长",退休后还挂着那么多"虚衔",为什么不继续发挥余热?"市长"大笑:"要退就裸退,如今我落了一身病,不干是等死,再干是找死,你说等死好,还是找死好?"

王涛回想着这群"老天真"的趣事趣话,心中甜滋滋的,觉得自己虽然蜗居乡下一生,却是实实在在地享受了人生,蓦然觉得,古镇是那么可爱……不知不觉,他又走到了木龙庙边……

木龙庙是他父亲王翔羽修建的,里面没有神像,只有一台救火用的"木龙"。

王翔羽是开花小学的校长,是王涛的生父。贵为校长,算得上是开花镇的社会名流,乡中人遇到什么麻烦事,总是登门求教这位知书达理的乡贤。江南水乡的民居左右毗连、鳞次栉比,失火时常常是烧了整个村落。村民们守望相助,发生火警,四邻八乡全来驰援,青壮年农民爬上屋顶,打塌房子,浇水灭火;男女老少排成人龙,用木桶、脸盆到河中接水。原始的救火方法无法阻挡祝融肆虐,每次火灾后,开花小学总有几个学生中途辍学。为此,王翔羽忧心忡忡,四处奔走求告,从商会乞讨了一笔钱,从城里买回一条"木龙"。"木龙"是半机械化的救火水泵,用人力上下按动手柄,拉动木制的活塞,从河中戽水,再用帆布做的水管喷浇火苗,虽然笨拙费力,却比用水桶接水强上百倍。木龙安放的那天,成千上万的农人前来烧香磕头,祭祀白龙水神。说来也怪,从此之后,木龙通了灵,远村的火警锣声还未传递而来,它就已呜呜作响。一大群青壮年农民立马就扛起木龙,敲着急促的锣声向火场奔去。为了制度化,王翔羽建议成立"木龙会",选拔青壮年农民与镇民当会员,众望所归,他被推举为会长。为了防患于未然,他选了几个赤贫的农民当更夫,走街窜村,提醒大家小心火烛。就这样,王吹打白天为喜丧人家吹唢呐,晚上敲着"托托"作响的竹筒,报更守夜。王吹打懂音律,报更声悦耳悠远:"寒冬腊月,干柴落草;清扫灶洞,小心火烛。"

蒋政权腐败,太湖流域时有湖匪出没,骚扰地方,打家劫舍。政府不管,各乡镇只能自求多福,成立"自卫队"等民间组织来抵御湖匪的侵扰。开花乡没有自卫队，木龙会就替代自卫队，请来"神拳李"当教练。万万没想到，王吹打就此事大做文章，说他组织民团，是地方一霸，并诬告了族兄，王翔羽因此病死狱中。

王吹打成了"大义灭亲"的典型，当了副乡长。然而，好景不长，不多年，他把人民代表林小英的肚子搞大了。林小英是一个善良美丽的农村姑娘，追求进步，是开花乡第一个穿列宁装的女性。当了人民代表后，她走村串乡，细致地解决村民中棘手的婆媳矛盾、妯娌纠纷；积极宣传新婚姻法，成了妇女运动的推手。开花中学的音乐老师把她的事迹编成歌，全乡教唱："人民代表林小英，她是妇女的贴心人……"林小英怀孕的消息不胫而走，成了街谈巷议的头号新闻，家门口挤满看热闹的农民与闲人。不多天，王吹打被五花大绑关进监狱……一个月黑风高的晚上，小英的兄嫂从上海潜回家中，打开后门，把小英扶上普静的小船，连夜把她送到市区，坐火车去了上海。

王吹打强奸妇女案开庭，轰动吴郡。当年，认定强奸的标准是，谁先解开女人的裤带。为此，两名女法警去上海接回林小英，请她出庭作证。法庭上，林小英老老实实叙述了过程："外裤是王吹打强行解开的，他当时喝了酒；短裤是我自己解开的……"法官们争论了半天，确定不了这算是强奸，还是通奸。夏润生市长看了案由，发了火："这种事情，谁是谁非，上帝也说不清。民不告，官不理，你们瞎操什么心！"一锤定音，王吹打只是丢了官帽，回家种田了。

小英回了上海，分娩后，在棉纱厂当了挡车工。一天，她提着装着泡饭的钢精提盒，下楼去上班，在街角边被人拽住胳膊，她一惊，泡饭泼了一地。来人是王吹打，他苦苦求饶，要她一起回乡下。哥哥、嫂嫂赶来，把王吹打拽到家中。哥哥跷起二郎腿，对着蹲在墙角的王吹打大吼："像侬格种小瘪三，也想吃天鹅肉，敢跑到上海滩来丢人现眼。搭侬讲，眼睛放亮点，上海格码头是好靠的么？！"小英噙着泪去上班，晚上没有回家，与王吹打搭了夜班火车，悄悄潜回吴郡。他俩种了两亩西瓜，人们见到小英，守在瓜棚里，看守着绿油油的瓜藤和圆滚滚的西瓜……那西瓜又红又甜，是政府引进的新品种，大家都叫它"解放瓜"。

王涛正回忆着往事，眼角的余光却见到庙前的暗处直挺挺跪着一个老人，凝神一看，正是王吹打。王涛受了惊，酒醒了，赶忙上前扶起王吹打："老叔子，千万别这样，有话好说。"王吹打两行浊泪挂在脸上说："世侄，我是有日子没年月的人了，明天是族兄的忌日，想向他讨个饶，也好走得安心……""哎唷唷，陈谷子烂芝麻的事，别提了，俗话说，圣人也有过去，罪犯也有未来，只要是人，都会犯错……父母也会错打孩子；打个比方说，武松打虎，哨棒也会错打在树枝上……"

19

周末，夏文竹市长派了车，请朱牧声到君嶂森林公园"听松轩"喝晚茶。他俩都是红学迷，晤谈一室，相见甚欢，全无尊卑之分。

品了几杯茶，夏文竹笑着说："昨晚，也是在这里，我陪何也博士喝茶，他说：'水乡文化，只要留一两个做标本就可以了，一亩地二十年的产出，还抵不上一平方米水泥地面积的价值，这就是化腐朽为神奇。'"牧声知道，何也是一位有影响的经济学专家，语不惊人誓不休，深得土富们的垂青，一堂课的"口沫费"打底二十万；他还是一个敢向土地保护政策叫板的名家，反对设置保护耕地的红线；对他来说，要废掉一个文化古镇，何足道哉！他崇拜欧美，主张所有城市千篇一律地变成高楼的"森林"，光怪陆离。牧声问："你怎么回答他？""我说，标本是没有生命的，我设想，吴郡的发展，应该以水城威尼斯作为参考，保留江南建筑的文化个性。他听了，轻蔑地说：'文化是什么，经济的小婢女，召之即来，挥之即去。'"夏文竹说："他是开发商王元一青睐的上宾，来参加开花古镇存废的研讨会……"牧声脸色凝重，他早已答应夏市长，参加古镇文化研讨会，以正方代表的身份谈谈保护水乡文化的意义，却不料碰上这样强劲的对手。

爆竹声隐隐传来，牧声似有所感，说道："其实家国长存，靠的就是文化依恋。记得多年前，我在万石市参加电视辩论，讨论春节禁放鞭炮的问题，正方以扰民、伤人、迷信等理由主张取缔，轮到我说话，质问了一句话：'请问，放鞭炮是民族文化传统，还是封建陋习？如果是前者，那么就不存在是非对错；如果是后者，我举双手赞成取缔。'这时，全场静了下来……"夏文竹动了心思，因为，这也是吴郡市争论不休的问题。牧声继续说："我对电视观众说：'鞭炮是炎黄子孙的民族符号，是民族人同气相求的呐喊，就如非洲人同仇敌忾的鼓声。黄龙是民族图腾，是民族聚结的旗帜，围炉是中国的麦加朝圣，是民族圆融哲学的彰显，也是大一统文化的温床……试问，如果异域民族也取缔了泼水节、斗牛节、浴佛节……人们还会记得世界上有名叫缅甸、西班牙、印度的国家吗？'"

夏文竹手指在茶桌上轻轻弹动，久久不说一句话。柔美动人的苏南民歌《茉莉花》在轻轻回荡，牧声突然想起什么，激昂说道："为政者最神圣的职责是防止文化的癌变。美国人高评林肯总统，说他在南北战争中'潇洒地夺回一支小小的曲子'，这首曲子叫《迪克西》，是一首流传广泛的民歌，1861年成了南部同盟的国歌。香港回归时，会场奏响《茉莉花》的曲子，昭告全球，我国领导人也'潇洒地夺回了一支小小的曲子。'当年李鸿章出使英伦，第一次把《茉莉花》和《妈妈娘你太糊涂》选为'国歌'，开始了它的屈辱史……现在，《茉莉花》又恢复它的清纯……"夏文竹笑了："眼下，我们该怎么办？""抢救！不能让水乡文化失语……"接着，牧声加重了语气："记住父辈夏润生的教训，不要等阿秉走了，再揪自己的头发……"

20

汤冕带着伊伊来了，刚坐下，公安局副局长也匆匆赶来。汤冕一脸怒气，伊伊却泪痕未干。夏润生关切地问："发生什么事了？"伊伊结结巴巴地做了汇报……

下午，汤冕去一个小山村检查污水接管工程，路经王元一新建的灵骨塔，被一群传销人员堵住去路。传销人员介绍说，灵骨塔正在大酬宾，卖一送一，良机莫失。新春将至，汤冕被触了霉头，心中已是不爽，强压怒火冷笑道："请问，我光棍一条，多一个盒室干什么用，是不是王元一要陪我一起睡？"传销员赔笑说："客官说笑了，这多余的盒室可以作为礼品馈赠，比如你身边的女士……这也是最上算的投资，而且有继承权。"伊伊见事不妙，赶忙插了一句话："也好，副市长就把多余的送给我这小秘书。"伊伊抬出官衔，吓坏了传销人员，立即作鸟兽散，溜得无影无踪。汤冕正待发作，却失去对象，一腔怒火往伊伊身上烧去："你给我滚……就算我买了两个盒室，也轮不到你！"伊伊蒙脸哭了……

　　夏市长问副局长："王元一什么时候搞这种臭名堂的？"副局长回答："最近的事，在灵骨塔边临时弄了几个帐篷，每天晚上，一群人对着月亮大喊'发财，发财……'，像狼在嚎叫。王元一是境外商人，说传销不违法，还吹嘘说，盖灵骨塔比为活人造房还暴利，体现了利润最大化……"夏市长沉思了一会儿说："这么吧，你带一班民警，先把他们驱散，把帐篷没收了。违了什么法，让王元一自己想想。"副局长刚要出门，汤冕叫住他，又唤服务员拿来纸砚，写了一幅对联，对副局长说："把对联送给王元一，让他自己贴在灵骨塔上。"夏润生、牧声一看，上下联是"门庭冷落"和"车马稀少"。

　　副局长走了，夏润生和牧声"噗嗤"一声，笑弯了腰。牧声擦着笑出的泪花说："父亲在世时，对我说，商道，商道，先要讲商业道德。开寿材店的老板，对上门的客人，绝不会因为客人买了大棺材，就让利送口小棺材；也绝不对客人说'回见，回见，谢谢祝成'。遇人总说'生意清淡'……"夏润生说："最近，我看了一些吴郡名商的故事，发现苏商的思维方式与众不同，属于扇形思维，性格水软，怨而不怒……"牧声语出惊人："依我看，苏商就是哲商。打个比喻，苏商就是钱钟书——水乡的大学者……""什么？"在场的人个个瞪大了眼睛。

牧声笑着，缓缓说道："陶朱公搞商业'垄断'，原本指的是，站在垄的高处，观察墟场的物流与客流，决定生意的走向，后人称之为'垄断'，是高瞻远瞩的意思。钱钟书写《围城》，说世界上只有两种人：城里的人想冲出去，城外的人想冲进来。那么请问，钱大学者是城里人，还是城外人？思索很久，我才发现他是站在城头上的人，与陶朱公一样，也在搞'垄断'；动乱年代，他选择'大隐于朝'的策略，保住命本，为华夏大地留存了一脉文化。'良贾何负鸿儒'，'士商异术而同志'。苏商之所以被美誉为哲商，就是会搞'垄断'。"话说得离奇古怪，大家都被逗得笑了。

伊伊依然闷闷不乐，夏文竹为她斟了杯茶说："消消气，犯不着为一个糟老头怄气。"边说，心中却犯疑，聪明的钱钟书与曹雪芹一样，也想探索女人的奥秘，却始终不明白女人为什么喜欢作茧自缚。唉，女人，真是奇怪的物种。

21

名重一时的大博士何也驾临吴郡，让这座文化名城刮起了一阵旋风。多年来，他每到一地，不仅前呼后拥，就连地方官员也要敬为上宾。他历来不喜欢与文化人讨论经济问题，因为文化人落拓，身上穿不起品牌衣裤，只有在与王元一这样的人欢聚时，才觉得如鱼得水。他风闻朱牧声是一个性格狂狷、桀骜不驯的家伙，只知道《红楼梦》与曹雪芹，全然不知世界上还有凯恩斯、巴菲特、索罗斯这样的经济达人，因此，极不愿意参加开花古镇文化的研讨会。只是王元一开出的酬金太诱人了，如果不去，岂非违背了利益最大化的经济学原则；人的面子可以不顾，钱的面子还是要看的！

就在夏文竹与牧声品茶聊天的当儿，王元一也在"醉涵乡关"欢宴何也博士，美娇娘陪宴，左拥右抱，享尽人间风流。吴郡人说，到

"醉涵乡关"去用餐,吃的是女人和噱头。老板收集了古诗词中赞誉吴地美女的诗句,牵强附会地作为菜名。菜名"吴姬压酒唤客尝",竟是鲜活的太湖呛虾。上菜后,十二名穿比基尼的美女坐到客人的大腿上,搂着脖子灌三杯,顷刻之间,客人们个个成了"呛虾"。女孩子们也得陪喝,微醺后娇态百出,这时,"吴女歌舞醉西施"上桌,却是羽翅鲜红的金鳞鲤鱼;女孩子们换上薄纱衣裙,轻歌曼舞,让客人饱赏肉光乳浪。压轴菜是"吴女天下白",一个白嫩的裸女躺在桌上,小腹上放着鲜花和造型精致的碗碟,盛着"太湖三白"。何也见到这等阵仗,心旌摇动,竟也无师自通地胡诌了两句诗"此身权为蓬莱客,不辞长作惜花人"。

正在其时,公安局副局长来了,送上那幅对联,王元一大怒,一把撕成碎片。何也鼻子哼了一声:"道德,什么叫道德?在商场上,成功者不受谴责!"

22

研讨会实际上是听证会,在开花镇的大剧院举行,允许镇民旁听。朱牧声与何也是正反双方的"主帅",学术背景迥然有异,这给会议带来悬念与戏剧效果,让喜爱猎奇的媒体人趋之若鹜。大学城的学生来了不少,目的是一睹名家风采。镇民们忐忑不安,挤在过道里,盘算着古镇存废的得失利弊。夏文竹低调入场,挤在观众席里。

主席台上,何也一副傲视万物的神态,两眼睨着对方;陆照仪是何也的学生,表现出鞍前马后的殷勤,为他端上咖啡,调试着话筒的角度。牧声倚坐着,一副懒散的样子;陆照仪对他点了点头,心中却在暗笑:"爬格子的讲经济,不长眼的家伙。"牧声的阵营里,也有一个重量级的人物,他是作家,牧声的朋友,多年来为了保护城市个性和古建筑,四处奔走,喊哑嗓子,以致在今天,沦为"板凳运动员",

在一旁干着急。

辩论伊始，俩人礼貌地拥抱，连称"久仰"，互相谦让着。牧声是正方，自然先亮主题："何也先生学养深厚，小弟受教了。今天，想先请教一个问题：一个伟大的城市设计师说，只要看一个城市的建筑，就知道这里的人们在追求什么。请问，水乡人心里追求的是什么？"

何也："面包！有了白面包，进而追求夹心面包。"

牧声笑了："人最容易产生的错觉是以己度人，水乡人并不是只懂得吃的动物。林黛玉爱的是花，是诗，才成了最美的人……"

何也："哼，林黛玉，饿她三天，就会老老实实当我的弟子。告诉你，文化不能当饭吃，固守一个文化废墟，你们的发财梦就会变成泡影。"

牧声："文化不能当饭吃，然而，没有了文化，就没有了会吃饭的人，因为，文化是一个族群乃至一个民族的灵魂……"

何也："经济学并不浪漫，面包高于一切，没有王元一等人的努力，就没有今天的繁荣，不要一边吃肉，一边骂娘，当小人。"

牧声："好，好，我姑且同意你面包第一的理论，然而，如果依照您老的主张，废除了保护耕地的国策，请问面包从哪里来？"

何也轻蔑地看着牧声："你知道什么叫市场吗？英国搞圈地运动，英国人的面包没有少了，相反地造就了一个太阳不落的帝国。"

牧声："小弟才疏学浅，确实不懂得市场，只是知道，历史上任何一个大国崛起，伴随的是炮舰政策。中国是和平崛起，却面临强敌环伺，不得不担心有一天，敌人的炮舰在大洋上扼住我们的粮道。中国人深谋远虑，据报道，城市化以来，通过土地置换，可耕地正在不断增长……广大开发商是城市化的尖兵，他们集约化地使用土地，实现杜甫'安得广厦千万间'的悲悯理想，不像个别奸商，'醉涴乡关'一桌酒，吃掉十亩承载生命的耕地……"

何也脸皮厚，被揭了糗，还振振有词地反驳："时代变了，俭朴已不是美德，高消费是市场活跃的基础，也是富人回馈社会和均衡财富的手段。市场鼓励量力而行的消费。可千万不要像酸臭文人那样，吃不上，就仇富，萌生酸葡萄心理。"反方的支持者站了起来，热烈鼓掌。

牧声好整以暇，徐徐品茶："要说心里泛酸，那倒不见得，朱某人闯荡江湖，几百万一桌的宴席也品尝了，还犯得着为区区二十万一桌的宴席泛酸……"全场鸦雀无声，人人拉长耳朵，研讨会成了比富会，实在是吊足了听众的胃口。牧声缓缓说："记得动乱年代，我回吴地'串联'……"

何也阴冷地插话："好一段辉煌的历史。"

牧声："……那天，我在红卫兵接待站借宿，吃大锅饭，喝萝卜青菜汤。开饭前，我随意去厨房转转，却发现烧火婆子正把古书字画当柴火，塞进熊熊的灶膛。我待在一旁，眼看着八大山人、唐伯虎、仇英……等名家字画片片化蝶，塞进灶膛的还有石印版的《石头记》……一饭一汤，按现下的时价，成本不下几百万……"全场静如坟山，只听到牧声剧烈的咳嗽声，他喝了一口茶，语气沉重地说："几十年来，我如鲠在喉，从来不敢向人说起……今天，我倒要问问这位大学者，"醉涵乡关"一餐二十万，你吃了，不知是如鲠在喉，还是通体舒泰？为了煮熟你们的一颗'鸡蛋'，不惜烧掉别人的一栋房子，请问你们是否还要把我们的古镇当柴火？"大学生们站了起来，热烈鼓掌。

牧声用手压低了声浪，深沉地说："诗人泰戈尔说，人类的聪明有多长，人类的愚蠢就有多长。何也先生，为什么我们不能鼓起道德勇气，勇敢地承认，我们也有愚昧的一面……"

面对牧声的连珠炮发，何也怒火中烧，一拍桌子，震翻了咖啡："市场是刺刀见红的战场，与狼共舞，市场不相信道德。"

牧声："是的，王元一的灵骨塔告诉人们，你们已连为生命祈福的人性都泯灭了！谁说商场不承认道德？皮尔·盖茨是世界首富，出差经常乘坐经济仓，售票小姐劝他换乘商务仓，他幽默地问：'坐商务仓能否提前到达？'欧美商人的理念是，老板只有一个，就是上帝，商人不过是上帝财富的管家……韩国经济大萧条时，多少商人无条件捐出自己的财产，为的是民族传承与复兴。物质生活的现代化与精神生活的古典化并行不悖。为什么世界上许多民族固守着古朴的传统文化和伦理道德，把它视为神圣，因为那是民族的命根子。今天，我力主保护古镇，发扬我们的水乡文化，目的就是希望人性归真，恢复吴郡的华夏古风，博士先生，现代化是靠高道德支撑的，如果有一天我们失去今天的繁荣，那一定是因为我们的道德崩溃！"

何也冷笑："人人为自己，上帝为大家，赚钱是最重要的事。秀才，别假清高了，人人都有私欲，道德的呼声空乏无力，金币的声音清脆悦耳。钱钱钱，命相连。不信，你可以做个民调，孔夫子与孔方兄，谁的信徒多，谁是当红明星？"

牧声久久地凝视着何也的脸，失声笑道："博士先生，上帝无私，你爱他吗？"

何也崇尚西方，信口答道："当然爱他。"

牧声站起来，紧握住何也的手，摇了摇说："博士，我们终于找到了共同点。"他转向观众席："朋友们，新世纪来临之际，一百多位诺贝尔奖的科学家聚会，发表'罗马宣言'，呼吁人类从中国优秀的古典哲学中汲取营养，解决人类面临的挑战。这个伟大的哲学，就是天人合一，也是水乡文化的精华。上帝是什么？大自然。我们作为它的子孙，要做的事就是敬天畏地……"

会场响起一片掌声……

牧声动情了，他高举双手，压下声浪，说道："曹雪芹见到'大厦'将倾，把巧儿送到刘姥姥的怀里，保住了一条生命的细丝……从五胡乱华到知青下乡，有多少身陷绝境的儿女被裹拥在'刘姥姥'的怀里！辽阔的农村稀释了多少民族灾难！水乡的文化精髓是什么？就是爱，妈妈的爱……"

掌声再度炸营般响起……

第二天，夏文竹设宴款待何也，请牧声降格作陪，算是对"安排不当"的赔礼道歉。何也余怒未消，牧声陪笑，敬酒说："你老消消气，我们都是夕阳西下的人了,圣徒保罗说:'含怒不可到日落。'"夏文竹说:"千人诺诺,不如一人谔谔,有时,真理是掌握在少数人手里的。牧声兄说话,过头了些,但确有一得之见;何教授深谙经济之道,让我们发聋振聩。我与市里的其他领导们商量了,遵循科学发展的道路,保留开花古镇,开发为旅游区,周边的水系和湿地精心保护,建设环湖湿地公园,古镇旁的土地开发观光农业和精细农业;苏东坡喜爱的小团月名茶、糖霜杨梅都要精心开发……我相信,这是一个永远的聚宝盆。"何也表示赞同说:"王元一他们确实也有不上道的地方,为了钱,罔顾生态环境。"他心中忿忿,因为在付酬金时,王元一打了对折,这些家伙,翻脸比翻书还快。牧声对何也说:"改革家在'改革'前加了'中国特色'四字,你老研究经济学,是否在前面加'民族'两字?"

尾声

汤冕退休了，也与伊伊结了婚。结婚时，伊伊的妈妈屈丹远在澳洲，没来参加婚礼。屈丹是汤冕大学老师屈瑜的女儿。动乱年代，屈瑜的一个同学投缳自尽了，他是国学名家，"破四旧"烧书时，跪在火堆前，被烤烂脸皮。屈瑜闻讯，受了刺激，在日记上写道："一个伟大的思想家说过，没有伟人的民族是可悲的，有了伟人而不懂得保护的民族是没有前途的。国家是民族文化流淌的土地，战争是文化板块的碰撞。在反法西斯战争中，斯大林在红场阅兵时，发表了著名的演说：俄罗斯是不可战胜的，因为她是别林斯基、柴可夫斯基、托尔斯泰、普希金的故乡……"抄家时，日记被抄走了，自己也被整死了。父亲死后，屈丹成了孤女，汤冕退了学，陪着屈丹去了偏远的山乡，度过了两年艰难的日子……伊伊大学毕业时，移居澳洲的屈丹写信给伊伊，叫她去找当了吴郡副市长的汤冕，求一份工作。信上，屈丹盛赞汤冕，用了莎士比亚的话："他是一个堂堂的男子，整个来说，我再也见不到像他那样的人了。"从此，伊伊把汤冕当做偶像……终于，她爱上汤冕，发了非君弗嫁的誓言。

褚红玉当了大媒，给她出谋划策，带她到"女人流芳"的沙龙去问计。沙龙是一个退休女法官创办的，她原是民庭的庭长，处理了太多的离婚案子，目睹了社会阴阳大裂变的惨相。起先，她对"秦香莲"们寄予极大的同情，常常把"陈世美"骂得狗血喷头；日渐，她厌烦了"秦香莲"的哭腔哭调，终于火山爆发，斥问"秦香莲"："你说说，弄到夫妻反目，你的最大责任是什么？"退休后，她钻研心理学、美学，结合诸多的案例，开设了这个讲坛，目的是帮女同胞对付可爱又可恶的男人。去听课的有不少未婚名媛，目的是作婚前准备，学点驭夫术、迷魂功，防患于未然。

女法官对伊伊说："你想，为什么文章是自己的好，老婆是他人的美？为什么说小别胜新婚？这里面，有深邃的美学原理，那就是'距离产生美'。别人的老婆美，因为在你见到她时，总是那么光鲜亮丽，自己的老婆丑，是因为你经常见到她起床时蓬头垢面。人在一起久了，容易产生审美疲劳。"主办人建议伊伊冷落汤冕一段时间，伊伊托了市长，借调到妇联，真没想到，才过三天，汤冕就向市长求告："看来，伊伊还得让她回来。"伊伊开心极了，坐上车到汤冕家中。屋子里全乱了，衣服成了堆，灶台上一层油污。汤冕无奈地说："前天，德国客人来访，我要去接机，却找不到那条鳄鱼牌的衬衣，一急，把箱子翻了个斤斗……"伊伊正在整理衣物，蓦地将一条西装摔到地板上，哇哇叫："我不是保姆，我是公务员！"她饱噙泪水。汤冕吃了一惊，却觉得有趣……士别三日，当刮目相看，这个柔顺有余的小家伙居然也学会喊叫，足见妇联的工作足有成效……伊伊喊了一会儿，开始整理房间，毕竟，汤冕离不开她，这让她窝心。

"女法官"又出主意，对伊伊说："女性美永远是家庭生活的中心艺术，男欢女爱，本身就是一种审美艺术，带有唯心、虚幻、夸张的成分。每个女人都要明白，自己美在何方，缺陷在哪里。个子偏高，穿横格的衣衫；身材矮了，着条纹的裤子；酥胸丰美，用大开襟的上衣；美腿修长，何妨穿上短裙；眼睛大、睫毛长，要经常仰望星空，让心爱的男人觉得星星就在身边……女人的天职是创造生活美，女人是花，每个人都要成为常见常新的人间尤物。"

伊伊问褚红玉，汤冕迷恋席萍，究竟是爱她的什么？褚红玉说："你自己去问吧，席萍不是鸡肠小肚的人，她也盼着你和汤冕有个好的归宿。要趁早，席萍很快就要上京了。"

伊伊斗胆进了席萍的家门，席萍听了她的直白，问了一个问题："不，妹妹，你不担心有朝一日，像老姐姐一样独守空房？"伊伊害羞地低下头："我只想为他生个小汤冕。"席萍笑了："傻，与老姐年轻时一样死心眼。"其实，为了伊伊，也为了汤冕，席萍早就摊了牌底。她对汤冕说，白鸣风走后，她一直考虑与汤冕再续良缘，只是怕人说她朝三暮四，水性杨花，坐实"破鞋"的诬称，连累了女儿，耽误汤冕的仕途声誉，因而清心寡欲，当了节妇。她悔不当初，要知道社会有宽仁的今天，她早就投进汤冕的怀抱，那时，她还有生育能力。

伊伊说完话后，望着席萍变幻的神色，心头上下跳动，席萍和蔼地打量着她，有意转了话题："小妹妹，时下的女公务员都喜欢穿白领装，虽然端庄，却显得老气。去年我女儿与服装设计师联手，新创了一个品牌，你试穿一下。"去年，女儿回来探亲，带回这些样品，女儿夸耀自己的"奇思妙想"说："我用'吴女牌'这个香艳的名号，旧瓶里装了新酒，构思了新潮的女用高光裤。"席萍一看那裤儿，直说女儿也会使坏糊弄人。高光，是一个美术术语，是指画面上最淡暖的色块部位。高光裤是用有弹性的水磨牛仔布制作的短裤，巧妙地运用了冷暖两种颜色。裤腰和两侧采用了灰褐青蓝两种颜色，徐徐向臀峰回暖，终至形成了一个柔和浅白的高光部位。视觉的错位效果让人觉得女孩的腰小了，臀圆大了，也高翘了。

只是，那裤子太性感了，伊伊一直不敢穿上身。那天晚上，伊伊在汤冕家中吃完晚饭，去浴室洗澡，犹豫了半晌，终于下了决心，换上那条短裤。她在穿衣镜前扭着腰身，左顾右盼，入迷了，第一次发现，自己的臀部是那么娇俏……她手挽着湿润的长发，"若无其事"地走出浴室……小酒微醺的汤冕放下酒盅，只觉得满室生辉，他直怔怔地盯着伊伊，喃喃自语："好美，就像席萍……"

高光裤成了色媒，让他醉入罗帐……及至伊伊投怀送抱之时，他竟误以为是席萍与他肌肤相亲，呢喃着："萍，你让我好苦。"伊伊酸楚，流下泪来。早晨，他藏进浴室，狠狠地摔自己的耳光，终于，他再度把伊伊搂在怀里，一诺千金："伊伊，让我爱你终生。"伊伊当天就给母亲发了电邮："……妈妈，今天，幸福再度光临我家，女儿打开了门，再不能让它溜走……"屈丹知道"幸福"是什么！她沉默，没有对女儿说一声祝福。

汤冕的婚礼选在春禊那天，地点还是在团月亭前。毕竟，老少配属畸恋婚姻，汤冕顾及社会观感，只请老同学来热闹。

一个不拉，老同学都来了。陆照仪因何也失了"风"，丢掉了经济研究所顾问一职，在汤冕的帮助下，办了个咨询公司，开张那天就接了两个单子，心情大好，因此吵着要来当主持。王涛也来了，带着镇政府的杂役来张挂喜幛，准备茶水和红酒。陆小度开着劳斯莱斯去机场接席萍，下车时却把同学们惊呆了，只见一个身穿白西服，打着领花的英俊男子跳下了车，从前排车厢扶出席萍，又迅速打开后排车门，扶出一位绝色佳人……她不是别人，正是席萍的女儿席妍，男的却是陆小度的儿子陆骏。陆骏挽着席妍的手，笑盈盈向山上走来，陆小度与席萍肩并肩跟在后面。老同学们看呆了，席萍和席妍活像一个模子里印出来的姐妹。

王吹打七老八十了，在妻子林小英的陪伴下，上了山，他是在帮夏市长指认夏润生墓地时得到了汤冕结婚的消息，一定要为汤冕吹奏一曲婉约动人的婚礼曲。动人的唢呐声响起来了，望着欢快的同学们，林小英偷偷抹泪……

音乐声中，汤冕挽着新娘徐徐走向亭子的正中，伊伊快活得脸颊绯红，含情脉脉地望着她心仪的男子……

婚礼如仪……

浮泽寺晚祷的钟声隐隐传来，庄严，肃穆，传递着神启，布达了福音……

夏文竹上了山，捧着一束鲜花，献给新娘，贺词别开生面："难为了小美人伊伊，陪着一个老家伙共浴爱河。老年人生活在回忆中，年轻人生活在理想中，我真担心他俩在床上做的梦南辕北辙。怎么办？

好办,伊伊要加倍努力,赶快克隆一个小汤冕!浮泽寺三宝殿之所以是善男信女心中的圣殿,是因为殿中和谐地立着三神——过去、今生、未来……"全场响起热烈的掌声与笑声。伊伊紧紧地搂住汤冕的脖子,热吻着他的脸颊……

夏文竹把一个大红的聘书郑重地交到席妍手中,聘请她担任吴郡市的形象大使。他一手拉着陆骏,一手拉着席妍说:"我和牧声给你俩牵了红绳,满意吗?"见夏市长兜了底,两个年轻人都红了脸,引发一阵山响的欢笑。夏文竹动情说:"回来吧,陆骏带着父亲的工厂,席妍带着妈妈。我要告诉人们,在夏文竹任上,吴郡不会流失一个美女。"现场,爆起一阵掌声。席萍紧紧攥住陆小度的手,眼角闪着泪花。

牧声喝着红酒,陷入迷茫之中……席萍的泪花犹如魔术水晶球一般,耀得他昏眩……是的,这里隐藏着女人的密码,不,宇宙的密码藏在女人身上!这是难以解读的密码——爱和生命。

大家都醉了,汤冕、伊伊、席萍和牧声簇着夏市长,走到山边,眺望着远方……汤冕拥着伊伊,指着山下的田畴:"看,我的家乡多美,多美……"

桃红、梨白,莺飞草长的田野;小桥、流水,唱着艳歌的船孃……家乡,呈现了柔美的女性风韵,显示出仪态万方的迷人风采。

牧声脑海中突然涌出了一首美丽的词《望秦川》,那是当代词家的绝唱,他一阵激动,禁不住高声吟唱:"树树笼曦霭,山山映碧波,远帆一片影婆娑,最是天高海阔意难磨。好梦留人睡,醒来梦更多,生涯似此那经过,说与莺莺燕燕尽情歌。"

后记

  我打开书箱,翻出尘封十多年的书稿《莲台》,又拿起秃笔。
  二十年前,我对苏南地区的一个家族历史产生浓郁兴趣。有别于其他豪门望族,这个家族自古至今,有着绵延不断的逃禅故事;于是,我产生了一个冲动,试图记述这一历史,破译这个家族玄奇的生命密码。为此,顺着历史遗踪,前往各地采访,收集资料,记录这一家族的几段经历。文本凡五十万言,取名"莲台"。成稿后,由于工作繁忙,文本压在箱底,尘封十多年。
  人在晚秋,操劳的是生命的盘点。终于在某日,我翻出旧稿,决定修改成小说,旨在说说自己对生命意义的理解。一待动笔,才觉得"剪不断,理还乱",无从落笔。正当我茫然四顾之时,两位儒雅的家乡"父母官"不期与我结识,他们有开阔的文化视野;了解了我的困惑,鼓励我用部分素材改写一个苏商的家族小说,侧面反映中国最大轻工业城市的成因,彰显中国最优雅的商道精神,为瑰丽的水乡文化留存一段历史记忆。他俩的鞭策成了我扶病操管的动力,一个家族沉重的历史回眸,一位苏商的跌宕人生终于出现在我的笔下,书名易名"双寺记",省并成二十余万言。写书的人惯于把真的写成假的,求的是虚拟的真实。口传历史、神话传说,加上信马由缰的走笔,让《双寺记》成了博君一笑的文学故事。自慰的是,笔耕一生,终于做成一个"盘菜"。
  《双寺记》是笔者对江南水乡的苦恋之作。人在旅途,乡愁是一杯微甘而小苦的酒,永不见杯底。人人怀乡恋土,因为家乡的黄土里有妈妈的气息。书中塑造了几个女性形象,我一直认为,女儿是山水精灵,女性美是文化的物化,女人主义就是民族主义——爱和传承。

文学无法取代道德评判，对女性"美"的审视取决于是否具有文学的审美价值。

搁笔之时，特别要对厦门江苏商会的沈波会长、毛振亚秘书长以及副会长汤军、黄永兵、张卫疆、邵宏升、郭顺卫、陈洪军说声谢谢，是他们出资支持我出版《双寺记》。沈波先生是一位成功的商人，也爱文学。最后我还要对文化知友张万炬先生表示谢忱，他对电脑比较在行，在《双寺记》的杀青阶段，做了不少校阅的案头工作，提出了一些好的修改意见。

能在厦门大学出版社出版《双寺记》是笔者的幸运。该社汇集一群饱学之士，在修正、校阅的过程中，指出几处令我汗颜的错误，在此，我特别志谢。

赤马人
于 2012 年仲夏

图书在版编目(CIP)数据

双寺记/赤马人著. —厦门:厦门大学出版社,2012.9
ISBN 978-7-5615-4377-1

Ⅰ.①双… Ⅱ.①赤… Ⅲ.①长篇小说-中国-当代 Ⅳ.①I247.5

中国版本图书馆 CIP 数据核字(2012)第 204676 号

厦门大学出版社出版发行

(地址:厦门市软件园二期望海路 39 号 邮编:361008)
http://www.xmupress.com
xmup @ xmupress.com

厦门集大印刷厂印刷

2012 年 9 月第 1 版 2012 年 9 月第 1 次印刷
开本:720×970 1/16 印张:19.25 插页:2
字数:260 千字 印数:1~4 000 册
定价:48.00 元

本书如有印装质量问题请直接寄承印厂调换